Ulrike Schweikert · Das Jahr der Verschwörer

cbt

Foto: © Robert Brembeck

DIE AUTORIN

Ulrike Schweikert, Jahrgang 1966, wurde in Schwäbisch Hall geboren. Nach einer Banklehre studierte sie Geologie und Journalismus und begann nebenher an ihrem ersten historischen Roman zu arbeiten, der auf Anhieb ein großer Erfolg wurde. Inzwischen hat Ulrike Schweikert das Schreiben zu ihrem Beruf gemacht und veröffentlicht fantastische und historische Romane für Erwachsene wie Jugendliche. Für ihren historischen Jugendroman »Das Jahr der Verschwörer« erhielt Ulrike Schweikert 2004 den renommierten »Hansjörg Martin Kinder- und Jugendkrimipreis«. Ulrike Schweikert lebt und schreibt in der Nähe von Stuttgart.

Von Ulrike Schweikert ist bei cbj erschienen:
Die Maske der Verräter (12967)

Ulrike Schweikert

Das Jahr der Verschwörer

cbt – C. Bertelsmann Taschenbuch
Der Taschenbuchverlag für Jugendliche
Verlagsgruppe Random House

Mix
Produktgruppe aus vorbildlich
bewirtschafteten Wäldern und
anderen kontrollierten Herkünften
Zert.-Nr. SGS-COC-1940
www.fsc.org
© 1996 Forest Stewardship Council

Verlagsgruppe Random House FSC-DEU-0100
Das für dieses Buch verwendete
FSC-zertifizierte Papier *Munken Print* liefert
Arctic Paper Munkedals AB, Schweden.

1. Auflage
Erstmals als cbt Taschenbuch März 2008
Gesetzt nach den Regeln der Rechtschreib-
reform
© 2008 bei cbt/cbj Verlag, München
in der Verlagsgruppe Random House GmbH
Erstmals erschienen 2003 im Arena Verlag,
Würzburg
Umschlagillustration: Joachim Knappe
Umschlaggestaltung: init.büro für gestaltung,
Bielefeld
SK · Herstellung: CZ
Satz: KompetenzCenter, Mönchengladbach
Druck und Bindung: GGP Media GmbH,
Pößneck
ISBN: 978-3-570-30421-1
Printed in Germany

www.cbj-verlag.de

Für meine Neffen und Nichten:
Felix, Julia, Christian, Sebastian,
Antonia und Philipp

PROLOG

Da müssen wir hinunter?«, fragte Engelhart von Morstein ungläubig. Er beugte sich nieder und näherte die Fackel der finsteren Felsspalte, die steil in die Tiefe führte.

»Ja, Herr, der Kaspar und ich sind dort hinuntergestiegen.«

Engelhart von Morstein beschirmte seine Augen, denn der Feuerschein blendete ihn.

»Ist es noch weit?«, fragte er den Jungen.

Bernhard zuckte mit den Schultern. »Eine Weile müssen wir schon noch absteigen. Es ist rutschig und steil, aber man kann sich mit den Händen an beiden Wänden abstützen.«

Noch immer zögerte der Junker. Sein Blick wanderte den niedrigen Gang entlang, den sie gekommen waren. Schon lange war der Höhleneingang ihren Blicken entschwunden. Ihm schien die Zeit eine Ewigkeit, die sie durch die lichtlose Unterwelt gewandert waren. Fröstelnd zog er seinen Umhang enger, obwohl es hier drinnen milder war als in der winterlichen Außenwelt.

»Kommt weiter, Herr«, drängte der Junge und ließ sich auf die Knie sinken, um in die Spalte zu steigen. »Wenn wir zu lange verweilen, verlöscht Euer Kienspan.«

Bei der Vorstellung, ohne Licht in dieser Finsternis zurückzubleiben, sträubte sich Junker Engelharts Nackenhaar. »Warst du früher schon dort unten?«, fragte er.

Bernhard hielt inne. »Nein. Ich habe es Euch doch schon erzählt. Diesen Teil der Höhle gibt es noch nicht lange. Erst seit der Nacht, als die Erde bebte und alle zur Kirche rannten, weil sie dachten, das Jüngste Gericht stehe uns bevor. — Vater sagt, auch in Hirschfelden und in Uttenhofen hat man das Beben der Erde gespürt.«

»Und dann tat sich in der Erde ein Höllenschlund auf«, murmelte der Junker.

Er überlegte, ob er den Jungen fragen sollte, wie heiß es da unten war. Wie nahe würde man der Hölle mit ihren Dämonen kommen?

»Können wir jetzt weiter?«, fragte Bernhard ungeduldig und tastete sich mit beiden Händen an den Wänden entlang tiefer, aber Engelhart von Morstein schüttelte den Kopf.

»Nein, steig du hinunter und bring mir noch ein Stück mit herauf.« Er reichte dem Knaben einen Beutel. »Ich werde draußen auf dich warten.«

Bernhard lag eine unziemliche Erwiderung auf der Zunge, doch er schluckte sie herunter. Ein reicher Edelmann durfte sich zimperlich anstellen. Also nickte er nur und kletterte langsam tiefer. Oben stand der Junker und sah dem schwindenden Lichtschein des kleinen Binsenlichts hinterher.

Dann wandte er sich um und strebte eilig dem Höhlenausgang zu. Er sehnte sich nach dem Sonnenlicht, das den frischen Schnee draußen in himmlischer Herrlichkeit leuchten ließ.

KAPITEL 1

Stefan, pass auf!«, rief Jos und deutete auf den hohen Holzstapel, der sich langsam zur Seite neigte. Der hünenhafte, bärtige Flößer sprang zur Seite und schon prasselten die eben erst aufgeschichteten Holzstämme herab. Polternd rollten sie übereinander und blieben dann im Morast des aufgeweichten Bodens liegen.

»Danke, Jos!« Stefan nickte seinem jungen Freund zu, doch dann verfinsterte sich seine Miene. »Du nichtsnutziger Gauner von einem Fuhrknecht! Hat der Herr dir keine Augen gegeben, um zu sehen, wohin du deinen Karren lenkst?«

Der Fuhrmann, der den Holzstapel gerammt hatte, grinste nur und zuckte entschuldigend mit den Schultern.

»Nichts für ungut, Stefan, wollte dir nicht ans Leder«, rief er und winkte zum Abschied. »Muss den Kecken eilig ihren Wein liefern, doch heute Abend können wir einen heben.«

»Wenn du die Zeche übernimmst«, rief Stefan zurück und packte sich dann den ersten Balken.

Der Fuhrmann trieb die beiden Ochsen in das braun schäumende Wasser der Sulfurt und dann durch das Tor zur Stadt hinein.

Jos Zeuner, der eigentlich auf den Namen Jodokus Andreas getauft worden war, ergriff das zweite Ende des Stammes, um Stefan zu helfen. Andere Flößer kamen herbei und so hatten die Männer den Holzstapel bald wieder aufgerichtet. »Puh«, stöhnte Jos und strich sich eine Haarsträhne aus der schweißnassen Stirn. Man schrieb den 15. März im Jahr des Herrn 1450 und doch brannte die Sonne schon sommerlich heiß vom blauen Himmel herab. Stefan bot ihm einen Schluck Wasser aus seinem Lederschlauch an. Es schmeckte ein wenig bitter, aber es war erfrischend kühl. Als Jos ihm den Schlauch zurückgab, griff Stefan nach den schwieligen Händen des jungen Freundes, auf deren Flächen sich einige blutige Blasen gebildet hatten.

»Hast du während des Winters nur am warmen Ofen gesessen?«, spottete er gutmütig. Jos zog seine Hände zurück und errötete bis zu den Ohren. »Wenn nächsten Monat das Kaltliegen vorbei ist, dann wird die Haalarbeit dich schon wieder abhärten.«

Lachend ging er davon, um dem Auszieher zu helfen einen besonders großen Stamm aus dem Wasser zu zerren. Ein wenig neidisch sah ihm Jos nach. Wie schmächtig wirkte er gegen diesen bärtigen Riesen! Zwar war auch Jos nicht gerade klein zu nennen, doch obwohl er zu Mariä Himmelfahrt schon sechzehn wurde, war alles an ihm eher schlaksig und dünn als männlich und muskulös. Und auch der Bartwuchs ließ — sehr zu Jos' Ärger — auf sich warten.

Der junge Mann versuchte das Brennen seiner Handflächen zu ignorieren und packte sich das nächste Scheit. Natürlich hatte er den Winter über nicht müßig daheim gesessen, aber die Arbeit der Flößer war dann doch noch etwas anderes. Sobald im Februar oder März das Schmelzwasser aus dem Bergland den Kocher anschwellen ließ, herrschte bei den Flößern Hochbetrieb. Nun wurden die Stämme, die im Herbst gefällt worden waren, aus den Wäldern der Schenken von Limpurg zum Kocher gebracht, ins Wasser geworfen und nach Hall hinabgeflößt. Hier, an der Unterwöhrdinsel und an den Ufern des Haals mussten sie dann herausgezogen, zerkleinert und aufgestapelt werden.

Jos war eigentlich kein Flößer, doch zur Zeit des Frühlingshochwassers wurden alle Hände gebraucht. Während der Siedenswochen im Frühling, Sommer und Herbst arbeitete Jos als Siedersknecht auf dem Haal. Hier, um die Solquelle, aus der das salzhaltige Wasser geschöpft wurde, standen die Sudhäuser. In fünf Meter langen Eisenpfannen kochte man das Salzwasser über lodernden Flammen, bis nur noch das wertvolle weiße Salz übrig blieb.

Das Wasser der Quelle war in einhundertelf Siedensrechte oder Pfannen aufgeteilt. Diese gehörten den Stadtadeligen, den umliegenden Klöstern, einigen reich gewordenen Siederfamilien und manche auch der Stadt selbst. Die schwere Arbeit jedoch verrichteten die Sieder, Feurer und Knechte. Jos arbeitete für den Sieder Hans Blinzig, der für die Gnadentaler Nonnen sott. Den ganzen Tag schleppte er Holz heran, half das Feuer in Gang zu halten oder packte mit zu, wenn das noch feuchte Salz aus den riesigen Eisenpfannen gekratzt wurde. Es war eine harte und schweißtreibende Arbeit, doch Jos verrichtete sie gern. Die jungen Siedersburschen und Knechte waren raue, aber meist fröhliche Gesellen, die auch zu feiern wussten. Man spielte sich gegenseitig Streiche und man half einander. Doch was das Wichtigste war: Bei Meister Blinzig gab es fast das ganze Jahr über etwas zu tun und somit auch regelmäßig genug Heller zu verdienen, sodass Jos die Mutter und die jüngeren Geschwister ernähren konnte. In der warmen Jahreszeit wurde gesotten, im Winter wurden das Sudhaus ausgebessert und die Herde neu aufgebaut.

Ein Fahrzeug rumpelte auf der anderen Kocherseite durch die Zollhüttengasse und passierte dann die erste Furt, die von der Vorstadt zur Unterwöhrdinsel hinüberführte. Jos beachtete den Karren nicht, sondern arbeitete mit zusammengebissenen Zähnen weiter. Erst als das Fahrzeug anhielt und immer mehr Flößer und Knechte sich um die Ladefläche scharten, hielt der junge Mann inne. Rufe ertönten, dann wurde es ganz still. Die Arbeit auf dem Unterwöhrd ruhte. Alle drängten sich um den Wagen und starrten schweigend auf seine Fracht.

Jos schob sich zwischen Stefan und einem anderen Flößer hindurch und sah dann mit angehaltenem Atem, dass ein toter Mann auf dem Wagen lag. Er trug einen an der Brust eng anliegenden, knielangen Rock aus blauem Tuch, der an den Rändern mit grauem Pelz besetzt war. Seine seidenen Beinlinge waren beschmutzt und zerrissen, die Schuhe fehlten. Auch Mantel, Hut und Gürtel waren ihm geraubt worden. Das blasse Gesicht und die Arme zeigten kleine Verletzungen, doch nichts, was den Tod des Edelmanns hätte erklären können.

»Junker Engelhart von Morstein«, hörte Jos Stefan hinter sich murmeln. »Wo habt Ihr ihn gefunden?«, fragte der Flößer laut.

»Ich kam von Berghof über Uttenhofen auf die Ebene hinauf. So auf halber Strecke vor Raibach muss es gewesen sein, da lag er im Graben, fast verdeckt von ein paar Zweigen.«

Stefan kletterte auf den Karren und hob vorsichtig den Oberkörper des Toten an. Jos stellte sich auf die Zehen-

spitzen, um besser sehen zu können. Des Junkers sonst
so sorgfältig gelocktes graues Haar hing in wirren Strähnen herab und war teilweise dunkel verkrustet. Auch
schien der Hinterkopf seltsam verformt.

»Schädel eingeschlagen«, brummte Stefan und legte
den Edelmann behutsam nieder.

»Man sollte den Schultheißen benachrichtigen«, murmelte eine Magd hinter Jos.

»Jemand muss es der Familie sagen«, raunte ein Flößer,
ein anderer empfahl Bader Brem vom Vorderbad zu holen. »Der Stättmeister muss kommen«, schlug ein weiterer vor, doch keiner machte Anstalten, einen der Vorschläge auszuführen. Stefan sprang vom Wagen.

»Fuhrmann, bringt den Junker zu seinem Haus hinterm
Spital, ich werde den Stättmeister holen. Jos, lauf du in
die Pfaffengasse und bring Pfarrer Münkheim mit. — Ihr
anderen geht wieder an die Arbeit.«

Froh, dass einer die Sache in die Hand nahm, gehorchten die Knechte und Flößer und trollten sich schwatzend zu ihrer Arbeit zurück. Der Fuhrmann saß auf und
knallte mit der Peitsche. Während der Karren auf die
Sulfurt zuschwankte, eilten Stefan und Jos über die Zugbrücke, die den Mühlenkanal überquerte, und dann
durch das Unterwöhrdtor in die Oberstadt.

* * *

Es dämmerte bereits, als Jos sich endlich auf den Heimweg machte. In Gedanken noch bei dem ermordeten
Junker, trottete er über die Henkersbrücke und dann
auf die in den Himmel ragende Spitze der Katharinenkirche zu. Hier im Schatten des Gotteshauses, an der alten Landstraße, die die Leute heute nur noch Lange

Gasse nannten, stand das schmale Häuschen, in dem Jos mit seiner Mutter und den drei jüngeren Geschwistern wohnte.

Jenseits des Kochers, wie die Bürger sagten, im Weiler und in St. Kathrin, lebten die armen Bewohner der freien Reichsstadt Hall: Mägde und Knechte, Krämer und Leinenweber, Gerber und Schneider. Müde schleppte sich Jos die schmale Stiege zur Stube hinauf, doch kaum war er oben angekommen, da wurde ihm klar, dass aus der ersehnten Ruhe nichts werden würde.

»Jos!«, zischte eine Stimme in befehlendem Ton. Eine Kammertür öffnete sich einen Spalt. »Komm und erzähl uns alles genau!« Die kindliche Stimme zitterte vor unterdrückter Spannung.

Jos seufzte. Er wusste, dass seine beiden Schwestern erst Ruhe geben würden, wenn ihre Neugier befriedigt wäre. Seufzend schob er die Kammertür auf. Wie ein Blitz schlüpfte eine kleine, nackte Gestalt zu ihrer Schwester unter die Decke, dass nur noch das pausbäckige Gesicht und die eng gebundene Betthaube hervorlugten. Das Stroh der Matratze knisterte, als Jos sich neben die Schwestern setzte.

»Also mach schon!«, drängte Maria, die Jüngste der Geschwister. »Erzähl uns alles, was heute geschehen ist!«

Jos machte ein ernstes Gesicht.

»Ich bin wie immer im Morgengrauen von meinem Lager aufgestanden und nach meiner Schüssel Mus zum Unterwöhrd gelaufen. Ich habe mit den Flößern gearbeitet, bis mir der Rücken vor Schmerzen krumm war und meine Hände bluteten. Ich bin ...«

Maria zischte wütend. »Hör auf! Du weißt genau, dass es nicht das ist, was uns interessiert.«

Greta nickte zustimmend. »Wir langweilen dich ja auch

14

nicht und berichten dir, dass wir mit Mutter am Waschplatz waren und uns im Kocherwasser fast die Hände erfroren sind, dass wir die schweren Eimer vom Brunnen hergeschleppt haben und die Kohlköpfe im Keller von faulenden Blättern befreit haben.«

Jos grinste, verschränkte die Arme hinter dem Kopf und lehnte sich zurück.

»Ich finde das sehr interessant«, sagte er, denn es begann ihm Spaß zu machen, seine Schwestern zu necken. »Habt ihr auch nicht vergessen die Hühner zu füttern und unserem Schwein die Reste aus der Küche zu bringen? Schließlich soll es bis zum nächsten Winter ordentlich fett werden.«

»Jos!«, rief Maria empört. »Wer denkt schon an Hühner und Schweine, wenn so etwas Aufregendes passiert! Hast du den toten Junker gesehen?«

»Wie sah er aus? Woran ist er gestorben?«, mischte sich nun Greta wieder ein und piekte Jos mit dem Finger in die Rippen. »Wer könnte das wohl getan haben?«

Seufzend rollte sich Jos auf die Seite und begann zu berichten.

* * *

Am Sonnabend war Jos wieder bei den Flößern und packte mit an, bis die Glocken zur Abendmesse riefen. Da eilten die Mägde und Knechte in die Vorstadt, um in St. Johann oder St. Katharina der Messe beizuwohnen, um sich still niederzusetzen und nach der langen Woche für eine Weile die Hände müßig in den Schoß zu legen. Vom lateinischen Singsang des Priesters eingehüllt, schloss so mancher die Augen und sank auf der harten Kirchenbank ein Stück in sich zusammen. Sosehr Jos diese ruhige Stunde sonst genoss — heute rutschte er unruhig hin und her. Endlich verließ der Pfarrer seinen Platz vor dem Altar, der Mesner löschte die Kerzen und die Menschen erhoben sich, um sich wieder ihrem Tagewerk zu widmen.

Jos begleitete seine Mutter und die Geschwister bis zum Kirchenportal, doch dann verabschiedete er sich hastig. Er stülpte sich seinen ausgeblichenen Hut auf das wirre Haar, warf den Umhang über die Schulter und ging dann mit großen Schritten über die Henkersbrücke. Rasch passierte er das Kornhaus, überquerte zielstrebig den Marktplatz und verließ dann die Stadt durch das Langenfelder Tor. Nun befand er sich im Land der Schenken von Limpurg. Da die Ritter in ewigem Zank mit der Reichsstadt lagen, schützten sich die Haller mit zwei mächtigen Mauern und einem breiten Graben dazwischen vor ihren Nachbarn.

Der junge Mann folgte dem Pfad, der sich außerhalb der Stadtmauer den Berg herunterzog, und wandte sich dann nach Süden. Er ließ die Häuser, die sich zu Fuß der mächtigen Burg scharten, hinter sich und stieg den steilen Berg hinauf, bis sich links von ihm ein trutziger Rundturm erhob. Da Jos keine Lust hatte, sich von den Wächtern ausfragen zu lassen, durchquerte er den künstlich angelegten Graben und folgte dem Weg weiter, bis er zu einer alten Scheune kam. Sie gehörte zu dem großen Gehöft der Schenken, das am Rand der Hochebene über dem Kochertal stand.

»Ach, lässt der gnädige Herr sich auch noch einmal blicken!«, begrüßte ihn eine helle Stimme. »Wie viele Stunden habe ich hier gestern wohl umsonst gewartet?« Ein junges Mädchen baute sich vorwurfsvoll vor Jos auf und stemmte die Hände in die Hüften. Sie war einen halben Kopf kleiner als Jos, hatte eine schlanke Taille und schmale Hüften. Ihre Augen waren von strahlendem Blau und ihr langes Haar, das sie in hochgesteckten Zöpfen unter einer einfachen Leinenhaube trug, war goldblond wie das reife Korn im Sommer. Die Märzsonne hatte ihr Gesicht bereits etwas gerötet und auf die Nase ein paar Sommersprossen gezeichnet. Die rosigen Lippen, die meist ein Lächeln zeigten, waren heute allerdings abweisend zusammengepresst.

»Sara, schau doch nicht so böse drein«, bat Jos. »Es war ganz bestimmt nicht meine Schuld. Als ich gestern endlich hätte gehen können, da wurden die Stadttore schon geschlossen.«

Er nahm seinen Umhang von der Schulter, breitete ihn im Gras am Fuß der Scheunenwand aus und setzte sich dann, den Rücken an die Bretter gelehnt.

»Komm, setz dich zu mir.«

Einladend klopfte er mit der Hand auf den Platz an seiner Seite, doch Sara verschränkte schmollend die Arme vor der Brust.

»Erzähle mir erst deine Geschichte, dann entscheide ich, ob ich dir verzeihen kann. Hast dir wohl in der Stadt ein Liebchen zugelegt?«

»Sara, nein, du tust mir unrecht. Der Junker von Morstein wurde ermordet und dann hat Stefan mich zu Pfarrer Münkheim geschickt und ...«

»Was? Nein, wie aufregend!« Das Mädchen gab seine Schmollhaltung auf und rutschte neben Jos auf den Umhang. Sie hatte den Rock ein wenig geschürzt, sodass unter dem Saum eine Handbreit ihrer weißen Beine hervorlugten. Sara umfasste Jos' Arm.

»Wie ist das passiert?«, fragte sie. »Nun lass dir doch nicht jedes Wort aus der Nase ziehen!«

Ausführlich berichtete Jos, was er am anderen Tag erlebt hatte.

»Einfach so erschlagen!«, wiederholte Sara und schüttelte sich schaudernd. »Die Straßen werden immer unsicherer, seit die Städte Krieg gegen die Rittergeschlechter führen.«

Jos widersprach ihr: »Diejenigen, die sich Edle nennen, sind es doch, die die Straßen unsicher machen. Der Bund der Städte greift ein, weil nur so der Salz- und Weinhandel wieder sicherer werden kann. Erinnerst du dich an den Händler, der von der Messe in Frankfurt kam und dem sie oben in den Wäldern bei Waldenburg aufgelauert haben?«

Sara nickte.

»Vielleicht ist's sogar einer der Mannen des Schenken, der unseren Junker auf dem Gewissen hat. Immerhin wurde er nahe des Weilers Uttenhofen gefunden. Da ist die Grenze zum Land des Limpurgers nicht weit.«

»Ha!«, rief Sara erbost und rückte wieder ein Stück von Jos ab. »Einer dieser eingebildeten Haller Geldsäcke bekommt eine über den Kopf und schon soll mein Herr wieder schuld daran sein.« Sie piekte Jos in die Brust. »Schon vergessen? Schenk Friedrich kämpft auf Seiten der Städte, statt am Lager seiner kranken Gattin zu weilen.«

Das macht es umso wahrscheinlicher, dass sein Sohn, der wilde Jörg, oder einer seiner Männer etwas damit zu tun hat, dachte Jos, sagte es aber nicht, um Sara nicht noch mehr zu verärgern.

Das Mädchen wollte gerade etwas ergänzen, doch da erschollen übermütige Rufe aus dem Tal, Pferdegewieher und Hufgeklapper näherten sich den steilen Hang hoch. Sara wurde blass und sprang auf. Sie zerrte Jos am Ärmel.

»Schnell in die Scheune. Sie dürfen uns hier nicht sehen.«

Jos griff nach seinem Umhang und ließ sich von Sara in die düstere Scheune ziehen. Die Männer kamen näher. Ihre rauen Stimmen ließen vermuten, dass ihre übermütige Stimmung vom Trinken kam.

»Sie waren in Tullau drunten. Wegen irgendeiner Sache wollten sie dem Junker von Bachenstein einen Denkzettel verpassen«, wisperte Sara und drückte sich eng an Jos.

Der junge Mann erkannte Schenk Jörgs Stimme. Nun konnte er auch die scherzhaften Worte verstehen, die sich die Männer zuwarfen. Offensichtlich war der Haller Stadtadelige Götz von Bachenstein nicht in Tullau gewesen. Doch nun, so spotteten die Männer draußen, würde er seine Burg nicht wieder erkennen. Die Mannen des Schenkensohns hatten nicht nur die Mägde und Knechte zur Burg hinausgeprügelt und die Vorratskammern geplündert. Sie hatten das Vieh weggeführt und die Weinfässer geraubt und dann, nachdem sie alles kurz und klein geschlagen hatten, im Haupthaus Feuer gelegt.

Ein paar Eimer Wein waren sicher gleich durch ihre Kehlen geronnen, vermutete Jos, als er sie wüst scherzen und lachen hörte. Hatte der Teufel selbst seine Hand mit im Spiel, fragte er sich, als die Männer, statt zur Burg zu reiten, vor der Scheune absaßen. Doch bevor er sich auch nur Gedanken über ein Versteck machen konnte, riss einer der Männer das Tor auf.

»Sieh mal, Jörg, was für ein seltsames Vogelpärchen in deiner Scheune nistet«, lachte er und schob die beiden auf den Platz hinaus, auf dem ein Dutzend trunkener Männer ihre Beute teilten.

19

Breitbeinig stellte sich der Junkersohn Jörg vor Jos auf, der schützend einen Arm um Saras Schulter legte.

»Der kleine Schmetterling stammt aus meinem Garten«, sagte der Junker, »doch wer mag der Geck sein, der in meinen Blumen wildert?

Der Schenkensohn war im gleichen Jahr wie Jos zur Welt gekommen, die stolze Haltung und das kriegerische Blitzen in seinen Augen ließen ihn jedoch älter erscheinen. Langsam zog er sein Schwert. Sara schüttelte Jos' Arm ab und trat einen Schritt nach vorn.

»Ihr irrt Euch, Herr, keiner hat Euch etwas weggenommen, das Euch gehört. Eure Scheune und Euer Holz sind unversehrt.«

Die Männer grölten. »Eine scharfe Zunge führt das Weib im Mund!«, lachte Jörgs Vetter aus Gaildorf.

»Nehmt es ihr nicht übel, Junker, ich bitte Euch«, mischte sich Jos stotternd ein. »Jodokus Andreas Zeuner ist mein Name. Ich bin Siederknecht der Herren Blinzig in Hall.«

Als sie den Namen der Reichsstadt hörten, murrten die Männer und sahen Jos finster an.

»Soso, ein Haller Siederknecht«, wiederholte der Schenkensohn und hob sein Schwert. Mit einer Drehung seines Handgelenks schlitzte er Jos' Kittel einige Fingerbreit auf. »Du solltest dich eilen, dass du vor Einbruch der Dunkelheit das Tor erreichst, sonst könnte es eine gefährliche Nacht werden, da draußen in den feindlichen Wäldern.«

Jos zögerte, doch der Schenkensohn hatte bereits das Interesse an ihm verloren. Stattdessen legte er den Arm um Sara und zog sie an sich.

»Schmetterling, ich verstehe dich nicht. Wie kannst du so einen schmutzigen Burschen an deine Haut lassen, wo du einen Edlen beglücken darfst.«

»Ich lasse niemanden an meine Haut, weder ihn noch Euch«, fauchte Sara und wand sich aus seinem Arm.

Die Männer lachten. »Du musst die Wildkatze zähmen«, rief einer übermütig.

»Aber ja«, nickte Schenk Jörg und fixierte Sara. »Noch einmal wirst du mein Lager nicht ablehnen«, sagte er leise.

»Eher lass ich mich in Schimpf und Schande von der Burg jagen, als dass ich mit Euch das Lager teile«, zischte Sara und funkelte den Schenkensohn wütend an. Jos zuckte zusammen. Zwar war ihm der Gedanke unerträglich, der arrogante Geck könne sie berühren, doch so ein unüberlegtes Reden konnte sie beide um Kopf und Kragen bringen.

»Ach ja?« Er stieß sie von sich. »Das kannst du haben, du freches Luder. Wir zeigen dir und deinem Knecht gerne, was wir mit dem Gesinde des Tullauers gemacht haben.«

Ohne auf seine Worte einzugehen, trat Sara noch ein paar Schritte zurück. »Verzeiht, Herr, ich kann nicht bleiben, Eure gnädige Mutter verlangt sicher nach mir.« Sie knickste kurz und lief dann eilig den Hang hinunter und auf das Burgtor zu. Jos stürmte ihr hinterher.

»Oh Sara, was für ein Unglück«, jammerte Jos. »Was sollen wir jetzt tun?«

Das Mädchen machte eine wegwerfende Handbewegung. »Ach, nimm das nicht so schwer. Der beruhigt sich schon wieder und bis dahin sehe ich zu, dass ich ihm nicht über den Weg laufe. Die Schenkin hat ein offenes Ohr für ihre Mägde«, sagte Sara und in ihrer Stimme klang Bewunderung. »Gräfin Susanna von Tierstein ist eine Heilige!«

Noch immer zögerte Jos, doch Sara gab ihm einen

Schubs. »Nun lauf schon. Die Torwächter warten nicht auf dich. Du kannst ja morgen nach der Messe wieder kommen.«

Und damit drehte sie sich um und verschwand im Düstern des Torturms. So blieb Jos nichts anderes übrig, als sich auf den Heimweg zu machen. Eilig lief er durch den Wald, bis er, außer Atem und mit rotem Kopf, das Haller Stadttor erreichte.

KAPITEL 2

Jos schlief schlecht in dieser Nacht. Immer wieder warf er sich von einer Seite auf die andere, dass das Stroh in der Matratze knisterte. Sein jüngerer Bruder Martin zog sich ärgerlich die Decke über den Kopf.

»Lieg endlich still!«, schimpfte er schlaftrunken.

So lag Jos wach auf dem Rücken, die Hände vor der Brust gefaltet, und wartete ungeduldig auf den Hahnenschrei. Kaum kroch das Grau des Morgens durch die Ritzen, war er schon auf den Beinen. Er schlüpfte in Hemd und Kittel, zog die Beinlinge hoch und nestelte sie an der Bruech fest. Mit klappernden Holzschuhen eilte er in die Küche, löffelte schweigend seine Milchsuppe und begleitete dann Mutter und Geschwister zur Kirche hinüber. Der Pfarrer sprach über das sechste Gebot. Er ermahnte die Männer nicht mit den freien Weibern die Ehe zu brechen, und rügte die Frauen, die mit aufreizenden Blicken die Männer zu sündigem Tun verführten. Jos dachte an Sara.

Endlich war die Messe aus. Zwei Stufen auf einmal nehmend, rannte er die Treppe hinunter.

»Jos!«

Der junge Mann bremste seinen Lauf abrupt, sodass er fast vornüberfiel. Drüben auf dem Brunnenrand saß Sara, ein Bündel auf ihren Knien. Atemlos eilte Jos zu ihr.

»Oh, Sara, was ist geschehen?«

»Die Gräfin liegt im Sterben. Der junge Herr hat herumgewütet, dass keiner mehr seinen Weg kreuzen wollte. Ja, und sein Bruder Wilhelm hat sich — obwohl er der Ältere ist — weinend und betend in die Kapelle zurückgezogen.«

»Und da hast du einfach dein Bündel gepackt und bist weggelaufen?«, fragte Jos.

Saras blaue Augen blitzten schon wieder gefährlich. »Nein, nicht so einfach. Erst als der Junker Jörg wie der Teufel persönlich durch die Burg jagte und herumschrie, nun sei seine Zeit gekommen und wir alle würden merken, dass der Müßiggang vorbei wäre. ›Fürchtet euch zu Recht‹, schrie er, ›denn nun werdet ihr meine harte Hand spüren.‹ Da habe ich mein Bündel gepackt. Wer weiß, ob der Schenk aus dem Kampf zurückkehrt.«

Jos streichelte unbeholfen ihre Hand. »Natürlich hast du recht daran getan, die Burg zu verlassen, nur ...«, er zuckte hilflos mit den Schultern, »... wie soll es denn jetzt weitergehen? Hier in Hall darfst du sicher nicht bleiben.«

Sara nickte. Natürlich wusste auch sie, dass es nicht möglich war, einfach bei Jos zu bleiben. Er war nur ein einfacher Haalknecht, der noch dazu drei Geschwister und seine Mutter unterstützen musste. Es würde noch viele Jahre dauern, bis er daran denken konnte, sich eine Frau zu nehmen.

Schweigend saßen sie nebeneinander auf dem Brunnenrand, bis Maria in einem kurzen braunen Kittel angelaufen kam, vor den beiden stehen blieb und Sara misstrauisch musterte.

»Wer ist denn die?«, fragte Maria nach einer Weile.

Jos war die unverhohlene Neugier seiner kleinen Schwester peinlich, doch er stellte die Mädchen einander vor.

Bevor die Kleine Sara mit unangenehmen Fragen löchern konnte, trat Jos' Mutter heran. Auch sie musterte die fremde Magd kritisch, aber dann lächelte sie und lud Sara zu einem Teller Kohlsuppe und verdünntem Kocherwein ein.

Später schlenderten die beiden durch die Stadt. Jos zeigte Sara die Haalhäuser und führte sie dann über den Markt und in die Oberstadt zu den turmartig aufragenden Steinhäusern der reichen Junker. Dann folgten sie den engen Treppengässchen zum Unterwöhrd hinunter, wo sie Stefan trafen. Sie setzten sich auf einen mächtigen Eichenstamm und plauderten angeregt miteinander. Es wurde Nachmittag, doch noch immer hatten sie keine Lösung für Saras Problem gefunden.

»Wo leben deine Eltern?«, fragte Stefan und teilte einen Apfel mit seinem Messer in drei Stücke.

»In Winterrain«, antwortete Sara und nahm dankend einen Apfelschnitz entgegen. »Sie bewirtschaften für die Gnadentaler Nonnen einen Hof.«

Stefan überlegte kauend. »Das ist an der Bibers, am Fuß des Eichelbergs, nicht?«

Sara nickte.

»Kann dein Vater dir nicht wieder eine Stelle besorgen?«, fragte Jos aufgeregt.

Sara schien wenig begeistert. »Vielleicht, vielleicht auch nicht.«

Stefan erhob sich und wischte sich die Hände an seinen schmuddeligen Beinlingen ab.

»Dennoch wäre es das Vernünftigste, wenn du dich heute noch nach Winterrain aufmachen würdest. Ich kann in den nächsten Tagen bei den Siedern herumfragen, ob einer eine tüchtige Magd braucht und ob er für dich vor dem Rat bürgen würde.«

Auch Jos bestürmte sie vernünftig zu sein und so gab Sara schließlich nach. Die beiden holten Saras Bündel und wanderten dann zum Weilertor hinaus. Auf keinen Fall wollte Jos es sich nehmen lassen, Sara zu ihren Eltern zu begleiten.

Die Sonne lugte nur ab und zu zwischen den dickbauschigen, düsteren Wolken hervor, als die beiden über die Ebene schritten. Sie durchquerten Heimach, verließen dann jedoch die Michelfelder Landstraße und wanderten, vorbei an zwei Burgruinen zu ihrer Rechten, auf den bewaldeten Streifelesberg zu. Zwischen Eichen und Buchen stieg der Weg an und folgte der steil in eine Klinge abfallenden Hangkante. Die Sonne stand schon tief, als sie Rinnen erreichten. Es war der letzte Weiler im Haller Gebiet. Noch einen Berghang hinunter, dann standen sie vor der Heg.

Die Grenze, die die Reichsstädter um ihr Land gezogen hatten, bestand meist aus einem Graben und einem Wall, der mit einer dichten Hecke bepflanzt war. An manchen Stelle gab es jedoch auch einen Graben mit zwei Wällen oder, im Abstand von nur wenigen Schritten, zwei Wälle mit jeweils einem Graben. Vier große Landtürme bewachten die Straßen, über die die Händler das Haller Land betraten und verließen, doch es gab auch kleine Durchlässe mit Fallen und Riegeln, mal so schmal, dass die Bauern sie nur zu Fuß passieren konnten, mal so, dass auch ein Reiter hindurchpasste. Die Bewohner der nahe gelegenen Weiler mussten die Hecken aus Hainbuchen und Haselnuss pflegen, bis sie so dicht wuchsen, dass kein Reiter sie passieren konnte. Jeder Bewohner des Haller Landes musste einmal im Jahr einen Tag an der Heg arbeiten. Die Haller Hegreiter kontrollierten die Grenze, doch es waren zu wenige, um

Hegfrevel zu verhindern. Immer wieder schlugen sich die Bauern schmale Durchgänge in die Hecken, um lange Umwege zu außerhalb der Grenze liegenden Feldern zu vermeiden.

Sara und Jos passierten die Heg durch ein Tor, das unmittelbar neben dem Kloster Gnadental lag. Die Zisterzienserinnen hatten die Klostergebäude, die um den quadratischen Kreuzgang angeordnet waren, und den ummauerten Klosterweiler direkt an die Haller Grenze gebaut. Die Nonnen nannten einige Höfe, Wälder und Wiesen ihr Eigen. Die lagen verstreut im Land der Weinsberger oder der Hohenloher und so manches Stück auch innerhalb der Haller Landheg.

Jos und Sara wanderten weiter und folgten dem Flüsschen Bibers, bis sie einen Hof erreichten. Das Wohngebäude, der Viehstall und die Scheune umschlossen einen nahezu quadratischen Hof. An der offenen Seite, die nach Süden zeigte, zog sich eine dichte Dornenhecke entlang, in deren Mitte ein Tor war. Vor dem Haus saß eine Frau auf einem Schemel, rupfte ein mageres Huhn und steckte die Federn sorgfältig in einen Sack. Sie trug ein Leinenhemd und einen Rock aus ungebleichter Wolle, der an einigen Stellen geflickt worden war. Um den Kopf hatte sie sich ein grobes Tuch geschlungen, unter dem einige graue Strähnen hervorlugten.

»Heilige Jungfrau!«, rief die Bäuerin aus, als sie ihre älteste Tochter erblickte. »Sara, was in aller Welt tust du hier?«

Sie legte das Huhn beiseite, erhob sich und wischte sich die Hände an ihrer Schürze ab. Sara druckste ein wenig herum, bis die Geschichte endlich heraus war. Und obwohl Jos versicherte, Sara träfe nicht die geringste

27

Schuld, zog die Mutter ein unglückliches Gesicht und murmelte: »Das wird dem Vater nicht gefallen, oh nein. Wo er doch so froh war dich bei den Schenken gut untergebracht zu haben. Er wird toben, das kannst du glauben.«

Schweigend standen Sara und Jos im Hof und sahen sich hilflos an.

»Und was ist mit dir, Bursche?«, fragte die Mutter. »Suchst du auch Arbeit?«

»Jos ist mein Name, Frau Bäuerin, Jos Zeuner aus Hall. Nein, ich arbeite auf dem Haal. Ich habe nur Sara begleitet. Es ist so manches Gesindel in den Wäldern unterwegs.«

Die Bäuerin nickte beifällig. »Wohl gesprochen, Jos. Man kann die Räubernester nicht mehr zählen, aus denen sie hervorquellen wie die Heuschrecken der ägyptischen Plagen, um unsere Felder zu verwüsten und unser Vieh davonzuschleppen.«

Sie runzelte die Stirn und schüttelte den Kopf, doch dann erinnerte sie sich ihrer Gastgeberpflichten.

»Es ist viel zu spät, um heute noch nach Hall zurückzuwandern. Jos, setz dich zu uns zum Spätmahl. Du kannst dann mit unserem Knecht in der Scheune schlafen.«

Sara und Jos folgten der Bäuerin in die Küche. Hier brodelte schon das Gerstenmus in einem eisernen Kessel über dem Feuer. Sie stellte einen Krug mit Wasser und einen mit Molke auf den Tisch und eine Schale mit Apfelbrei.

Draußen bellten die Hunde, dann stürmten zwei Knaben in die Küche. Ihnen folgte ein vierschrötiger Mann mit schiefem Gesicht, der ein kleines Mädchen im kurzen Kittel auf den Armen trug. Zum Schluss betrat der Hausherr den Raum. Bauer Stricker betrachtete seine

Tochter und den fremden jungen Mann und zog fragend die buschigen Augenbrauen hoch.

»Nun?«, brummte er nur.

Stotternd erzählte Sara noch einmal ihre Geschichte, ohne jedoch den Vater anzusehen.

»Es war nicht ihre Schuld«, fügte die Bäuerin hinzu, als Sara geendet hatte, und stellte die Schüssel mit dampfendem Mus auf den Tisch. Der Vater sah seine Tochter noch immer scharf an, doch dann griff er nach seinem Löffel und begann schweigend das Mus zu essen. Die anderen warteten, bis er sich dem Apfelbrei zuwandte, dann begannen auch sie zu essen. Jos saß neben Kaspar, dem stummen Knecht, der in solch einer Geschwindigkeit sein Mus in sich hineinschaufelte, dass es einem vom Zusehen schwindelig werden konnte. Sara saß zwischen ihren beiden jüngeren Brüdern, die Mutter hatte die Kleine auf dem Schoß, da für sie kein Hocker mehr übrig war.

Das ganze Nachtmahl über sprach der Vater kein Wort. Erst als er sich erhob, um im Stall noch einmal nach dem Rechten zu sehen, sah er seine Älteste wieder an.

»Ich bringe dich morgen zu den Nonnen nach Gnadental. Vielleicht haben die Verwendung für dich. Im Kloster gibt es keine Ritter, die nach einem Rock gieren.«

* * *

Die Sonne hatte sich noch nicht über die lichtgrün knospenden Buchenwipfel erhoben, da herrschte auf dem Gnadentaler Hof, den Bauer Stricker zur Pacht hatte, schon emsige Geschäftigkeit. Die Schweine und Ziegen mussten gefüttert werden, die beiden Kühe gemolken und auf die Weide gebracht. Sara fütterte noch schnell die Hühner und Enten, dann umarmte sie die Mutter und die kleine Schwester zum Abschied, packte wieder ihr Bündel und folgte dem Vater und Jos die Bibers entlang zum Kloster hinunter.

Bald erhob sich die ummauerte Klosteranlage vor ihnen. Die Sonne ließ die Spitze des Dachreiters blitzen, der schlank auf dem Giebel der einfachen Kirche saß. Wie die anderen Bettelorden auch verzichteten die Zisterzienser auf Prunk und Zierrat in ihren Kirchen und so war auch ein himmelwärts strebender Turm verboten. Nur ein Dachreiter mit einer Glocke, die Schwestern und Laien zum Gebet rief, erlaubte die Regel.

Bauer Stricker pochte an das Tor. Ein schmales Fensterchen öffnete sich, dann knirschte der schwere Riegel und das Tor schwang auf. Die alte Portnerin sah die Besucher streng an und fragte dann nach ihrem Begehren. Wie alle Zisterzienserinnen war sie mit einem langen weißen Gewand aus ungefärbter Schafswolle bekleidet, darüber das Skapulier und den schwarzen Schleier.

»Das kann ich nicht entscheiden«, sagte die Alte, als Bauer Stricker seinen Wunsch vorgetragen hatte. »Wartet hier. Ich werde die Bursnerin holen«. Langsam schlurfte sie davon.

Sara, Jos und Bauer Stricker warteten vor dem Tor. Es dauerte eine ganze Weile, bis die Portnerin mit einer anderen Nonne zurückkehrte. Die Bursnerin gehörte, wie die Pförtnerin, zu den wenigen Nonnen, die mit Laien sprechen durften. Ja, sie musste es sogar, denn wie hätte sie sich sonst um die wirtschaftlichen Belange des Klosters kümmern sollen? Sie hatte nicht nur die Aufsicht über die Kellerin und die Kastenmeisterin, sie überwachte auch, ob die Laienbrüder und -schwestern ihre Arbeit taten, und teilte den Mägden und Knechten ihre Aufgaben zu. Um die verpachteten Höfe regelmäßig zu besuchen und dort nach dem Rechten zu sehen, hatte das Kloster allerdings einen Verwalter.

Schwester Rahel, eine hagere Frau in den Vierzigern, die schon als junges Mädchen nach Gnadental gekommen war, war sich der Ehre wohl bewusst, einen so verantwortungsvollen Posten ausfüllen zu dürfen, und so duldete sie nicht die geringste Nachlässigkeit. Die Bursnerin schritt einmal um Sara herum, um sie genau zu betrachten. Der Blick aus den kühlen grauen Augen schien das Mädchen zu durchbohren. Ihr Mund war zu einem Strich zusammengepresst, auf der Stirn erschien eine steile Falte.

»Nun gut«, sagte sie nach einer Weile in strengem Ton. »Du kannst bei der Wäsche helfen und im Garten.«

Der Bauer verbeugte sich. »Ich danke Euch, Schwester.«

Der Blick der Nonne wanderte zu Jos. »Ist der junge Mann dein Bruder?«

Jos wurde rot, riss seinen speckigen Hut vom Kopf und beugte den Nacken. »Nein, ehrwürdige Schwester, ich habe Sara nur von Hall her begleitet.«

»Hm, nun gut.« Sie wandte sich wieder Sara zu. »Ich sage es dir dennoch mit allem Nachdruck: Wenn du hier im Haus mit unseren Mägden und Laienschwestern wohnst, wird es keine unkeuschen Besuche geben! Verstöße gegen unsere Regeln wissen wir wohl zu strafen. Hast du das verstanden?«

Sara senkte den Blick und knickste. »Ja, Schwester.«

»Verabschiede dich nun von deinem Vater. Die Glocke wird gleich zur Messe rufen. Schließe dich den anderen Mägden an. Nach der Messe wird dich Laienschwester Gertrude in deine Pflichten einweisen.«

Nach diesen Worten wandte sie sich um und verschwand wieder hinter den düsteren Mauern des Klosters.

»Sara«, sagte der Vater und legte seine Hände schwer auf die Schultern seiner Tochter, »du wirst tun, was die Schwestern dir sagen, und der Familie keine Schande machen!«

»Ja, Vater«, murmelte sie.

Er küsste sie auf die Stirn, dann wandte er sich ab und ging davon, ohne sich noch einmal umzudrehen. Sara sah ihm nach, bis er durch das Tor in der äußeren Mauer, die den zum Kloster gehörenden Weiler umschloss, verschwand.

»Und nun müssen auch wir Abschied nehmen«, sagte Jos und drehte seinen Hut in den Händen. »Hör, die Glocke ruft schon zur Messe.«

»Werde ich dich nicht wieder sehen?«, fragte Sara und riss die Augen auf.

»Du hast doch gehört, was die Schwester gesagt hat«, gab Jos zu bedenken. »Sie sieht so aus, als wüsste sie wirklich zu strafen.«

Sara machte eine wegwerfende Handbewegung. Ein schelmisches Lächeln huschte über ihre Lippen.

»Nun, wenn du an unkeusche Besuche dachtest, dann fielen diese natürlich unter das strenge Verbot.«

Jos wurde rot. »Nein, nein, ich dachte nur, also, wenn du es möchtest, dann komme ich natürlich gern, wenn ich dich damit nicht in Schwierigkeiten bringe und wenn es dir auch wirklich recht ist ...«

Sara trat vor, stellte sich auf die Zehenspitzen und hauchte Jos einen Kuss auf die Wange. »Gut, wann sehe ich dich?«

»Am Sonntag, nach der Messe, ganz bestimmt«, stotterte der junge Mann.

Sara drehte sich um, raffte ihren Rock und lief an der Mauer entlang auf die Kirche zu, doch nach einigen Schritten drehte sie sich noch einmal um und rief: »Ich werde auf dich warten!«

Dann war sie verschwunden. Jos stand noch eine ganze Weile vor den aufragenden Mauern des Klosters, während sich im Innern der Kirche die klaren Stimmen der Nonnen erhoben, um Gott zu danken und die Heilige Jungfrau zu ehren. Endlich gab sich Jos einen Ruck und machte sich auf den Heimweg. Hoffentlich war Stefan nicht allzu böse mit ihm, denn selbst wenn er mit strammem Schritt zulief, würde er kaum vor der elften Stunde auf dem Unterwöhrd eintreffen.

* * *

Mit hochrotem Kopf, durstig und außer Atem, erreichte Jos die Stadt. Nach dem Weilertor musste er seine Schritte zügeln: Zu viele Karren und Menschen waren in den engen Gassen unterwegs und alle wollten die Henkersbrücke überqueren.

Mitten auf der Brücke, bei dem kleinen Häuschen, in dem der Nachrichter seine Werkzeuge aufbewahrte, saß ein Mädchen auf einem niederen Hocker. Sie war klein, aber trotz ihrer vierzehn Lebensjahre schon üppig weiblich gebaut. Ihr Gesicht war von der Sonne gebräunt, das lange schwarze Haar fiel ihr offen über den Rücken. Beim ersten Hinsehen hätte man sie für ein Zigeunermädchen halten können, doch obwohl sie keine Schuhe trug, war ihr Rock aus teurem Tuch und ihre Haltung stolz. Das Mädchen saß ganz ruhig da, die dichten schwarzen Wimpern über die Augen gesenkt, und dennoch beobachtete sie das Geschehen auf der Brücke genau.

Wie meist um diese Uhrzeit herrschte auf der Brücke dichtes Gedränge. Immer wieder mussten die Menschen an die Mauer ausweichen, um ein Fuhrwerk oder einen Reiter durchzulassen. Mägde und Knechte, Ratsherren und Handwerker, Händler und Bettler waren unterwegs. Dem Mädchen jedoch kam keiner zu nahe. Als wäre sie von einer unsichtbaren Schranke umgeben, strömten die Menschen zwei Armeslängen von ihr entfernt vorbei.

Auch Jos machte um Rebecca einen großen Bogen. Ihr Vater war der Nachrichter, der mit seinem Knecht nicht nur das verendete Vieh verscharrte und die Kloaken leerte, er war auch der Herr über die Gefängnistürme, musste die ergriffenen Missetäter peinlich verhören und die Verurteilten strafen. So hatte er nicht nur gelernt mit Ruten umzugehen, auch das Schwert wusste er wohl zu führen.

Die Bürger hatten vor Meister Geschydlin Respekt und sein Wort hatte Gewicht. Dennoch machte seine Arbeit ihn und seine Familie unehrlich. Schon eine Berührung mit dem Henker oder seinen Kindern konnte einen geachteten Bürger ebenfalls unehrlich machen und ihn damit zu einem Leben als Außenseiter zwingen, der sich nur noch durch Betteln oder andere unehrliche Arbeit ernähren konnte. Jedenfalls würde ihn kein Handwerksmeister mehr beschäftigen.

Ein langer Karren, hoch mit Holz beladen, rumpelte auf die Brücke. Rebecca sprang auf, trat an den Wagen und streckte dem Fuhrmann einen kleinen Korb entgegen.

»Holzzoll für die Stadt«, sagte sie mit dunkler Stimme.

Der Mann auf dem Kutschbock vermied es, ihr in die braunen Augen zu sehen. Er öffnete den Beutel an seinem Gürtel, nahm ein paar Münzen heraus und ließ sie in das Körbchen fallen. Rebecca nickte mit dem Kopf, trat zurück und nahm ihren Platz auf dem Schemel wieder ein. Langsam ruckelte das Gefährt die Brücke hinab Richtung Grasmarkt weiter.

»Ach, der Herr Zeuner gesellt sich auch noch zu uns«, spottete Stefan, als Jos auf dem Unterwöhrd eintraf.

»Es tut mir Leid«, schnaufte Jos und ließ sich auf einen Stamm fallen. »Es war gestern so spät und da konnte ich nicht mehr zurück nach Hall und heute Morgen haben wir Sara zu den Nonnen gebracht und ...«

»Jetzt beruhige dich erst einmal und trink etwas«, stoppte der Flößer den Redefluss seines Freundes und reichte Jos den Trinkschlauch. »Bisher ist noch keiner der hohen Herren hier aufgetaucht, also halte den Mund und hole dir deine Heller für den ganzen Tag ab. Ich habe mit unserem Stapel dort drüben schon angefangen. Sobald du wieder bei Atem bist, kannst du mir helfen.«

Jos' Wangen röteten sich noch eine Spur tiefer. »Danke, Stefan, du bist ein wahrer Freund unter den Augen des Herrn.«

»Ach was!« Der Hüne hieb Jos freundschaftlich auf den Rücken, sodass der fast von seinem Sitzplatz herunterfiel.

Die beiden jungen Männer arbeiteten, bis die Sonne unterging. Dann lud Stefan Jos auf einen Krug sauren Kocherwein in die »Glocke« ein. Das Gasthaus lag in der Mauergasse, drüben, jenseits des Kochers in der Katharinenvorstadt. So hatten es die beiden nachher nicht mehr weit nach Hause. Jos begleitete Stefan durch die Zollhüttengasse und verabschiedete sich dann vor dem windschiefen Häuschen von ihm, das er mit seiner Schwester und deren Gatten zusammen bewohnte.

Beschwingt ein Lied pfeifend, ging Jos die Lange Gasse entlang. Düster reckte sich der Kirchturm von St. Katharina in den sternenklaren Nachthimmel. Der Mond beschien die baufälligen, geduckten Häuser zu beiden Seiten der Kirche, die von Unrat bedeckte Gasse und die Stufen, die zur Kirche hinaufführten.

Bewegte sich dort an der Außenwand des Chors nicht etwas? Jos hielt inne, sein Lied erstarb. Schon in Friedenszeiten war es nicht immer ungefährlich, nachts durch die Gassen zu gehen, doch seit die Städte gegen die Raubnester der niederen Adeligen zogen, kam immer mehr Gesindel in die Wälder und die Vorstädte.

Im Schatten der Häuser schlich Jos vorsichtig weiter. Da! Da war tatsächlich eine merkwürdig geduckte Gestalt. Ein dunkler Umhang verbarg den Körper, der sich seltsam ruckhaft fortbewegte und dann durch die angelehnte Tür in einen niederen Holzschuppen kroch.

Wollte der Kerl dort drüben die Witwe Aspach bestehlen? Jos zögerte. Wie üblich war der Nachtwächter nie dort, wo man ihn brauchte. Drüben von St. Johann her erklang sein Lied.

Sollte er den Dieb selbst stellen? Jos war nicht gerade ein Schwächling, dennoch meldete sich sein Magen und seine Knie wurden seltsam weich, wenn er daran dachte, dass der Kerl dort drüben einen Dolch oder gar einen dieser mit eisernen Spitzen besetzten Knüppel dabeihaben könnte.

Stefan würde nicht einen Augenblick zögern, dachte Jos beschämt, fasste sich ein Herz und huschte dann lautlos über die Gasse. Langsam schlich der junge Mann an der bröckeligen Hauswand entlang und lugte dann um die Ecke. Ein Windstoß öffnete die Schuppentür. Die Scharniere gaben ein klagendes Geräusch von sich. Eine getigerte Katze huschte über den verunkrauteten Hof und kletterte blitzschnell auf die Linde, die bei der Kirche stand. Noch einmal knarrte die Schuppentür. Eine Hand erschien im Mondlicht, griff nach der Tür und wollte sie zuziehen, doch da stürzte Jos nach vorn, umfasste das Handgelenk des Unbekannten und drückte mit aller Kraft zu.

Ein heller Schmerzensschrei erklang und dann ein Schluchzen, das sich nicht nach einem Diebesburschen anhörte.

»Au, Ihr tut mir weh, ach bitte, lasst mich los, ich habe nichts Unrechtes getan«, flehte die weinerliche Stimme eines Mädchens.

»Und was tust du dann hier?«, fragte Jos mit strenger Stimme, lockerte aber seinen Griff ein wenig.

»Ich wollte in dem Schuppen nur schlafen. Ich hatte Angst, die Nacht alleine draußen zu verbringen«, antwortete das Mädchen und zog geräuschvoll die Nase hoch.

»Wer bist du? Komm heraus und lass dich ansehen!«

Ein Kratzen und Schaben, wieder quietschte die Tür, als die Gestalt ins Freie kroch. Der dunkle Umhang fiel zu Boden und das Mondlicht schien in ein schmutziges Kindergesicht mit hohlen Wangen.

»Ich bin's doch nur, die Hinke-Anna«, sagte das Mädchen und sah Jos aus großen dunklen Augen an.

Jos kannte das Mädchen, das seit einiger Zeit mit ihren beiden älteren Brüdern in Hall bettelte. Die Mutter war schon vor Jahren an der Pest gestorben, der Vater bei der Erstürmung der Burg Maienfels ums Leben gekommen. So blieb den mittellosen Waisen nichts anderes übrig, als in den Gassen von Hall zu betteln. Ab und zu durften die Brüder ein paar Tage einem Bauern auf dem

Feld mithelfen oder für einen Handwerksmeister Botengänge erledigen, doch das brachte nicht genug Heller ein, um die drei vor dem Hunger zu bewahren.

»Wo sind deine Brüder?«, fragte Jos und ließ das Mädchen los. Anna rieb sich verstohlen den Arm.

»Will und Jörg sind mit einem Mann mitgegangen.«

Jos ließ sich auf die raue Holzbank neben der Tür sinken und klopfte einladend auf den freien Platz neben sich.

»Was war das für ein Mann und wohin sind sie gegangen?«

Anna hinkte zu ihm und setzte sich dann neben den jungen Mann.

»Ich weiß nicht. Er sah aus wie ein Mönch und er hat gesagt, dass Will und Jörg gute Arbeit bekommen. Aber er meinte, er könne nur Kinder gebrauchen, die flink sind und schon kräftig mit anpacken können, deshalb durfte ich nicht mitkommen.«

»Und wo hat der Mann sie hingebracht?«

Das Mädchen zuckte die Schultern. »Das wollte er nicht sagen, aber Will hat mir versprochen mich nachzuholen, sobald er sich davonmachen kann.«

Jos erhob sich gähnend. »Ich muss jetzt mein Lager aufsuchen, sonst kann ich morgen keine Stämme ausziehen.«

Auch die Kleine rutschte von der Bank. »Hast du was zu essen?«, fragte sie schüchtern. »Mein Bauch tut so weh, dass ich sicher nicht schlafen kann.«

Jos kramte in seinem Bündel und zog einen Kanten dunkles Brot und ein kleines Stück Käse hervor. Hastig griff Anna danach und biss dann gierig in das Brot.

»Gottes Segen sei mit dir«, sagte sie undeutlich mit vollem Mund. Bevor sie den ersten Bissen heruntergeschluckt hatte, schob sie schon den Käse nach.

»Danke, mit dir auch«, antwortete Jos und gähnte noch einmal herzhaft.

Von der Zollhüttengasse her näherte sich ein Lichtschein.

Die Hellebarde klirrte, als der Nachtwächter mit ihr einen nur angelehnten Laden zustieß. Dann hörten sie auch seine tiefe Stimme. Wie ein Blitz verschwand Anna in dem Holzschuppen und zog die Tür hinter sich zu und auch Jos' Beine schienen plötzlich alle Müdigkeit vergessen zu haben. Der junge Siedersknecht huschte über die Lange Gasse und eilte im Schatten der Giebel nach Hause. Es war zwar nicht verboten, nachts auf die Gasse zu gehen, doch in diesen unsicheren Zeiten hätte er dem Nachtwächter sicher genau erklären müssen, warum er nicht in seinem Bett lag. Welchen Grund gab es schon für einen anständigen Bürger, sich draußen herumzutreiben, anstatt auf seinem Lager Kräfte für den nächsten Tag zu sammeln?

Die schmale Stiege knarzte unter seinem Schritt, als Jos sich im Dunkeln die Treppe hinauftastete. Er schlüpfte in die Kammer, lauschte einen Moment den ruhigen Atemzügen seines Bruders und dem Rascheln einer Maus in den Binsen. Rasch warf Jos den alten Umhang ab, schlüpfte aus Hemd, Beinlingen und Bruech und rutschte dann zu Martin unter die kratzige Decke.

KAPITEL 3

Zögerlich hellten sich die finsteren Wolken des späten Nachthimmels zu einem blassen Grau. Die Vorstadt erwachte und bald schon herrschte reger Betrieb. Überall wurde in den Küchen das Herdfeuer geschürt und in eisernen Kesseln Milchsuppe oder Getreidemus gekocht. Mädchen und Frauen trafen sich beim Brunnen, um das Wasser für den Tag zu schöpfen und Neuigkeiten auszutauschen. Den Schlaf noch in den Augen tappte Jos, nur mit seinem knielangen Hemd bekleidet, barfuß in die Küche hinunter. Selbst ein Schwall kaltes Wasser ins Gesicht konnte die Schläfrigkeit nicht vertreiben. Gähnend ließ sich Jos auf einen Schemel sinken, während die Mutter am Herd hantierte.

»Maria«, rief sie ihre Jüngste. »Lauf zum Brunnen und sieh nach, wo Greta mit dem Wasser bleibt.« Ungeduldig klopfte sie mit dem hölzernen Kochlöffel auf den Tisch. Das kleine Mädchen machte sich eiligst auf den Weg, doch es dauerte eine ganze Weile, bis die Schwestern zusammen mit den beiden gefüllten Wassereimern zurückkehrten.

»Mutter«, sprudelte Greta los und stellte den Eimer so hart ab, dass das Wasser überschwappte. »Mutter, so hör doch, was sie am Brunnen erzählen: Heute Nacht haben die Hegreiter sie ergriffen!«

Die Mutter goss Wasser in den eingedickten Brei vom Vortag und schob dann den Kessel über die Flammen.

»Egal, was die Leute schwatzen, es ist kein Grund, seine Pflichten zu vernachlässigen«, sagte sie barsch und gab der Tochter mit dem Löffel einen Klaps.

Murrend wusch das Mädchen die Schalen vom Vortag ab, während Maria auf die Bank kletterte und mit hungrigen Augen der Mutter zusah. Erst als alle um den wackeligen Holztisch saßen und warmen Haferbrei aßen, wagte Greta noch einmal die aufregenden Neuigkeiten zur Sprache zu bringen.

»Die Hegreiter haben die beiden Männer beobachtet, wie sie dem Heimbachwirt zwei Hühner stahlen«, berichtete sie mit einem scheuen Blick auf die Mutter. Da diese nichts dazu sagte, sondern nur schweigend ihren Brei löffelte, erzählte das Kind weiter.

»Die Hegreiter haben die Strauchdiebe nicht sofort gefasst, denn sie ahnten schon, dass sie es nicht nur mit einfachen Bettlern zu tun hatten.« Sie machte eine Pause und genoss es, dass die Brüder das Frühmahl vergaßen und stattdessen gespannt zu ihr hinübersahen.

»Nun erzähl schon weiter«, drängte Martin ungeduldig.

»Also, sie schlichen hinter den beiden Männern her und verfolgten sie bis zu deren Unterschlupf auf dem Streifelesberg. Und was glaubt ihr wohl, was sie da gefunden haben?« Greta reckte sich und sah fragend in die Runde.

»Einen bösen Troll mit roter Nase«, schlug Jos vor und wandte sich dann wieder der Breischüssel zu.

»Nein!«, rief das Kind erbost. »Es waren die Schuhe und der Mantel des Junkers von Morstein!«

Bei dieser Nachricht hielt sogar die Mutter kurz in ihrem Mahl inne. Martin riss erstaunt den Mund auf und Jos stieß einen Pfiff aus.

»Haben die Männer den Mord gestanden?«, fragte Jos,

doch seine Schwester zuckte mit den Schultern. Das hatte die Altheußlin, die neben dem Weilertor wohnte, nicht gewusst. Die Witwe eines armen Schusters hatte gerade den Eimer für die nächtliche Notdurft in das heimliche Gemach im Hof leeren wollen, als die Reiter mit den Gefangenen zum Tor kamen. Natürlich liefen die Altheußlin und ihre beiden Nachbarinnen, die gerade im Hof Hühner fütterten, sofort zum Tor, um Einzelheiten über die Männer zu erfahren, die gefesselt auf einem Pferd saßen. Und so konnten sie hören, was die Hegreiter dem Wächter am Tor berichteten. Die Frauen machten sich sogleich zum Brunnen auf und so verbreitete sich die Neuigkeit in Windeseile in der Haller Vorstadt.

Draußen erklangen Schritte, dann wurde die Tür aufgestoßen. Stefan duckte sich unter dem Balken hindurch und betrat mit einem Gruß auf den Lippen die Küche.

»Jos, bist du fertig?«

Der junge Mann wischte sich den Mund an seinem Hemdsärmel ab und sprang vom Schemel auf.

»Gleich, Stefan.«

Jos sauste in seine Kammer, schlüpfte in die Beinlinge, band sie an der Bruech fest und angelte dann nach seinen Schuhen. Er griff nach Gürtel, Beutel und Umhang und schon war er wieder unten in der Küche. »Wir können gehen«, sagte er atemlos. Seine Wangen glühten.

Axt und Flößerhaken geschultert, durchquerten die beiden jungen Männer die Stadt. Am Langenfelder Tor gesellten sich noch zwei Flößer zu ihnen. Gemeinsam machten sie sich in die Wälder der Limpurger auf, um die gefällten Stämme den steilen Hang hinunterzuschleppen und dann in den Kocher zu werfen. Während sie durch den frischen Morgen wanderten, drehte sich das

Gespräch immer wieder um die beiden Männer, die nun im Henkersturm saßen und auf ihr Verhör warteten.

»Die Schuhe und der Mantel beweisen, dass sie dem Junker das Lebenslicht ausgeblasen haben«, sagte Lienhart, ein untersetzter, kräftiger Kerl, der die vierzig bereits überschritten hatte.

Stefan wiegte den Kopf hin und her. »Ich will nicht sagen, dass die beiden keine üblen Strauchdiebe sind, aber es wäre doch möglich, dass sie die Sachen dem Mörder abgekauft oder gestohlen haben.«

»Schade, dass man den Junker schon begraben hat«, warf Lienhart ein, »sonst könnte man die beiden an seiner Leiche vorbeiführen. Ich habe gehört, dass die Wunden wieder zu bluten beginnen, wenn der Mörder sich seinem Opfer nähert, auch wenn es schon tagelang tot ist.«

Gilg nickte zustimmend. »Ja, und manches Mal richtet sich die Leiche auch auf. Aber man kann ja trotzdem ein Gottesurteil versuchen. Man braucht sie zur Wasserprobe doch nur in den Kocher zu werfen.«

»Also, ich kann mich, seit ich ein Knirps war, an kein Gottesurteil mehr erinnern«, gab Stefan zu bedenken. »Ich vermute, der Nachrichter wird die beiden peinlich verhören. Dann werden sie schon mit der Wahrheit herausrücken.«

»Ja, ich denke, es gibt noch in dieser Woche ein rechtes Spektakel auf dem Galgenberg.« Gilg verdrehte die Augen und ließ die Zunge heraushängen. Dann grinste er breit. Die Vorstellung schien ihm zu gefallen.

»Schon möglich«, stimmte ihm Stefan zu. »Wobei ich mir vorstellen könnte, dass sie die beiden für den Mord an einem Junker härter strafen als nur mit dem Strang.«

Jos schwieg. Er war schon bei zwei Hinrichtungen dabei gewesen, doch beide Male war ihm schlecht geworden. Wenn ihn die Siedersknechte oder Flößer nicht auffordern würden mitzukommen, dann wollte er sich das Schauspiel dieses Mal nicht ansehen. Nein sagen konnte er allerdings nicht, wenn sie ihn fragten. Was sollte er denn als Ausrede vorbringen? Vor allem vor Stefan wollte er nicht als Schwächling dastehen. So schritt er schweigend hinter den Männern her, die darüber rätselten, auf welche Weise die beiden Mörder wohl für diese Freveltat bestraft werden würden.

* * *

Es war bereits dunkel, als Rebecca das Haus ihres Vaters erreichte. Es war ein stattliches Gebäude, das es mit der Behausung manch eines reichen Handwerksmeisters durchaus aufnehmen konnte. Doch da die Bürger dem Nachrichter nicht zu nahe kommen wollten, lehnte das Haus, zwischen Faulturm und Henkersturm, direkt an der Stadtmauer und war an den freien Seiten von Gärten umgeben.

Rebecca hatte den beiden eingekerkerten Männern einen Krug Wasser und eine Schüssel Mus in den Kerker im Henkersturm bringen sollen. An einem Seil hatte sie den Korb durch die Öffnung in der Decke langsam hinunter in das finstere Verlies gelassen. Das Angstloch war der einzige Zugang zu der Gefängniszelle unten im Stadtturm, der dem Haus des Henkers am nächsten stand. So konnten die Gefangenen nur mit Hilfe eines kräftigen Seils hinuntergebracht oder wieder hinausgezogen werden. Zwischen den feuchten Mauern in der lichtlosen Kälte saßen die beiden Männer und warteten auf ihre Befragung durch die Richter und den Henker der Stadt.

Obwohl dichte Wolken den Nachthimmel bedeckten und man in den Gärten kaum einen Schritt weit sehen konnte, war das Mädchen nach Hause geeilt, ohne auch nur einmal zu straucheln.

Rebecca warf einen Blick in den niederen Stall, um zu sehen, ob ihr Bruder die Ziegen angebunden hatte, dann ging sie auf das Haus zu. Ihr Vater und sein Knecht würden bald vom Galgenberg zurückkommen und dann musste etwas auf dem Tisch stehen. Sie legte gerade ihre Hand auf die Klinke, als sich ein Schatten zwischen den Bäumen löste und auf sie zukam.

»Einen guten Abend wünsche ich dir, Rebecca.«

»Auch Euch einen guten Abend, Frau Wirtin«, antwortete das Mädchen, das trotz der Dunkelheit die reiche Witwe des Wirtes Büschler aus der Gelbinger Gasse erkannte.

»Jetzt komme ich also wieder hierher, denn ich weiß mir keinen anderen Rat. Der Bader zuckt nur mit den Schultern und sagt, das sei das Alter und ich solle die Schmerzen als Gottes Wille annehmen.«

Rebecca öffnete die Tür, doch die Wirtin wehrte ab. »Können wir in den Garten gehen?«

Rebecca führte die reiche Bürgerin zu der Gartenbank unter dem Birnbaum und setzte sich dann ins Gras, um zu hören, was die Frau von ihr begehrte. Bei Tageslicht hätte sie, wie die anderen Leute, die Tochter des Henkers mit keinem Blick gewürdigt, doch im Schutz der Nacht kam so mancher Bürger oder Hausgenosse hierher, um vom Nachrichter oder seiner Tochter Linderung seiner Leiden zu erbitten.

»Was plagt Euch denn, Frau Wirtin?«

»Ach, es ist immer noch das Bein. Das Reißen wird immer schlimmer und die Wunde lässt mir keine Ruhe.«

»Wollt Ihr nicht warten, bis der Vater zurückkehrt? Es kann nicht mehr lange dauern. Dann kann er sich Euer Bein ansehen und Euch den Schmerz nehmen.«

Die Büschlerin hob abwehrend die Hände. »Nein, nein, das wird nicht nötig sein.« Sie senkte ihre Stimme. »Ich dachte, du könntest mir vielleicht den Finger von einem Gehenkten geben. Und wenn es auch nur ein Stück davon wäre. Die Rohrmännin trägt einen an einem Lederbeutel um ihren Hals und ihre Rückenschmerzen sind seitdem wie weggeblasen. Ich würde fünf Batzen dafür zahlen!«, fügte sie nach einer Weile noch hinzu und ihre Stimme klang dabei fast flehend.

»Vater hat das böse Bein meines Bruders in nur wenigen Tagen von Eiter und Nässe befreit«, versuchte Rebecca es noch einmal, doch die Wirtin ließ nicht mit sich reden.

»Also gut, ich hole ihn Euch.« Rebecca streckte die Hand aus. »Das macht sechs Batzen.«

»Die Rohrmännin hat aber nur fünf bezahlt«, begehrte die Wirtin auf.

»Dieser hier ist aber auch ganz frisch«, entgegnete Rebecca.

»Also dann«, sagte die Wirtin unsicher und ließ sechs Münzen in Rebeccas Hand fallen.

»Wartet hier, ich bin gleich wieder da.«

Unruhig schritt die reiche Bürgerin im Garten des Henkers auf und ab, bis Rebecca zurückkehrte und ihr ein Lederbeutelchen entgegenstreckte. Das Mädchen spürte, wie die Frau zurückzuckte.

»Ihr könnt es ruhig nehmen«, sagte Rebecca kalt, »ich habe es nur mit Handschuhen angefasst.«

Dankbar griff die Wirtin zu und verließ dann eilig den verdammten Ort. Dass das Mädchen gar keine Handschuhe trug, konnte sie in der Dunkelheit nicht sehen.

Während Rebecca in der Küche das Feuer schürte und den Kessel über die Flammen schob, dachte sie über das merkwürdige Verhalten der Menschen nach, die sie bei Tag mieden und nachts ihre Hilfe suchten. War sie nur am Tag schmutzig und unehrlich oder dachten die reichen Bürger, Gott könne sie im Dunkeln nicht sehen? Woher kam der Glaube, schon eine Berührung mit ihr oder dem Vater könne unehrlich machen? Waren sie nicht auch Gottes Kinder, beteten und lebten nach seinen Gesetzen? Ja, der Vater verstieß gegen das Gebot, nicht zu töten, doch tat er dies nicht im Auftrag und zum Wohl der Stadt?

Rebecca schöpfte Wasser in den Kessel und warf eine Hand voll grobes Salz hinein. Sie dachte an ihre Mutter, die sterben musste, weil keine Hebamme sich an der Frau des Henkers hatte schmutzig machen wollen. Obwohl seitdem viele Jahre vergangen waren, hörte sie in manchen Nächten noch immer ihre verzweifelten Schreie. Drei Tage hatte sie gekämpft, aber das Kind, das nicht richtig in ihrem Leib gelegen hatte, wollte und wollte nicht kommen. Vater war auf Reisen gewesen und Nickel hatte der Meisterin nicht helfen können. Blond und zierlich war die Mutter gewesen, wie Michel, und voller Liebe und Güte. Wie gern hatte sie gelacht und gesungen und doch waren die Menschen vor ihr zurückgeschreckt, wie sie es heute auch vor Rebecca taten.

Langsam rührte sie den Eintopf durch, den sie am Morgen vorbereitet hatte. Bald roch es nach Zwiebeln und Kraut, nach Speck und nach Rüben.

Feste Schritte näherten sich, die Haustür wurde aufgestoßen und der Henker polterte in Stiefeln und rotem Umhang in die Küche.

»Einen gesegneten Abend, lieber Vater«, begrüßte ihn Rebecca, »das Essen ist gleich so weit.«

Meister Geschydlin strich seiner Tochter über die Wange und griff dann nach einem Krug, um Wein aus dem Keller zu holen.

»Darf ich Euch etwas fragen?«, begann Rebecca, doch der Vater schüttelte müde den Kopf.

»Lass mich erst einen Becher Wein und eine Schüssel Suppe leeren, dann können wir miteinander sprechen.«

Rebecca holte eine große Schüssel vom Regal und begann sie voll zu schöpfen, dann trug sie sie in die Stube, in der ein Ofen wohlige Wärme verbreitete. Nickel, der Henkersknecht, und ihr jüngerer Bruder Michel saßen schon am Tisch, die Löffel erwartungsvoll in der Hand. Rebecca stellte noch einen Topf mit Griebenschmalz auf den Tisch und legte einen großen, runden Brotlaib dazu. Da kam der Meister auch schon mit dem Weinkrug aus dem Keller, schenkte seinen und Michels Becher voll und dann den des Knechts. Rebecca trank Ziegenmilch.

Als die Männer satt waren, räumte das Mädchen Geschirr und Essensreste in die Küche. Sie säuberte Kessel und Schalen und brachte den Rest des Eintopfs in den Keller hinunter. Als sie die Stufen vom Keller wieder hinaufstieg, hörte sie des Vaters Stimme im Garten draußen — zusammen mit einer anderen Männerstimme. Michel rumorte in seiner Kammer und Nickel hatte sich bereits auf sein Lager in der Scheune zurückgezogen. Wer konnte der späte Besucher sein?

Sicher wieder einer dieser ehrbaren Bürger, dachte Re-

48

becca. Meist kamen sie nicht vergebens, denn der Henker kannte sich nicht nur mit dem Strafen und Töten aus. Manchen Knochenbruch hatte er besser versorgt als der Bader, Wunden heilten unter seinen Händen und er kannte die Rezeptur vieler wundersamer Kräutertränke. Wissbegierig hatte Rebecca bisher alles, was er ihr erzählt hatte, in sich aufgenommen. Um was es wohl dieses Mal ging?

Neugierig lauschte das Mädchen den beiden Männerstimmen, doch sie konnte die leisen Worte nicht verstehen. Schritt für Schritt trat Rebecca lautlos näher, aber plötzlich blieb sie wie erstarrt stehen.

»Es soll nicht Euer Schaden sein, Meister Geschydlin, wenn diese Mörder das Morgengrauen nicht mehr erleben«, sagte eine ihr fremde Männerstimme leise.

»Und wie stellt Ihr Euch das vor?«, brummte der Henker.

»Nun«, schmeichelte der Fremde, »einem Mann Eurer Erfahrung dürfte es doch keine Schwierigkeiten machen, die beiden aus dem Leben zu befördern, ohne dass es danach unangenehme Fragen gibt. Ein kleiner Gefallen für so eine große Menge Batzen.«

Rebecca hörte Münzen klirren.

»Warum sollen sie unbedingt heute Nacht sterben? Sie werden eh noch in dieser Woche auf dem Galgenberg ihr Leben aushauchen — oder zweifelt Ihr an der Schuld der Männer?«, fragte Peter Geschydlin ruhig.

»Nein, nein, sie sind die Mörder des Junkers, daran besteht kein Zweifel. Wozu sie morgen dann noch beim Verhör quälen?«

»Wer schickt Euch?«

»Oh, das soll nicht Eure Sorge sein«, wehrte der Fremde ab. »Ihr wollt es mir nicht verraten«, stellte der Nach-

49

richter fest. »Und vermutlich werdet Ihr mir auch nicht sagen, warum Euer Auftraggeber die Stimmen dieser Männer fürchtet.«

»Fürchten?« Der Mann lachte schrill. »Wer soll sich denn fürchten? Hört endlich damit auf, Fragen zu stellen. Alles, was Ihr tun sollt, ist, das Geld zu nehmen, die Männer zu beseitigen und den Mund zu halten. Schließlich ist das Töten Euer Beruf. Wozu also das zimperliche Getue?«

Rebecca spürte den unterdrückten Zorn in des Vaters Stimme.

»Ja, das Töten habe ich gelernt, mit dem Schwert, dem Strang, dem Rad oder durch das Feuer, doch ich bin ein Vertreter des Blutgerichts, von der Stadt und ihren Ratsherren beauftragt zu richten. Ich führe die Urteile aus, die unsere ehrenwerten Richter gesprochen haben. Ich befreie die Sünder von ihrem schuldigen Leib und gebe ihnen die Möglichkeit, nach dem reinigenden Fegefeuer Gottes Herrlichkeit zu schauen. Meine Arbeit mag mich unehrlich machen, doch sie macht mich nicht zu einem heimtückischen Mörder!«

»Ihr werdet diese Strauchdiebe im Laufe dieser Woche sowieso töten«, versuchte es der Fremde ein letztes Mal.

»Ja, wenn die Ratsherren Recht gesprochen haben, aber keine Stunde vorher.« Die Stimme des Henkers wurde scharf. »Meine Antwort lautet: Nein! Und nun nehmt Euren Beutel und macht, dass Ihr fortkommt.«

Rebecca vernahm gemurmelte Flüche und dann Schritte im Gras. Lautlos eilte das Mädchen zum Haus zurück. Sie rumorte geschäftig in der Küche, bis der Vater hereinkam.

»Du bist noch auf? Ach ja, du wolltest mit mir sprechen. Ist es sehr wichtig oder hat es bis morgen Zeit?«

»Morgen ist auch noch ein Tag«, beeilte sich Rebecca zu versichern. »Ihr seht müde aus, Vater. Soll ich Euch noch einen Gewürzwein am Feuer wärmen?«

Als sie mit dem Krug in der Hand in die Stube kam, saß der Vater auf der Bank, die Füße auf einem Schemel, und starrte abwesend in die Flamme der Lampe.

»Den Körper des Menschen kann man verstehen lernen, mein Kind, doch seine Seele ist unergründlich«, murmelte der Henker.

»Ja, Vater«, hauchte Rebecca. »Möge Euch Gott heute Nacht behüten.«

Leise verließ sie die Stube und stieg zu ihrer Kammer hinauf.

* * *

Am nächsten Tag konnte Jos nicht mit den Flößern in die Wälder ziehen. Im Haalhaus des Sieders Hans Blinzig musste einer der Herde abgebrochen und wieder neu gemauert werden.

Jos ging dem Sieder zur Hand, schlug Steine zurecht, rührte Mörtel an, heizte die Mauern auf und übergoss sie dann immer wieder mit Sole, die die Mauern des Herdes härten sollte. Den ganzen Tag über war er beschäftigt.

Als die Sonne unterging, schlurfte Jos nach Hause, aß Kohl mit Zwiebeln und legte sich dann auf sein Lager. So erfuhr er nicht, dass Stefan nicht mit den anderen Flößern am Abend nach Hall zurückkehrte. Gemeinsam waren die Männer zu beiden Seiten des Ufers flussabwärts auf Hall zugewandert und hatten die festgehakten oder gestrandeten Stämme vom Ufer befreit und in den Fluss zurückgestoßen. Auch dieses Holz sollte bis zu den Fangrechen am Unterwöhrd treiben, wo es am nächsten Tag ausgezogen werden musste.

* * *

Rebecca war wie jeden Tag früh auf den Beinen. Sie musste Wasser holen, das Morgenmahl kochen, die Ziegen aus dem Stall bringen und die Hühner füttern. Dann ging sie auf den Markt. Die Menschen wichen vor der Tochter des Henkers zurück und bildeten eine Gasse, durch die sie zum Stand von Metzger Firnhaber schritt. Hier kaufte Rebecca fetten Schweinenacken und Speck. Bei Bäcker Blank holte sie drei kleine dunkle Brote und auf dem Rückweg stattete sie Peter Heuser am Weilertor einen Besuch ab, um neue Stiefel für den Vater zu bestellen. Es war um die Mittagszeit, als sich Rebecca wieder zum Turm aufmachte, um den beiden Gefangenen frisches Wasser zu bringen.

Der Kerker lag still und dunkel zu ihren Füßen. Ein merkwürdiger Geruch stieg aus dem Verlies zu ihr hinauf. Den Gestank von Kot und fauligem Stroh war Rebecca gewöhnt, doch da war noch etwas anderes.

»Kommt her und schöpft euch Wasser«, rief sie hinunter.

Nichts rührte sich. Sie rief noch einmal, doch die dunkle Ahnung war ihr bereits zur Gewissheit geworden. Unten blieb es totenstill. Rebecca nahm eine Lampe und entzündete den Docht. Langsam ließ sie das Licht in die Tiefe. Der Schein tanzte über die Wände und erfasste dann zwei zusammengekrümmte Gestalten, die reglos und stumm auf dem Boden lagen.

Rebecca zog die Lampe wieder hoch und löschte die Flamme. Die Stirn in Falten gelegt, verließ sie den Turm.

Als der Vater am Nachmittag vom Rathaus zurückkehrte, fand er seine Tochter unter dem Birnbaum sitzend, die Beine eng an den Körper gezogen, die Arme um die Knie geschlungen. Der Nachrichter ließ sich neben ihr im Gras nieder.

»Was wolltest du mich fragen, meine Tochter?«

Rebecca sah ihn schweigend aus ihren dunklen Augen an. Es war, als versuche sie seine Seele mit ihrem Blick zu durchdringen. Endlich senkte sie die Lider. »Ihr solltet nach den Gefangenen sehen, Vater«, sagte sie ruhig.

»Aber was ...«, begann der Henker und musterte Rebecca. Sein Gesicht nahm einen grimmigen Zug an. »So ist das also«, murmelte er langsam. »Das hätte ich mir denken können.«

KAPITEL 4

Lienhart und Gilg saßen vor dem Langenfelder Tor auf einem umgestürzten Baum und warteten auf Jos und Stefan. Die Sonne war eben erst aufgegangen und ließ die Tautropfen im Gras wie Perlen glitzern. Zwei hoch beladene Fuhrwerke ratterten auf das Tor zu und hielten dann vor der Schranke an, um den Zoll zu entrichten. Auf der einen Ladefläche waren Weinfässer. Es war der Wagen des Sieders Blinzig, der eine Fuhre Salz verkauft hatte und nun Wein aus dem Süden als Rückfracht mitbrachte. Hinter ihm hielt der Karren eines Kaufmanns, der Ballen mit farbigen Stoffen geladen hatte.

»Da kommt Jos«, sagte Gilg und deutete auf das Tor.

Mit eiligen Schritten kam Jos auf die beiden Flößer zu.

»Stefan war heute Nacht nicht zu Hause«, rief er den beiden schon von weitem zu.

Lienhart zuckte träge die Schultern. »Ist ja nicht das erste Mal, dass er es nicht bis zum Schließen der Tore in die Stadt zurückschafft.«

Er erhob sich und schulterte die Axt. »Er wird schon kommen. Er weiß ja, wo wir heute sind.«

»Ja, aber wo kann er nur sein? Ist er denn gestern Abend nicht mit euch zurückgekommen?«, fragte Jos ratlos.

Gilg schüttelte den Kopf. »Nein, er wollte noch irgendetwas erledigen.« Ein breites Grinsen enthüllte seine lückenhaften Zähne. »Vielleicht hängt das mit ein paar prallen Brüsten und kräftigen Schenkeln zusammen.«

Jos schüttelte den Kopf. »Aber nein, das hätte er mir sicher erzählt.«

Die beiden Flößer grinsten sich an, doch damit war das Thema für sie erledigt. Eine viel spannendere Geschichte als die Unpünktlichkeit ihres Kumpanen galt es zum Besten zu geben.

»Hast du schon gehört, Jos? Das Hängen fällt diese Woche aus«, fing Lienhart an.

»Ach, warum denn?«, erkundigte sich Jos und bemühte sich enttäuscht auszusehen.

»Der Tod ist dem Henker zuvorgekommen«, klärte ihn Lienhart auf.

»Beide Mörder sind tot?«, fragte Jos ungläubig und nahm den schweren Flößerhaken von der einen Schulter auf die andere.

»Ja«, nickte Lienhart. »Ist schon merkwürdig, nicht?«

»Der Teufel hat sie geholt, weil Gott seine schützende Hand von ihnen genommen hat«, vermutete Gilg.

»Vielleicht haben sie sich gegenseitig umgebracht«, schlug Lienhart vor.

Sie wanderten am Ufer entlang bis zur langen Ebene, die der Kocher westlich von Michelbach in einer weiten Schleife umfloss. Steil stiegen die grauen Felswände aus der saftig grünen Flussaue auf. Ein Stück weiter nagte drüben auf der anderen Seite das braune Wasser am steilen Hang, der bei heftigen Regenfällen öfters ins Rutschen kam. Geröll und Erde prasselten dann in die Flut und wurden Stück für Stück kocherabwärts getragen.

Während sie immer wieder gestrandete Stämme ins Wasser zurückstießen, rätselten die Männer, was sich in dem finsteren Verlies wohl abgespielt haben mochte. Jos jedoch blieb schweigsam. Er dachte an Stefan. Ja, es stimmte, dass der Freund schon die eine oder andere

Nacht außerhalb von Hall verbracht hatte, doch nie war er, ohne ein Wort zu sagen, einfach weggeblieben. Auch war es gar nicht seine Art, der Arbeit fern zu bleiben.

Grübelnd stapfte Jos durchs dichte Schilf auf zwei Stämme zu, die sich dort in den tief hängenden Zweigen einer Weide verfangen hatten. Mit dem Haken schob er den ersten Baum an, bis ihn die Strömung erfasste und mit sich riss. Dann wandte er sich dem zweiten zu. In der kleinen Bucht hatte sich nicht nur das Flößerholz verfangen, es schaukelten auch kleine Zweige und Äste im Wasser. Zwischen ihnen tauchte immer wieder ein helles Stück Stoff auf. Ein Leinenhemd vielleicht. Ob man es noch verwenden konnte?

Der junge Mann ließ sich in die Hocke sinken und streckte die Stange mit dem Haken aus. Vorsichtig zog er an dem Stoff, schließlich wollte er ihn nicht zerreißen. Doch das Hemd hing fest. Komisch, worin konnte es sich verfangen haben? Jos zog ein bisschen stärker. Kleine Wellen kräuselten das Wasser. Etwas Großes tauchte kurz an die Oberfläche und verschwand wieder. Jos' Erstaunen wandelte sich in Entsetzen. Er stieß einen Schrei aus. Dort drüben im Wasser schimmerte das Weiß eines Hemdes, das sein Besitzer immer noch am Leib trug! Jos lief zu den beiden Flößern hinüber und winkte ihnen ihm zu folgen.

»Bist du sicher?«, fragte Gilg ungläubig.

»Ja, ich habe es genau gesehen. Da liegt ein Toter im Wasser.«

»Wie sollen wir ihn herausziehen?«, fragte Lienhart, der offensichtlich keine Lust hatte, ins kalte Wasser zu waten. »Sieh, er ist außerhalb der Reichweite unserer Stangen getrieben.«

»Jos geht ins Wasser und zieht die Leiche ans Ufer«, bestimmte Gilg. Jos machte ein unglückliches Gesicht, wagte aber nicht zu widersprechen. Er zog Schuhe und Beinlinge aus und watete dann langsam ins Wasser.

»Hier, nimm das Seilende«, rief ihm Lienhart zu. »Nicht dass du uns verloren gehst und von der Strömung weggetragen wirst.«

»Denn dann könnten sie in Hall deine Leiche herausziehen«, ergänzte Gilg und grinste. Ihm war das bleiche Gesicht des jungen Mannes nicht entgangen.

Jos schlang sich das Seil um den Leib und tastete sich dann Schritt für Schritt über den schlammigen Grund voran. Er versuchte den Toten mit seinem Flößerhaken zu sich zu ziehen, vergeblich. Immer wieder tauchte die Leiche unter, denn Jos wagte nicht den Eisenhaken in ihren Rücken zu schlagen. Seufzend tastete er sich weiter. Das Wasser reichte ihm schon über die Hüften, als er den Körper endlich zu fassen bekam. Er griff nach den schlaffen Armen und zog den Toten langsam an Land. Mit Lienharts und Gilgs Hilfe hob er ihn ans Ufer und legte ihn dann behutsam ins Schilf.

»Vielleicht kennen wir ihn«, sagte Gilg und wälzte den Toten auf den Rücken.

»Oh nein!«, stieß Jos aus. Ein Schluchzen entrang sich seiner Kehle. Rasch wandte er sich ab, damit die anderen die Tränen nicht sehen konnten, die in seinen Augen standen. Gilg fluchte leise, Lienhart bekreuzigte sich. Wie gelähmt standen die drei Männer schweigend um den Toten herum.

»Er ist ertrunken«, sagte Gilg nach einer Weile. »Um das zu sehen, brauche ich keinen Bader.«

Lienhart nickte. »Ja, er ist leider nicht der erste ertrunkene Flößer, den wir zu beklagen haben. Das ist das Risiko, mit dem wir leben müssen.«

»Aber warum?«, begehrte Jos auf. »Stefan konnte schwimmen, er war stark und das Frühlingshochwasser ist schon fast abgeklungen.«

Es war eine traurige Last, die die Flößer und Jos nach Hall zurücktrugen. Jos konnte es noch immer nicht fassen, dass sein starker, mutiger Freund tot sein sollte. Er, der seine Stimme selbst gegen die Reichen und Mächtigen erhoben hatte, der immer wusste, was zu tun war, der stets die richtigen Entscheidungen traf. Hatte er sich dieses Mal geirrt? Hatten ihn zum ersten Mal seine Kräfte im Stich gelassen? Unauffällig wischte sich Jos mit dem Ärmel über das Gesicht.

Ach Stefan, dachte er, du kannst mich doch nicht einfach so verlassen. Warum hat Gott dich zu sich gerufen, wo wir dich doch viel dringender hier auf der Erde brauchen?

Verschwitzt und erschöpft erreichten die Männer die Stadt. Sie brachten den Toten zum Spital und legten ihn im Hof auf eine Bank. Jos eilte davon, um den Bader vom Brückenbad zu holen. Als er zurückkam, hatte sich schon ein Grüppchen Neugieriger eingefunden, das den Toten betrachtete und über den möglichen Hergang des Unfalls rätselte. Nicht nur die Insassen des Spitals, die sich noch auf den Beinen halten konnten, kamen in den Hof, auch der Schöpfer und die Reiberin des Brückenbads, Handwerksburschen und ein paar Mägde und Knechte, die gerade in der Nähe waren, wollten wissen, was passiert war.

Gewichtig trat der Bader an die Bank, schob seine fleckigen Ärmel hoch und beugte sich zu dem Toten herab. Er winkte die Flößer herbei, dass sie die Leiche herumdrehten, dann richtete er sich auf, um das Ergebnis seiner Untersuchung bekannt zu geben.

Jos drängte sich noch ein Stück näher, um alles mitzubekommen. Ein Mädchen trat an seine Seite und stellte sich auf die Zehenspitzen, um den Toten zu betrachten, doch Jos nahm sie nur aus dem Augenwinkel wahr.

»Es besteht kein Zweifel«, verkündete Contz Bruggbader. »Der Flößer Stefan Rucker ist ertrunken. Ich kann keine anderen Verletzungen finden, daher kann man davon ausgehen, dass er in den Kocher fiel, von der Strömung davongetragen wurde und ertrank.«

»Ich verstehe das nicht«, murmelte Jos und schüttelte den Kopf. »Er konnte doch schwimmen, richtig gut schwimmen. Ich habe es gesehen!«

»Mit gefesselten Armen und Beinen kann auch der Kräftigste nicht schwimmen«, erklang eine spöttische Mädchenstimme neben ihm.

Jos fuhr herum und starrte ungläubig in ein Paar dunkle Augen.

»Aber, aber, wie meinst du das?«, stotterte er, doch da hatte sich Rebecca auch schon abgewandt und verschwand mit gerafften Röcken durch das Spitaltor.

* * *

Gilg und Lienhart erklärten sich bereit den toten Flößer zum Haus seiner Schwester zu bringen, doch dann verabschiedeten sie sich, um im »Wilden Mann« ein paar Becher zu heben. Heute noch einmal loszuziehen lohnte sich nicht. Sie forderten Jos auf mit ihnen zu kommen, doch der lehnte ab. Er blieb bei seinem toten Freund und sah dessen Schwester dabei zu, wie sie ihn wusch und ihm ein frisches Hemd überzog. Dann saß er einfach still auf einem Hocker und starrte seinen Freund an.

Als die Dämmerung sich herabsenkte, kam Stefans Schwester in die Kammer und legte Jos tröstend die Hand auf die Schulter.

»Geh nach Hause, Jos«, sagte sie. »Du musst etwas essen. Die Familie wird die Totenwache übernehmen. Du kannst morgen wieder kommen, wenn du möchtest. Am Sonnabend werden wir Stefan begraben.«

Jos erhob sich und tappte steifbeinig die Stiege hinunter. Mit gesenktem Kopf trottete er die Lange Gasse entlang. Auf den Stufen von St. Kathrin saß Hinke-Anne, doch Jos war zu tief in seine Trauer versunken, um mit ihr zu sprechen. Erst als sie zweimal seinen Namen rief, wandte er sich ihr zu.

»Hast du vielleicht ein Stückchen Brot übrig?«, fragte das Mädchen mit flehender Stimme. »Ich werde dann auch für dich und deine Familie drei Ave-Marias beten.«

Jos stieg die Stufen zu ihr hinauf und ließ sich neben das Mädchen auf den kalten Stein sinken.

»Bete lieber für Stefans Seele«, seufzte er und schnürte sein Bündel auf.

»Den ertrunkenen Flößer?«, fragte Anna und starrte gierig in Jos' Beutel.

»Ja, den ertrunkenen Flößer, meinen Freund«, sagte er leise. Er reichte Anna sein Brot, Käse, Speck und eine Rübe. Über seinen Kummer war ihm der Hunger vergangen. Anna griff herzhaft zu, stopfte den Speck in den Mund und schob gleich noch ein großes Stück Brot hinterher.

»Sei nicht traurig«, sagte sie, als ihr Mund wieder so weit geleert war, dass man ihre Worte verstehen konnte. »Gott nimmt uns zu sich, wann Er es für richtig hält, das hat der Vater immer gesagt. Im Himmel wirst du deinen

60

Freund wieder sehen. Und ich meinen Vater und meine Mutter«, fügte sie sehnsuchtsvoll hinzu.

»Ja, aber war es wirklich Gottes Wille, dass er gehen musste?«, grübelte Jos. »Ich muss mit ihr reden!«

»Mit wem willst du reden?«, fragte Anna und trank einen Schluck Wasser aus Jos' Kürbisflasche.

Der junge Mann schüttelte seine grüblerischen Gedanken ab und schenkte Anna ein schiefes Lächeln.

»Nicht so wichtig. Aber sag, sind deine Brüder noch immer nicht zurückgekehrt?«

Betrübt schüttelte Anna den Kopf. »Nein. Vermutlich müssen sie viel arbeiten und kommen nicht los. Schließlich dürfen sie ihren neuen Herrn nicht gleich erzürnen. Vielleicht kommt Will am Sonntag nach der Messe, um mich zu holen. Was meinst du?«

»Ja, das ist möglich«, stimmte ihr Jos zu, doch seine Gedanken wanderten schon wieder weiter.

Die Miene des Mädchens hellte sich auf. »Ja, er wird kommen und dann nimmt er mich mit und wir sind wieder zusammen und haben immer genug zu essen.«

Jos erhob sich und klopfte den Staub aus seinem Kittel. »Schläfst du noch im Schuppen der Witwe Aspach?

Anna seufzte. »Nein, heute Morgen hat sie mich erwischt und mir ein paar ordentliche Ohrfeigen versetzt. Ich werde sehen, ob ich in einer der Scheunen am Heimbachtörle die Nacht verbringen kann.« Sie zog eine Grimasse. »Wenn sich da nur nicht so viel betrunkenes Gesindel rumtreiben würde.«

Sie erhob sich, zog ihren löchrigen Umhang fester um die Schultern und hinkte langsam davon.

* * *

Jos lag in seinem Bett und starrte an die Decke. Neben ihm schnarchte Martin und warf sich ab und an von einer Seite auf die andere. Der junge Mann beneidete seinen Bruder um dessen unschuldigen Schlaf. Sobald Jos die Augen schloss, kamen die Dämonen der Nacht und drückten ihn mit ihren bösen Träumen. Doch nicht nur Teufel und hässliche Gestalten tanzten durch seine Gedanken, immer wieder sahen ihn zwei dunkle Augen an. Der Blick traf ihn bis in die Tiefe seiner Seele. Er musste sie treffen, musste mit ihr reden, aber wie sollte er das anstellen? Schließlich konnte er nicht einfach zu der Tochter des Henkers gehen, um mit ihr zu plaudern und wohl gar noch an ihrer Seite durch die Stadt schlendern, wo jeder sie sehen konnte!

Nein, er war zwar nur ein einfacher Knecht, doch er stammte aus einer ehrlichen Familie und er würde seine Ehre nicht durch die Tochter des Henkers beschmutzen lassen. Sicher hatte sie sich nur wichtig machen wollen, redete sich Jos ein und dennoch konnte er diesen Blick aus ihren großen Augen nicht abschütteln. Der Nachtwächter kündigte schon die zweite Stunde des Morgens an, als Jos endlich in einen unruhigen Schlaf fiel.

Beim Morgenmahl blieb Jos schweigsam und ließ sich auch nicht vom Übermut seiner jüngeren Schwestern aus seinem Trübsinn reißen. Still packte er sein Bündel und verließ das Haus. Gern wäre er zu Stefan gegangen und hätte über ihn gewacht, aber der Sieder verlangte nach ihm und er konnte es sich nicht leisten, noch einen Tag keinen Heller nach Hause zu bringen.

Jos ging auf die Henkersbrücke zu. Fast ängstlich suchte sein Blick den Weg ab, bis er an der schwarzhaarigen Gestalt hängen blieb. Ohne seinen Schritt zu verlangsamen, überquerte Jos die Brücke, behielt jedoch Rebecca so lange wie möglich im Auge. Herausfordernd erwiderte sie seinen Blick, sodass er die Lider senkte, nur um gleich wieder zu ihr hinüberzusehen und zu prüfen, ob sie ihn immer noch beobachtete.

Den ganzen Tag war Jos mit seinen Gedanken nicht recht bei der Arbeit. Zweimal schimpfte ihn der Sieder ärgerlich aus, und als er seinem Brotgeber dann noch ein Holzscheit auf den Fuß fallen ließ, verpasste ihm Hans Blinzig eine schallende Ohrfeige. Mit hängendem Kopf schlich Jos am Abend in die Vorstadt zurück. Auf der Brücke saß nun ein zierlicher blonder Knabe, der den Holzzoll einforderte.

Ob Rebecca inzwischen zu Hause war? Konnte er es wagen, sich dem Haus des Henkers zu nähern? Unsicher betrat der junge Mann die Kirche der Johanniter. Er kniete nieder, betete für Stefans Seele und grübelte darüber nach, was er jetzt tun sollte.

»Ich werde sie fragen!«, sagte er leise zu der Figur des leidenden Christus.

Entschlossen schritt er die Gasse am Heimbach entlang, bog vor dem Törlein jedoch rechts ab und folgte, an sorgsam gepflegten Gemüsebeeten entlang, der Stadtmauer. Düster ragte der Henkersturm in den Abendhimmel. Hier, in dem tiefen Verlies, waren die beiden Mörder des Junkers gestorben.

Gleich hinter dem Turm begann der Garten des Henkers. Zögernd ging Jos weiter. Er überlegte gerade, wie er Rebecca finden und sie ansprechen sollte, da trat das Mädchen aus dem Stall. Jos blieb wie angewurzelt stehen. Es war ihm, als habe man ihn beim Stehlen erwischt.

Rebecca stemmte die Hände in die Hüften, musterte Jos einige Augenblicke und kam dann langsam näher.

»Ich wusste, dass du kommen würdest«, sagte sie schlicht.

»Aber warum?«, stotterte Jos. »Ich meine, wie kannst du das gewusst haben?«

Das Mädchen neigte den Kopf ein wenig zur Seite und betrachtete Jos in aller Seelenruhe vom Kopf bis zu den Füßen. Röte schoss dem jungen Mann in die Wangen.

»Ich spreche nicht viel mit den Menschen«, fuhr Rebecca fort, »aber ich beobachte sie. In welcher Not bist du?«

»Not?«

»Die Menschen kommen nur zu uns, wenn sie in Not sind und etwas von uns wollen«, fügte Rebecca hinzu.

»Ja, also, ich wollte dich fragen ...«, begann Jos, als aus dem Haus eine kräftige männliche Stimme erklang.

»Rebecca!«, rief der Henker.

Jos zuckte zusammen.

»Der Vater ruft. Ich muss gehen. Wenn du mit mir sprechen willst, dann komm wieder hierher, wenn der Nachtwächter die elfte Stunde ausruft. Ich werde auf dich warten.«

Ohne dem Siedersknecht noch einen Blick zu gönnen, eilte Rebecca ins Haus. Jos seufzte, aber dann machte auch er sich hastig auf den Weg, denn er fürchtete, der Nachrichter könne jeden Augenblick aus dem Haus treten.

* * *

Jos lag im Bett, bis es im Haus ruhig wurde und die gleichmäßigen Atemzüge neben ihm verrieten, dass sein Bruder schlief. Dann erhob er sich, schlüpfte in Beinlinge, Hemd und Schuhe und schlich so leise wie nur möglich die Treppe hinunter. Die knarrenden Stufen mied er sorgfältig. Endlich stand er auf der Gasse. Mit klopfendem Herzen eilte er durch die schlafende Vorstadt, eifrig darauf bedacht, dem Nachtwächter nicht in die Arme zu laufen.

Er erreichte den Garten des Henkers vor der verabredeten Zeit, aber Rebecca war schon da. Im Licht der silbrigen Mondsichel sah Jos sie unter dem Birnbaum sitzen. Zaghaft trat er näher.

»Setz dich«, sagte sie. In sicherem Abstand ließ sich Jos ins Gras sinken.

»Es geht um deinen toten Freund, den Flößer, nicht wahr?«

Jos nickte. »Ja. Ich habe gehört, was du im Spitalhof gesagt hast, und ich möchte gerne wissen, was du damit meinst.«

»Was habe ich denn gesagt?«

»Dass auch der Kräftigste gefesselt nicht schwimmen kann.«

»Und? Ist das nicht wahr? Bist du gekommen, um mir das Gegenteil zu beweisen?«, erwiderte sie spöttisch.

»Nein, ich kann gar nicht schwimmen«, gab Jos zu. »Ich wollte nur wissen, warum du das im Spitalhof gesagt hast.« Das Mädchen lachte leise. »Wie heißt du eigentlich?«

»Jos, Jos Zeuner.«

»Gut, Jos Zeuner, was glaubst du denn, was ich damit sagen wollte?«

»Dass Stefan gefesselt war, als er ertrank«, sagte der junge Mann zögernd.

»Gut! Das war doch gar nicht so schwer«, spottete das Mädchen.

»Ja, aber woher willst du das denn wissen? Hast du gesehen, wie man ihn gefesselt ins Wasser warf?«, fragte Jos ungläubig.

Rebecca schüttelte den Kopf. »Nein, natürlich nicht. Der oder die das getan haben, waren sicher darauf bedacht, keine Zeugen zu haben. Schließlich nahmen sie ihm anschließend die Fesseln wieder ab, damit es so aussah, als wäre ein unglücklicher Unfall geschehen.«

»Ja, aber ...«, fing Jos an, doch das Mädchen brachte ihn mit einer Handbewegung zum Schweigen.

»Fesseln lassen Spuren zurück. Ich habe schon so viele davon gesehen, dass ich ihre Schrift erkenne, wenn ich sie vor mir habe.« Rebecca verschränkte die Arme vor der Brust. »Glaube mir oder lass es bleiben. Ich jedenfalls sage, dein Freund war kurz vor seinem Tod gefesselt.«

»Dann wurde Stefan ermordet!«, stieß Jos erschüttert aus.

»Sieht ganz so aus«, sagte Rebecca und nickte.

Der junge Mann sprang auf. »Zeig sie mir!«

»Was?«

»Komm mit und zeige mir die Schrift der Fesseln!«

»Aber dazu müssten wir zu dem Toten gehen«, wehrte Rebecca ab. »Wie stellst du dir das vor? Soll ich zu seiner Familie gehen und sagen: ›Verzeiht, doch der Bader hat nicht recht hingesehen. Lasst mich Euch zeigen, dass Euer Sohn und Bruder ermordet wurde‹?«

»Komm mit«, wiederholte Jos störrisch. »Ich werde dich zu Stefan führen, ohne dass dich jemand sieht.«

Rebecca zuckte die Schultern und erhob sich. »Nun, wenn du unbedingt willst. Wo hat er denn gewohnt, dein Flößer?«

»In der Zollhüttengasse.«

»Gut. Dann sei still und folge mir.«

Wie ein Schatten huschte sie lautlos davon. Jos hatte Mühe, ihr zu folgen und sie dabei nicht aus den Augen zu verlieren. Barfuß in ihrem gerafften Rock lief sie zwischen den Gärten hindurch, überquerte stille Höfe und betrat dann die Zollhüttengasse. Vor dem Haus der Ruckers gab Jos ihr einen Wink.

»Und wie sollen wir nun unbemerkt zu ihm gelangen?«, wisperte Rebecca. »Es hält doch sicher jemand Totenwache.«

»Ja, natürlich«, stimmte ihr Jos zu. »Aber ich werde die Wache jetzt selbst übernehmen. Ich hole dich, wenn alles ruhig ist.«

»Gut.« Rebecca drückte sich in den Schatten zwischen Haus und Scheune, während Jos anklopfte und dann die Treppe zu Stefans Kammer hinaufstieg. Zaghaft öffnete er die Tür.

»Eine gesegnete Nacht wünsche ich Euch«, sagte Jos nach einer Weile laut, da sein Räuspern den tiefen Schlaf von Stefans Oheim offensichtlich nicht durchdrang. Mit einem kleinen Schrei fuhr der Leinenweber von seinem Schemel auf. Das Haar hing ihm wirr ins Gesicht und es dauerte einige Augenblicke, bis ihm einfiel, wo er sich befand und was er hier in der Kammer zu suchen hatte.

»Ach, du bist das, Jos. Hast mich ganz schön erschreckt, so leise, wie du dich reingeschlichen hast«, sagte der Weber vorwurfsvoll und ließ sich wieder auf den Schemel sinken.

»Verzeiht, Ihr wart zu sehr ins Gebet vertieft«, sagte Jos artig.

»Ja, ja«, nickte Stefans Oheim, wich dabei aber seinem Blick aus. »Im Gebet, für meinen armen Schwestersohn.«

»Ich wollte Euch bestimmt nicht stören«, entschuldigte sich Jos, »doch würdet Ihr mir erlauben Euren Platz an Stefans Seite einzunehmen?«

Der Oheim erhob sich schwerfällig. »Die Totenwache zu übernehmen ist mir eine heilige Pflicht, die ich gerne erfülle. Aber wenn du mich so bittest, dann überlasse ich dir meinen Platz. Du kannst Elsbeth zwei Stunden nach Mitternacht wecken. Es ist die Kammer schräg gegenüber.« Der Weber gähnte herzhaft. »Dann mache ich mich nun zu meinem Lager auf.«

Jos wünschte ihm eine gute Nacht und wartete, bis die schweren Schritte auf der Treppe verklangen und die Tür hinter dem Oheim ins Schloss fiel. Lauschend ließ er noch ein paar Atemzüge verstreichen, dann huschte er hinunter und winkte Rebecca herein. Das Mädchen trat in die Kammer des Toten und schloss die Tür hinter sich.

»Wir brauchen mehr Licht«, flüsterte sie mit einem Blick auf das kleine Binsenlicht. »Sieh nach, ob du in der Küche eine Öllampe findest. Sonst müssen wir einen Kienspan anzünden.«

Jos eilte davon und kam kurz darauf mit einer Lampe zurück. Die Flamme fraß sich in den Docht und erhellte die kleine Schlafkammer. Flackernd tanzte der warme Schein über den bleichen Körper des Mannes, der ausgestreckt auf dem Brett ruhte, das sein Schwager auf das Bett gelegt hatte.

»Komm her!«, zischte Rebecca und schob Stefans lange Hemdsärmel zurück. »Da, siehst du das?«

Zart strich Jos über die rötlich verfärbte Haut an den Handgelenken seines Freundes. Rebecca ging mit der Lampe ans Fußende des Bettes.

»Und hier, über den Fußknöcheln kannst du es auch sehen. Der Riemen saß straff und der Gefangene hat sich gegen seine Fesseln gewehrt.«

»Dann ist er also tatsächlich ermordet worden«, sagte Jos und schüttelte traurig den Kopf. »Aber wer kann ihm so etwas angetan haben und warum?«

»Diese Fragen kann ich dir nicht beantworten«, flüsterte Rebecca und blies die Lampe aus. »Und ich weiß auch nicht, ob ich dir wünschen soll, dass du es jemals herausfindest.« Sie ging zur Tür.

»Aber wie soll es denn jetzt weitergehen?« Jos trat ihr in den Weg, um sie aufzuhalten.

»Ich werde jetzt nach Hause gehen und mich in mein Bett legen. Du wirst weiter Totenwache halten und morgen wird dein Freund begraben.«

»Ja, aber wir müssen doch zum Schultheiß gehen und es ihm sagen«, begehrte Jos auf. »Willst du, dass die Mörder ungestraft davonkommen?«

»Wenn du meinst, dass es klug ist, dann kannst du es dem Schultheiß berichten, lass mich jedoch aus dem Spiel. Auf meine Stimme kannst du nicht zählen.«

»Aber das kannst du doch nicht machen!«

»Kein Aber mehr, Jos! Bedenke: Wer möchte schon die Meinung der Tochter des Nachrichters hören?«

Mit diesen Worten ließ sie ihn allein in der Kammer des Toten zurück. Jos stützte den Kopf in beide Hände. Eine Träne rann über seine Wange.

»Ach Stefan, was soll ich nur tun? Ich kann mir nicht denken, dass der Schultheiß mir Glauben schenkt, doch soll das Verbrechen an dir ungesühnt bleiben? Du würdest dich selbst auf die Suche machen und nicht eher ruhen, bis du die Sünder gefunden hast, aber wie soll ich das schaffen? Ach Stefan, ich vermisse dich so sehr. Wer bin ich schon? Ein armer Haalknecht. Was kann ich alleine schon ausrichten?«

KAPITEL 5

Am Samstag wurde Stefan begraben. Die Flößer trugen den in ein weißes Linnen gehüllten Leichnam auf einem Brett zum Friedhof. Die ganze Familie und viele Bewohner von St. Kathrin folgten ihnen nach. Pfarrer Virnkorn hielt die Totenmesse und besprengte das Leichentuch mit Weihwasser, die Chorknaben sangen und die Glocken läuteten. Dann warf jeder ein wenig Erde in das Grab und der Totengräber begann die Grube wieder zuzuschaufeln. Die Gäste verließen den Kirchhof und zogen zum Haus in der Zollhüttengasse, um bei Schmalzbrot und Kocherwein des Toten zu gedenken. Nur Jos blieb am Grab, bis der Totengräber seine Arbeit beendet hatte.

Als alles ganz still geworden war, machte sich auch Jos auf und verließ durch das Weilertor die Stadt. Er folgte der Gottwollshäuser Steige, durchquerte auf der Ebene das Dorf und erklomm den steilen Waldrücken im Westen. Dann folgte er dem Höhenzug, bis der Weiler Rinnen vor ihm auftauchte. Als er die Hangkante hinter den Gehöften erreichte, blieb er stehen, um zu verschnaufen, und sah zum Kloster hinunter, das friedlich in der Frühlingssonne zu seinen Füßen lag. Der milde Wind trug das Läuten der Glocke zu ihm hinauf, die die Schwestern zur None rief.

Leichtfüßig eilte Jos den steilen Pfad hinunter und betrat durch das Hegtor das Klosterdorf. Ein Laienbruder sagte ihm, dass die Mägde im Garten waren, um die Beete zu jäten. Freudig lief er um die Kirche und das Wirtschaftsgebäude herum, wo an der Klostermauer einige Frauen arbeiteten. Lachend und scherzend jäteten sie Unkraut oder säten Rüben und Rettiche aus, doch Sara war nicht unter ihnen. Enttäuscht blieb Jos stehen. Er beobachtete die Frauen eine Weile, ehe er sich ein Herz nahm und sie nach Sara fragte.

»Sie ist drüben am Waschhaus«, sagte eine ältere Magd und deutete auf ein flaches Gebäude beim Brunnen. Zwei junge Mädchen steckten kichernd die Köpfe zusammen.

Jos dankte artig für die Auskunft. Er bemühte sich gemessenen Schrittes zum Waschhaus hinüberzugehen, denn er spürte die Blicke der anderen Mägde in seinem Rücken.

»Jos!« Ein Strahlen huschte über Saras Gesicht, als sie ihren Freund erkannte. Sie wischte die nassen Hände an ihrer Schürze ab und eilte ihm entgegen. Jos dachte schon, sie würde ihn umarmen, dann jedoch blieb sie unerwartet stehen und verschränkte verlegen die Arme auf dem Rücken.

»Es freut mich, dich zu sehen«, sagte sie stattdessen nur. Jos, dem es bei dem Gedanken, sie plötzlich in den Armen zu halten, ganz heiß geworden war, wandte den Blick ab und studierte scheinbar interessiert den großen Wäscheberg.

»Werden die Schwestern dich rügen, wenn sie mich hier sehen?«, fragte er und lehnte sich an einen Pfosten. Sara schüttelte den Kopf. »Ich glaube nicht. Aber ich sollte dennoch weitermachen, sonst schaffe ich das niemals bis zum Vespergottesdienst.«

Jos nickte und sah ihr zu, wie sie die Ärmel ihres Hemdes noch ein Stück höher schob, nach einer weißen Nonnenkutte griff und sie in den Bottich mit Lauge drückte. Sara beugte sich über den Waschtrog und begann zwei fleckige Stoffstücke gegeneinander zu reiben. Weiß stieg der heiße Dampf aus dem Bottich auf und trieb ihr den Schweiß auf die Stirn. Auch an den Schläfen und am Hals bildeten sich kleine Perlen, rannen an ihrer geröteten Haut entlang und verschwanden unter ihrem Hemd. Jos sah, wie sich ihre Brüste unter dem grauen Stoff bewegten. Rasch sah er auf den Boden.

»Und, wie ist es dir in deiner ersten Woche auf heiligem Boden ergangen?«, fragte er und betrachtete angestrengt seine Schuhspitzen.

»Oh ja, heilig ist es hier, das kann man sagen!« Sara lachte spitzbübisch. »Zumindest, was den Schein betrifft.«

»Wie meinst du das?«, fragte Jos und ließ sich im Schneidersitz auf dem Boden nieder. Die Sonne, die durch das weit geöffnete Tor schien, wärmte seinen Rücken.

»Nun«, fing Sara zu erzählen an, während ihre Hände emsig weiterarbeiteten, »die Schwestern stehen jede Nacht noch vor der zweiten Stunde auf, um in der Kirche den Herrn und die Heilige Jungfrau zu preisen. Das Gleiche dann zu Laudes und Prim. In der Kapitelversammlung sitzen sie beisammen, gestehen voller Reue ihre Fehler ein und empfangen eine Strafe.«

»Woher weißt du das?«, erkundigte sich Jos.

»Schwester Ursula musste zur Strafe den ganzen Kirchenboden auf ihren Knien schrubben, und ich glaube, geschlagen hat man sie auch.«

»Was hat sie denn getan?«, fragte Jos erstaunt.

»Die anderen Mägde sagen, es kam der Mutter Oberin zu Ohren, dass sich Schwester Ursula mit einem Mann getroffen hat. Etwas Schweres muss es schon gewesen sein, dass man sie Arbeiten außerhalb der Klausur verrichten ließ«, klärte Sara ihren Freund auf. »Doch lass mich weiterberichten. Die heiligen Schwestern kleiden sich keusch in ungebleichter Wolle, sie haben dem Besitz entsagt, sie haben geschworen die meiste Zeit ihres Lebens zu schweigen und ihre Stimmen nur zu Gottes Lob zu verwenden. Sie sollen in Klausur leben, um den Ablenkungen des Lebens zu entgehen, sie fasten und lehnen den Genuss von Fleisch ab. Sie sollen Gleiche unter Gleichen sein.«

»Aber du sagst das alles so spöttisch«, warf Jos ein.

»Ja, denn bei näherem Hinsehen erblickt man seltsame Dinge. Die Äbtissin wohnt in einem eigenen Haus. Sie hat Truhen mit feinen Kleidern und speist zuweilen durchaus fürstlich. Auch so manche andere Nonne nennt eine Truhe samt Inhalt ihr Eigen und ich weiß von zweien, die gar eigene Mägde für sich beanspruchen. Nur noch die Novizinnen und Schwestern aus verarmten Adelshäusern schlafen im Saal auf schmalen Betten unter dünnen Decken. Und das Schweigen nehmen die Nonnen auch nicht besonders ernst.«

»Woher weißt du das alles?«

»Nun, irgendetwas muss man ja bei der Arbeit reden«, antwortete Sara. Grübchen traten in ihre Wangen und ihre blauen Augen blitzten.

»Nur darin, dass sich Mägde und Laienschwestern züchtig aufführen müssen, sind sie sich noch einig«, seufzte Sara und warf Jos einen schelmischen Blick zu. »Doch sag mir, wie war es bei dir? Warum kommst du bereits am Sonnabend hierher?«

»Wir haben Stefan heute begraben«, sagte Jos leise.

Die Wäsche glitt aus Saras Händen. »Heilige Jungfrau«, flüsterte sie. Ihr Lächeln erlosch. »Was ist passiert?«

»Er wurde ermordet!

Sara stieß einen Schrei aus.

»Lienhart, Gilg und ich haben ihn auf der Höhe von Michelbach aus dem Wasser gezogen. Man hatte ihm die Hände und Füße gebunden und ihn ertränkt. Damit der Mord nicht entdeckt wurde, haben sie ihm dann die Fesseln abgenommen und ihn zurück in den Kocher geworfen.«

»Bist du sicher? Ich meine, woher willst du das wissen, wenn er nicht gefesselt war, als ihr ihn gefunden habt?«, warf Sara ein.

Nun berichtete Jos die ganze Geschichte. Wie sie Stefan zum Spital getragen und der Bader ihn untersucht hatte, dann Rebeccas Bemerkung, die ihm keine Ruhe ließ. Wie er sich durchgerungen hatte Rebecca aufzusuchen und wie sie ihm die Male an Armen und Beinen des Toten gezeigt hatte.

»Du hast dich mit der Tochter des Nachrichters getroffen und bist nachts mit ihr durch die Gassen gezogen?« Saras Stimme überschlug sich fast. »Hat der Teufel dir deine Sinne verwirrt? Wie kannst du so etwas nur tun?«

»Sara, nun beruhige dich doch«, versuchte Jos sie zu beschwichtigen. Er sprang auf und trat auf sie zu, aber sie wich vor ihm zurück.

»Ich habe sie nicht berührt, ich schwöre es dir. Es war doch nur wegen Stefan. Oh, bitte, sieh mich nicht so an, als hätte ich mir den Aussatz geholt.«

Sara atmete tief durch und machte sich wieder an ihre Arbeit.

»Ist ja gut«, sagte sie nach einer Weile. »Es ist nur — wenn dich jemand gesehen hätte. Der Blinzig würde dich sofort entlassen, wenn er davon wüsste, und kein ehrlicher Handwerker würde dir jemals wieder Arbeit geben.

Willst du dich als Gassenkehrer verdingen oder Kloaken reinigen? Du solltest an deine Zukunft denken, statt leichtsinnig deine Ehre aufs Spiel zu setzen.«

»Vielleicht habe ich unbedacht gehandelt. Verzeih mir, Sara, ich bitte dich!«

Sie ließ es zu, dass er ihr über den Arm streichelte.

»Wie willst du denn jemals eine Familie ernähren, wenn du deine Ehre verlierst?«, sagte sie leise und starrte dabei angestrengt auf die Wäsche in ihren Händen.

»Es tut mir Leid«, sagte er noch einmal.

Später, nach der Complet, als sich die Nonnen bereits zur Ruhe begaben, saßen Sara und Jos im Abendlicht am Fuß der äußeren Mauer im Gras.

»Wirst du auch bestimmt keinen Ärger bekommen, wenn du nachher noch durch das Tor musst?«, fragte Jos besorgt, doch das Mädchen winkte ab.

»Ich werde nicht an der Portnerin vorbeimüssen. Das hintere Türlein zum Klostergarten ist bis zur Dunkelheit unverschlossen. Jetzt sind eh noch einige der Laienschwestern in den Ställen draußen.«

Jos nickte.

»Wo wirst du die Nacht zubringen?«, fragte Sara.

»Ich suche mir ein Lager in einer Scheune. Wenn es geht, im Klosterdorf. Dann werde ich morgen hier die Messe besuchen.«

»Oh, ja, dann werden wir uns noch einmal sehen, bevor du nach Hall zurückwanderst!« Saras Freude war offensichtlich.

»Wo wirst du sein?«

Sara deutete zur Kirche hinüber. »Das westliche Portal führt in die Kirche der Laienbrüder. Darüber ist der Nonnenchor, in dem die Schwestern der Messe folgen. Das Portal weiter im Osten führt zu dem Teil der Kir-

75

che, in dem die weltlichen Dienstleute, Besucher oder Pilger dem Gottesdienst beiwohnen können.«

Jos nickte. Schweigend saßen sie nebeneinander und beobachteten den Himmel. Die zarten Wolken färbten sich, glühten, als stünden sie in lichterlohen Flammen, und erloschen dann, sodass nur ein Hauch von Altrosa zurückblieb.

»Woran denkst du?«, brach Sara nach einer Weile das Schweigen.

»An Stefan. Ich weiß nicht, was ich tun soll. Ich war zu feige, um dem Schultheißen von den Spuren zu erzählen, und nun ist er begraben und der Mord an ihm wird ungesühnt bleiben. Es fällt mir schwer, die Gerechtigkeit allein in Gottes Hände zu legen.«

Sara richtete sich auf und reckte den Hals. »Dann solltest du etwas unternehmen«, sagte sie bestimmt. »Stefan war dein Freund und er darf von dir erwarten, dass du nicht einfach nur hilflos die Hände in den Schoß legst und jammerst.«

Jos sank ein Stück in sich zusammen. »Aber wie soll ich das anfangen? Ich weiß ja nicht einmal, was Stefan vorhatte und wohin er ging, als er sich von den anderen getrennt hat.«

»Irgendjemand wird es schon wissen. Du musst nur den richtigen Leuten die richtigen Fragen stellen.«

»Ja!« Jos nickte. »Ja, das werde ich tun! Ich kann nicht zulassen, dass der Mörder ungestraft davonkommt.« Entschlossen erhob er sich. »Sara, es ist spät. Du gehst jetzt besser in die Schlafkammer zu den anderen Mägden. Wir werden uns morgen wieder sehen. Schlaf wohl. Ich werde heute Nacht darüber nachdenken, wie ich das Geheimnis lüften kann.«

Gehorsam stand Sara auf und zupfte sich die Grashalme aus dem Rock. »Dann eine gesegnete Nacht, Jos Zeuner. Versprich mir, dass du vorsichtig bist und nicht unbedacht handelst. Wer einmal zum Mörder wurde, der wird es leicht ein zweites Mal. Ich müsste viele Tränen weinen, wenn sie als Nächstes dich ertrunken aus dem Kocher ziehen würden.«

»Ich werde Acht geben«, versprach Jos. Mutig hauchte er Sara einen Kuss auf die Wange und sah ihr dann nach, wie sie leichtfüßig in der Dämmerung verschwand.

* * *

Der Sonntag kam nass und grau daher. Aus den tief hängenden Wolken prasselten immer wieder Regenschauer. Der Wind frischte auf und jagte in kalten Böen über Wiesen und Felder. Fröstelnd schlang Jos seinen alten Umhang enger um sich, doch der Stoff war bereits durchweicht. Der Regen troff von seinem Hut und die durchnässten Schuhe scheuerten unangenehm. Missmutig setzte Jos einen Fuß vor den anderen. Der Wald schien heute kein Ende zu nehmen. Immer wieder rutschte er mit seinen glatten Sohlen auf den morastigen Hängen aus. So war er mehr als froh, als er endlich den Weiler Heimbach erreichte. Er leistete sich den Luxus, in der Gaststube des Heimbachwirts einen heißen Kräutersud mit Honig zu trinken und sich vor dem prasselnden Feuer aufzuwärmen, ehe er den Weg nach Hall fortsetzte.

Jos betrat die Stadt durch das Heimbachtörle und schritt dann, ohne bei der Mutter vorbeizusehen, gleich weiter zur Zollhüttengasse. Stefans Schwester öffnete ihm die Tür und bat ihn in die Küche.

»Du bist ja ganz durchweicht«, rief sie aus. »Komm hierher ans Feuer und zieh die nassen Sachen aus. Ich hole dir ein trockenes Hemd.«

Es war seltsam, in einem von Stefans Hemden dazusitzen. Es hätte Jos zweimal einhüllen können und reichte ihm bis weit über die Knie. Elsbeth wärmte ihm einen Becher mit Met, schnitt Brot und Speck ab und schob ihm einen Schemel nah ans Feuer.

»Wir haben dich gestern vermisst«, sagte sie und griff nach einem großen Messer, um Zwiebeln und Kräuter zu hacken.

»Mir war nicht nach einem geselligen Umtrunk zu Mute. Ich wollte alleine sein und nachdenken«, versuchte Jos sein Verhalten zu erklären. Mit seinem kleinen Messer, das er stets am Gürtel trug, spießte er ein großes Speckstück auf.

»Du solltest dir nicht zu viele Gedanken machen«, erwiderte Elsbeth. »Der Herr gibt und der Herr nimmt. Wir alle sind in Gottes Hand und wir müssen uns seinen Entscheidungen fügen.« Sie begann eine neue Zwiebel zu schälen. »Versteh mich nicht falsch. Stefan war mein kleiner Bruder und ich habe ihn geliebt, aber das Leben muss dennoch weitergehen.«

Jos schwieg. Er drehte den Tonbecher in seinen Händen und starrte in die lodernden Flammen.

»Kommt dir Stefans Tod nicht seltsam vor?«, fragte er nach einer Weile.

Elsbeth schöpfte Wasser in den Kessel, warf Zwiebeln und gehackte Kräuter hinein und schob ihn über die Flammen.

»Ja«, nickte sie zustimmend, »es ist seltsam, wenn ein Mensch so plötzlich fehlt. Er war immer so kräftig, so lebendig, einfach da, ein Teil unserer Familie.«

»Das stimmt, aber so habe ich das nicht gemeint. Du

sagst selbst, er war kräftig, und ich weiß, dass er gut schwimmen konnte. Wie kommt es dann, dass er einfach so ertrunken ist, wo doch der Kocher gar nicht mehr so viel Wasser führt und die Strömung nicht mehr sehr stark ist?«

Elsbeth zuckte mit den Schultern. »Du hast schon Recht, du musst jedoch bedenken, Flößer zu sein ist gefährlich. Wie viele seiner Kameraden sind in vergangener Zeit verunglückt? Beim Eisräumen vor zwei Jahren waren es gleich drei. Manches Mal holt sich der Tod eben auch die Starken und Geschickten. Wer weiß, vielleicht ist er unglücklich gefallen, hat sich den Kopf gestoßen und das Bewusstsein verloren.«

»Oder es hat ein anderer nachgeholfen«, ergänzte Jos trotzig.

Elsbeth lachte ungläubig. »Das meinst du nicht im Ernst. Wie kommst du darauf? Warum sollte jemand Stefan etwas Böses wollen?«

Jos murmelte etwas Undeutliches. Wie konnte er Elsbeth überzeugen, ohne von Rebecca und ihrem ungehörigen nächtlichen Besuch bei dem Toten zu erzählen?

Die Tür ging auf und ein kleines Mädchen von etwa zwei Jahren tappte in die Küche. Elsbeth bückte sich und nahm ihr Jüngstes in die Arme. Geschäftig schob die Mutter eine Schüssel mit Brei näher ans Feuer und rührte kräftig um, bis der Brei Blasen schlug. Sie stellte die Schale auf den Tisch, holte einen Löffel und ließ sich dann auf die Bank sinken. Die Kleine sperrte schon den Mund auf und schlug mit den Händen ungeduldig auf den Tisch, bis sie die erste Breiladung endlich im Mund hatte.

»Stefan hat am Mittwoch nicht zu Hause geschlafen«, wechselte Jos das Thema. »Weißt du, wo er war?«

Elsbeth schüttelte den Kopf. »Er hat mir nicht Bescheid gesagt, dass er vorhatte die ganze Nacht über wegzubleiben.«

»Hat er das öfters getan?«, fragte Jos.

»Außer Haus zu schlafen? So dann und wann, doch normalerweise hat er es mir vorher gesagt, damit ich ihm zu essen einpacken konnte. Das war meist dann, wenn die Flößer weit den Kocher hinaufmussten, um in den Limpurger Wäldern Stämme einzuwerfen. Da hätte es sich nicht gelohnt, am Abend zurückzukehren, und so haben sie dann die Nacht im Wald oder in einer Scheune zugebracht.«

»War er immer mit den anderen Flößern zusammen unterwegs?«, bohrte Jos weiter.

Elsbeth schob ihrer Tochter den letzten Löffel Brei in den Mund und wischte der Kleinen dann Gesicht und Hände mit einem Zipfel ihrer Schürze ab.

»Ja, eigentlich schon«, sagte sie, doch dann legte sie die Stirn in Falten. »Das heißt: Zweimal war es seltsam. Da kam er von der Arbeit nach Hause und ist dann noch einmal weggegangen. Er sagte, ich solle mit dem Nachtmahl nicht auf ihn warten und er werde es wahrscheinlich nicht bis zum Schließen der Tore zurückschaffen. Er nahm eine Lampe und ein langes Seil mit.«

»Wann war das?«, drängte Jos aufgeregt.

Elsbeth überlegte. »Im Winter, warte mal, es muss nach Lichtmess gewesen sein. Das erste Mal war es an einem Sonnabend, das weiß ich noch, denn Stefan kam nicht rechtzeitig bis zur Messe zurück und der Pfarrer hat mich gerügt. Das zweite Mal war einige Tage später. Wieder habe ich ihn erst am nächsten Abend wieder gesehen. Es war kalt und draußen lag Schnee. Stefan war halb erfroren, als er zurückkam. Er hat nur kurz eine Suppe heruntergeschlungen und ist dann gleich zum Unterwöhrd-bad gegangen, um sich aufzuwärmen.«

»Eine Lampe und ein Seil«, murmelte Jos.

»Ja«, sagte Elsbeth und nickte. »Beim zweiten Mal hat er noch zwei Kienspäne und eine Hacke mitgenommen.«

»Weißt du, ob er alleine unterwegs war?«, fragte Jos.

Elsbeth wiegte den Kopf hin und her. »Ich würde sagen, er hat sich mit jemanden getroffen, ich kann dir jedoch nicht sagen, mit wem. Stefan hat es sicher nicht erwähnt — oder ich habe nicht recht zugehört.« Sie hob entschuldigend die Arme. »Warum fragst du?«

»Ach nur so. Ich denke halt darüber nach, wie es passiert sein könnte.«

Elsbeth strich ihm über das zerzauste Haar. »Ach Jos, zerbrich dir nicht zu sehr den Kopf. Es gibt Dinge, über die man besser nicht so genau Bescheid weiß.«

»Was meinst du damit?«, wollte Jos gerade fragen, doch da polterten Schritte auf der Treppe, die Tür wurde aufgestoßen und Elsbeths Mann kam mit den beiden Söhnen herein. Die Buben waren nass und hungrig und brannten darauf, der Mutter zu berichten, was sie bei ihrer Fahrt mit Vaters Gespann alles erlebt hatten.

Jos hörte den beiden eine Weile zu, dann erhob er sich, um sich zu verabschieden. Heute war von Elsbeth sicher nichts mehr zu erfahren.

»Hilfst du mir noch den Wagen abladen?«, bat ihn Stefans Schwager und folgte dem jungen Mann in den Hof hinunter. Das war Jos ganz recht, denn so bekam er die Gelegenheit, Merklin nach Stefans seltsamen nächtlichen Ausflügen zu befragen. Doch der Fuhrmann hatte nicht einmal bemerkt, dass Stefan diese Nächte nicht zu Hause verbracht hatte.

KAPITEL 6

Am Montag war das Kaltliegen vorbei. Endlich stieg wieder Rauch aus den Haalhäusern auf. Endlich wurde wieder Sole aus dem Brunnen geschöpft, dem die Stadt ihren Reichtum und ihre kaiserlichen Privilegien verdankte. Obwohl der Himmel noch düster verhangen war, herrschte eine seltsam feierliche Stimmung in der Stadt. Sogar einige Junker, die Siedensrechte besaßen, ließen sich auf dem Haal blicken und spazierten in ihren prächtigen Röcken und mit wichtiger Miene durch die Sudhäuser.

»Fehlt nur noch, dass die Schwestern aus Gnadental hier auftauchen«, lästerte Merklin, der Feurer von Meister Blinzig, und schob kichernd ein paar Scheite nach. Der Schweiß rann ihm in Strömen von Stirn und Schläfen und tropfte in sein rußiges Hemd.

Auch der Sieder und seine beiden Knechte hatten alle Hände voll zu tun. Jos holte Holz, schöpfte den schmutzigen Schaum von der brodelnden Sole und schaufelte später das fast trockene Salz in Fässer. Der Sieder Blinzig schien überall zugleich zu sein. Mal packte er hier mit an, mal schalt er den Feurer mehr Holz nachzuschieben, mal blickte er Jos über die Schulter, ob er auch sorgfältig abschöpfte, damit das Salz nachher weiß wie Schnee werden würde. Achtzehn Stunden trieb der Sieder seine Männer an und gönnte auch sich selbst keine Atempause. Dann endlich waren die Fässer gefüllt. Der Rest des Salzes wurde zum Aushärten in einer Grube mit glühender Holzkohle bedeckt.

Vor Müdigkeit schwankend, machte sich Jos auf den Heimweg. Es war noch dunkel gewesen, als er heute Morgen im Sudhaus seine Arbeit begonnen hatte, und nun legte sich die Nacht schon wieder über die Stadt. Jos schlüpfte gerade noch durch das Brückentor, dann fielen die eisenbeschlagenen Torflügel hinter ihm ins Schloss. Die Türmer nahmen ihre Posten ein und der Nachtwächter machte sich, die Hellebarde in der einen, die Lampe in der anderen Hand, auf seinen Rundgang. Der Wind frischte wieder auf und kalter Regen rann hernieder. Jos beeilte sich nach Hause zu kommen. Er hatte sein Elternhaus schon fast erreicht, als ihm eine nun schon vertraute Gestalt entgegengehinkt kam.

»Anna, was treibst du dich nachts bei diesem Regen draußen herum?«, begrüßte sie Jos und trat zu ihr unter einen schützenden Dachvorsprung.

»Ich suche einen trockenen Platz zum Schlafen«, antwortete das Mädchen kläglich.

»Was ist mit deinen Brüdern? Sind sie am Sonntag nicht gekommen?«

»Nein«, jammerte die Kleine. »Noch immer habe ich nichts von ihnen gehört. Vielleicht haben sie mich bereits vergessen.«

»Unsinn!«

»Aber warum holen sie mich dann nicht?«, begehrte Anna auf.

Jos zuckte die Schultern. »Das kann ich dir auch nicht sagen. Zu dumm, dass du nicht weißt, wohin man sie gebracht hat.«

»Ich hätte den Mann fragen sollen«, seufzte sie, »aber ich habe mich nicht getraut.«

»Welchen Mann?«

»Na der, mit dem Will und Jörg fortgegangen sind. Er hat gestern wieder ein paar Kinder mitgenommen. Ich habe ihn beobachtet. Er hat die älteren Jungen angesprochen, die vor der Kirche bettelten, und dann noch zwei Mädchen, aber die waren mindestens schon zwölf oder dreizehn Jahre alt.«

»Und dann?«, fragte Jos.

»Dann hat er sie mitgenommen: drei Jungen und zwei Mädchen. Ein kleinerer Junge wollte auch mit, aber der hatte eine schlimme Hand und musste zurückbleiben. So wie ich«, fügte sie noch düster hinzu.

»Wenn der Mann wieder in der Stadt ist, dann fragen wir ihn einfach gemeinsam, wohin er deine Brüder gebracht hat«, versuchte Jos Anna zu trösten. »Wie sah er überhaupt aus?«

»Er hatte eine kahle Stelle am Hinterkopf, wie die Priester oder Mönche, trug aber keine Kutte. Er war ganz in Schwarz gekleidet und hatte einen langen Mantel mit Pelz am Kragen und der Kapuze. Und mit seinen Augen hat er einen angesehen, als wolle er direkt aus der Seele lesen.« Sie schauderte und senkte dann die Stimme. »Wenn er bloß nicht vom Teufel selbst geschickt worden ist.«

Jos unterdrückte ein Lachen. »Das glaube ich kaum, aber ich werde nach deinem unheimlichen Teufelsboten Ausschau halten.« Der junge Mann gähnte herzhaft. »Jedoch zuerst muss ich mein Lager aufsuchen. Ich kann mich kaum mehr auf den Beinen halten.«

Anna griff nach seiner Hand. Ihre Stimme wurde schmeichelnd. »Ach Jos, kannst du mich nicht mitnehmen? Ich falle keinem zur Last. Nur ein trockenes Lager und vielleicht ein Stückchen Brot? Ich bitte dich!«

Jos zögerte. Er wusste, dass seine Mutter ihn schelten würde, wenn er ein Bettelmädchen mit nach Hause brächte. Doch musste sie es denn erfahren?

»Du könntest höchstens unter der Treppe schlafen. Aber du musst verschwinden, bevor die Mutter aufsteht. Ich warne dich, sonderlich bequem wirst du es nicht haben.«

»Das macht nichts«, versicherte das Mädchen. »Alles ist gut, wenn ich nur dem Wind und dem Regen für ein paar Stunden entgehen kann.«

»Du kannst mit mir kommen und bei uns im Stall schlafen«, erklang plötzlich eine Stimme aus der Dunkelheit. Jos und Anna fuhren zusammen. Eine verhüllte Gestalt löste sich aus den nächtlichen Schatten und trat zu ihnen unter den Dachvorsprung.

»Rebecca«, stöhnte Jos. Anna sah die Tochter des Henkers nur aus weit aufgerissenen Augen an.

»Rebecca«, sagte er noch einmal, »was tust du denn hier?«

»Ich musste für den Vater etwas erledigen«, antwortete sie ausweichend. »Ich habe deine Stimme gehört, daher hielt ich an. Hast du schon etwas herausgefunden?«

»Nein, das heißt, ich weiß es noch nicht«, stotterte Jos.

»Du hast es nicht einmal versucht«, warf sie ihm vor.

Was geht es dich an?, dachte er ein wenig trotzig und dennoch verteidigte er sich schnell: »Oh doch, ich habe mit seiner Schwester gesprochen und die hat mir etwas erzählt, das mir sehr seltsam vorkommt.«

Anna sah die beiden abwechselnd an. Erstaunen spiegelte sich in ihren Zügen.

»Ja und?«, drängte Rebecca.

Jos zögerte.

»Ach so, du willst es mir nicht erzählen«, sagte die Henkerstochter gekränkt.

Jos trat von einem Fuß auf den anderen. »Oh bitte, versteh doch, ich habe Sara versprochen nichts Leichtsinniges mehr zu machen. Sie wäre nicht einverstanden, wenn sie wüsste, dass ich wieder mit dir spreche.«

»Diese Sara weiß ja gut über dich zu bestimmen«, erwiderte Rebecca böse. »Und ich hielt dich für einen Mann, der selbst für sich entscheidet. Wie dumm von mir. Dabei hängst du nur an einem Weiberrock!« Abrupt wandte sie sich ab und drehte ihm den Rücken zu.

»Möchtest du mitkommen?«, fragte sie Anna freundlich und streckte ihr die Hand hin. »Es ist auch noch feiner Eintopf und Griebenschmalz da.«

Das Bettelmädchen schien nichts dagegen zu haben, mit der Tochter des Nachrichters mitzugehen. Freudig folgte sie Rebecca durch die nächtliche Vorstadt. Jos sah den beiden Mädchen nach, bis die Finsternis sie verschluckte. Dann setzte er seinen Heimweg fort.

Frierend stolperte er die Stiege hinauf, warf die klammen Kleider von sich und schlüpfte unter die Decke. Gierig sog er die Wärme auf, die seinen schlafenden Bruder wie eine Wolke umgab. Doch so müde und erschöpft er auch war, er konnte keinen Schlaf finden. Rebeccas Worte saßen wie ein giftiger Stachel in seiner Seele. Sosehr er sich auch bemühte, er konnte die Tochter des Henkers nicht aus seinen Gedanken vertreiben.

* * *

Die nächsten Tage hielt Jos immer wieder nach Rebecca Ausschau. Ab und zu sah er sie auf der Brücke sitzen, doch sie tat so, als kenne sie ihn nicht, und ihm fehlte der Mut, sie vor so vielen Augen anzusprechen. Ein Teil in ihm wollte, dass sie ihn verstand, ein anderer Teil schmollte noch immer. Was für ein Recht hatte sie, ihm Vorwürfe zu machen? Und überhaupt, was gingen ihn die Launen der Henkerstochter an? Viel wichtiger war es, dass er Stefans Mörder fand. Er nahm sich fest vor den Nachbarn am Sonnabend ein paar Fragen zu stellen.

Je weiter die Woche fortschritt, desto weniger grübelte Jos über Stefan oder Rebecca nach. Er war einfach zu erschöpft. Sein Tag war lang, die Arbeit hart, sodass er abends nur noch das Nachtmahl in sich hineinschlang und dann auf sein Lager sank. Wie ein Toter schlief er, bis das Grau des Morgens ihn wieder auf den Haal rief. Am Samstag schlief er während der Abendmesse fast ein und am Sonntag musste ihn sein Bruder ordentlich rütteln, bis er endlich gähnend aus dem Bett kroch. Auch während der Morgensuppe verlor Jos kein unnötiges Wort, was seinen Schwestern nicht entging. Eine Weile versuchten sie vergeblich ihn aufzuheitern, doch dann ließen sie es achselzuckend sein.

Die beiden Mädchen hatten ihre Sonntagskleider diesmal mit bunten Bändern geschmückt und sich gegenseitig die Haare kunstvoll geflochten, denn heute heiratete der Sohn des Nachbarn Frey die Tochter des Schmieds Bopfinger von der Brücke. Im Hof und auf der fast ebenen kleinen Wiese zwischen Kirchgasse und Brüdergasse würde nach der Messe gefeiert werden. Immer wieder warfen die Mädchen einen besorgten Blick zum Himmel, doch es schien, als wäre dieser Eheschließung ein sonniger Anfang gewährt.

Gleich nach der Messe fanden sich die meisten Leute, die rund um St. Kathrin wohnten, auf dem Festplatz ein. Man umringte das Paar, wünschte Glück und brachte Brot oder Speck, ein Linnen oder einen Eimer Wein mit. Die Nachbarn der umliegenden Häuser schleppten ihre

Tische und Bänke ins Freie und ein Spielmann begann eine lustige Weise auf seiner Fiedel zu spielen. Eine helle Flöte fiel ein. So dauerte es nicht lange, bis sich die ersten Paare zusammenfanden und flink im Kreis drehten. Die Älteren sprachen lieber dem Met und dem sauren Kocherwein zu oder sicherten sich ein Stück vom fetten Schweinebraten.

Weil sie gar so bettelten, tanzte Jos einmal mit seinen Schwestern, aber dann setzte er sich wieder zu den anderen Haalknechten an den Tisch und hob seinen Metkrug. Mit Sara hätte er gerne getanzt, doch sie war weit weg, bei den Nonnen in Gnadental. Er drehte den Kopf, um dem bittenden Blick der Schusterstochter am anderen Tisch zu entgehen. Ziellos ließ Jos seinen Blick über die Gäste schweifen. Die Musik wurde immer schneller und die Tänze immer wilder. Es konnte nicht mehr lange dauern, bis einer der Büttel vorbeikam, um die Feiernden zu Anstand und Ordnung zu ermahnen.

Jos sah den Flößer Lienhart mit der Eisenmengertochter die Köpfe zusammenstecken. Drüben tanzte Stefans Stiefbruder mit einer üppigen Blonden. Jos' Blick wanderte weiter, bis er an tiefen dunklen Augen hängen blieb. Im Schatten des Tores zur Kirchgasse stand Rebecca. Mit ernster Miene, die Arme vor der Brust verschränkt, betrachtete sie scheinbar ungerührt die fröhlichen jungen Leute beim Tanz. Und doch schien es Jos, als lodere die Sehnsucht hinter diesem kalten Blick.

»Was will die denn hier?«, grunzte der Bursche neben Jos, der Rebecca ebenfalls entdeckt hatte.

Der alte Rabenolt lachte. »Was wird so ein junges Ding schon wollen?«

»Pah!« Merklin Bossolt spuckte auf den Boden. »Wenn die sich einbildet, dass es auch nur einen anständigen

Burschen in Hall gibt, der sich so erniedrigt ihr die Hand zum Tanz zu reichen, dann muss sie dümmer sein, als sie aussieht.« Er hob seinen Weinbecher und leerte ihn in einem Zug. »Nicht für einen Sack Batzen würde ich es tun und nicht einmal, wenn ich sie vor lauter Wein doppelt sehen würde.« Er rülpste vernehmlich, die anderen Männer am Tisch lachten.

Jos senkte den Blick. Es dauerte eine Weile, ehe er wieder wagte zu Rebecca hinüberzusehen. Zwei Mädchen betraten, von der Kirchgasse herkommend, den Hof. Sie hakten sich gegenseitig unter, tuschelten miteinander und lachten dann beide. Jos konnte ihre Worte nicht verstehen, aber er sah, wie Rebecca die Lippen aufeinander presste. Noch einmal wanderte ihr Blick wie gleichgültig über die Tanzenden hinweg, dann drehte sie sich um und verschwand.

Jos spürte das Verlangen, aufzuspringen und ihr nachzulaufen, die Angst vor den wachsamen Augen der Nachbarn hielt ihn jedoch fest. Stattdessen trank er seinen Met aus. Den leeren Becher in der Hand, spazierte er dann wie zufällig auf die Gasse hinaus. Er warf einen schnellen Blick nach beiden Seiten, doch Rebecca war nirgends zu sehen. Jos eilte zur Kirche hoch, aber auch hier war sie nicht.

»Der Mann ist dort in Richtung Weiler gegangen«, sagte eine helle Stimme.

»Was?« Verwirrt drehte sich Jos um. Anna hinkte zu ihm. »Der Mann, er ist wieder da. Vier Jungen hat er gefunden, die mit ihm gehen möchten. Er ist gerade die Gasse heruntergegangen. Sicher hat er das Tor noch nicht erreicht. Wenn du dich beeilst, dann erwischst du ihn noch.«

Jos lag eine abwehrende Bemerkung auf der Zunge. Im

Augenblick war ihm nicht danach, sich um die Belange des Bettelmädchens zu kümmern, doch sie sah ihn aus so großen Hundeaugen an, dass er seine ablehnenden Worte herunterschluckte.

»Ist gut, ich werde mit ihm sprechen. Warte hier.«

Mit seinen langen Beinen war Jos ein guter Läufer. Noch vor der Kommende der Johanniter holte er den Mann ein, der in Begleitung von vier Jungen dem Weilertor zustrebte.

Jos verlangsamte seinen Schritt und trat dann mit einer Verbeugung an die Seite des Fremden. Er zog seine Kappe vom Kopf und begrüßte ihn ehrerbietig.

»Herr, darf ich eine Frage an Euch richten?«, begann er, während er neben dem Mann herging, denn der verlangsamte nicht einmal seinen Schritt.

»Was willst du, Bursche?«, sagte er nur unfreundlich.

»Ihr habt schon einige Male Mädchen und Jungen aus der Stadt geführt«, fuhr Jos beharrlich fort.

»Ich kann dich nicht gebrauchen«, schnitt der Mann ihm das Wort ab. »Du bist zu groß.«

Jos hob abwehrend die Hände. »Nein, nein, ich habe Arbeit auf dem Haal. Ich möchte nicht mit Euch kommen. Ich wollte Euch nur fragen, wohin Ihr die Jungen und Mädchen bringt.«

Unvermittelt blieb der Mann stehen. Er stemmte die Hände in die Hüften und wandte sich Jos zu. Wie groß er war! Sein Haar war von scheckigem Grau und nur noch licht. Er hatte die sechzig sicher schon erreicht, doch noch immer strahlte er Kraft und Stärke aus. Seine buschigen Augenbrauen zogen sich zusammen und gaben seinem Gesicht einen drohenden Ausdruck.

»Kümmere dich nicht um Dinge, die dich nichts angehen, Bursche.«

»Ihr versteht mich falsch«, wehrte Jos ab, der immer noch hoffte, ein Missverständnis habe die feindselige Haltung des Mannes hervorgerufen. »Ihr habt die Brüder eines Mädchens, das ich kenne, mitgenommen und nun möchte sie gerne wissen, wohin Ihr die beiden gebracht habt. Ich kann Euch die Jungen beschreiben.«

Weiter kam er nicht. Der Mann packte ihn an seinem Kittel, sodass Jos beinahe das Gleichgewicht verlor.

»Jetzt hör mal gut zu«, sagte er in drohendem Ton. »Misch dich nicht in meine Angelegenheiten. Wenn du nicht willst, dass ich dir eine Tracht Prügel verpasse, die du dein Leben lang nicht vergessen wirst, dann hör auf einen Mann Gottes zu belästigen.« Er ließ Jos los und stieß ihn von sich. Jos taumelte ein paar Schritte zurück.

»Aber, aber ...«, stotterte er und sah dem Mann erstaunt nach, der inzwischen das Tor erreicht hatte und nun mit seinen Schützlingen unter dem düsteren Bogen verschwand. Kopfschüttelnd schritt Jos die alte Landstraße zurück. Am Heimbach traf er auf Anna.

»Hat er es dir gesagt?«, rief sie ihm schon von weitem zu. Die freudige Erwartung stand ihr im Gesicht geschrieben. Es tat Jos Leid, das Mädchen so enttäuschen zu müssen. Ihr Kopf sank herab und zwei Tränen schimmerten unter den blonden Wimpern.

»Manchmal habe ich Angst, dass ich Will und Jörg nie wieder sehen werde«, schluchzte die Kleine.

Hilflos legte Jos ihr die Hand auf die bebende Schulter. »Natürlich siehst du deine Brüder wieder. Ich weiß nicht, warum der Kerl so merkwürdig ist ...«, Jos machte ein entschlossenes Gesicht. »Aber so leicht lasse ich mich nicht einschüchtern! Ich werde herausbekommen, wohin er die Kinder bringt, darauf kannst du dich verlassen.«

»Ja?« Anna lächelte verzagt unter ihrem Tränenschleier.
»Das würdest du tun?« Sie schlang ihre dünnen Ärmchen um seine Taille. »Ich wusste es, aber Rebecca wollte es ja nicht glauben!«

Jos befreite sich aus der Umarmung. »Was wusstest du?«
»Dass du kein schlechter Kerl bist«, antwortete sie unschuldig.

»Was genau hast du Rebecca gesagt?«, wollte Jos wissen.
Die Kleine legte die Stirn in Falten. »Sie sagte, dass sie sich in dir getäuscht hat. Du seist kein so guter Kerl, wie sie dachte, aber da widersprach ich. Auch wenn du manches Mal ein bisschen komisch bist, so hast du doch ein gutes Herz.«

Der junge Mann schwankte zwischen Ärger und Lachen. »Vielen Dank, aber noch lieber wäre es mir, wenn du dich nicht mit Rebecca oder anderen Mädchen über mich unterhalten würdest.«

»Warum?« Das Kind sah ihn aus großen blauen Augen an.

»Weil — ach, vergiss es einfach«. Er drehte ihr den Rücken zu, um sich auf den Heimweg zu machen. Nach Tanz und Festlichkeiten stand ihm der Sinn nun nicht mehr.

»Lebe wohl, Jos, ich gehe jetzt zu Rebecca. Sie hat versprochen, dass es heute Honigkuchen und Apfelmus gibt.«

* * *

Stöhnend ließ der Junge das Schwert sinken. Es war kürzer und leichter als das des Henkers und dennoch keuchte Michel bereits. Die Arme taten ihm weh und auf der Stirn stand ihm der Schweiß.

»Muss ich denn unbedingt Nachrichter werden wie Ihr?«, fragte er missmutig den Vater, der aufmerksam die zerschlagenen Kohlköpfe musterte.

»Ein Handwerk wirst du nicht lernen können, das weißt du, mein Junge«, antwortete der Henker ruhig. »Wer das Blut der Missetäter an seinen Händen hat, der muss außerhalb der Gemeinschaft leben. Er selbst, seine Kinder und Kindeskinder. So ist das nun einmal. Mein Großvater war Abdecker, mein Vater Nachrichter und so bin eben auch ich Henker geworden.« Er strich dem Knaben das wirre Haar aus dem Gesicht. »Natürlich kannst du dich auch als Totengräber oder Bettelvogt verdingen, als Gassenkehrer oder Kloakenreiniger ...« Der Junge rümpfte die Nase. »Doch dann wirst du nicht in so einem Haus leben können. Dein Weib und deine Kinder müssen betteln oder sie werden hungern.«

Meister Geschydlin ließ sich auf dem Hackklotz nieder, zog sein Messer aus der Scheide, nahm ein Stück Holz und begann zu schnitzen.

»Ich weiß, es ist schwer, das Handwerk des Nachrichters zu erlernen, und noch schwerer ist es, eine feste Arbeit zu finden. Ich musste damals die Witwe des Haller Henkers ehelichen, um von der Stadt angenommen zu werden.«

Holzspäne fielen zu Boden. Michel legte sein Schwert vorsichtig auf die Treppe und hockte sich dann mit verschränkten Beinen vor seinen Vater ins Gras.

»Marlena war eine gute Frau, doch ich war zwanzig und sie längst aus dem Alter heraus, in dem sie Kinder gebären konnte. Mehr als zehn Jahre musste ich warten, bis ich mir ein junges Weib nehmen konnte«, sagte der Henker leise. Eine Weile schwieg er, dann plötzlich hielt er in seiner Arbeit inne und sah auf Michel herab.

»Gott meint es gut mit dir, mein Sohn. Da deine Stiefbrüder nicht mehr am Leben sind, wirst du das Henkersschwert aus meiner Hand empfangen, wenn ich meine Pflichten nicht mehr erfüllen kann. Bis dahin hast du Zeit zu lernen und zu üben. – Heute noch an Kohlköpfen, doch im nächsten Jahr vielleicht schon an einer Ziege.«

»Und wenn ich das nicht kann?«, fragte der Knabe und kniff die Augen gegen die blendende Sonne zusammen.

»Dann wirst du so lange üben, bis du es kannst. Es ist nicht einfach, das Schwert richtig zu führen, du musst jedoch immer daran denken: Die Verurteilten haben ein Recht darauf, dass der Nachrichter sein Handwerk versteht. Auch die Menge wird dir dann Respekt zollen.«

»Habt Ihr je danebengeschlagen?«, fragte Michel neugierig.

Der Vater zögerte. »Ja, es gab einen Fall, bei dem ich dreimal zuschlagen musste. Die Zuschauer waren zu Recht wütend und empört, aber ich hatte Glück. Die Büttel mahnten die Menschen zur Besonnenheit. – Ich wäre nicht der erste Henker gewesen, den die aufgebrachte Menge zu Tode prügelt.«

Michel schwieg betroffen. Natürlich war er schon bei Hinrichtungen dabei gewesen, hatte Beifall, Wut und Tränen erlebt, doch dass der Vater jedes Mal selbst in Gefahr schwebte, war ihm nicht bewusst gewesen.

Meister Geschydlin lächelte Michel beruhigend an. »Mach nicht so ein entsetztes Gesicht. Denk daran, wenn du gut gerichtet hast, dann kannst du mit Recht stolz darauf sein, denn du hast den Sünder von seiner schweren Schuld befreit und ihm den Weg ins Himmelreich geöffnet.«

»Amen«, sagte Rebecca, die lautlos herangekommen war.

»Wo bist du gewesen, meine Tochter?«, fragte der Henker und sah sie prüfend an.

»Nur so umhergegangen«, antwortete Rebecca und senkte den Blick. »Die Kräuter sind noch nicht so weit, daher habe ich sie stehen gelassen.«

»Und um nach den Kräutern zu sehen, hast du dir dein bestes Kleid angezogen«, bemerkte der Vater ruhig.

Rebecca schwieg.

»Komm her, mein Kind!«

Gehorsam trat sie näher. Seine kräftigen Hände umspannten schmerzhaft ihre Arme. Es war ihr, als müssten ihre Knochen unter seinem Griff bersten, aber sie gab keinen Laut von sich. »Sieh mich an!«

Zögernd hob das Mädchen den Blick.

»Du wirst mich nicht mehr anlügen! Die Lüge ist eine Sünde und so etwas gestatte ich nicht in meinem Haus. Hast du das verstanden?«

»Ja, Vater«, sagte Rebecca leise.

Der Griff um ihre Arme lockerte sich. »Wo bist du gewesen?«

»Bei der Hochzeitsfeier. Zwei Spielleute waren da und die Gäste haben getanzt«, presste das Mädchen hervor.

Hilflos strich der Vater ihr über die Wange. »Du weißt, dass du niemals zu so einer Feier geladen wirst. Die einzige Hochzeit, auf der du tanzen wirst, wird deine eigene sein.«

»Ja, ich weiß«, sagte sie trotzig. »Aber zusehen wird doch nicht verboten sein.«

Der Vater schüttelte den Kopf. »Vielleicht wäre es besser, wenn ich es dir verbieten würde.«

Hastig wischte sich Rebecca eine Träne aus dem Auge.

»Wenn Ihr erlaubt, Vater, dann gehe ich jetzt in die Küche. Ich habe versprochen Honigkuchen zu backen.«

»Ja, geh nur«, nickte der Nachrichter abwesend. »Ich muss im Diebsturm noch nach dem Rechten sehen.«

KAPITEL 7

In der nächsten Woche war ein anderer Sieder dran, das blinzigsche Sudhaus für sein Pfannenrecht zu nutzen. Da dieser seine eigenen Feurer und Knechte mitbrachte, war für Jos nicht viel zu tun. An einem Tag holte er Brennholz für den Sieder, am anderen half er einem Fuhrmann eine Fracht Weinfässer zu den Nonnen nach Gnadental zu bringen. Freudig erregt hielt Jos nach Sara Ausschau, aber er konnte die Magd nirgends entdecken. Enttäuscht half er dem Fuhrmann die Fässer abzuladen und in den tiefen Gewölbekeller zu schaffen. Gerade rollte er das letzte Fass über den Hof, da kam Sara aufreizend langsam auf ihn zugeschlendert.

»Was für ein seltener Besuch«, begrüßte sie ihn mit hochgezogenen Augenbrauen und lächelte dann. Seine offensichtliche Freude, sie zu sehen, schmeichelte ihr.

»Warte hier, ich muss nur noch das eine Fass hinunterbringen«, keuchte Jos atemlos. »Ich hoffe, wir fahren nicht sofort wieder zurück.«

Doch auf den Durst des Fuhrmanns war Verlass. Zwei, drei Humpen müsse er schon leeren, bevor er den Heimweg antreten könne, versicherte er Jos. »Du gibst mir so lange auf den Wagen Acht, hörst du? Und gib den Ochsen auch was zu saufen.«

Freudig eilte der junge Mann in den Hof zurück. Gemeinsam mit Sara schleppte er zwei Eimer Wasser für die Zugtiere heran und dann machten sie es sich auf der hölzernen Pritsche des Wagens bequem. Sara erzählte von ihrer Arbeit, von den anderen Mägden und dem Klatsch über die eine oder andere Nonne, der unter dem Gesinde kursierte. Jos berichtete von seiner schweren Arbeit auf dem Haal, dem Hochzeitsfest und von dem seltsamen Mann, der Annas Brüder mitgenommen hatte und nun nicht sagen wollte, wo die Jungen waren.

»Das ist ja komisch.« Sara kaute auf ihrer Unterlippe. »Groß sagst du, mit grauem, schütterem Haar? Hm, es wäre schon ein merkwürdiger Zufall ... Deine Beschreibung erinnert mich an einen Mann, den ich hier im Kloster gesehen habe.« Sie runzelte nachdenklich die Stirn. »Ja, es muss am Sonntag gewesen sein, als ich den Mann und vier Kinder in einer Kammer unten im Keller sah.«

»Und wo sind sie jetzt?«, fragte Jos aufgeregt.

Sara zuckte die Schultern. »Weder der Mann noch die Kinder sind mir seitdem noch einmal unter die Augen gekommen. Es war ein Zufall, dass ich sie an diesem Abend überhaupt entdeckt habe. Ich sollte für die Siechenmeisterin Leinenstreifen aus einer Kammer holen, doch ich bin versehentlich eine Treppe zu tief hinuntergestiegen. Die Tür der Kammer stand einen Spaltbreit offen und da habe ich den Mann und die Kinder gesehen. Im selben Moment bemerkte ich meinen Irrtum und stieg die Treppe wieder hinauf, um den Auftrag der Siechenmeisterin auszuführen. Sie sind inzwischen sicher weitergereist, aber ich kann dir leider nicht sagen, wann und wohin.«

»Vielleicht hast du die Schulkinder gesehen«, sagte Jos leichthin, denn an so einen Zufall mochte er nicht glauben.

Sara schüttelte nachdrücklich den Kopf. »Die Schulmeisterin unterrichtet acht Mädchen. Es sind Junkerstöchter. Der Schulraum ist neben dem Scriptorium, die Schlafkammer der Mädchen über dem Schulraum, ganz im Osten des Nordflügels. Was hätten sie in einem Keller unter dem Siechenhospital zu suchen? Außerdem waren es Jungen!«

»Kinder aus dem Weiler hier?«, schlug Jos vor.

Wieder schüttelte Sara den Kopf. »Es gibt hier im Weiler nur fünf Kinder. Der Bäcker hat zwei Mädchen und Schuhmacher Bechstein zwei Jungen und ein Mädchen. Ich habe sie noch nie im Kloster gesehen. Was hätten sie da auch zu suchen? Nein, im Keller unter dem Spital waren fremde Jungen, die ich nicht kannte.«

Jos nickte langsam. Vielleicht hatte Sara Recht. »Sie haben durch das Weilertor die Stadt verlassen und wären dann bis zum Kloster gewandert. Ja, das würde schon passen. Nur, wohin sind sie dann gegangen?«

Sara zuckte die Schultern. »Es kann ja nicht so schwer sein, das herauszufinden. Ich werde die Gastmeisterin fragen. — Hast du etwas über Stefans Tod herausbekommen?«, fragte sie nach kurzem Zögern.

Jos schüttelte den Kopf. »Nicht viel. Seine Schwester sagt, er sei im Winter zweimal mit einer Lampe und einem Seil weggegangen und über Nacht nicht nach Hause gekommen, doch ich habe keine Ahnung, ob das etwas mit seinem Tod zu tun hat.«

»Eine Lampe und ein Seil. Hm, gut, die Lampe benötigt er, wenn er nachts unterwegs ist, aber wofür war das Seil?« Sara schüttelte langsam den Kopf. »Das bringt uns nicht weiter. Ist er alleine weggegangen?«

»Seine Schwester sagt, er habe sich mit jemand getroffen, doch wer es war, das wusste sie nicht.«

Das junge Mädchen zog ein enttäuschtes Gesicht.

»Schade.« Dann wurde ihre Miene entschlossen. »Aber das müsste man doch herausfinden. Du darfst nicht locker lassen! Frage jeden, der dir über den Weg läuft. Irgendwer hat Stefan und seine Begleiter sicher gesehen.«

»Alle befragen? Wie stellst du dir das denn vor?«, protestierte Jos.

»Wirst du fürs Rumsitzen bezahlt?«, keifte eine Stimme, die Sara und Jos zusammenfahren ließ. »Glaubst du, die Wäsche macht sich von alleine?« Laienschwester Gertrude war von der Bursnerin angehalten worden die Arbeit der Mägde zu überwachen, und das tat sie mit strenger Hand und schriller Stimme und manches Mal auch mit einer biegsamen Weidenrute.

Sara rutschte von der Ladefläche.

»Verzeiht, Schwester Gertrude, ich mache mich sofort wieder an die Arbeit.« Sie knickste höflich, doch die Schwester blieb mit verkniffener Miene neben ihr stehen. Sara wandte sich Jos zu.

»Du siehst, wir müssen schon wieder Abschied nehmen«, sagte sie und zog eine Grimasse, da die Schwester es nicht sehen konnte. »Vielleicht am Sonntag nach der Messe?«

Jos nickte. »Wenn es mir irgendwie möglich ist.«

Rasch eilte Sara zum Tor des Wirtschaftsgebäudes, um die schmutzige Wäsche zu holen. Schwester Gertrude warf Jos noch einen misstrauischen Blick zu, dann schlurfte sie davon, um im Gemüsegarten nachzusehen, ob die Mägde ordentlich jäteten oder sich stattdessen in ihre Klatschgeschichten vertieften.

* * *

Es war ein grauer Tag Ende März, als Jos am frühen
Abend durch die Stadt schlenderte. Er hatte bei Bauar-
beiten am Limpurger Tor mitgeholfen und sich ein paar
Heller dazuverdient. Das Tor, durch das früher die
Fuhrwerke mit Salz, Wein und allerlei anderer Ware ins
Limpurger Land gerollt waren, lag seit einigen Jahren
still und verlassen da. Unkraut wucherte zwischen den
Quadersteinen, denn seit mehr als einem Dutzend Jahren war das Tor zum Schenkenland vermauert. In der
Schankstube beim Zollhaus Brestenfels unter der Schied
war der Schenk damals beim Zechen mit den Haller
Junkern in Streit geraten. Es ging mal wieder um das
Jagdrecht, ein ewiger Zankapfel zwischen den Nachbarn. Der Schenk ereiferte sich so sehr, dass er den De-
gen zog und die Junker mit blanker Klinge bis zum Tor
trieb. Dort verabreichten seine Vasallen den Haller Stadt-
söhnen noch eine Tracht Prügel, bis sie über die Zugbrücke in die Stadt hineinflohen. Das brachte das Fass,
das mit manchem Streit und allerlei erlittener Schmach
bereits bis zum Rand gefüllt war, zum Überlaufen. Kurzer-
hand gab der Haller Rat den Befehl, das Tor zuzumau-
ern. Nun war es vorbei mit Zoll kassieren. Die Schenken waren von der Handelsstraße abgeschnitten.
Schenk Friedrich erkannte sofort, was für schmerzliche
Einbußen das für ihn bedeutete, und wandte sich Hilfe
suchend an den Kaiser. Doch das Oberhaupt des Heiligen Römischen Reiches schrieb ihm nur lapidar: »Mögen meine lieben Söhne zu Hall alle ihre Tore zumau-
ern und mit Leitern über ihre Mauern ein- und ausstei-
gen, mich kümmert's nicht.«
Und seitdem musste jeder neue Ratsherr schwören,
dass er das Tor nicht wieder öffnen werde. Da half kein
Fluchen und Schimpfen. Zähneknirschend musste der

Schenk die Situation hinnehmen, denn an einen offenen Kampf gegen die Reichsstadt war nicht zu denken. Mit den Jahren wurde Schenk Friedrich besonnener und politisch klüger. So stellte er sich gar im großen Städtekrieg auf die Seite der freien Reichsstädte, die gegen die Raubritternester angingen, obwohl es noch so manches Hühnchen gab, das er mit den Hallern gern gerupft hätte. Der ungestüme Schenkensohn Jörg hatte für das politische Taktieren seines Vaters allerdings kein Verständnis. Er versuchte den Hallern eins auszuwischen, wo er nur konnte, und zettelte so manches Scharmützel an. Vor allem seit sein Vater wieder in die Schlacht gezogen war, wurde es immer schlimmer. Für Haller Söhne war es nicht ratsam, alleine oder gar unbewaffnet durch das Limpurger Land zu ziehen, und selbst auf der anderen Kocherseite war man nicht mehr sicher. In diesen wirren Zeiten zogen auch die Flößer nur in Gruppen und mit scharfen Äxten und Spießen bewaffnet durch die Wälder.

Doch das alles kümmerte Jos an diesem Tag nicht, als er müde durch die engen Gassen auf die Henkersbrücke zustrebte. Vor ihm ging eine reiche Junkerstochter mit ihrer Magd. Sorgsam hatte sie ihre Röcke gerafft, damit der Saum nicht durch den überall angehäuften Unrat schleifte.

»Ist dir vor der Kirche nichts aufgefallen?«, fragte das junge Fräulein.

»Was soll mir aufgefallen sein? Statt ein Haus zu Ehren Gottes zu sein, ist St. Michael, seit ich denken kann, eine lärmende Baustelle. Man sagt gar, die Gerichtslinde solle gefällt und die hohe Mauer zum Marktplatz hin abgerissen und durch eine riesige Treppe ersetzt werden. So ein Unsinn!«

»Nein, das meine ich nicht.« Das Edelfräulein schüttelte den Kopf. »Ist dir nicht aufgefallen, wie wenige der Bettelkinder heute dort anzutreffen waren?«

Die Magd schnaubte durch die Nase. »Wenige? Das kann man so oder so sehen. Ich finde, es sind immer noch zu viele von diesem arbeitsscheuen Gesindel, die unsere Kirche als Unterschlupf missbrauchen. Und nicht nur das neue Langhaus ist ihr Lager, nein, sogar im Chor schlafen und essen und streiten sie!«

Das Edelfräulein stieg vorsichtig über einen Unrathaufen hinweg.

»Trotzdem wundert es mich, dass sie so einfach verschwunden sind. Erst ist es mir nicht aufgefallen, aber jetzt sehe ich klar: Es werden mit jeder Woche weniger. Was das wohl zu bedeuten hat?«

Die beiden Frauen blieben am Kornhaus stehen und grüßten die Gattin des Schultheißen, die eilig in Richtung Schuppach verschwand.

»Vielleicht verlassen die Ratten den brennenden Schober«, sagte das Fräulein nachdenklich. »Man sagt, der Markgraf von Brandenburg und seine Schergen lassen von Rothenburg ab und wenden sich dem Haller Umland zu. Es wurden nicht wenige Knechte zu den Spießen gerufen, um unter Hans Bueb an die nördliche Heg zu ziehen.«

Die Magd prüfte am Bäckerstand mit kritischem Blick zwei Brote und packte sie dann in ihren Korb. »Vielleicht drückt der Frankfurter Hauptmann inzwischen auch Kindern einen Spieß in die Hand und schickt sie gegen die Markgräfler«, sagte sie.

Jos, der noch immer lauschend hinter den beiden Frauen stand, stieß einen leisen Pfiff aus. Konnte es sein, dass Annas Brüder den brandenburgischen Hunden zum Fraß vorgeworfen wurden? Er musste endlich herausfinden, was mit den Kindern geschah. Eigentlich ging ihn die Sache zwar nichts an, aber irgendwie war ihm die Kleine inzwischen ans Herz gewachsen und außerdem hatte er es ihr versprochen.

»Was stehst du da und glotzt das Fräulein an?«, schimpfte die Magd plötzlich unwirsch.

Jos fuhr zusammen. »Also, äh, ich wollte nicht, ich meine, ich habe das Fräulein nicht angeglotzt, und wenn doch, dann war das bestimmt keine Absicht. Es war nur, dass mir zu viele Gedanken im Kopf herumschwirrten und …«

Die Junkerstochter kicherte, doch die Magd fuhr Jos rüde über den Mund.

»Dann pack deine Gedanken und verschwinde hier, bevor du den Langmut des Fräuleins überstrapazierst und sie sich über dein tölpelhaftes Betragen beschwert.«

Jos brachte eine gemurmelte Entschuldigung zusammen, verbeugte sich linkisch und eilte dann davon.

Vielleicht sollte er sich morgen an der St.-Michaels-Kirche auf die Lauer legen? Aber nein, das ging nicht. Morgen musste er helfen die Salzfässer und die brettharten Salzschilpen für den Sieder in dessen Keller zu stapeln. Aber am Sonnabend, da könnte es klappen — wenn der Fremde wieder auftauchte.

* * *

Den ganzen Morgen schon trieb sich Jos auf dem Marktplatz herum. Er schlenderte von einem Stand zum anderen und sog die Gerüche von lang gereisten, teuren Gewürzen, von frischem Brot und Kuchen, von an Stöcken geröstetem Fisch und kleinen, gebratenen Fleischstücken in sich auf.

Ob der Fremde heute wieder kommt?, fragte er sich immer wieder. Mit vor der Brust verschränkten Armen lehnte er sich an die Mauer, die das Kloster der Barfüßermönche umgab, und ließ den Blick über den Marktplatz schweifen. Obwohl es schon auf Mittag zuging, herrschte noch dichtes Gedränge zwischen den Ständen. Bürgerfrauen und Mägde drängten an die Auslagen, feilschten mit den Händlern und füllten dann ihre Körbe. Vorn beim Kloster standen die Kräuterstände, der Karren eines Starstechers und ein kleines Männchen, das eine Wundermedizin in braunen Lederbeutelchen anpries. Dahinter kamen die Krämerkarren mit Töpfen und Garn, Gürteln und Löffeln, Knöpfen und Tonkrügen. Links davon gab es Fleisch und Fisch. Ein Flecksieder schmorte Kutteln in einer geschwärzten Eisenpfanne. Die rechte Seite gehörte den Bäckern, denen es eigentlich streng verboten war, anderen die Kundschaft abzuwerben — doch gegen lautes Anpreisen von Honigbrot und Ringlein konnte keiner etwas sagen. Die Bäcker waren so laut, dass die Rufe der Gemüsehändler unterhalb der Kirchmauer fast untergingen. Ihre Stände schmiegten sich an die Strebepfeiler, die die hohe Mauer zu Füßen der Michaelskirche abstützten.

Über der Mauer ragte der sattgrüne Gipfel der Gerichtslinde auf und dahinter der viergeschossige Westturm der Kirche mit seinen schmalen, rundbogigen Fenstern und dem flachen Zeltdach. Dahinter konnte Jos die Gerüste des neuen Langhauses sehen. Rechts und links der Kirche war die Stützmauer zum Marktplatz unterbrochen. Schmale Treppen führten zu den Ständen hinunter. Am Fuß der einen Treppe saßen zwei zerlumpte Kinder, die den vorbeieilenden Bürgern bettelnd ihre schmutzigen Hände entgegenstreckten. Auch an einem der Strebepfeiler, unter einem halb eingebrochenen alten Brettertisch, entdeckte Jos eines der Bettelkinder, die noch vor ein paar Monaten an manchen Tagen die Stadt geradezu überschwemmt hatten. Ein kleines Mädchen drückte sich zwischen den Bäckerständen hindurch und ließ dann flink ein Stück Honigkuchen unter ihrem Kittel verschwinden. Sie hatte Glück, dass der Bäcker gerade feine weiße Brote an die Magd des reichen Stadtherrn von Keck verkaufte, daher blieb ihr Diebstahl unbemerkt.

Plötzlich blieb Jos' Blick an Rebecca hängen, die erhobenen Hauptes über den Marktplatz schritt. Die Menge teilte sich vor ihr wie einst das Rote Meer vor den Israeliten. Sie trug ein weißes Hemd mit bestickten Nähten und darüber einen leuchtend roten Surcot mit tiefen Armausschnitten, wie ihn sich sonst nur eine reiche Siederstochter oder ein Junkersfräulein leisten konnte. Das schwarze Haar fiel ihr in glänzenden Wellen über den Rücken. Sie trat an einen Fleischerstand und deutete mit dem behandschuhten Finger auf ein großes Lendenstück. Der Metzger beeilte sich ihre Wünsche zu erfüllen. Er bediente sie zuvorkommend, wagte aber nicht ihr in die Augen zu sehen. Alles andere um sich herum vergessend, beobachtete Jos das Mädchen. Trotz des zum Kloster hin abfallenden, schlüpfrigen Pflasters bewegte sie sich sicher und geschmeidig zu den Gemüseständen hinüber. Viel hatten sie zu dieser Jahreszeit nicht zu bieten — jedenfalls nichts, was nicht auch in anderen kühlen Kellern mehr schlecht als recht über den Winter gerettet worden war. Rebecca kam näher und blieb an dem Stand mit der Wundermedizin stehen. Eine Weile lauschte sie den singenden Reden des hutzligen Männleins, dann ging sie kopfschüttelnd davon.

In Gedanken begleitete Jos das Mädchen durch die Stadt, als ein Mann in einem dunklen Mantel sich an ihm vorbeidrückte und zielstrebig auf die Treppe zur Kirche hoch zuhielt. Jos zuckte zusammen. Das war er, ja, eindeutig! Er konnte zwar sein Gesicht nicht sehen, doch der kraftvolle Gang schien unverwechselbar.

Möglichst unauffällig folgte Jos der schwarzen Gestalt zwischen den Ständen hindurch. Zwei Stufen auf einmal nehmend stieg er die Treppe zum Kirchhof hinauf. Jos wartete zwei Atemzüge lang, dann eilte er dem Fremden nach. Oben angekommen ließ er den Blick schweifen. Wo war er hingegangen? Im Schatten der Gerichtslinde standen nur zwei alte Herren, die sich, über ihre Krückstöcke gebeugt, unterhielten. Die Gewölbehalle unter dem Turm lag verlassen da. Jos wandte sich nach links und ging am halb fertigen Kirchenschiff entlang. Durch einen leeren Türbogen trat er ein. Hastig huschte sein Blick durch die Kirchenhalle, deren Wände schon in die Höhe strebten, doch noch war der graue Himmel ihr Dach. Es war niemand zu sehen. Vom alten Chor her hörte Jos Stimmen. Langsam schlich er näher, bis er die Worte verstehen konnte.

»Natürlich bleibt es euch freigestellt, hier weiter im Schmutz herumzulungern und euch mit den Ratten um die Reste zu balgen, die die edlen Bürger auf die Gasse werfen«, sagte der Fremde gerade.

»Was müssen wir tun?«, fragte ein Mädchen mit kurz geschorenem Haar, das kaum älter als zwölf Jahre sein konnte.

»Das werdet ihr dann schon sehen«, knurrte der Mann. »Jedenfalls gibt es genug Arbeit für alle und genug zu essen, um eure leeren Bäuche zu füllen.«

Jos schielte vorsichtig um die Ecke. Ein kräftiger Junge

in einem knielangen Kittel legte schützend seinen Arm um den schmächtigen Knaben, der sich an ihn presste.

»Ich werde nicht ohne meinen Bruder gehen. Ihr braucht ihn nicht durchzufüttern, ich werde ihm von meinem Anteil abgeben«, sagte er mit fester Stimme und sah dem großen Mann furchtlos in die Augen.

»Nein«, sagte der Fremde bestimmt. »Die Kräftigen können mit mir kommen. Für sie gibt es Arbeit und Essen, doch ich dulde nicht, dass sie ihre Kraft für Wertlose verschwenden.«

»Gut!«, sagte der Junge und erhob sich. »Dann gibt es nichts mehr zu sagen. Wir bleiben in Hall.« Und zu den anderen gewandt fügte er hinzu: »Und euch würde ich auch raten lieber hier euer Almosen zu verzehren.« Er schnüffelte geräuschvoll. »Riecht ihr es nicht? Der Schwefelgestank der Hölle liegt in der Luft.«

Der Mann holte zum Schlag aus, doch der Bettelknabe wich ihm geschickt aus. Er griff nach der Hand seines Bruders und zog ihn mit sich fort. Das Platschen der nackten Füße hallte im Kirchenschiff wider.

Der Fremde stieß einen ärgerlichen Laut aus und rief dem Jungen nach: »Ich rate dir gut kein Wort hierüber zu verschwenden, denn ich werde es erfahren, wenn du plauderst, verlass dich darauf! Du würdest es bereuen! Bitterlich bereuen!« Zornig ballte der Mann die Fäuste. Dann hielt er plötzlich inne, als wäre ihm sein Ausbruch unangenehm. Er räusperte sich und wandte sich mit barscher Stimme an die anderen Kinder. »Was ist nun? Ich habe nicht ewig Zeit, also packt eure Bündel und folgt mir!«

Das Mädchen mit dem geschorenen Haar schüttelte den Kopf. »Ich bleibe hier«, sagte sie, doch die anderen drei Jungen und ein Mädchen erhoben sich, packten die wenigen Habseligkeiten in Tücher und alte Beutel und folgten dann dem Mann zur Kirche hinaus.

Es war nicht schwer, der kleinen Gruppe durch Hall zu folgen. Wie Jos vermutet hatte, schlugen sie den Weg hinunter zum Grasmarkt ein, überquerten die Henkersbrücke und strebten auf das Weilertor zu. Im Schatten eines Hofes wartete Jos, bis die Kinder und der Mann die Zugbrücke überquert hatten und auf der Steige nach Gottwollshausen hinauf unter den Bäumen verschwunden waren. Dann erst eilte auch er durch das Tor.

Jos folgte der kleinen Gruppe durch den Weiler und dann in die Wälder des Streifelesberges. Bald wurde seine Vermutung zur Gewissheit: Das Kloster Gnadental sollte das erste Ziel sein!

So ließ sich Jos weiter zurückfallen. Auf der Hangkante oberhalb des Klosters in einem Busch verborgen beobachtete er, wie der Mann die Kinder den Berg hinunter- und dann zu einer Scheune führte. Jos wartete eine Weile, ob sie wieder herauskommen würden, um durch das Tor in der Heg den ummauerten Bereich des Klosterweilers zu betreten, doch nichts geschah. Langsam wurde er ungeduldig. Schließlich verließ er sein Versteck und eilte den grasigen Hang hinunter. Er überlegte kurz, dann huschte er zu der Scheune hinüber. Er legte sein Ohr an die Bretterwand. Leise Stimmen erklangen und dann ganz deutlich ein Gähnen.

»Ich lege mich erst einmal schlafen«, verkündete ein Junge laut, sodass Jos die Worte hören konnte. »Ihr habt ja gehört, es geht morgen in aller Frühe weiter.«

Leise zog sich Jos zurück und betrat kurze Zeit später den Klosterweiler.

* * *

Jos fand Sara im Garten. Sie kniete im Schmutz und zupfte Unkräuter zwischen den zarten Gemüsepflänzchen heraus.

»Ich gehe hier nicht wieder weg, bevor ich weiß, was mit den Kindern geschieht«, sagte Jos bestimmt. »Ich werde mich heute Nacht vor der Scheune aufstellen, so können sie mir nicht entwischen, egal, zu welcher Zeit sie weiterziehen.«

Sara nickte eifrig. »Oh ja, und dann werden wir bald wissen, wohin er die Kinder bringt.«

Eine der Laienschwestern erschien im Tor zu der großen Eingangshalle und rief nach der jungen Magd.

»Warte hier!«, sagte Sara und eilte mit gerafften Röcken davon.

Jos saß mit dem Rücken an die Mauer gelehnt und blinzelte in die Sonne. Eine Biene summte um ihn herum und nahm auf seinem Knie Platz. Er schnippte sie weg. Langsam wurden die Schatten länger. Jos döste vor sich hin. Die Stimmen der Schwestern, Mägde und Knechte verloren sich. Irgendwann wachte er wieder auf. Ihm knurrte der Magen und er fragte sich schon, ob Sara gar nicht mehr zurückkommen würde, da tauchte sie mit hochrotem Gesicht wieder bei ihm auf.

»Hast du gut geträumt?«, fragte sie und griff wieder nach der Hacke.

»Was hast du so lange gemacht?«, fragte Jos ungnädig.

»Ach, so dies und das«, antwortete sie uninteressiert, doch ihre Augen glänzten verdächtig. »Und nebenher habe ich entdeckt, dass die Kinder nicht mehr in der Scheune sind, sondern hier in der Kammer im Keller!«

Nun war Jos hellwach und richtete sich kerzengerade auf. »Woher weißt du das?«

110

»Ich habe zufällig gesehen, wie die Gastmeisterin mit einer Schüssel Mus, statt zu der Gästestube zu gehen, in
den Keller hinunterstieg. Ich wartete, bis sie wieder her-
aufkam, und habe dann nachgesehen, wer im Keller unten frisches Mus braucht.«

Sie machte eine Pause und zog ein paar frisch-grüne
Pflänzchen aus der Erde.

»Ja und? Hast du sie gesehen?«, drängte Jos.

»Gesehen nicht, aber gehört«, triumphierte sie. »Und
sage jetzt nicht wieder, es seien nur die Schülerinnen
oder Kinder aus dem Weiler!«

»Sag ich ja gar nicht«, verteidigte sich Jos, der sich
schämte so fest geschlafen zu haben, dass er nicht bemerkt hatte, wie die Kinder durch das Klostertor geführt worden waren. »Dann bewache ich heute Nacht
eben das Kloster statt die Scheune«, verkündete er mit
fester Stimme.

Sara stützte ihre Hände in den schmerzenden Rücken.
»Du vergisst, der Weiler hat zwei Tore und auf mich
kannst du nicht zählen. Es wird genau kontrolliert, dass
alle Mägde in ihren Betten liegen.«

Jos biss auf seine Lippe. »Da hast du Recht, doch warum sollten sie das Tor benutzen, das zurück ins Haller
Land führt? Das kann ich mir nicht vorstellen.«

Sara zuckte die Schultern. »Da musst du nicht mich fragen. Woher soll ich wissen, was im Kopf dieses Mannes
vorgeht? Er scheint übrigens kein einfacher Wanderer
zu sein oder er hat die Gastmeisterin irgendwie besto-
chen. Jedenfalls speist er in dem Raum, der sonst nur
hohen Gästen vorbehalten ist. Und nicht das Schlech-
teste, das kann ich dir versichern: süßer Wein und weißes Brot! Und ich habe gehört, wie die Kastnerin den
Auftrag erteilte, ein Huhn zu schlachten.«

Jos hob erstaunt die Augenbrauen. »Dann ist er hier wohl besser bekannt, als wir vermutet haben. Vielleicht kannst du herausfinden, wer er ist?«

Sara nickte eifrig. »Vielleicht sollte ich mir die Hände waschen und meinen sauberen Rock anziehen. Wenn ich ihm ein knuspriges Hühnchen serviere, wird er vielleicht gesprächiger, als er es bei dir war.«

Jos zog ein unglückliches Gesicht. »Meinst du wirklich, das ist eine gute Idee?«

»Aber ja, eine sehr gute sogar«, antwortete Sara lachend und klopfte sich den Schmutz von der Schürze.

Jos öffnete den Mund, klappte ihn dann jedoch wieder zu. Sein ungutes Gefühl ließ sich nicht in Worte fassen und auch nicht begründen, daher nickte er nur.

Während Sara davoneilte, um sich umzuziehen, schlenderte Jos durch das Klosteranwesen, um sich die Örtlichkeiten genau einzuprägen. Der Weiler und die Klosteranlage selbst waren von einer Ringmauer und von einem mit Schlamm und Unrat gefüllten Graben umgeben. Die Ostmauer war gleichzeitig ein Teil der Haller Landheg. Hier, in der südlichen Hälfte, war das erste Tor. Ein festgefahrener Karrenweg führte gerade durch den Klosterweiler hindurch und dann zum zweiten Tor, das die Westmauer durchbrach. Beide Tore wurden Tag und Nacht von zwei Männern mit Lanzen bewacht. Auf der Südseite des Weges standen einige Gebäude. Sie wurden nicht nur von den Bauersleuten und ihrem Gesinde bewohnt, die den großen Wirtschaftshof unter sich hatten. Es gab auch einige kleinere Häuser, für die, die sich das Privileg erkauft hatten, »vor dem Kloster zu sitzen«. Dort wohnten ältere Stifter, die hier im Schatten der Klosterkirche ihren Lebensabend verbrachten, bis zu ihrem Tod von den Mägden und Laienschwes-

tern versorgt und dann auch hier auf dem Klosterfried-
hof beerdigt wurden.

An der Südmauer hinter dem Wirtschaftshof und den
Stifterhäusern saßen noch einige Handwerker: ein
Schmied, ein Schuhmacher und ein Bäcker. Während
der Schmied zu den Laienbrüdern gehörte und ein Gelübde abgelegt hatte, gehörten Bäcker und Schuhmacher zu den leibeigenen Handwerkern des Klosters, die
mit Erlaubnis der Äbtissin heiraten durften.

Der äußere Bereich gehörte zwar zum Kloster, da sich
hier aber die Laien und fremde Besucher aufhielten,
war es den Nonnen verboten, ihn zu betreten. Den
Schwestern blieb dagegen der zentrale Bereich mit dem
Kreuzgang, dem Nonnenchor in der Kirche und den
anderen Gebäuden um den Kreuzgang herum vorbehalten. Auch auf dem Friedhof zwischen dem Nonnen-
haus und der östlichen Mauer hatten Laien nichts zu suchen. Außer den Nonnen hatte hier nur der Beichtvater
Zutritt. Die Nonnen, die sich entschlossen hatten in
strenger Klausur zu leben, durften unter keinen Um-
ständen von dem rauen Leben dort draußen gestört
werden. Wie Sara Jos erzählt hatte, stammten die
Schwestern aus den adeligen Familien der Umgebung.
Es waren Töchter der Familien von Klepsheim und Stetten, von Limpurg und Hohenlohe, von Weinsberg und
Backnang, aber auch so manche Jungfrau aus der
Freien Reichsstadt Hall.

Im Süden begrenzten die Kirche und das Haus der Äbtissin den Kreuzgang, im Osten folgte das Gebäude mit
dem Dormitorium, dem Refektorium und unten dem
Kapitelsaal.

Der von Mauern umgebene Garten in der Nordostecke
des Klosters wurde von Laienschwestern bepflanzt und

gepflegt. Immer wenn sie am späten Nachmittag ihre Arbeit beendet hatten, durften die Nonnen bis zur Complet darin ein wenig umherspazieren, ansonsten verließen sie die Gebäude des Klosters ihr ganzes Leben lang nicht mehr.

Das kleine Siechenhospital und die Gästeräume waren im Nordflügel untergebracht. Hier wohnten auch die Schülerinnen, Kinder reicher Adelsfamilien, die im Kloster unterrichtet wurden. Der Westflügel wurde vom Wirtschaftsgebäude mit Keller, Kasten und Küche eingenommen. Oben, unter dem Dach, schliefen Mägde und Laienschwestern in zwei zugigen Kammern. In diesen Gebäuden arbeiteten nur die Nonnen, deren Aufgaben es nötig machten, mit den Laien Kontakt zu pflegen: Die Äbtissin und die Priorin mussten den Verwalter empfangen, die Bursnerin überwachte die Abgaben der Höfe, die Siechenmeisterin leitete die Laienschwestern in der Pflege der Kranken und Schwachen an, die Gastmeisterin kümmerte sich um Reisende und Pilger und die Schulmeisterin unterrichtete ihre Schützlinge. Und dann gab es noch die alte Portnerin, die ihren Platz hinter dem schweren Tor einnahm, das in die große Halle unten im Westflügel führte. An ihr musste jeder vorbei, der den inneren Bereich des Klosters betreten oder ihn wieder verlassen wollte. Daher beschloss Jos seine Nacht, verborgen hinter einem Holzstapel, mit Blick auf dieses Tor zu verbringen.

KAPITEL 8

Vor der geschlossenen Tür blieb Sara stehen und zupfte sich noch einmal Hemd und Kleid zurecht. Es hatte sie einige Überredungskunst gekostet, die Köchin zu überzeugen sie das Essen hinaufbringen zu lassen. Nun stand Sara also vor dem kleinen, aber vornehm eingerichteten Gastraum, in der einen Hand eine Platte mit dem herrlich duftenden gebratenen Hühnchen, in der anderen eine mit Brot und süßem Kuchen. Mit dem Ellenbogen drückte sie die Türklinke herunter und schob dann die schwere Tür mit dem Fuß auf.

Der Fremde hatte seinen Mantel auf die Bank geworfen und flegelte nun in einem mit weichen Kissen gepolsterten Scherenstuhl. Die schmutzigen Lederschuhe hatte er auf die Bank gelegt. Nicht nur der Becher, auch der Weinkrug vor ihm war bereits geleert. Sara grüßte ihn höflich und stellte die Platten vor ihm nieder. Sie griff nach dem leeren Krug.

»Darf ich Euch noch Wein bringen, Herr? Ihr hattet sicher eine lange Reise, die Eure Kehle ausgedörrt hat.«

Der Mann betrachtete sie unfreundlich, doch dann grub er seine Zähne in den Hähnchenschenkel.

»Ja, aber beeile dich«, knurrte er mit vollem Mund. »Am besten bringst du gleich zwei Krüge, aber nicht den sauren Kocherwein, hörst du?«

»Ja, Herr.« Falls sie gehofft hatte, er würde ihr freiwillig von seiner Reise berichten, so hatte sie sich getäuscht.

115

Er warf der jungen Magd nur einen strengen Blick zu, sodass sie sich beeilte der Kastnerin den Wunsch des Gastes auszurichten.

Die alte Schwester Brigitta, die seit Jahren das Reißen in den Beinen hatte, stöhnte. »Jetzt soll ich wegen dem noch einmal in den Keller hinuntersteigen? Ich verstehe sowieso nicht, warum er nicht behandelt wird wie alle anderen Gäste auch.« Mühsam stemmte sie sich von ihrem Hocker hoch.

»Aber nein«, wehrte Sara ab. »Sagt mir nur, von welchem Fass ich den Wein zapfen soll, dann übernehme ich diesen Weg gerne für Euch.«

Die Kastnerin reichte ihr einen zweiten Krug. »Du bist ein liebes Kind, dennoch werde ich nicht drum herumkommen, meine Pflichtversäumnis in der Kapitelversammlung zu melden.«

»Es ist doch keiner da, der es merkt«, sagte Sara.

»Gott sieht alles!«, rügte sie die alte Nonne streng, doch dann huschte ein verschmitztes Lächeln über ihre runzligen Lippen. »Aber wenn du es niemand erzählst und ich — alt wie ich bin — es bis zur nächsten Kapitelversammlung vergesse? Was kann man da schon machen?«

Sara lächelte zurück und nickte. »Welches Fass?«, fragte sie die Schwester noch einmal.

»Ach so, ja, das zweite, große an der rechten Wand.«

Leichtfüßig eilte Sara in das Kellergewölbe hinunter, das man eigentlich nur unter Aufsicht der Kastnerin betreten durfte, und füllte die beiden Krüge. Sie genehmigte sich selbst einen ganz kleinen Schluck, bevor sie in die Küche zurückeilte und Schwester Brigitta den riesigen Schlüssel zurückgab. Dann machte sie sich auf den Weg zur Gästestube. Der Fremde hatte das Hühnchen schon fast vertilgt und auch vom Brot war nicht

116

mehr viel übrig. Den ersten Becher, den Sara ihm ein-
schenkte, leerte er in einem Zug.

»Ihr habt morgen sicher einen anstrengenden Weg vor
Euch, Herr«, begann sie in harmlosem Ton, doch er
ging nicht darauf ein.

»Du kannst gehen und mein Lager richten.«

Sara überlegte fieberhaft, was sie tun oder sagen konnte, um ihm etwas über sein Ziel zu entlocken. Da fiel ihr
Blick auf den rußigen Kamin.

»Die Nächte sind kalt und feucht in diesen Mauern.
Darf ich Euch ein Feuer richten?«

»Hm«, brummte er. Sara nahm das als Zustimmung.
Na, hoffentlich gab das keinen Ärger. Sie würde einfach
behaupten, er habe es von ihr verlangt. Und wer in diesem Raum speiste, dem schlug man ja wohl keine Wünsche ab. Feuerholz und Reisig waren sauber neben dem
Kamin gestapelt. Umständlich machte sich Sara an der
Feuerstelle zu schaffen.

»Es kommt mir so vor, als hätte ich Euch schon öfters
hier zu Gast gesehen«, sagte sie.

Zum Glück konnte ihr Vater sie nicht hören. Bei so einem taktlosen Betragen seiner Tochter gegenüber einem
Herrn wäre er vor Scham im Boden versunken! Der
Fremde ignorierte ihre Worte. Sara hantierte mit Holz
und Reisig und plauderte locker weiter. Sie erzählte
dies und das aus dem Klosteralltag und stellte immer
mal wieder eine Frage, aber er reagierte nicht. Er trank
nur einen Becher Wein nach dem anderen. Sara fiel
schon nichts mehr ein, da stand der Mann plötzlich neben ihr, griff hart nach ihrem Arm und zog sie hoch. Eine Weile sah er ihr in die Augen. Sara starrte trotzig zurück, doch es war irgendetwas Beunruhigendes in seinem Blick, das sie die Lider senken ließ.

»Du scheinst noch nicht sehr lange hier im Kloster zu sein«, brummte er schließlich. »Vielleicht solltest du es, wie die Schwestern, einmal mit Schweigen versuchen.«

»Verzeiht, Herr, wenn ich Euch belästigt habe«, presste sie hervor.

Er betrachtete sie noch einmal prüfend, dann ließ er sie los und kehrte zu seinem Stuhl zurück. Schweigend schob Sara das Reisig zwischen die Scheite und entzündete das Feuer mit der Lampe, die auf dem Tisch stand. Nun blieb nichts mehr zu tun.

»Wann wünscht Ihr morgen geweckt zu werden?«, wagte sie noch einen letzten Versuch, doch auch dieser scheiterte.

»Du kannst die Tür von außen zumachen!«, sagte er nur. Sein Tonfall legte ihr nahe, der Anweisung sofort zu folgen.

Wütend und hilflos stand Sara in dem düsteren Gang. Sie war der Lösung des Geheimnisses nicht einen Schritt näher gekommen. Ob er vielleicht etwas in seinem Bündel trug, das Aufschluss über das Ziel seiner Reise geben konnte?

Nachdenklich betrachtete Sara den leeren Gang. Die Schwestern hatten sich bereits im Refektorium versammelt und auch die Mägde und Knechte saßen bei ihrem Nachtmahl. Wenn, dann jetzt gleich!

Sara huschte den Gang entlang und lugte dann vorsichtig in die Gästekammer. Vier Bettstätten waren in dem engen Zimmer, alle mit einer strohgefüllten Matratze und einer rauen Decke. Nur eines der Lager war mit einem weißen Linnen bezogen, eine Daunendecke und ein prall gefülltes Kopfkissen darauf. Auf dem Strohsack daneben lagen das Bündel, das der Fremde auf dem Rücken getragen hatte, sein Hut und der Wander-

118

stab. Rasch schob Sara die Tür zu und eilte zu der Bettstatt. Mit zitternden Fingern schnürte sie das Bündel auf und leerte seinen Inhalt auf das Bett: ein Hemd und Beinlinge, ein Messer und ein Löffel, eine Trinkflasche und eine Lampe, ein Kienspan, Zunder und Feuerstein, Öl in einem verkorkten Tonfläschchen und ein zusammengefalteter Brief. Sara öffnete ihn vorsichtig. Das Papier war glatt und fast weiß, das Blatt eng mit geschwungenen Buchstaben bedeckt. Zum ersten Mal in ihrem Leben ärgerte sich Sara, dass sie nicht lesen konnte. Was da wohl geschrieben stand? Das Einzige, was sie erkannte, war das gebrochene Siegel, das den Brief einmal verschlossen hatte: die Hand und das Kreuz der Freien Reichsstadt Hall.

War das alles? Seufzend legte Sara die Sachen wieder zurück. Nun war sie genauso schlau wie vorher. Vielleicht wussten die Kinder etwas? Sara eilte bis zum Ende des Gangs und dann zwei Treppen hinunter. Vorsichtig drückte sie die Klinke nieder. Sosehr sie sich auch gegen die Tür lehnte, sie gab keinen Fingerbreit nach. Abgeschlossen! Und der Schlüssel fehlte.

Warum in aller Welt hatte man die Kinder eingeschlossen? Fürchtete der Fremde, sie könnten ihm davonlaufen? Oder wollten die Schwestern verhindern, dass sie durch das Kloster streiften und die Klausur der Nonnen störten? Missmutig stieg Sara in die Küche hinauf. Sie wollte für Jos noch ein wenig Brot und Käse stibitzen, doch in der Küchentür erwartete sie Schwester Adelheid.

»Was hast du hier zu suchen?«, keifte die alte Portnerin durch ihre Zahnlücken hindurch. »Du gehst sofort in die Gesindekammer, wo du hingehörst, und morgen werde ich deine Verfehlung zur Sprache bringen.«

Sara wusste, dass Erklärungen oder Bitten sinnlos sein würden. So hatte Jos eben eine hungrige Nacht vor sich. Eilig machte sich die junge Magd davon, bevor sich die alte Nonne zu einer ihrer gefürchteten Schimpftiraden aufschwingen konnte.

* * *

Als Sara im Kloster verschwand, schlenderte Jos noch eine Zeit lang im Klosterweiler herum. Eine rundliche Magd brachte das gebrechliche Edelfräulein von Weinsberg zur Kirche hinüber, das Eheweib des Bäckers saß vor dem Haus und durchsuchte den Haarschopf ihrer Jüngsten nach Flöhen und Läusen. Der Schmied Bruder Hartmann und der Schuhmacher Bechstein hockten vor der Schmiede und ließen sich heißen Gewürzwein und dunkles Brot, dick mit Schmalz bestrichen, schmecken. Der Schmied winkte Jos heran.

»Für heute ist's wohl zu spät, um sich auf den Rückweg zu machen. Bist du im Kloster zu Gast? Dann findest du in der Gästestube ein warmes Mahl.«

Jos trat heran. »Na ja, eigentlich nicht. Ich kam nur eine Magd besuchen.« Es ärgerte ihn, dass ihm das Blut in die Wangen stieg.

»Die neue Magd Sara, nicht? Ich habe euch im Garten zusammen gesehen.«

Jos hub zu einer Verteidigungsrede an, doch Bruder Hartmann wehrte ab.

»Es geht mich nichts an und es ist auch nicht an mir, darüber zu urteilen. Ich weiß nur eines: dass du sicher hungrig und durstig bist. Drum setz dich zu uns und berichte uns Geschichten aus der Welt da draußen. Du kommst aus Hall, nicht wahr?«

Dankend ließ sich Jos auf einen Hackklotz sinken und nahm den dampfenden Becher entgegen, den der Schuhmacher ihm reichte. Der junge Knecht berichtete von Hall, von der Salzsiederei, dem Klatsch und den Skandalen und auch von den Kriegsnachrichten, die die Stadt, wenn auch spärlich, immer wieder erreichten. Dafür gaben ihm die Männer reichlich zu trinken und Brot mit Schmalz, so viel er essen konnte. Die Sonne war schon lange untergegangen und die Nacht hereingebrochen, als der Schuhmacher sich erhob.

»Du kannst hinten in der Scheune schlafen. Es ist noch reichlich Heu darin«, bot er dem jungen Knecht an und wünschte eine gesegnete Nacht. Auch der Schmied erhob sich. Jos wartete, bis die beiden verschwunden waren, dann machte er sich zu seinem Beobachtungsposten auf. Gähnend kauerte er sich auf die kahle Erde. Wie gemütlich wäre es jetzt in der Scheune des Schuhmachers, doch es half nichts, er wollte ja nicht riskieren, dass ihm der merkwürdige Kerl mit den Kindern entwischte.

Wie langsam der Mond über den Nachthimmel wanderte. Im Holz raschelten ein paar Mäuse. Irgendwo wieherte ein Pferd. Trotz des harten Bodens rutschte Jos immer tiefer. Die Augenlider wurden ihm schwer. Ein Käuzchen schwebte lautlos heran und stieß dann seinen klagenden Schrei aus. Jos fuhr erschreckt in die Höhe und für eine Weile war er wieder hellwach. Der nächtliche Jäger kreiste noch einmal über dem Garten und stieß dann im Sturzflug herab.

Ob die Eule ihre Beute erwischt hat?, überlegte Jos und begann, um sich wach zu halten, die Sterne zu zählen, doch weit kam er nicht. Wann brauchte man im Leben schon Zahlen, die größer als zwei oder drei Dutzend waren? Jos grinste. Wenn man ein reicher Junker wäre, beispielsweise, damit man all seine Batzen in der Truhe zählen könnte.

Jos träumte davon, mit Sara in einem großen, steinernen Haus zu leben, mit drei oder vier Kammern und einer großen Stube, in der ein riesiger Kachelofen die Luft zum Glühen brachte. Dann hätten sie ein Pferd und zwei Kühe und mindestens fünf Schweine und einen tiefen Keller mit süßem Wein und Speckseiten und Würsten ...

Der zarte Klang der kleinen Glocke auf dem Kirchendach riss ihn aus seinen Gedanken. Er ahnte die Schatten, die durch das nächtliche Kloster huschten. Hier und dort flackerte ein trüber Lichtschein, dann begannen die Kirchenfenster in warmem Orange zu leuchten und der helle Chorgesang der Nonnen drang bis hinaus in den Garten. Die reinen Stimmen rührten sein Herz und er fühlte sich plötzlich Gott dem Herrn so nah wie noch nie. Dreimal hub der Gesang wieder an, ehe er verstummte. Die Lichter verloschen, die Schatten eilten lautlos davon, um bei Meditation und Gebet den Anbruch des Morgens zu erwarten.

Der Mond war längst untergegangen, als die Schwestern zum zweiten Mal an diesem Tag den Herrn Jesus Christ und die Heilige Jungfrau mit ihren Stimmen lobten. Noch konnte man den hellen Streifen am östlichen Horizont erst erahnen. Jos reckte seine steifen Glieder und gähnte herzhaft. Alles tat ihm weh. Er bereute es, nicht im weichen Heu der Scheune geschlafen zu haben.

Wie war er nur auf die unsinnige Idee gekommen, der Fremde könnte während der Nacht seinen Weg fortsetzen? Jos erhob sich und spazierte ein wenig durch den

Garten, um das taube Gefühl in den Beinen zu vertreiben.

* * *

Mit dem Tageslicht kehrte in und um das Kloster Gnadental wieder rege Geschäftigkeit zurück. Während die Nonnen ihrer Aufgabe nachgingen, Gott und die Heilige Jungfrau zu preisen, griffen die Laienschwestern und das Gesinde wieder nach Hacke oder Wäschekorb, nach Spinnrad oder Mistgabel. Sara konnte ein Stück Brot ergattern und lief damit zu Jos in den Garten.
»Und? Hat sich etwas getan?«, fragte sie atemlos.
Jos schüttelte den Kopf und rieb sich den schmerzenden Rücken.
»Nein, so eine blödsinnige Idee, über Nacht das Tor zu bewachen! Wer verlässt nachts schon den Schutz der Klostermauern?«
Sara zuckte mitleidslos die Schultern. »Es hätte doch sein können und dann müssten wir uns jetzt ärgern, dass er uns entwischt ist.«
»Und, hast du etwas herausbekommen?«, erkundigte sich Jos und biss ein Stück von der harten Brotkante ab.
»Nein, leider nicht«, bedauerte Sara. »Der Kerl war ja so etwas von stur und unfreundlich, da war einfach nichts zu machen. Und in seinem Bündel war auch nichts, das einen Hinweis auf sein Ziel hätte geben können. Außer vielleicht der Brief, aber ich kann ja nicht lesen.«
»Sein Bündel?« Jos packte Sara an den Schultern. »Sara, hast du etwa in seinem Gepäck gewühlt? Wie konntest du nur? Was glaubst du wohl, was die jetzt mit dir machen würden, wenn er dich dabei erwischt hätte?«

123

Jos wurde es bei dem Gedanken abwechselnd heiß und kalt. »Wenn sie dich des Diebstahls angezeigt hätten, könnte dich das deine Hand kosten!«

Sara machte sich los. »Ich weiß schon, was ich tue! Außerdem bin ich nicht deine kleine Schwester, die du herumkommandieren kannst!«

Jos hob hilflos die Hände. »Nein, das nicht, aber meine Freundin, die mir teuer ist und die ich nicht in Schwierigkeiten sehen möchte.«

Das schmeichelte Sara, sodass sie ihn versöhnlich anlächelte. »Ich habe gut Acht gegeben und außerdem sind wir hier in einem Kloster. Hier hat die Äbtissin das Sagen und nicht der Haller Henker.«

Jos wiegte den Kopf hin und her. »Ja schon, doch das heißt nicht, dass dich der weltliche Arm nicht erreichen kann. Nur die Pfarrer und Mönche und vielleicht auch die Äbtissin mit ihren Nonnen stehen außerhalb des normalen Rechts. Für die Laien gilt das neue römische Gesetz, egal, wo sie sich aufhalten.«

Die junge Magd machte ein leidendes Gesicht. »Ja, Herr Schulmeister. Wenn du dann mit deiner Lektion fertig bist, gehe ich wieder hinein.« Sie lächelte verschmitzt. »Da der Herr sich nun schon so sehr an meine Gesellschaft gewöhnt hat, bringe ich ihm jetzt das Frühmahl. Vielleicht ist er ja heute Morgen ein wenig gesprächiger?«

Jos blieb nur ihr ein »Sei vorsichtig!« hinterherzurufen.

* * *

Sara lief in die Küche, in der sie nicht nur drei Laienschwestern beim Gemüseputzen antraf, auch Schwester Brigitta, die auf einem Schemel saß und die drei jungen

Frauen mit erbaulichen Lebensweisheiten unterhielt. Sara eilte zu ihr und knickste.

»Schwester Brigitta, soll ich dem Herrn jetzt das Frühmahl servieren?«

Die alte Schwester blinzelte. »Welchem Herrn?«

»Dem Besucher, der mit den Kindern hier ist«, drängte Sara ungeduldig.

Die Kastnerin hob überrascht den Kopf. »Kinder? Was für Kinder?« Sie blickte die Gastmeisterin fragend an, die soeben in der Tür erschien.

»Hier gibt es keine Kinder«, sagte Schwester Anna Maria fest. »Der einzige Gast heute Nacht war Bruder Contzlin und der ist noch vor Tagesanbruch weitergezogen.«

Sara nahm sich vor mit Jos ein Hühnchen zu rupfen, doch das musste warten.

»Bruder Contzlin?«, fragte sie leichthin. »Er sah gar nicht wie ein Mönch aus. Von welchem Orden kommt er denn?«

Schwester Anna Maria zuckte gelangweilt mit den Schultern. »Er gehört, glaube ich, zu gar keinem Orden mehr, aber so genau weiß ich das nicht.«

»Er war bei den Johannitern in Hall«, mischte sich Schwester Brigitta ein. »Aber das ist schon ein Dutzend Jahre her. Seine Familie ist irgendwie mit der unseres verehrten Stifters verschwägert, daher nimmt er hier stets Quartier, wenn er in der Nähe ist.«

Die Gastmeisterin schob Sara vor sich aus der Küche. Draußen im Gang hielt sie die Magd am Arm fest. »Du wirst nicht mehr darüber reden!«, sagte sie unfreundlich.

»Wo er nur all die Kinder hinbringt?« Sara tat so, als habe sie die Schwester nicht gehört.

Schwester Anna Maria kniff die Lippen fest aufeinander und stieß einen Laut aus, der an das Fauchen einer wütenden Katze erinnerte.

»Also gut«, sagte sie mit gedämpfter Stimme. »Sie werden auf die Klosterhöfe gebracht. Schließlich gibt es Arbeit genug, seit so viele Knechte mit den Städten gegen den Brandenburger und seine räuberischen Verbündeten antreten müssen. Die Mutter Oberin und die Priorin möchten nicht, dass diese Kinder auf der Durchreise im Kloster Kost und ein Nachtlager finden, deshalb rede nicht darüber!«

Sara nickte und schob sich eine Karottenscheibe in den Mund, die sie in der Küche stibitzt hatte. Sie wollte sich abwenden, doch die Gastmeisterin packte sie am Ärmel.

»Ich möchte keine Schwierigkeiten bekommen, nur weil du den Mund nicht halten kannst!«

»Ist gut. Ich werde nichts sagen«, brummte Sara ungnädig.

Der Griff der Nonne verstärkte sich. »Wenn ich erfahre, dass du die Kinder auch nur erwähnt hast, dann werde ich dafür sorgen, dass du aus dem Kloster gejagt wirst! Und glaube ja nicht, ich hätte nicht die Macht, die Bursnerin zu überreden, deinen Eltern die Pacht zu nehmen. Hast du verstanden?«

»Ja!«, zischte Sara und riss sich los. Eilig lief sie in die Halle und dann durch das Tor hinaus und zum Garten hinüber. Grimmig presste sie die Lippen aufeinander. Das würde ihr gerade noch fehlen, schon wieder in Ungnade zu fallen. Bei dem Gedanken, ihre Familie könnte wegen ihr von ihrem Hof verjagt werden, wurde es ihr ganz schlecht. Sara trat auf Jos zu. Noch immer wütend fuhr sie den Freund an: »Geschlafen hast du, statt das Tor zu bewachen! Er ist mit den Kindern einfach an dir vorbeispaziert und du hast es nicht gemerkt!«

Jos schüttelte ungläubig den Kopf. »Das kann nicht sein. Ich bin bestimmt nicht eingeschlafen. Ich hätte ihn gesehen, wenn er hier vorbeigekommen wäre.«

»Ach, meinst du etwa, er hat sich in Luft aufgelöst oder ihm sind plötzlich Flügel gewachsen, mit denen er auf und davon geflogen ist?«, spottete das Mädchen.

»Ach hör doch auf«, fuhr Jos sie ungehalten an. »Können sie nicht durch eine andere Tür gegangen sein?«

Sara schüttelte den Kopf. »Sieh dir das Kloster doch an. Um aus dem inneren Bereich herauszukommen, musst du durch dieses Tor!«

Langsam begann Jos an sich zu zweifeln. Seufzend ließ er den Kopf hängen. »Ich weiß wirklich nicht, wie mir das passieren konnte«, sagte er leise.

»Es sei dir verziehen.« Sara lächelte verschmitzt und zog dann ihren Trumpf aus dem Ärmel. »Ich habe auch so herausbekommen, wer er ist und wo die Kinder hingebracht werden.«

»Was?« Jos riss die Augen auf. »Erzähle!«

Eine Weile zierte sich Sara noch, aber dann berichtete sie, was sie in der Küche erfahren hatte. Die Drohung der Gastmeisterin jedoch behielt sie für sich.

»Siehst du!«, lachte sie. »Das Geheimnis ist gelüftet. Die Kinder arbeiten auf den Klosterhöfen und sind wohl versorgt. Jetzt müssen wir nur noch herausfinden, auf welchem Hof Hinke-Annas Brüder gelandet sind.«

Auch Jos strahlte übers ganze Gesicht. Die leise, fragende Stimme in sich überhörte er einfach. Der Fremde war halt ein merkwürdiger Kauz, zu dessen Verhalten Freundlichkeit nicht dazugehörte, und wer konnte schon wissen, woher seine Abneigung gegen Fragen stammte.

Gemeinsam gingen Jos und Sara zur heiligen Messe und setzten sich danach noch mit Bruder Hartmann, dem Bäcker und seiner Frau und ein paar Mägden und Knechten im Hof zusammen. Die Bäckersfrau ließ eine Schale mit Gewürzkuchen herumgehen, dazu tranken sie kühle Molke oder gesüßten Kocherwein.

»Ich werde Erkundigungen einziehen, welche Höfe in Frage kommen«, sagte Sara zum Abschied. »Du wirst sehen: Wenn du nächste Woche wieder kommst, können wir Anna zu ihren Brüdern bringen.«

Jos nickte.

»Und du kannst dich nun ganz der Suche nach Stefans Mörder widmen«, fügte Sara noch hinzu und wischte seine Einwände, er habe eine anstrengende Siedenswoche vor sich, mit einer Handbewegung fort.

»Er war dein Freund! Willst du das einfach so auf sich beruhen lassen?«

»Nein, natürlich nicht.«

* * *

Aber was kann ich schon ausrichten?, sagte er zu sich selbst, als er den steilen Berg nach Rinnen hinaufstapfte. Selbst wenn ich etwas herausfinde — soll ich dann ausziehen und mit meinem alten Messer die Mörder massakrieren? Oder zu unserem Herrn Stättmeister gehen und ihm sagen: »Der Bader hat zwar gesagt, es war ein Unfall, doch ich bin der Meinung, mein Freund wurde heimtückisch getötet. Hier habt ihr die Mörder. Übergebt sie nun dem Henker, damit er sie richten kann.« Na, der würde mir etwas erzählen.

So haderte er mit seinem Schicksal, bis er das Weilertor erreichte. Zögernd blieb Jos stehen. Wo Hinke-Anne wohl gerade war? Sollte er ihr die frohe Botschaft gleich bringen? Am Garten des Henkers vorbeizugehen und einen Blick hineinzuwerfen, ob Anna zufällig da war, konnte ja nicht so schlimm sein ... Mit diesen Gedanken beruhigte er sich selbst und machte sich sogleich auf den Weg. Doch es war nicht Anna, die im Garten unter dem Birnbaum saß. Jos wollte sich schon wieder unbemerkt zurückziehen, da hatten ihn die dunklen Augen entdeckt. Rebecca ließ ihre Näharbeit sinken.

»Was führt dich hierher?«

»Ich suche Anna.«

»Du musst entweder näher kommen oder lauter sprechen, wenn du möchtest, dass ich dich verstehe.«

Ihr Blick senkte sich wieder auf die Nadel, die flink durch den roten Stoff glitt.

Zögernd trat Jos näher. »Ich bin auf der Suche nach Anna«, sagte er noch einmal.

»Hast du ihre Brüder gefunden?«, fragte die Henkerstochter, ohne von ihrer Arbeit aufzusehen.

»Ja, nein, also fast ...«

Rebecca hob fragend die Augenbrauen.

Da begann Jos die ganze Geschichte zu erzählen. Wie er den merkwürdigen Mann angesprochen hatte, wie er zurückgewiesen wurde, wie er ihm dann auf dem Marktplatz aufgelauert und ihn bis zum Kloster Gnadental verfolgt hatte. Im Stehen zu erzählen, sodass Rebecca zu ihm hochstarren musste, wäre unhöflich gewesen. So dauerte es nicht lange, bis Jos bei ihr im Gras saß. Sie unterbrach ihn kein einziges Mal. Ihre Augen waren aufmerksam auf ihn gerichtet, die Arbeit ruhte in ihrem Schoß. Auch seine Beteuerung, er sei nicht eingeschlafen, nahm sie ohne Widerworte zur Kenntnis. Als er geendet hatte, schwieg sie einige Augenblicke.

129

»Ich frage mich nur, warum ihre Brüder sie nicht schon längst zu sich geholt haben? Entweder liegt der Hof sehr weit weg oder sie sehen keine Möglichkeit, ihre Schwester dort mit durchfüttern zu lassen. Vielleicht sind sie auch ganz froh sich dieser Last entledigt zu haben. Arme Anna.«

»Glaubst du das?«

»Es gibt keine Niedertracht, die ich den Menschen nicht zutraue«, sagte Rebecca schlicht und widmete sich wieder ihrer Näharbeit.

»Selbst wenn du Recht hast, ist es besser, sie weiß es, als dass sie ein Leben lang darauf wartet, dass ihre Brüder sie zu sich holen«, gab Jos zu bedenken.

»Ach, manches Mal ersetzen die Gedanken an ein warmes Herdfeuer die Sonnenstrahlen auf der Haut«, erwiderte Rebecca traurig, doch dann schüttelte sie sich, so als wolle sie alle unangenehmen Gedanken und Erinnerungen von sich werfen. »Bist du bei deiner Suche nach den Mördern deines Freundes weitergekommen?«, fragte sie nach einer Weile.

Jos stöhnte. »Nein. Sara sagt, ich solle jeden, den ich treffe, befragen. Irgendjemand muss doch etwas wissen. Ich weiß nur nicht, wo ich beginnen soll.«

Schritte näherten sich durch das Gras, und als Jos aufsah, traf sein Blick sich mit dem des Henkers. Röte schoss ihm ins Gesicht. Er sprang auf und taumelte einige Schritte rückwärts.

»Meister Geschydlin, ich wollte nicht, es tut mir Leid«, stotterte er.

Der Henker sah den jungen Mann von oben bis unten prüfend an, dann wandte er sich an seine Tochter.

»Wenn du deine Unterhaltung mit diesem jungen Burschen beendet hast, dann komm ins Haus. Die Hegrei-

ter haben einen Dieb gefasst. Außerdem wurden drei
Bürger wegen Trunkenheit und lästerlicher Reden in
den Gerberturm gebracht. Du wirst ihnen ein Mahl zu-
bereiten.«

»Ja, Vater, ich komme gleich.« Ungerührt ließ Rebecca
die Nadel durch den Stoff wandern.

Obwohl der Nachrichter, ohne ihn eines weiteren Blickes zu würdigen, wieder im Haus verschwand, hatte es
Jos plötzlich sehr eilig, sich zu verabschieden.

»Ich gehe dann, Rebecca, ich werde Anna suchen und
ihr die Nachricht überbringen.«

Das Mädchen sah ihn durchdringend an. »Ja, tu das
und vielleicht erfährst du ja an den Toren etwas über
deinen Freund. Ich würde bei den Toren im Süden beginnen.«

Jos hob noch einmal grüßend die Hand und eilte dann
mit großen Schritten davon.

KAPITEL 9

Den Sonntag über grübelte Sara darüber nach, wie sie Annas Brüdern auf die Spur kommen konnte, wenn sie nicht darüber sprechen durfte. Immer wieder war sie versucht eine der Laienschwestern, den Schmied oder gar die Bursnerin zu fragen, doch die Drohung der Gastmeisterin klang ihr noch in den Ohren. Schließlich nahm sie sich ein Herz und passte Schwester Anna Maria ab, als sie alleine in der Gästestube nach dem Rechten sah.

»Schwester Anna Maria«, begann Sara zaghaft, obwohl schon wieder der Zorn in ihr aufwallte, wenn sie an die böse Drohung der Nonne dachte. Die Schwester fuhr herum und betrachtete die Magd misstrauisch.

»Was willst du hier? Du hast hier nichts zu suchen! Es ist Margas Aufgabe, hier zu wischen und den Kamin zu säubern.«

»Darf ich euch etwas fragen?« Schnell, bevor die Schwester ablehnen konnte, fuhr Sara fort: »Es geht um die Kinder, die auf den Höfen arbeiten.« Hastig berichtete sie von Anna, die auf der Suche nach ihren Brüdern war, und beschrieb die beiden Jungen.

Der Mund der Nonne war nur noch ein schmaler Strich und Sara hatte das Gefühl, es würde sie viel Mühe kosten, einen freundlichen Ton anzuschlagen.

»Ich verstehe natürlich, dass das Mädchen sich sorgt. Wieso hast du mir nicht gleich erzählt, warum du dich für die Kinder interessierst? Ich habe alle gesehen und ich muss dir leider sagen, die Jungen, die du mir beschrieben hast, waren nicht dabei. Vermutlich haben sie es sich anders überlegt und sind in eine andere Stadt gezogen.«

»Sie hätten Anna nicht einfach zurückgelassen!«, protestierte Sara.

Die Nonne zuckte die Schultern. »Ehre und Anstand sind keine Tugenden, die unter dem Bettelvolk weit verbreitet sind. Für das Mädchen tut es mir Leid, aber ich kann dir keine andere Antwort geben.«

Entmutigt verließ die junge Magd die Gästestube und schlenderte durch den Weiler. Der Tag neigte sich seinem Ende zu, der Bauer trieb die Ziegen und Schweine für die Nacht in den Stall, die Tore wurden geschlossen und die Nonnen strömten zur Complet in die Kirche.

Sara konnte einfach nicht glauben, dass Annas Brüder die Kleine so einfach ohne eine Nachricht in Hall zurückgelassen hatten. Vermutlich konnte sich die Nonne einfach nicht so genau an alle Kinder erinnern. Schließlich verbrachten sie — soweit Sara es mitbekommen hatte — immer nur wenige Stunden hinter den Klostermauern.

Sara grüßte den Schmied, der mit dem Laienbruder Sebastian zusammensaß und die Abendsonne genoss.

»Nun trink aus und schür dein Feuer«, forderte Bruder Sebastian den Schmied auf. »Wenn du das Eisen nicht richtest, kann ich das Gespann morgen nicht benutzen.« Er strich sich mit der schmutzigen Hand über sein kurz geschnittenes hellbraunes Haar. Der Laienbruder war um die dreißig Jahre alt, von großer Gestalt und sehnig gebaut. Seine grauen Augen fixierten Bruder Hartmann. Stöhnend erhob sich der Schmied. »Und das nennt man dann den heiligen Sonntag«, maulte er und zwinkerte

Sara zu. »Als ob es etwas ausmachen würde, wenn der Zehnt einen Tag später eingeholt wird.«

Langsam trottete er zur Feuerstelle. Sein Schimpfen wurde zum unverständlichen Gemurmel.

»Wenn die Priorin sagt, ich soll mich auf den Weg machen, dann tue ich gut daran, die Anweisung zu befolgen«, rief Bruder Sebastian dem Schmied nach.

Er schenkte sich seinen Becher voll und bot dann Sara einen Schluck an.

»Wo müsst Ihr morgen hin, Bruder Sebastian?«, fragte das Mädchen.

»Ich fahre mit dem großen Wagen die Klosterhöfe ab, um den kleinen Zehnt einzuholen. Ich fange im Norden an und schlage dann langsam den Bogen, bis der Karren voll ist. Leider hat der Heinz sich den Fuß verletzt. Er hätte mir eigentlich helfen sollen. So muss ich halt alleine fahren.«

Das war die Gelegenheit! So konnte sie unauffällig nach Jörg und Will suchen, ohne ihr Versprechen brechen zu müssen.

»Ich kann doch mitkommen und Euch helfen«, sprudelte Sara hervor.

Der Laienbruder lachte. »Das wäre ja was! Nicht dass ich etwas gegen deine Gesellschaft einzuwenden hätte, aber ich schätze, die Bursnerin würde schon bei dem Gedanken einen Tobsuchtsanfall bekommen.«

»Warum denn? Ich bin stärker, als ich aussehe, und könnte helfen den Wagen zu beladen«, wandte Sara naiv ein.

Sebastian lachte. »Du bist eine Frau und ich ein Mann. Nehmen wir die üblen Gedanken der Bursnerin hinzu, dann haben wir schon die schlimmsten Todsünden zusammen.«

Sara winkte ab. »Wir verbringen die Nächte doch sicher auf den Höfen. Da kann ich ja bei den anderen Mägden schlafen.« Sie trat ein Stück näher und sah den Laienbruder bittend an. »Wir sagen der Bursnerin einfach nichts davon. Ich werde Schwester Brigitta fragen. Sie hat sicher nichts dagegen, und wenn es herauskommt, dann kann die Bursnerin nur die Kastnerin schelten.«

Bruder Sebastian lachte. »Du bist mir ja ein gewitztes Luder! Aber wenn du meinst. Dann treffe ich dich morgen vor Sonnenaufgang am Nordtor. Sei pünktlich, sonst fahre ich ohne dich.«

»Aber ja«, rief Sara erfreut. »Ich werde am Tor auf Euch warten.«

* * *

Jos lief durch die ganze Stadt, doch er konnte Anna nirgends entdecken. Oben beim Langenfelder Tor gab er die Suche auf. Da er nun aber einmal hier war, konnte er auch gleich damit beginnen, den Wächtern Fragen zu stellen. Der jüngere der beiden, der noch nicht sehr lange am Tor seinen Dienst leistete, schüttelte nur den Kopf. Klar waren die Flößer hier immer wieder durch das Tor ein und aus gegangen, doch er konnte sich nicht einmal daran erinnern, wie Stefan aussah. So wandte sich Jos lieber dem alten Trollenfister, dem Bruder des Vorderbaders, zu. Er hatte Stefan gut gekannt und fing sofort an eine Lobeshymne auf den Flößer zu singen, der seinen Rücken nicht vor den Junkern gebeugt und nie den Mund verschlossen hatte, wenn es ein Unrecht anzuprangern gab.

»Weißt du, Jos«, sagte er und senkte seine Stimme, »ich habe schon immer zu meiner Käthe gesagt, der Stefan, der wird nicht alt und er wird bestimmt nicht in seinem Bett sterben.«

»Wie meint Ihr das?« Jos, der dem Wächter nichts von den Spuren an des Toten Armen und Beinen erzählt hatte, horchte auf.

»Er war keiner, der den Blick niederschlug, und so etwas ist den hohen Herren immer ein Dorn im Auge. Ich hätte erwartet, dass er irgendwann mit einem Messer im Rücken gefunden wird. Nun, stattdessen ist er ertrunken.« Er beugte sich zu Jos vor und zischte zwischen seinen schwärzlichen Zahnstumpen: »Vielleicht wurde er verhext oder von einem Fluch getroffen, sodass er nicht mehr schwimmen konnte.«

Jos schüttelte sich. »Glaubt Ihr wirklich, hier in Hall gibt es jemanden, der ihm so etwas angetan hätte?«

Der alte Wächter kicherte lautlos. »Ich denke schon, dass es in der Herrengasse so manchen gibt, der seinen Tod mit Erleichterung vernommen hat.«

Das konnte sich der junge Mann zwar nicht vorstellen, er sagte jedoch nur: »Erleichterung ist das eine, den Tod selbst herbeiführen noch etwas anderes.«

Der alte Trollenfister schüttelte den Kopf. »Ich habe Augen zum Sehen und Ohren zum Hören, doch über meine Lippen wird kein Name kommen. Denn ganz so vergreist, einen hohen Herrn zu bezichtigen, bin ich nicht.«

»Aber uns hört hier doch niemand. Ich werde es auch sofort wieder vergessen«, bat Jos, aber der Alte blieb stur. Seufzend suchte Jos nach einem anderen Weg.

»Habt Ihr Stefan in den letzten Monaten zu ungewöhnlichen Zeiten gesehen? Ich meine, hat er abends alleine oder mit anderen die Stadt verlassen und ist erst am nächsten Tag zurückgekehrt?«

Der Wächter überlegte. »Ungewöhnlich? Nein. Er ist manches Mal mit den anderen Flößern über Nacht weggeblieben, aber das ist ja nicht ungewöhnlich. Du kannst noch die anderen fragen. Schließlich bin ich nicht jeden Tag hier am Tor.«

Jos dankte und machte sich auf den Heimweg. Aus dem Gasthaus »Glocke« in der Mauergasse drangen Stimmen, die ihm bekannt vorkamen. Es waren die Flößer, und obwohl er keinen Heller in der Tasche hatte, trat Jos ein und setzte sich zu ihnen an den Tisch. In dieser fröhlichen Stimmung, in der sie bereits waren, ließen sie sich nicht lumpen und schenkten Jos ebenfalls einen Becher voll.

»Was machst du denn für ein Gesicht?«, fragte Lienhart und klopfte ihm auf die Schulter.

»Ach, ich habe gerade an Stefan gedacht«, antwortete Jos. Lienhart nickte ernst. Mehr vom Wein als vor Trauer glänzten seine Augen feucht.

»Ja, ja, er war ein guter Kumpan und ein kräftiger Zecher. Hebt eure Becher auf Stefan, den der Herr zu sich geholt hat. Ja, ja, gestern hat es ihn getroffen, und wann wird der Engel des Herrn an unsere Tür klopfen?«

»Na, zu dir schickt er bestimmt keinen Engel«, lästerte Gilg. »Dich wird sicher der Satan persönlich in sein ungemütliches Gemach hinabzerren.« Die anderen lachten.

»Anscheinend schätzten ihn nicht alle so sehr ...« Jos bemühte sich das Gespräch wieder in seine ursprüngliche Bahn zu bringen. »Der alte Trollenfister sagt, Stefan habe so manchen Feind unter den Junkern gehabt.«

Gilg machte eine wegwerfende Handbewegung. »Was der Verrückte so erzählt, da würde ich mal keinen Heller drauf geben. Klar ging seine offene Rede manch einem gegen den Strich, doch sie haben ihn auch geschätzt. Er hatte einen klugen Kopf, konnte fest anpacken und die anderen Flößer hörten auf ihn.«

»Außerdem gab's auch den einen oder anderen Junker, mit dem er ganz schön dicke war«, mischte sich einer der Türmer vom Nebentisch ein. Jos sah ihn überrascht an.

»Mit dem alten Morstein habe ich ihn den Kopf zusammenstecken sehen. Da musste ich mir schon die Augen reiben. Unser Stefan mit dem ach so stolzen Junker?«

»Wen meinst du?«, fragte Jos, der glaubte sich verhört zu haben.

»Na, den Junker Engelhart von Morstein, der von den Strauchdieben erschlagen wurde.«

»Und du hast dich da bestimmt nicht getäuscht?«

Der Türmer machte ein beleidigtes Gesicht. »Meine Augen sind noch völlig in Ordnung und meine Sinne habe ich gewöhnlich auch beieinander!«

Jos hob beschwichtigend die Hände. »So habe ich das nicht gemeint. Es ist nur — seltsam. Aber vielleicht hat Stefan für ihn eine Arbeit erledigt.«

Während die anderen fröhlich weiterzechten, saß Jos stumm da und brütete vor sich hin. Gegen zehn kam der Nachtwächter und scheuchte sie alle nach Hause in ihre Kammern.

»Weißt du noch, wann du Stefan mit dem Junker gesehen hast?«, fragte Jos, als er neben dem Türmer die Stufen der Brüdergasse hochstieg. »Ist das schon lange her?«

Der Türmer überlegte. »Hm, das erste Mal war im Winter, ich glaube so um Fastnacht herum. Da standen sie lange unter dem Turm und redeten miteinander. Und dann habe ich sie noch einmal in der »Glocke« gesehen.

Sie saßen ganz hinten im Eck, sodass man sie fast übersehen konnte. Das war kurz bevor der Junker erschlagen wurde.«

Jos verabschiedete sich, wünschte eine gesegnete Nacht und ging dann tief in Gedanken versunken nach Hause.

* * *

Pünktlich bei Tagesanbruch war Sara zur Stelle und kletterte auf den Kutschbock des leeren Karrens. Der Wächter am Tor war noch zu verschlafen, um sich darüber zu wundern, dass die Magd mit zu den Klosterhöfen fuhr. Der gläserne Himmel versprach einen heiteren Frühlingstag. Sara plauderte fröhlich vor sich hin, genoss den Gesang der Vögel und freute sich an den Tautropfen, die wie Perlen im Gras glitzerten, und an dem frischen Grün, das das düstere Wintergrau aus dem Buchenwald vertrieb.

Sebastian hörte ihr zu und machte sie das eine oder andere Mal auf einen prächtigen Bussard oder einen Bock aufmerksam, ansonsten jedoch blieb er schweigsam. So bei hellem Tageslicht erschien ihm die Idee, die junge Magd mitzunehmen, gar nicht mehr so gut. Sie war ein nettes Ding, keine Frage, auch wenn sie ein wenig viel redete, aber das roch geradezu nach Ärger und Sebastian fühlte kein Verlangen, der Bursnerin so bald zu begegnen.

»War Schwester Brigitta einverstanden, dass du mitkommst?«, fragte er, als Sara endlich schwieg.

»Ja, natürlich. Es gab keine Schwierigkeiten«, log Sara und sah in die andere Richtung.

Es war ein hartes Stück Arbeit gewesen, die alte Schwester zumindest zum Stillhalten zu überreden. Sara hatte geschmeichelt und gebettelt, doch die Nonne, die zwar beim Essen und Trinken und den täglichen Arbeiten oft ein Auge zudrückte, hatte doch feste Vorstellungen, was sich für ein Mädchen schickte und was nicht, sei sie nun Nonne, Laienschwester oder Magd.

»Unsere Strenge gegenüber unseren Schwestern ist nur zu eurem Besten«, beteuerte sie immer wieder. »Du wärst nicht die Erste, die mit einem Kind unter dem Herzen zurückkommt. Das wäre für dich nicht gut und für die Schwesternschaft auch nicht, die dann noch so ein Würmchen mit durchfüttern müsste.«

Erst als Sara der Schwester vorschwindelte, ihre Mutter wäre schwer erkrankt und sie fürchte sie in ihrem Leben nicht mehr wieder zu sehen, gab die Nonne nach.

»Gut, ich erlaube dir bis Winterrain mitzufahren. Du kannst bei deiner Mutter bleiben, bis Bruder Sebastian zurückkommt. Er soll dich dann auf dem Rückweg abholen.«

Sara griff nach den faltigen Händen. »Liebste Schwester Brigitta, ich danke Euch. Wird die Bursnerin auch nichts dagegen haben?«

Die alte Nonne seufzte. »Ich werde es ihr nicht sagen und so wieder eine Sünde auf meine Seele laden.«

»Der Herrgott ist ein gütiger Vater, der uns vergibt«, sagte Sara scheu.

»Das hoffe ich, mein Kind, das hoffe ich!«

Sara wischte die Gedanken an die strenge Bursnerin beiseite. Wahrscheinlich würde sie es nie erfahren. Was sollte sie sich an diesem herrlichen Tag schwere Gedanken machen?

Sara musste sich bald eingestehen, dass es nicht nur ihr Wunsch war, Annas Brüder zu suchen, der sie veranlasst hatte mit Bruder Sebastian mitzufahren. Nach ihrem sehr freien Leben auf der Schenkenburg fühlte sie sich unter der strengen Aufsicht der Schwestern und dem genau festgelegten Tagesablauf wie ein Vogel in einem Käfig. Ein paar Wochen war sie erst im Kloster und doch war ihr, als habe sich der endlose Himmel verengt. Ein Druck lag auf ihrer Brust, der ihr die Luft zum Atmen nahm. Nun jedoch, an Bruder Sebastians Seite auf dem Kutschbock des riesigen Karrens, fühlte sie sich wie befreit. Genüsslich sog sie die frische Frühlingsluft in sich auf, bis es ihr fast schwindelig wurde. Ein Gefühl von Freiheit und Glück erfüllte sie, drängte nach draußen und fügte sich zu einer Melodie zusammen. Die Töne schwebten durch den Frühlingswald, strichen über das saftige Gras und erhoben sich hinauf bis zu den Wipfeln. Ihr Begleiter lauschte stumm der klaren Stimme.

Plötzlich fiel Sara auf, dass sie kaum mehr bei der Arbeit sang, seit sie im Kloster lebte. Und auch die fröhlichen Abende, an denen man mit dem anderen Gesinde zusammensaß, lustige und spannende Geschichten erzählte und aus dem Lachen kaum mehr herauskam, gehörten der Vergangenheit an. Man solle die Einkehr der Schwestern nicht durch laute Stimmen stören, ermahnte Schwester Gertrude die Mägde und Knechte stets.

Sara nahm sich fest vor sich das Lachen und Singen von den Nonnen nicht abgewöhnen zu lassen. Wollte Gott der Herr nur ernste Worte und Gebete hören? Den Gesang seiner Kinder nur in seinem Haus? Konnte man Gott nicht auch in der Natur, im Wald und auf dem Feld begegnen?

Die schöne Schenkin, Susanna von Tierstein, hatte einmal zu ihr gesagt: »Du stellst zu viele Fragen, Kind. Wer sind wir Menschen, dass wir immer Antworten haben wollen? Du musst dich in Geduld üben. Gott wird dir in deinem Leben viele Antworten geben, wenn Er es für richtig hält, aber auch viele Antworten für immer versagen.«

Nein, Geduld war nicht Saras Stärke und das ruhige Abwarten auch nicht.

»Welcher Hof ist unser erstes Ziel?«, fragte sie Bruder Sebastian. »Wann werden wir dort ankommen?«

Sie musste sich noch eine ganze Weile gedulden, ehe der Wagen in den mit einer dichten Dornenhecke umgebenen Hof nahe des Weilers Obersteinbach rumpelte. Behände sprang Sebastian vom Wagen und machte sich auf den Bauern zu suchen. Sara ließ neugierig den Blick schweifen. Der Wirtschaftshof war größer als der ihrer Eltern, doch bei weitem nicht so sauber, stellte sie fest und rümpfte die Nase. Der Hof war vom Mist der Hühner und Schweine bedeckt, das Wasser in den schlammigen Löchern schillerte grünlich. Das Dach der Scheune hing verdächtig durch und auch der Stall stand so schief, dass man eine Seite mit Stangen abstützen musste. Sicher waren die Eckpfosten völlig abgefault.

Sara kletterte vom Wagen. Auf der Schwelle des Hauses saßen zwei Mädchen und pickten das Ungeziefer aus der Schüssel mit dicken Bohnen, die vor ihnen auf dem Boden stand. Sara schlenderte zu ihnen und hockte sich dann neben sie auf die Treppe. Eine Weile sah sie ihnen schweigend zu, dann schüttete sie sich ebenfalls ein paar Hände voll Bohnen in ihren Rock, um sie zu säubern.

»Wie heißt ihr?«, fragte Sara. Die Mädchen sahen die Fremde aus großen Augen an.

»Hilde und Grete«, sagte das ältere Mädchen schließlich.

»Wer sind denn eure Eltern?«, schob Sara nach.

»Der Bauer und die Bäuerin«, antwortete die Kleine
stolz.

»Arbeiten hier noch andere Kinder, die nicht eure Geschwister sind?«, bohrte die Magd weiter.

Die Kleine zählte an ihren Fingern ab: »Der Hänslin
von der Else, die Susu, Mutters Schwesterkind und
dann noch die Marga, die ist aber schon fast so alt wie
du. Die ist seit Lichtmess bei uns Magd.«

»Sind nicht irgendwelche fremden Kinder hergebracht
worden, seit der Winter vorbei ist?«

Das Mädchen schüttelte den Kopf. »Nein, ich habe keine gesehen.«

Enttäuscht half Sara Sebastian beim Beladen des Karrens. Die Bäuerin bot ihnen noch kalten Gerstenbrei
und einen Becher Molke an, dann machten sich die beiden wieder auf den Weg.

Den nächsten Hof erreichten sie erst am Abend. Sebastian schlief bei den Knechten in der Scheune, Sara auf
einem Strohsack in der Mägdekammer. Auch auf diesem Hof waren keine der Haller Bettelkinder.

Bruder Sebastian und Sara setzten ihren Weg am nächsten Tag fort. Ganze drei Höfe schafften sie und langsam
türmten sich die Fässer und Säcke auf der Ladefläche.
Am folgenden Tag würden sie wohl zurückkehren und
den Wagen im Kloster abladen müssen, doch noch immer gab es keine Spur von den verschwundenen Kindern. Sara begann zu ahnen, dass diese Fahrt ohne Erfolg enden würde. Bruder Sebastian würde zwar nach
dem Abladen zur nächsten Runde starten, doch sicher
ohne Sara. Noch einmal würde es ihr nicht gelingen, die

143

Schwester zu überreden. So blieb ihr nichts anderes übrig, als den Laienbruder ins Vertrauen zu ziehen.

»Bist du deshalb mitgekommen?«, fragte er überrascht. »Warum hast du mir das nicht gesagt? Ich hätte nach ihnen Ausschau gehalten.«

»Ich musste Schwester Anna Maria versprechen nicht darüber zu reden«, gab Sara widerstrebend zu, »daher muss ich Euch bitten zu keinem Menschen zu sagen, dass Ihr von den Kindern wisst. Ihr würdet sonst mich und meine Familie in große Schwierigkeiten bringen.«

Der junge Laienbruder sah sie überrascht an. »Aber warum denn?«

»Das weiß ich nicht«, antwortete Sara. »Ich kann nur sagen, die Drohung der Gastmeisterin hörte sich sehr ernst an.«

Bruder Sebastian legte grübelnd die Stirn in Falten. Fast bereute Sara ihn ins Vertrauen gezogen zu haben, daher fügte sie mit einem Lächeln hinzu: »Das war aber nicht der einzige Grund. Vielleicht musste ich einfach einmal aus den Klostermauern heraus.«

Sebastian nickte voller Verständnis. »Ja, am Anfang fiel es mir auch schwer, als ich, kaum dem Knabenalter entwachsen, hierher kam, doch andererseits: Wo sind die Menschen schon frei? Du wirst an deinen Platz gestellt und musst ihn ausfüllen, ob du nun Magd bist oder eine Nonne, ein Knecht oder ein Junkersohn.« Seine Stimme klang plötzlich bitter. Er sprach nun so leise, dass Sara Mühe hatte, seine Worte zu verstehen. »Wir können uns dem Schicksal beugen und Gott demütig auf dieser Welt dienen oder wir nehmen die Fäden selbst in die Hand. Vielleicht sieht er gnädig auf uns herab, belohnt Mut und Stolz und gibt uns unseren Lohn, noch ehe wir ins Paradies eingehen.«

Er schwieg und starrte mit zusammengezogenen Augenbrauen vor sich hin.

Sara nickte. Sie war sich sicher, dass ihre Suche nach den verschwundenen Kindern von der Jungfrau Maria gnädig betrachtet wurde.

KAPITEL 10

Als die Sonne sich am Montagmorgen erhob und die Freie Reichsstadt Hall in ihr wärmendes Licht tauchte, hatte Jos schon drei Stunden harte Arbeit hinter sich. Beschmutzt von der Holzkohle, die Handflächen von den schweren Holzscheiten an einigen Stellen aufgerissen, stand er an der brodelnden Solepfanne und schöpfte gräulichen Schaum ab. Der beißende Dampf brannte in den Augen und die Hitze ließ ihm den Schweiß in Strömen herabrinnen.

»Jos, hierher!«, brüllte der Feurer Merklin. »Los, pack mit an, das Feuer ist viel zu schwach.«

Jos eilte in die blendende Sonne hinaus, packte zwei Scheite und trug sie in das finstere, verqualmte Haalhaus. Er schob das Holz tief in die Glut, dass die Funken aufstoben. Es knisterte und brauste. Gierig leckten die Flammen über das trockene Holz.

»Mach mal weiter. Ich muss dringend zum Türmchen.«

Grinsend presste Merklin die Oberschenkel zusammen, um sein dringendes Bedürfnis zu zeigen, und schon schlug die Tür hinter ihm zu. Er eilte zum Haalecktürmchen an der Mauer, wo die Sieder ihre heimlichen Gemächer hatten. Dass der Feurer sich mit seiner Rückkehr Zeit lassen würde, um erst etwas gegen seine durstige Kehle zu tun, war nichts Neues für Jos.

Wütend nahm er den Schöpflöffel wieder zur Hand. Der Sieder hatte sich heute noch gar nicht blicken lassen, der andere Haalknecht lag mit einem schweren Fieber darnieder und jetzt machte sich auch noch der Feurer aus dem Staub. Die vorgewärmte Sole musste umgeschöpft werden, zwei Feuer mussten unterhalten, eine Pfanne sollte ausgewaschen werden. Wie sollte er das alles alleine machen? Zweimal lief er hinaus und holte Holz, dann schöpfte er weiter Schaum.

Da schlug die Tür auf und die Sieder Hans Blinzig, Jörg Weber und Henslin Mettelmann betraten das Sudhaus. Die drei waren nicht nur Sieder und enge Freunde, sie teilten sich auch wochenweise das Sudhaus und sie nannten jeder ein Sieden der Gnadentaler Nonnen ihr Eigen.

»Jos! Verdammt, die Sole muss umgeschöpft werden und die Pfanne ist noch nicht gereinigt! Was ist hier eigentlich los? Kann man nicht einmal für ein paar Stunden das Sudhaus verlassen, ohne dass alles drunter und drüber geht?«

Jos schwitzte noch mehr. »Verzeiht, Herr, ich weiß, doch die Flammen brauchen Nahrung und der Schaum muss runter. Ich schaffe das nicht alles gleichzeitig.«

»Und wo treiben sich die anderen Lumpengesellen herum?«

»Claus hat das Fieber und Merklin ist im Türmchen«, erklärte Jos ihr Fehlen.

Hans Blinzig fluchte und griff nach einem Eimer. Auch die anderen Sieder packten mit an, sodass im Sudhaus bald alles wieder seine Ordnung hatte.

»Mir will das einfach nicht in den Kopf«, brummte der Sieder Weber. »Warum wollen die Nonnen ihre Siedensrechte verkaufen?«

Henslin Mettelmann nickte. »Ja, das ist schon seltsam. Geht es den Gnadentalern so schlecht, dass sie ihre Pfannen unbedingt loswerden müssen?«

»Und dann noch diese Geheimnistuerei«, fügte Hans Blinzig hinzu.

Jos spitzte die Ohren. Das war wirklich merkwürdig.

Der dicke Mettelmann stemmte die Hände in die Hüften. »Ja, so, wie's aussieht, werden wir in Zukunft für die Stadt und den Rat sieden. Die waren ja ganz begierig die Pfannen in ihre Hände zu bekommen.«

»Sag das nicht so laut«, warnte Jörg Weber. »Noch soll es nicht bekannt werden ... Und außerdem«, fügte er hinzu, »sieden wir für uns und unsere Familien und da ist's mir egal, an wen ich meine Eimer Pachtsalz bezahle.«

Als Jos, müde und hungrig, sich am Abend am Brunnen den Schweiß von Gesicht und Armen wusch, dachte er darüber nach, was es wohl bedeuten konnte, dass die Nonnen in Gnadental ihre Anteile der Salzquelle an den Rat der Stadt verkauften, aber er konnte keinen Sinn darin erkennen. Dass die Stadt ihre Finger nach dem Salz ausstreckte, das war verständlich, doch warum verkauften die Nonnen? Für ihn machte das Kloster nicht den Eindruck, als wäre es wirtschaftlich in solcher Bedrängnis. Vielleicht täuschte der Anschein. Wie konnte ein einfacher Knecht dies schon beurteilen?

Jos rubbelte seine Haut mit einem groben Tuch trocken, bis sie rot glühte, und eilte dann in die Stube hinauf. Sein Magen schmerzte bereits vor Hunger.

* * *

Auch am Dienstag und Mittwoch hatte Jos keine Gelegenheit, weitere Erkundigungen über Stefan einzuziehen. Eigentlich war er noch keinen Schritt weitergekommen. Er wusste nicht, ob die nächtlichen Ausflüge mit

Seil und Laterne etwas mit seinem Tod zu tun hatten —
oder die merkwürdigen Treffen mit dem Junker von
Morstein. Schließlich hatte der Flößer ja auch mit reichen Siederfamilien zu tun gehabt, von denen mancher
gar im Rat saß. Warum also sollte er nicht auch für einen Engelhart von Morstein arbeiten?

Jos' Gedanken zogen Kreise und gelangten schon nach
kurzer Zeit wieder dort an, wo sie begonnen hatten. Er
rührte die Sole durch und versuchte an etwas anderes
zu denken.

Warum wurden die Siedensrechte verkauft? Hatte das
irgendwelche Auswirkungen auf ihn? Jos grübelte. Die
Siedensrechte gingen vom Kloster auf die Stadt über,
das vererbliche Pachtrecht des Sieders durfte davon jedoch nicht betroffen sein. Und da Jos von Hans Blinzig
seine Arbeit bekam, würde er ihn wohl auch weiterhin
beschäftigen. Und Sara? Konnte es sein, dass sie ihre Arbeit verlor, wenn das Kloster in Schwierigkeiten steckte? Das war möglich. Andererseits, die Arbeit musste
getan werden. Schließlich würden die adeligen Nonnen
kaum anfangen selbst ihre Wäsche zu waschen oder die
Beete umzugraben. Der Gedanke war geradezu lächer-
lich. Die Nonnen hatten zum Teil sogar ihre eigenen
Mägde, die nur ihnen zur Verfügung standen, und Truhen voller edler Wäsche und viele der Schwestern aus
reichen Geschlechtern schliefen nicht einmal mit den
anderen im Dormitorium, sondern beanspruchten eine
eigene Kammer — das hatte Sara zumindest behauptet.
Das Aufweichen der Regeln und der Moral war so manchem strenggläubigen Zisterzienser ein Dorn im Auge,
doch viele Mönche und Nonnen waren nicht mehr bereit alle Unannehmlichkeiten des Gott geweihten Weges
auf sich zu nehmen. Man flüsterte in Gnadental, dass

der Vaterabt vom Kloster Schöntal die Äbtissin Mutter Benigna aus dem Hause von Bachstein ernsthaft gerügt und sie aufgefordert hatte dem Herumschweifen ein Ende zu setzen. Sie solle darauf achten, dass das Schweigen eingehalten würde und die Tore verschlossen und bewacht seien. Jos wusste nicht, ob die Nonnen sich nun besser an das Schweigegebot hielten, doch zumindest die Tore wurden nachts versperrt und bewacht.

Jos dachte an Sara — ob sie schon etwas über Annas Brüder herausgefunden hatte? Hoffentlich tat sie nichts Unüberlegtes. Der junge Mann kannte Sara nun schon seit einigen Jahren. Es wäre nicht das erste Mal, dass ihre vorlaute Zunge sie in Schwierigkeiten brächte.

Noch immer schüttelte Jos den Kopf, wenn er an den seltsamen Fremden dachte. Warum gab er sich so geheimnisvoll? Es war doch eine gute Sache, den Bettelkindern Arbeit zu geben. Warum sagte er nicht einfach, wohin er sie brachte? Warum durften die Kinder nicht darüber reden? Warum hatte er den Jungen, der nicht mitkommen wollte, bedroht? Irgendetwas war bei der Sache mehr als nur merkwürdig. Schickte er die Jungen und Mädchen, unerfahren, wie sie waren, etwa doch in den Kampf, wie es die Junkerstochter vermutet hatte? Wussten die Nonnen, was er mit den Kindern vorhatte? Noch drei Tage, dann würde Jos wieder nach Gnadental wandern können und hören, was Sara herausgefunden hatte. Vielleicht würden sie bei ihrer Suche endlich erfolgreich sein. Jos stellte sich vor, wie Anna sich freuen würde, wenn sie wieder mit ihren Brüdern vereint wäre. Plötzlich hielt er in seiner Arbeit inne. Aber wo war Anna? Er hatte sie in dieser Woche überhaupt noch nicht gesehen. Sollte er noch einmal das Haus des Henkers aufsuchen und Rebecca fragen?

Rebecca! Seine Gedanken blieben an ihr hängen, und sosehr er sich auch bemühte, er konnte das Mädchen nicht wieder aus seinem Kopf verbannen. Zweimal rügte ihn der Sieder, weil Jos nicht reagierte, als er nach ihm rief.

In der Dämmerung des Abends machte sich Jos auf den Heimweg. Da er der Mutter aus der hinteren Badstube eine ganz spezielle Paste gegen Hühneraugen mitbringen sollte, die der Bader höchstpersönlich nach einem alten Geheimrezept herstellte, schlug der junge Knecht den Weg zum Unterwöhrd ein. Er hatte keine Lust, durch das schlammige Wasser an der Sulfurt zu waten, daher nahm er den Umweg über die Zugbrücke an der Dorfmühle in Kauf. Jos schlenderte am alten Judenbad vorbei, das die Haller immer noch so nannten, obwohl es schon seit zwei Generationen keine Juden mehr in der Stadt gab. Dann passierte er das steinerne Haus des Sulmeisters. Er grüßte die Wächter am Tor und schritt dann zur Unterwöhrdinsel hinüber. Er wollte den Botengang schnell hinter sich bringen, denn sein Magen knurrte und die Zunge klebte an seinem Gaumen. Raschen Schrittes eilte er zwischen den hohen Brennholztürmen hindurch. Ein Mann kam ihm entgegen, gehüllt in einen weiten Umhang, die Kapuze tief ins Gesicht gezogen. Jos grüßte höflich, doch der andere brummte nur.

Der Bader freute sich über Jos' Besuch. Gern nahm er die Hellermünzen in Empfang und drückte ihm eine Dose mit seiner Paste in die Hand.

»Wie geht es dir so, Junge?«, fragte der Bader freundlich.

»Danke der Nachfrage, Meister Häffelin«, antwortete Jos. Er dachte daran, wie oft er mit Stefan und seinen

Freunden hier in den heißen Wannen gesessen hatte, wie fröhlich bei manchen Scherzen und lauten Liedern die Stunden an den Sonnabenden verflogen waren. Es war, als habe Meister Häffelin seine Gedanken gelesen.

»Das waren noch Zeiten«, seufzte er, »als Stefan die ganze Meute dort drinnen unterhalten hat.« Er schüttelte den Kopf, so als könne er es immer noch nicht fassen. »Er war so klug und konnte Geschichten erzählen! Wie oft habe ich meine Arbeit liegen gelassen, um ihm zuzuhören.«

Jos nickte. Ja, wenn ich nur wüsste, was am Tag seines Todes geschehen ist.«

Der Bader schüttelte noch einmal den Kopf. »Wenn er doch dieses Mal nicht alleine gegangen wäre, dann wäre das vielleicht nicht passiert.«

Jos' Herz schlug plötzlich schneller. »Alleine? Wisst Ihr etwas darüber?«

»Ja, ja«, sagte der Bader und nickte. »Nach seiner Arbeit hatte er noch etwas vor, das er alleine erledigen wollte.«

»Was? Was war das?«, keuchte Jos erregt.

Der Bader runzelte angestrengt die Stirn. »Ja, wie war das? Ich wollte mit Stefan abends etwas trinken, doch er meinte, er werde die Nacht wohl außerhalb verbringen. Ich scherzte, er solle die Maid von mir grüßen, aber er lachte nur und meinte, so angenehm würde es nicht werden. Er war richtig grimmig. ›Ich muss etwas erledigen‹, sagte er. Ich war über seinen Ernst erstaunt und fragte, was das denn wäre, doch er schüttelte den Kopf. ›Frage mich nicht. Ich muss etwas herausfinden und ich muss es alleine tun‹, sagte er. ›Wenn ich mit meiner Vermutung Recht habe, wirst du es ohnehin bald erfahren, denn dann wird ein Sturm über Hall hinwegfegen, der alles durcheinander wirbeln wird.‹ Und dann fügte er noch hinzu: ›Vielleicht schon morgen weiß ich, warum der Junker sterben musste.‹«

Jos starrte den Bader wortlos an. Das Gehörte musste er erst einmal verarbeiten. »Warum habt Ihr das niemandem erzählt?«, fragte er schließlich.

Meister Häffelin zuckte mit den Schultern. »Wem hätte ich das denn erzählen sollen und warum? Ich meine, Stefan zog alleine los, um irgendeiner Sache auf den Grund zu gehen, und dabei fiel er in den Kocher und ertrank. Ich habe keine Ahnung, wohin er ging oder wonach er suchte.«

Jos nickte langsam und verabschiedete sich dann von dem Bader. Tief in Gedanken schritt er langsam über den nächtlichen Unterwöhrd. Auch er wusste nicht, wonach Stefan gesucht hatte, doch er war sich sicher, dass er fündig geworden war. Und deshalb musste er sterben. Er und vor ihm der Junker.

»Etwas, das in Hall einen Sturm entfachen wird«, murmelte Jos vor sich hin und schüttelte ratlos den Kopf. Er konnte sich beim besten Willen nicht vorstellen, was das sein könnte.

* * *

Jos überquerte den Unterwöhrd. Plötzlich riss ihn ein Schrei aus seinen Gedanken. Er schreckte hoch. Er hörte ein Klatschen und das Spritzen von Wasser, dann ein halb ersticktes, gurgelndes Geräusch. Ohne zu zögern, rannte er los. Der Laut war von links gekommen, dort, wo ein über den Kocher gespannter hölzerner Rechen die herabgeflößten Stämme auffing. Nur wenige Augenblicke später war Jos am Ufer und spähte angestrengt ins Wasser, das trübe zwischen den Stämmen auf und ab schwappte.

Da! Stiegen dort nicht Blasen auf? War da nicht der Schimmer eines grauen Kittels?

Träge schoben sich die Stämme auf den Rechen zu. Hastig sah sich Jos um und griff nach einem Flößerhaken. Geschickt drückte er die Stämme weg, die die Lücke zu schließen drohten.

Noch einmal blähte sich der Stoff und stieg an die Oberfläche. Jos reckte sich nach vorn und angelte mit seinem Haken nach dem Körper, der dort im Wasser trieb. Selbst ins Wasser zu springen wagte er nicht. Erstens konnte er nicht schwimmen und zweitens würden die treibenden Hölzer sicher seinen Tod bedeuten. Schon so mancher Flößer hatte schmerzlich erfahren müssen, wie gefährlich das Treibholz war, denn kaum war der Unvorsichtige ins Wasser gefallen, schoben sich die Stämme wieder zusammen und verschlossen den Weg zur Oberfläche. Und selbst wenn es dem Unglücklichen gelang, in einer Lücke Atem zu schöpfen, so war es doch unmöglich, sich auf die glitschigen, sich drehenden Stämme hinaufzuziehen oder sie wegzuschieben, sodass man zwischen ihnen ans Ufer schwimmen konnte.

Jos griff nach einem zweiten Haken und angelte nach dem grauen Kittel. Er spürte, wie der Haken auf festes Fleisch stieß. Vorsichtig zog er den reglosen Körper heran, während er mit der anderen Hand versuchte den Wasserweg bis zum Ufer freizuhalten. Ein Kopf mit verklebtem Blondhaar tauchte kurz aus dem Wasser auf. Ungeduldig zog Jos den Flößerhaken heran. Der kleine Körper machte eine Drehung, tauchte ab, kam wieder hoch und trieb dann an das Ufer heran. Jos warf die Stange weg und ließ sich auf den Bauch fallen. Er griff nach dem Körper im Wasser, aber er entglitt seinen Händen. Noch einmal kam er an die Oberfläche und dieses Mal bekam Jos einen dünnen Arm zu fassen. Jos zog und schlang dann seinen zweiten Arm um den Oberkörper der schlaffen Gestalt. Er stöhnte und schwitzte, doch kurz darauf hatte er ein Mädchen aus dem Wasser gezogen.

»Anna!«, rief er und schüttelte sie. »Was machst du denn für dumme Sachen?«

Sie antwortete nicht. Ihr Kopf fiel leblos zur Seite, ihre Augen waren geschlossen. Blut und Wasser rannen aus ihrem Haar. Jos legte sie ins morastige Gras und presste sein Ohr an ihre Brust. Ihr unregelmäßiger Herzschlag war zart wie das Flattern eines Vogels. Jos schlang seine Arme um sie und hob sie auf. So schnell er konnte, eilte er zur hinteren Badstube zurück.

»Meister Häffelin, Meister Häffelin, kommt schnell!«, rief er und keuchte. Anna wog kaum mehr als ein Baby in seinen Armen und doch war ihm jeder Schritt eine Qual.

Der Bader ließ seine Suppe stehen und öffnete gerade in dem Moment die Tür, als Jos nach Luft schnappend an der Badstube anlangte. Er ließ das Mädchen in die starken Arme des Baders gleiten.

»Sie ist in den Kocher gefallen, drüben beim Rechen«, stieß er hervor.

Meister Häffelin machte sich nicht die Mühe, das Kind in seine Stube hinaufzutragen. Er stieß die Tür zur Badstube auf und legte Anna auf ein Brett, auf dem er sonst seine Kunden massierte oder ihnen Blutegel ansetzte.

»Sei still!«, sagte er barsch zu Jos und schob dann Annas Kittel hoch, um sein Ohr auf ihre Brust zu legen. Seine Finger umschlossen ihr Handgelenk.

»Hm«, brummte er.

»Lebt sie noch?«, fragte Jos, der langsam wieder zu Atem kam, doch der Bader gab ihm keine Antwort. Er legte seine Arme um Annas verwachsene Hüfte und hob sie hoch, sodass ihr Körper wie ein zusammengeklapptes Messer herunterhing. Arme und Beine baumelten schlaff auf den Boden. Mit einem Ruck riss der Bader das Mädchen hoch und ließ sie dann wieder herabsinken, dann noch einmal. Jos sah ihm gespannt zu, aber nichts geschah. Wieder riss der Bader das Kind hoch und schüttelte es. Plötzlich zuckte der Körper in seinen Armen. Wellenartig krampfte er sich zusammen. Ein klagendes Geräusch entschlüpfte den bleichen Lippen. Anna schlug die Arme um ihren Leib und erbrach sich. Der Bader kniete zu Boden und hielt das Kind, das sich wimmernd zusammenkauerte und sich immer wieder in schmerzhaften Wellen übergab.

»Lauf hinüber in den Kleiderraum und hol ein Linnen und eine Decke«, rief Meister Häffelin Jos zu. Dann musste er noch den Koffer mit den wichtigen Utensilien des Baders holen.

Unterdessen legte Meister Häffelin Anna auf die hölzerne Pritsche, zog ihr die nassen Sachen aus und untersuchte ihre Verletzungen. Am Hinterkopf klaffte eine immer noch blutende Wunde und auch über den Rücken rann es rot herab. Jos zuckte zusammen, als er den Riss sah, den der Flößerhaken auf dem weißen Mädchenrücken hinterlassen hatte.

»Es tut mir Leid«, stammelte er, »aber ich wusste nicht, wie ich sie sonst aus dem Wasser ziehen sollte.«

Der Bader brummte nur und zog einen schwarzen Faden durch ein Nadelöhr.

»Jammer nicht, halt sie lieber fest.«

Jos drückte den zitternden kalten Mädchenkörper an sich, während der Bader geschickt den Riss am Rücken vernähte. Dann war die Platzwunde am Hinterkopf dran.

»Sie muss rückwärts auf einen der Stämme gefallen sein«, vermutete Jos. »Aber was hatte sie überhaupt um diese Zeit hier zu suchen?«

»Das musst du sie schon selbst fragen«, brummte der Bader und durchbiss den Faden. Er wusch Anna das Blut ab und strich eine Paste aus Kamille, Salbei und Schafgarbe auf die Wunden. Dann wickelte er einen Leinenstreifen um ihren Körper und hüllte sie in eine Decke. Geschäftig eilte er hinauf in die Küche und kam bald darauf mit einem Becher zurück.

»Das wird ihr helfen zu schlafen, sie wärmen und die Schmerzen vertreiben.«

Er zwang Anna das Gebräu bis zum letzten Tropfen hinunterzuschlucken. Kurz darauf sank ihr Kopf auf Jos' Schoß.

»Danke, Bader«, sagte Jos. Er wand sich, denn ihm wurde plötzlich bewusst, dass er kein Geld hatte, um für die Behandlung zu bezahlen. Wieder schien Meister Häffelin seine Gedanken zu erraten.

»Eigentlich müsste ich fünf Batzen verlangen«, sagte er und trocknete sorgfältig seine Hände ab. Jos erbleichte. Das war ein halber Wochenlohn. So viel konnte er niemals entbehren. Und warum sollte er auch — für ein Bettelkind, das ihn eigentlich nichts anging?

Doch der Bader fuhr fort: »Ich weiß, dass weder du noch die Kleine das Geld übrig haben, aber du musst verstehen, dass auch ich leben will. Also sagen wir: einen Batzen oder ein Brot und ein Pfund Karpfen.«

Jos nickte. »Danke, Meister Häffelin«, presste er hervor. Obwohl das Angebot großzügig war, fürchtete der junge Mann, was seine Mutter zu der zusätzlichen Ausgabe sagen würde.

»Hauptsache, sie ist gerettet«, fügte Jos hinzu, mehr um sich selbst zu überzeugen.

Der Bader schüttelte den Kopf. »Noch ist das nicht gesichert«, sagte er und fühlte wieder an Annas Handgelenk. »Ich habe immer wieder erlebt, dass Flößer, die man aus dem Wasser gezogen hat und die wieder bei Sinnen waren, plötzlich einige Stunden oder gar einen Tag später gestorben sind.« Er zuckte die Schultern. »Leider weiß ich nicht, warum. Aber eines kann ich dir sagen: Sicher sein, dass sie sich von ihrem Bad im Kocher wieder erholt, kannst du erst morgen Abend und so lange werde ich sie hier behalten.«

Zögernd schob Jos Annas Kopf von seinem Schoß und erhob sich.

»Ja, geh nur, mein Junge. Ich werde ihr ein Lager in der Küche richten und heute Nacht immer mal wieder nach ihr sehen. Komm einfach morgen nach deiner Arbeit wieder vorbei.«

Jos strich Anna noch einmal über die Stirn. Er wartete noch, bis der Bader sie aufhob und nach oben trug, dann machte er sich auf den Heimweg.

Was um alles in der Welt hat sie auf dem Unterwöhrd zu suchen gehabt?, dachte er, als er gähnend aus seinem Hemd schlüpfte. Und warum ist sie ausgerutscht und gefallen? Der Gedanke, dass bei diesem Unfall eine fremde Hand im Spiel gewesen sein konnte, kam Jos nicht.

KAPITEL 11

Als Jos am nächsten Abend zur hinteren Badstube kam, um nach Anna zu sehen, traf er den Bader in finsterer Stimmung an. Schnell streckte er ihm den Korb mit Brot und Fisch entgegen, denn er dachte, die bisher fehlende Bezahlung sei vielleicht der Grund, doch der Bader schien nicht besonders am Inhalt des Korbes interessiert zu sein. »Stell es in die Küche«, brummte er. »Ich bin gerade dabei, einen Kunden zu schröpfen.« Und damit verschwand er wieder hinter dem Vorhang, hinter dem sein Kunde auf einer Holzpritsche saß und sich Schröpfköpfe ansetzen ließ.

Jos stieg die Treppe hinauf, legte den Fisch in eine Schüssel mit kaltem Wasser und das Brot auf ein Regal. In der Ecke lagen ein Sack mit Stroh und eine Decke, aber von Anna war keine Spur zu sehen. Sie war doch nicht etwa ...? Besorgt eilte Jos wieder hinunter ins Bad, doch Meister Häffelin war noch beschäftigt. Unruhig schritt der junge Mann auf und ab, bis der Bader endlich den Vorhang aufzog und seinen Kunden zu einem großen Badezuber geleitete.

»Meister Häffelin«, drängte Jos. »Was ist geschehen? Wo ist Anna?«

»Weg ist sie«, knurrte der Bader. »Einfach abgehauen, ohne auch nur ein Wort zu sagen.«

»Aber ich verstehe das nicht«, stotterte Jos. »Ging es ihr wieder gut? Wo ist sie nur hin?«

Der Bader rieb sich die Hände mit Öl ein. »Sie hat's überstanden, wenn du meine Meinung hören willst, wohin sie jedoch gegangen ist, das kann ich dir nicht sagen. Und auch nicht, warum sie sich einfach so davongeschlichen hat. Undank ist der Welten Lohn!«

Jos schüttelte fassungslos den Kopf. War sie durch den Schlag auf den Kopf nun völlig irrsinnig geworden? Grübelnd ging er nach Hause. Es war schon dunkel, als er das Haus seiner Mutter erreichte. Er wollte eben die Haustür öffnen, da trat eine Gestalt aus den Schatten und baute sich vor ihm auf.

Jos erschrak so, dass er nur mühsam einen Schrei unterdrücken konnte.

»Willst du mir nicht sagen, was mit Anna geschehen ist?«, fragte Rebecca und der Vorwurf in ihrer Stimme war nicht zu überhören. »Was hast du ihr angetan?«

Jos zuckte zurück. »Ich habe ihr nichts angetan! Wie kann sie nur so etwas behaupten?«, verteidigte er sich empört.

»Sie behauptet gar nichts, denn sie hat beschlossen nicht mehr zu sprechen«, erwiderte Rebecca scharf. »Das Einzige, was ich herausbekommen habe, ist, dass die hässliche Wunde auf ihrem Rücken von dir stammt, denn sie hat eindeutig genickt, als ich sie danach fragte.«

Jos schnappte nach Luft. »Wie kommst du dazu, sie zu fragen, ob ich sie verletzt hätte?«, rief er schwer gekränkt. »Wie kannst du nur so etwas von mir denken?«

»Ich habe ja nicht nur dich verdächtigt«, sagte sie, doch das konnte Jos nicht besänftigen.

»Und, hast du sie nun verletzt? Ja oder nein?«

»Ja und nein«, musste Jos zugeben. »Die Wunde stammt von einem Flößerhaken, ja, und ich habe sie damit verletzt. Aber nur weil sie bei den Rechen in den

Kocher gefallen ist und beinahe ertrunken wäre! Sie muss auf den Kopf gefallen sein, denn diese Wunde habe ich nicht gemacht!« Jos verschränkte beleidigt die Arme vor der Brust. »Frag sie doch, wer sie herausgezogen hat, wer sie zum Bader getragen hat, wer einen Batzen an den Bader bezahlen musste!« Seine Stimme war immer lauter geworden.

»Psst!«, fauchte Rebecca. »Ist ja schon gut. Hat mich ja auch gewundert, weil ich mir nicht vorstellen konnte, warum du sie so zurichten solltest.«

»Vielen Dank«, schmollte Jos.

Rebecca seufzte. »Jetzt hab dich nicht so. Wenn du Wert darauf legst, bitte ich dich für meinen Verdacht um Verzeihung.«

Jos gab seine Schmollhaltung auf. »Na gut. Wie geht es ihr denn? Warum ist sie, ohne ein Wort zu sagen, aus der Badstube davongelaufen? Meister Häffelin hat sich über ihr Verhalten nicht gerade gefreut.«

Rebecca zuckte mit den Schultern. Die Schärfe war aus ihrer Stimme gewichen. »Keine Ahnung. Wie ich schon sagte, sie spricht nicht mehr. Vielleicht ist sie schwerer verletzt, als ich bisher dachte.«

»Kann ich sie sehen?«

Rebecca nickte. »Ja, komm mit.«

Sie eilten durch die verlassenen Gassen. Jos wunderte sich selbst darüber, wie normal es ihm geworden war, dass er die Tochter des Henkers an seiner Seite hatte. Rebecca führte ihn zum Ziegenstall. Jos bückte sich unter der niedrigen Tür hindurch. Im Dämmerlicht sah er auf der einen Seite die angebundenen Ziegen, die an ihrem Heu kauten. Auf der anderen Seite, in einer mit Stroh bedeckten Ecke, lag Anna, in eine Decke gewickelt, und sah die beiden aus großen Augen an. Ein Be-

cher Milch und eine Schale mit dicker Suppe standen
unberührt an ihrem Lager.

Rebecca entzündete ein Binsenlicht. Sie wickelte den
Verband von Annas Rücken und betrachtete den ge-
nähten Riss im flackernden Lampenschein. Offensicht-
lich war sie zufrieden und zog den Verband wieder fest.
»Du musst jetzt etwas essen!«, sagte Rebecca streng.
Teilnahmslos ließ sich die Kleine füttern.

»Anna«, begann Jos, »ich wollte dich mit dem Haken
nicht verletzen. Aber wie hätte ich dich denn sonst zwischen den Stämmen heraus ans Ufer ziehen sollen? Du
wärst ertrunken!«

Jos war sich nicht sicher, ob ihn das Mädchen überhaupt gehört hatte.

»Anna«, versuchte er es noch einmal, »was wolltest du
im Dunkeln auf dem Unterwöhrd? Kannst du dich erinnern, warum du ins Wasser gefallen bist?«

Wieder keine Reaktion. Jos und Rebecca sahen sich ratlos an.

»Der Rücken wird wieder«, sagte Rebecca, »aber ob ihr
Geist wieder zu ihr zurückkehrt, das vermag ich nicht
zu sagen.«

Mit einem Stöhnen ließ sich Jos ins Stroh fallen. »Oh
nein, dabei sind wir vermutlich ganz nah dran, ihre Brüder zu finden. Sicher hat Sara bereits herausbekommen,
auf welchem der Klosterhöfe sie arbeiten.«

Ein Lächeln huschte über das bleiche Kindergesicht.

»Ich glaube, sie hat dich verstanden«, sagte Rebecca
und lächelte ebenfalls.

Jos streichelte Annas Hände. »Ich werde am Sonnabend zum Kloster wandern und herausfinden, wo Jörg
und Will sind.«

Er erhob sich und klopfte die Strohhalme von Hemd

und Beinlingen. Rebecca schlüpfte hinter ihm aus dem Stall.

»Vielleicht wird sie erst wieder sprechen, wenn sie ihre Brüder wieder sieht«, vermutete sie. »Gute Nacht, Jos.« In der Dunkelheit spürte er ihren Händedruck und zuckte zusammen. Sofort wich sie zurück, wandte sich ab und verschwand wieder im Ziegenstall.

* * *

Sara lag in ihrem Bett, die dünne, kratzige Decke bis ans Kinn gezogen, aber sie konnte nicht schlafen. Sie hatte es sich inzwischen zur Gewohnheit gemacht, ab und an zu der Kammer im Keller hinunterzuhuschen, um zu sehen, ob es wieder heimliche Gäste gab, und heute hatte sie durch den Türspalt eine Hand voll zerlumpter, magerer Gestalten erhascht. Es war ihr gelungen, ein paar Worte zu erlauschen. Anscheinend kamen die Kinder aus Waldenburg. Dann hatten sich Schritte genähert und Sara musste sich rasch in einem benachbarten Kellerraum voller Gerümpel verstecken, um nicht entdeckt zu werden. Sie hörte die Stimme der Gastmeisterin, dann den Johannitermönch. Ein Schlüssel knarzte im Schloss, Schritte entfernten sich die Treppe hinauf. Sara hatte noch eine ganze Weile gewartet, ehe sie sich aus dem Keller hinauswagte. Wie erwartet war die Kammer der Kinder abgeschlossen. Der Schlüssel fehlte. Vorsichtig schlich sich Sara die Treppe hinauf und eilte in die Küche hinüber.

Sebastian, der von seiner zweiten Reise zu den Klosterhöfen zurückgekehrt war, hatte ihr berichtet, dass auch auf diesen Höfen keine fremden Kinder zu finden waren. Inzwischen war Sara überzeugt, dass die Bettelkinder nicht, wie die Gastmeisterin ihr gesagt hatte, auf die Höfe gebracht wurden. Doch was hatte man dann mit ihnen vor?

In ihrem Bett in der dunklen Kammer lag Sara und grübelte. Ihre Hand tastete nach dem unförmigen Schlüssel, den sie vom Bund der Kastnerin genommen hatte. Sollte sie es wagen? Vermutlich wussten die Kinder auch nichts. Wozu sich also in Gefahr begeben? Wozu die Schande für sich und ihre Familie riskieren? Ach was! Wer nichts wagte, der konnte auch nicht gewinnen. Leise lüpfte sie die Decke und erhob sich. Die Binsen knisterten unter ihren nackten Füßen. Sara warf ihr Hemd über und tastete sich dann vorsichtig zur Tür. Sie knarrte ein wenig, als sie sie einen Spaltbreit aufzog, um hindurchzuschlüpfen. Sara tappte als Erstes zum Abtrittserker. Die Aufregung forderte ihren Tribut. Leise schlich sie zur Treppe zurück. Sollte sie hinuntersteigen? Noch einen Augenblick zögerte Sara, dann eilte sie die Stufen hinunter. Sie tastete sich an der Wand entlang und zählte die Türen. Bei der dritten Tür hielt sie inne, steckte den Schlüssel ins Schloss und versuchte ihn dann herumzudrehen. Es ging nicht!

Sara versuchte es noch einmal. Trotz der Kühle der Nacht begann sie zu schwitzen. Der Schlüssel bewegte sich nicht! Wie konnte das sein? Passte er nicht auch zu den Schlössern der anderen Kammern? Sara versuchte es noch einmal. Sie war so beschäftigt, dass sie die dunkle Gestalt, die nur wenige Schritte von ihr entfernt stand, nicht bemerkte.

Enttäuscht machte sich Sara auf den Rückweg. Sie schlich den Gang entlang und dann die Treppe hinauf. Hinter ihr raschelte ein langes Gewand, ein Schleier wehte im trüben Sternenlicht.

Sara schob leise die Tür hinter sich zu und schlüpfte wieder unter die Decke. Seufzend drehte sie sich auf die Seite und schloss die Augen, doch sie konnte nicht schlafen. Wie merkwürdig. Sie war sich sicher, dass die Kastnerin alle Türen im Wirtschaftsgebäude und in den Kellern mit diesem Schlüssel öffnen konnte. Warum diesen Raum nicht? Hatte die Gastmeisterin heimlich das Schloss austauschen lassen, nur weil sie ohne die Zustimmung der Priorin ein paar Bettelkindern ein Dach über dem Kopf und eine Schüssel Mus gewährte? Das ergab keinen Sinn. Oder war es ein Zufall, dass gerade diese Türe ein anderes Schloss hatte?

Sara schüttelte in der Dunkelheit den Kopf. Es waren einfach zu viele Zufälle, die sich um sie herum aufhäuften. Wie konnte sie dieses Knäuel nur entwirren? Schließlich wollte sie, wenn Jos sie wieder besuchen kam, nicht mit leeren Händen dastehen.

Die dunkle Gestalt blieb einige Augenblicke vor der Mägdekammer stehen, dann ging sie lautlos zurück. Vor der Gästestube hielt sie inne und klopfte dann zweimal kurz an die Tür. Kaum einen Augenblick später wurde die Tür aufgerissen. Wortlos folgte Bruder Contzlin dem verhüllten Schatten. Ein Schlüssel knirschte im Schloss.

»Keinen Laut!«, zischte eine leise Stimme und schob die schlaftrunkenen Kinder aus der Kammer. Dann huschte die schattenhafte Gestalt voran den Gang entlang und öffnete eine weitere Tür.

Bruder Contzlin entzündete einen Kienspan und durchschritt den mit altem Gerümpel gefüllten Kellerraum. Er schob eine leere Kiste beiseite und trat in einen zweiten Keller, der eine tonnenförmige Decke hatte. Ohne zu zögern, schritt er auf eine verborgene Tür zu, die zu einem engen, niederen Gang führte. Die Kinder folgten ihm schweigend.

* * *

Am Sonnabend wollte Jos schon früh am Morgen aufbrechen, doch daraus wurde nichts. Seine Mutter warf ihm vor, dass er sich ständig aus dem Staub mache, statt seine Pflichten der Familie gegenüber zu erfüllen.

»Das Haus wird über unseren Köpfen zusammenfallen, aber du wirst es nicht merken, denn du treibst dich sicher wieder irgendwo herum«, fuhr sie ihn an. »Dein Vater war ein pflichtbewusster Mann, der nie etwas auf die lange Bank schob. Es würde dir nicht schaden, ihm ein wenig nachzueifern, statt dich mit Bettlern und unehrenhaftem Gesindel herumzutreiben.«

Jos bekam rote Ohren. »Das ist nicht wahr«, verteidigte er sich schwach.

»Nein?« Seine Mutter sah ihn scharf an. »Ich habe Augen und Ohren und bin noch keine schwachsinnige Greisin, also komm mir nicht so!«

Seine Schwestern beobachteten die Auseinandersetzung mit weit aufgerissenen Augen.

»Was für unehrenhaftes Gesindel?«, fragte Greta neugierig.

Jos' flehender Blick traf den kühlen Blick der Mutter. Einen Augenblick fürchtete er, sie könne Rebecca erwähnen, doch sie fuhr die Tochter an, Neugier sei keine Tugend.

»Misch dich nicht ein, wenn ich mit Jos rede«, schimpfte sie. Greta zog den Kopf ein. Es war unklug, den Zorn der Mutter auf sich zu lenken, wenn sie gerade in Fahrt kam.

»Überhaupt, was sitzt ihr hier noch herum, als wärt ihr faule Junkerstöchter? Glaubt ihr, das Wasser findet den Weg alleine in die Küche? Der Kessel putzt sich von selbst?«

Hastig entflohen die Mädchen. Wenn die Mutter in dieser Stimmung war, dann machte man besser einen großen Bogen um sie.

Die Tür schlug hinter ihnen zu und plötzlich fiel auch der Zorn der Mutter in sich zusammen wie die ausgebrannten Scheite im Ofen. Sie legte Jos ihre Hand auf den Arm und sah ihn flehend an.

»Jos, ich bitte dich, bring keine Schande über unsere Familie. Du bist zu jung, um überhaupt schon an ein Mädchen zu denken.«

Jos murmelte etwas Undeutliches.

»Und wenn es schon sein muss, dann gib dich bitte mit einem anständigen Mädchen ab. Versprichst du mir das?«

Jos schwankte zwischen »Ja, natürlich, Mutter« und einem wilden Wutausbruch, dass sie das alles nichts angehe. Er war alt genug, das zu tun, was er für richtig hielt. Jedenfalls wollte er weder über Sara noch über Rebecca Rechenschaft ablegen. So erhob er sich nur und sagte barsch: »Sagt mir, was ich für Euch erledigen soll, Mutter. Ich werde mich beeilen, denn ich muss heute noch nach Gnadental wandern.«

Nachdem ihm die Mutter die vordringlichsten Mängel genannt hatte, lief Jos in den Hof. Dort goss er Wasser in eine Grube, warf Lehm, Stroh und Mist hinzu und begann das Ganze dann barfuß durchzustampfen, bis es ein zäher Brei geworden war. In Eimern schleppte er das Gemisch in die Küche und die Dachkammer hoch und besserte damit die brüchigen Stellen zwischen den

Fachwerkbalken aus. Wenn es trocken war, konnte man es kalken. Er reparierte noch eine Tür und befestigte die wackeligen Beine zweier Hocker. Dann endlich war er fertig. Im Hof wusch er sich Arme, Beine und Gesicht und zog sich leidlich saubere Beinlinge und sein Sonntagshemd über. Rasch schlang er eine Schüssel kalten Brei hinunter, schnitt sich noch ein kleines Stück Speck ab und trank ein Glas saure Milch. Er griff nach Umhang und Hut, rief einen Gruß und eilte dann davon. Der bekümmerte Blick der Mutter folgte ihm.

Sobald Jos das Weilertor passiert hatte, schüttelte er die dumpfe Beklemmung, die ihn den ganzen Morgen nicht verlassen hatte, von sich ab. Zwar zogen düstere Wolken über den Himmel und verdeckten die Frühlingssonne, doch er sog den frischen Duft der Wiesen ein und schritt weit aus. Eine Melodie kam ihm in den Sinn und er begann leise vor sich hin zu summen.

»Du hast aber einen Schritt!«, erklang eine Stimme hinter ihm. »Bist du auf der Flucht?«

Jos blieb stehen und wandte sich um: Rebecca kam auf ihn zu! Wie immer ging sie barfuß. Rock und Unterrock hatte sie geschürzt, sodass sie weit ausschreiten konnte. Über ihrem hellgrauen Rock trug sie ein ausgeschnittenes dunkelblaues Leibchen mit kurzen Ärmeln, das unter der Brust eng geschnürt war. Die Ärmel ihres weißes Leinenhemdes hatte sie fast bis zu den Ellenbogen hochgeschoben. Das Haar fiel ihr in zwei Zöpfen lang auf den Rücken.

»Rebecca, was führt dich hierher?«, fragte Jos, als sie herangekommen war.

»Dir auch einen gesegneten Tag, Jos. Ich werde nach Gnadental gehen, denn ich bin das Warten auf eine Nachricht von Annas Brüdern leid.«

»Aber ... aber ... wie stellst du dir das vor?«, stotterte Jos und die widersprüchlichsten Gefühle kamen in ihm hoch. Sie lächelte ihn an. »Ganz einfach. Ich werde dich begleiten. Dann erfahre ich, was deine Sara inzwischen herausgefunden hat.«

»Das geht nicht!«, stieß Jos hervor und bekam vor Schreck einen Schluckauf. »Was ist, wenn dich jemand erkennt?«

»Wer denn? Deine Sara zum Beispiel?«, fauchte Rebecca und verschränkte die Arme vor der Brust.

»Sie ist nicht meine Sara«, gab Jos zurück. »Und ich weiß nicht, ob sie dich erkennen würde. Doch selbst wenn nicht — was sollte ich ihr denn sagen, wer du bist?«

Rebecca zuckte uninteressiert die Schultern.

»Außerdem gibt es Knechte und Laienbrüder, die ab und zu nach Hall unterwegs sind.«

Enttäuscht und gekränkt ließ Rebecca die Arme hängen. »Gut, dann begleite ich dich bis zum Kloster und warte dann, welche Neuigkeiten du mir bringst«, sagte sie kühl. »Oder hast du auch dagegen etwas einzuwenden?«

Jos schüttelte den Kopf und nahm seinen Weg wieder auf. Er merkte gleich, dass er wegen Rebecca seinen Schritt nicht verlangsamen musste. Sie lief leichtfüßig wie ein Reh durch das Gras und bückte sich mal hier, mal dort am Wegesrand nach einer besonderen Pflanze, um sie behutsam auszugraben und in ihren Beutel zu stecken.

»Was ist das?«, fragte Jos, als sie sich mal wieder niederkniete, um ein Kraut aus der Erde zu zupfen.

»Das ist Frauenmantel«, gab Rebecca bereitwillig Auskunft und schob die großen rosettenförmigen Blätter in ihren Beutel.

»Und wozu braucht man das?«, erkundigte sich der junge Mann.

»Es ist ein Frauenkraut«, sagte Rebecca ausweichend, doch Jos sah sie nur fragend an.

»Ein Sud hilft, wenn die unreinen Tage nicht regelmäßig kommen. Auch gegen die Schmerzen ist es gut, wenn zu viel Blut abgeht.«

Abwehrend hob der junge Mann die Hände und wich ein Stück zurück.

»Du wolltest es ja wissen«, verteidigte sich das Mädchen.

»Ja, schon, doch darüber spricht man aber nicht!«

Rebecca erhob sich und klopfte sich die Erde vom Rock. »Ja, mit Männern soll man über so etwas nicht reden.«

Sie gingen eine Weile schweigend nebeneinander her.

»Kennst du viele Heilkräuter und Zaubertränke?«, fragte Jos nach einer Weile. »Ich meine — nicht solche, die nur für die Frauen sind.«

Rebecca lächelte. »Aber ja. Nicht umsonst kommen die feinen Bürger nachts zu uns, wenn der Bader ihnen nicht mehr helfen kann. Sie wollen die Finger der Gehängten, ihr Haar, ihre Nägel, die Erde, auf die das Blut vergossen wurde, um sie als Schutz um den Hals zu tragen oder in Beutelchen unter das Bett zu legen. Sie kaufen jedoch auch unsere Heilmittel, die ich sorgsam braue.«

Jos überlegte. »Was würdest du gegen Husten tun?«

Rebecca machte eine wegwerfende Handbewegung. »Ein Sud aus Hanf, Alant und Baldrian. Wenn der Kranke heiß ist, sich aber dennoch vor Kälte schüttelt, dann einen Hauch Eisenhut in Essig. Gesottene Raute wird gegen Ohrenschmerzen aufgelegt, gekochte Wacholderbeeren machen die Nase frei und Schwarzwurzeln mit Speck und Salz helfen gegen die Schmerzen im Hals.«

»Aha«, sagte Jos schwach und versuchte den Wortschwall erst einmal zu verdauen.

»Auch Linde dämpft die Beschwerden und Salbeiblätter und Schlüsselblume sind gut gegen das Fieber. Die Rinde der Silberweide vertreibt ebenfalls die Hitze und Teufelsabbiss hilft den Schleim auszuhusten.«

»Was für Tränke wollen denn die edlen Bürger von dir?«, fragte Jos neugierig.

»Oh, da gibt es so allerlei. Die Dicken, die an der Gicht leiden, bekommen einen Sud aus Maiglöckchen, die Nervösen Löwenschwanz, die Junker, die nicht schlafen können, Schierling. Doch meist steht ihnen der Sinn nach anderen Tränken, aus Melisse und Liebstöckel, Rosmarin und Akelei.« Sie stieß ein kurzes Lachen aus.

»Wozu sind die Kräuter gut?«, fragte Jos unschuldig.

»Sie sind für Männer, deren Männlichkeit erschlafft ist, und für Weiber, um in Wollust zu verfallen.«

Dem jungen Mann schoss die Röte ins Gesicht.

»Ehemänner holen die Tränke für sich, für ihr Weib oder ihre Kebse, Weiber holen die Tränke für den müden Ehegatten oder um den Geliebten zu fangen.«

Jos' Gedanken spiegelten sich in seiner rasch wechselnden Gesichtsfarbe. »Das ist Sünde!«, stieß er schließlich hervor. »Die Tränke zu brauen oder sie heimlich zu benutzen?«, erkundigte sich Rebecca.

»Beides!«, sagte der Jüngling voller Abscheu.

Rebecca runzelte die Stirn. »Das mag schon sein, doch immerhin hat mir Pfarrer Helle nach meiner Beichte immer die Absolution erteilt.« Sie zuckte mit den Schultern. »Schließlich hat er sich das eine oder andere Mal auch schon selbst einen Trank bei mir besorgt.«

Jos schwieg. Er brauchte eine ganze Weile, bis er das Gehörte verarbeitet hatte.

»Wie kommt es«, fragte er nach einer Weile, als sie die höchste Erhebung des Streifelesberges erklommen hatten, »wie kommt es, dass ihr, du und dein Vater, euch in der Heilkunde so gut auskennt? Man sagt, wenn der Bader versagt, dann kann nur noch der Henker helfen. Ich habe das zerfetzte Bein von Hans Schaub gesehen, als er die Leiter vom Dachboden hinunterfiel und zwischen den Werkzeugen landete. Der zersplitterte Knochen ragte wie ein abgerissener Ast zwischen dem Fleisch hervor. Keiner hätte ihm eine Chance gegeben, geschweige denn einen Heller darauf verwettet, dass er jemals wieder mit diesem Bein gehen könnte. Und doch hinkt er heute kaum noch und die Wunde ist, ohne zu faulen, verheilt. Man flüstert, dein Vater hätte den Knochen gerichtet und den Wundbrand fern gehalten.«

Rebecca nickte. »Ja, auf Wunden und Knochenbrüche versteht er sich und ich habe schon viel von ihm gelernt. — Weißt du, Vater muss die Sünder nach dem Urteilsspruch nicht nur richten, seine Aufgabe ist es, ein Geständnis zu bekommen und sie in einem der Verliese aufzubewahren, bis der Tag der Hinrichtung kommt. Es darf nicht sein, dass sie vorher an den Folgen des Verhörs sterben, was leicht geschehen kann, wenn die Wunden sich entzünden. Auch kommen viele bereits mit Verletzungen zu uns, die die Hegreiter oder Büttel ihnen beim Ergreifen zugefügt haben. Dann müssen wir sie pflegen, denn auch der schlimmste Sünder hat das Recht darauf, auf seinen eigenen Beinen und mit erhobenem Kopf zur Richtstatt zu gehen, um dort von seiner Schuld gereinigt zu werden.«

Darüber musste Jos erst einmal nachdenken und so

wanderten sie schweigend durch Rinnen. Als sie den Hang zum Kloster Gnadental hinabstiegen, sagte er plötzlich: »Und dennoch sind die beiden Straßenräuber, die den Junker von Morstein erschlugen, im Verlies gestorben, bevor man sie zur Richtstatt führen konnte.« »Ja, kann mal vorkommen«, murmelte Rebecca undeutlich. Über diesen Vorfall wollte sie nicht reden. Noch nicht.

KAPITEL 12

Vor der Klosterpforte trennten sie sich. Die Wolken hatten sich zu einer düsteren Decke zusammengezogen und es begann zu regnen, doch Jos konnte und wollte nicht mit dem Mädchen zusammen den Klosterweiler betreten. Er war gerade im Begriff, das Tor allein zu passieren, da hielt Rebecca ihn zurück.

»Wo treffen wir uns wieder?«, fragte sie.

Jos sah sich um. Sein Blick blieb an der Scheune hängen, die kaum einhundert Schritte entfernt an einem Hügel lehnte. Dort hatten auch die Kinder, die der Johanniter aus Hall gebracht hatte, Schutz gesucht.

»Da drüben kannst du in der trockenen Scheune auf mich warten«, sagte er.

»Oder du auf mich«, erwiderte Rebecca schnippisch und lief davon.

Jos sah ihr gedankenverloren nach. Was für ein merkwürdiges Mädchen, so anziehend und doch auch wieder irritierend schroff, so wild und ungezähmt und dann wieder sensibel und klug.

»Wer war die denn?«, erklang Saras Stimme hinter Jos. Der junge Mann wirbelte herum. Seine Wangen glühten.

»Sara, da bist du ja. Ich konnte nicht früher kommen. Ich musste für Mutter das Haus ausbessern. Wie geht es dir? Was gibt es Neues?«

Er trat auf sie zu, aber die junge Magd musterte ihn mit

grimmiger Miene. Sie ignorierte Jos' Begrüßung und fragte noch einmal: »Wer war dieses Mädchen?«

»Also, äh, das war ...«, stotterte Jos. »Das ist Rebecca.«

»Du meinst doch nicht etwa ...«, keuchte Sara.

»Wir haben uns ganz zufällig getroffen. Sie will hier Kräuter sammeln und da haben wir uns ein wenig unterhalten.«

»Rebecca wer? Doch nicht etwa Meister Geschydlins Tochter?«

Jos wand sich. »Ja, schon, aber es war reiner Zufall und es hat uns niemand gesehen und wir haben nur ein paar Worte gewechselt.« Er verstummte kleinlaut.

»Verfl... äh, ich meine, wie kannst du nur?«, schimpfte sie leise. »Sie ist die Tochter des Henkers! Sie ist unehrlich, von Kopf bis Fuß unehrenhaft. Willst du riskieren, so zu werden wie sie?«

Jos schüttelte den Kopf. »Weißt du, es ist so, Anna wohnt jetzt bei ihr. Sie ist verletzt, weil sie ins Wasser gefallen ist, und nun spricht sie nicht mehr und ...« Jos sah seine Freundin flehend an.

»Ich verstehe kein Wort«, sagte Sara, doch ihre Stimme klang schon wieder etwas freundlicher. Sie zog Jos mit sich zum Waschhaus, um vor dem Wetter Schutz zu suchen.

»Willst du etwas essen?«

Jos nickte und Sara lief durch den Regen davon. Kurz darauf kam sie mit einem kleinen Bündel und einem Krug in der Hand zurück. Jos setzte sich mit verschränkten Beinen auf den Boden, trank gewürzten Met und biss in Brot und Käse, während Sara die Arme wieder ins heiße Wasser tauchte und Beinlinge, Hemden und Schleiertücher durchwalkte. Kauend berichtete Jos, was sich in Hall zugetragen hatte. Er erzählte von dem

Wächter am Langenfelder Tor und dem Türmer in der
»Glocke«.

»Ich war dann auch noch am Lullentor und habe die
Wächter befragt. Einer ist sich sicher, dass Stefan und
der Junker an einem kalten Februarabend zusammen
die Stadt verlassen haben. Er sagte, er erinnere sich,
denn er habe noch gedacht, wenn die beiden sich mit
ihrer Rückkehr nicht beeilen, dann wird das Tor geschlossen und sie erfrieren dort draußen. Der Junker
ritt auf seinem Braunen, Stefan führte einen Esel am
Strick, der mit allerlei Geräten beladen war. Der Wächter konnte eine dicke Seilrolle erkennen.«

»Hat er sie auch zurückkommen sehen?«, fragte Sara
atemlos.

»Stefan kam anscheinend am nächsten Tag alleine zurück. Auch den Esel hatte er nicht mehr dabei. Seine
Schwester sagt, er wäre schmutzig, hungrig und halb erfroren gewesen. Der Esel hat Gerber Tusenbach gehört.
Er wollte Stefan das Tier nur leihen, aber Stefan kam
am nächsten Tag und kaufte ihm den Esel ab.«

Sara schüttelte den Kopf, dass die Haube verrutschte.

»Merkwürdig, alles sehr merkwürdig. Doch du hast viel
herausbekommen. Wir werden das Rätsel schon noch
lösen. Aber was war das für eine Geschichte mit Anna?«

Jos berichtete, wie er zum hinteren Bad gegangen war,
wie er den Schrei und das Platschen gehört und dann
Anna mit dem Flößerhaken herausgezogen hatte. Er erzählte, wie der Bader ihre Wunden versorgt hatte und
sie am anderen Tag plötzlich verschwunden war, dass
sie im Haus des Henkers aufgetaucht sei, nun jedoch
nicht mehr spreche. Jos ließ kein Detail aus, nur Rebecca erwähnte er so wenig wie möglich.

Sara hörte aufmerksam zu. Als er geendet hatte, trocknete sie sich die Arme ab, holte einen schrumpligen Apfel aus dem Bündel und biss herzhaft hinein.

»Sehr merkwürdig«, sagte sie noch einmal undeutlich. »Meinst du, jemand hat sie gestoßen?«

Auf diese Idee war Jos noch gar nicht gekommen. »Aber warum? Ich meine, wer hätte etwas davon, Hinke-Anna im Kocher zu ertränken?«

Sara wiegte den Kopf hin und her. »Das kann ich dir nicht sagen, doch es geschehen seltsame Dinge. Zu viele seltsame Dinge, als dass ich an einen Zufall glauben könnte.« Sara erzählte von ihrer Fahrt zu den umliegenden Höfen und von ihrem nächtlichen Versuch, etwas über die Kinder herauszufinden.

»Ich sage dir, der seltsame Johanniter will nicht, dass jemand weiß, was mit den Kindern geschieht, und dafür wird es gute Gründe geben. Die Nonnen denken, sie sind auf den Höfen, aber auf keinem Hof war auch nur ein einziges fremdes Kind. Ich habe Bruder Sebastian gesagt, er solle die Augen offen halten, doch auch bei seiner zweiten Runde konnte er keines der Kinder entdecken. Und warum schließen sie die Kinder ein und schaffen sie heimlich bei Nacht wieder weg? Ich habe mich mit Bruder Hartmann unterhalten und die Kinder beiläufig erwähnt. Er wusste nichts davon! Die Leute im Weiler haben die Kinder nie zu Gesicht bekommen! Warum? Und vor allem, wie kann das sein? Auch die Laienschwestern haben anscheinend keine Ahnung. Vielleicht war es nur ein Zufall, dass ich beim ersten Mal die Kinder in der Gaststube gesehen habe. Es kommt mir so vor, als solle das alles sehr geheim gehalten werden.«

»Meinst du, das alles hat auch mit Stefan und dem Junker von Morstein etwas zu tun?«, fragte Jos.

Sara biss auf ihrer Unterlippe herum. »Das kann ich dir nicht sagen. Der Tod des Junkers hängt irgendwie mit Stefans Tod zusammen, doch was das mit den Kindern zu tun haben könnte, kann ich mir nicht vorstellen.«

Sara beugte sich wieder über ihren Wäschetrog und griff nach einer Kutte. »Vermutlich hat es gar nichts damit zu tun«, seufzte sie. »Ich frage mich halt, wer Stefan gefesselt ins Wasser geworfen hat. Die Mörder des Junkers können es nicht gewesen sein. Sie waren in dieser Nacht schon tot oder zumindest im Turm gefangen.«

Jos stieß einen tiefen Seufzer aus. »Es ist wie ein Bild, das in unendlich viele Teile zerschnitten wurde, und wir sehen nur ein paar davon. Jeder, den wir fragen, gibt uns ein neues Stück dazu, doch wir wissen nicht, wohin das Teil gehört. Ja, wir wissen noch nicht einmal, ob das Teil überhaupt ein Stück dieses Bildes ist.«

Der Nachmittag verrann. Das Licht wurde immer trüber. Der Regen hatte aufgehört, doch von Westen schoben sich finstere Wolken heran. In heulenden Böen jagte der Wind um die Mauern. Die Balken über ihren Köpfen knackten.

Da kam eine junge Laienschwester atemlos zum Waschhaus gelaufen. Die Bursnerin lasse fragen, ob Sara endlich mit der Wäsche fertig sei, sie solle noch den Küchenboden säubern. Sara drückte der Schwester einen Wäschekorb in die Hand und schickte sie mit der Nachricht zurück, sie würde gleich kommen. Die junge Magd hob den zweiten Korb vom Boden.

»Wirst du heute noch nach Hall zurückkehren?«, fragte sie Jos. Der junge Mann nickte.

»Dann wünsche ich dir, dass du viele Teile des Bildes findest, bis wir uns wieder sehen.«

Sara trat auf die Schwelle, um der Schwester zum Kloster hinüberzufolgen. Wieder knackte es. Sara sah einen dunklen Schatten in den Augenwinkeln, bevor sie jedoch auch nur einen Gedanken fassen konnte, fühlte sie sich von hinten umklammert und zu Boden geworfen. Schlamm spritzte auf. Sara schrie vor Schreck und Schmerz, doch ihr Schrei ging in einem ohrenbetäubenden Poltern unter. Der schwere Balken über der Tür krachte herunter und blieb dann auf der Schwelle liegen, auf der Sara gerade noch gestanden hatte.

Schwer atmend rollte sich Jos von dem Mädchen herunter und umfasste ihre Schultern.

»Bist du verletzt?«

»Nein, ich glaube nicht«, stöhnte Sara und griff nach der ihr dargebotenen Hand, um sich hochziehen zu lassen. »Aber die Wäsche kann ich nun noch einmal waschen«, jammerte sie und ließ den Blick fassungslos über die weißen Nonnengewänder schweifen, die verstreut im Morast lagen.

»Was ist denn hier los?«, fragte eine männliche Stimme, zwischen Besorgnis und Entrüstung schwankend.

Jos und Sara starrten Vater Ignatius an, der sich mit rotem Gesicht über sie beugte.

»Der Balken da«, sagte Sara mit zitternder Stimme und deutete auf das schwere Holz, »er ist runtergefallen, Vater Ignatius.«

Der Beichtvater schüttelte ungläubig den Kopf.

»Bist du unversehrt, mein Kind?«, fragte er salbungsvoll und tätschelte Saras Hand.

Die junge Magd nickte. Plötzlich merkte sie, wie ihre Knie zitterten.

»Jos hat mich gerettet«, sagte sie verwundert, als sei dies ein ganz neuer Gedanke, der ihr gerade erst in den Sinn gekommen war.

Vater Ignatius musterte Jos misstrauisch. »So, hat er, und wer ist der Bursche, der so schnell handelt?«

Jos versuchte die schmutzigen Hände an seinen Beinlingen zu säubern, verbeugte sich und stellte sich vor.

Der Beichtvater starrte ihn noch einige Augenblicke scharf an, dann wandte er sich wieder Sara zu, die gerade die schlammigen Kutten in den Wäschekorb warf.

»Komm, mein Kind, ich bringe dich zu Schwester Rahel.« Er legte ihr den Arm um die Schultern und zwang sie mit sanfter Gewalt in Richtung Klostertor.

»So ein Schreck«, murmelte er.

Sara zog eine Grimasse. Ob das Gezeter der Bursnerin das richtige Mittel gegen ihre zitternden Knie war?

* * *

Der Wind zerrte an Jos' Umhang, als er das Klostertor hinter sich ließ und über die Wiese zu der kleinen Scheune hinübereilte. In der Ferne rollte der Donner. Ein Blitz zuckte durch die schwärzlich aufgetürmte Wolkenwand. Jos stieß die schief in den Angeln hängende Tür auf und betrat die Scheune. Der Wind riss ihm die Tür aus der Hand und schlug sie mit einem Krachen zu. Die Wände erzitterten.

»Rebecca?«, fragte Jos in die Dunkelheit, als das Dröhnen des Donners draußen verebbte. Einige Augenblicke herrschte Stille.

»Rebecca!«, rief er noch einmal. Er hörte das Heu rascheln.

»Ja, ich bin hier. Komm her, hier ist es trocken und weich.« Jos drehte sich in die Richtung, aus der die Stimme kam, und tastete sich dann vorsichtig vorwärts. Wieder zuckte ein Blitz und leuchtete durch die Ritzen der alten Scheune. Für einen Moment sah Jos Rebecca zwischen zwei Stützbalken in einem Haufen duftenden Heus stehen. Dann war es wieder finster.

Langsam, um nicht gegen den Balken zu prallen, ging Jos weiter. Er hörte Rebecca lachen.

»Komm mit, ich führe dich«, traf ihn ihre Stimme und ihr warmer Atem hauchte über sein Gesicht. Er zuckte zusammen, als er ihre Hand an seinem Arm spürte. Offensichtlich hatten sich ihre Augen schon besser an die Finsternis gewöhnt, denn ohne zu zögern, zog sie Jos hinter sich her. Erst spürte er noch den gestampften Lehm unter seinen dünnen Sohlen, dann knisterte Heu unter seinen Schritten.

Plötzlich war die Hand verschwunden. Das Heu rauschte, als sich Rebecca in das weiche Bett fallen ließ. Für einen Moment war es ganz still. Langsam ließ sich Jos auf die Knie sinken und legte sich zurück, bis er ausgestreckt im Heu lag. Schweigend lauschten sie dem nun wütend prasselnden Regen. Wieder schoss ein Blitz zur Erde und der explodierende Donner ließ den Boden und die Luft erzittern. Wild schlugen Hagelkörner gegen die alten Holzbretter. Die Luft war erfüllt vom Geruch des Heus und der kühlen Feuchte des Frühlingsgewitters. Darunter mischte sich ein anderer Duft, der Jos nervös hin und her rutschen ließ. Ganz nah roch er die frische junge Haut von Rebecca neben sich. Ein Hauch von Kräutern und ein wenig warmer Schweiß und dann noch etwas, eine ungekannte Süße ... Wenn er die Hand ausstrecken würde, könnte er sie berühren, doch er regte sich nicht.

Langsam gewöhnten sich seine Augen an die Dunkelheit. Als er sich auf die Ellenbogen stützte, konnte er Rebecca ausgestreckt neben sich liegen sehen. Sie hatte die Arme hinter dem Kopf verschränkt, über ihrem geschnürten Leibchen konnte er die Wölbung ihrer Brüste erkennen. Sie hoben und senkten sich im Takt ihres Atems und spannten die gedrehte Schnur, die das Oberteil zusammenhielt. Verlegen wandte Jos seinen Blick ab, nur um ihn dann auf dem hochgerutschten Rocksaum und den weißen, prallen Waden ruhen zu lassen.

»Nun sag schon«, riss ihn Rebecca aus seinen Betrachtungen. »Hat Sara herausgefunden, auf welchem Hof Annas Brüder sind?«

Jos schüttelte den Kopf und erzählte Rebecca, was ihm Sara berichtet hatte.

»Das klingt nicht gut, gar nicht gut«, murmelte das Mädchen.

Da draußen noch immer der Gewittersturm tobte, berichtete er Rebecca auch von seinen Fortschritten, die Umstände von Stefans Tod zu ergründen. Noch hatte er ihr nicht erzählt, an was der Bader und der Wächter am Lullentor sich erinnern konnten. Rebecca setzte sich auf und schlang die Arme um ihre Knie. Als er geendet hatte, saß sie noch lange da, als ringe sie mit einer Entscheidung.

»Was ist?«, fragte Jos nach einer Weile.

»Die beiden Männer im Turm«, platzte sie heraus. »Sie wurden ermordet.«

Jos sog scharf die Luft ein. »Die Mörder des Junkers wurden ermordet?«, fragte er, denn er meinte sich verhört zu haben. Aber Rebecca nickte.

»Ja, eigentlich war diese schmutzige Aufgabe meinem Vater zugedacht.«

Ausführlich berichtete sie von dem Gespräch im nächtlichen Garten des Henkers, das sie zufällig mit angehört hatte.

»Und du bist sicher, dass es sich dein Vater nicht doch noch anders überlegt hat?«, fragte Jos vorsichtig.

»Ja, das bin ich!«, schleuderte sie ihm entgegen.

»Aber er hätte die beiden doch sowieso hingerichtet«, gab er zu bedenken.

»Das ist etwas ganz anderes«, ereiferte sich Rebecca. »Mein Vater handelt nicht willkürlich, er vollstreckt Urteile, die die Richter des Rates gefällt haben!«

Jos war zwar noch nicht ganz überzeugt, doch er ließ diesen Punkt fallen.

»Gut, nehmen wir an, es war jemand anderes. Der Mann, der deinen Vater aufsuchte, oder sein Auftraggeber hatte ein Interesse daran, die beiden vor der Verhandlung zu töten. Warum? Entweder hatten sie mit der Ermordung des Junkers nichts zu tun und der wahre Mörder fürchtete, sie würden freigesprochen und der Fall damit weiterverfolgt ...«

»... oder sie wussten etwas, das jemand in große Schwierigkeiten hätte bringen können«, ergänzte Rebecca. Die beiden sahen sich an.

»Aber was?«, sprachen sie ihre Gedanken gleichzeitig aus.

»Würdest du ihn wieder erkennen, wenn du ihm begegnest?«, fragte Jos.

Rebecca wiegte den Kopf hin und her. »Nein, ich glaube nicht. Dazu war es zu dunkel, aber seine Stimme habe ich nicht vergessen.«

Der Wind riss die Scheunentür auf und schlug sie gegen die Wand. Wieder flammte ein Blitz auf. Für den Bruchteil einer Sekunde sahen Jos und Rebecca einen großen Mann mit einem weiten Umhang und einem schwarzen Hut auf dem Kopf in der Türöffnung stehen.

Die beiden zuckten erschreckt zusammen. Im Schutz des

dröhnenden Donners rutschten sie zur Seite und duck-
ten sich hinter den Heuberg.

»Wo seid Ihr?«, rief der Fremde in die Dunkelheit.

Es war der seltsame Johanniter, der tropfnass in die
Scheune trat. Er zog den Mantel von der Schulter und
schüttelte ihn aus, dass die Tropfen flogen. Jos reckte
den Hals und versuchte etwas zu erkennen. Es schien
ihm, als glitzere ein langer Dolch an seinem Gürtel.

»Wo seid Ihr?«, rief er noch einmal. Seine Stimme klang
gereizt.

Jos und Rebecca hörten ein Klicken, dann klang es, als
würde eine gut geölte Tür geöffnet. Aus der linken
Ecke, hinten, unter dem wackligen Dachboden, flackerte plötzlich das Licht einer Lampe.

»Ich bin hier«, antwortete eine Stimme. »Ihr kommt
spät.«

Rebecca zuckte merklich zusammen. Ihre Lippen näherten sich Jos' Ohr. Er spürte ihren warmen Atem und
den Hauch von Worten.

»Er ist es!«

Jos runzelte verständnislos die Stirn, doch plötzlich verstand er.

Das Licht kam näher und huschte über den nassen Besucher.

»Ihr seid alleine?«, fragte der andere erstaunt.

»Ja, es gibt etwas zu besprechen. Geht voran!«

Jos lauschte in die Dunkelheit. Auch ihm kam die Stimme bekannt vor, aber es wollte sich kein Bild vor seinem
Auge einstellen. Wo hatte er diese Stimme schon einmal gehört? Sie hatte damals einen anderen Klang gehabt, nicht so barsch und grimmig, aber etwas in der
Art, wie er die Worte betonte, war ihm vertraut.

Der Lichtschein schwankte in die Ecke zurück. Der Johanniter folgte ihm. Noch einmal hörten sie das leise Geräusch einer Tür, dann war es wieder dunkel und still. Nur der Regen tropfte noch auf das Dach und rann die Wände herab.

* * *

Rebecca rührte sich als Erste. »Wo sind sie nur hin?«, fragte sie und krabbelte über den Heuberg hinweg.

Jos hörte sie in ihrem Bündel kramen, dann erklang das Schlagen eines Feuersteins. Ein winziger Funke erfasste einige Halme, das Flämmchen wurde größer und griff nach dem Holzspan, den Rebecca darüber hielt.

Die Flamme mit der Hand vor der Zugluft schützend, ging sie langsam in die Ecke, in der die Männer verschwunden waren. Jos folgte ihr. Sie sahen sich ratlos um. Ein alter Karren, dem ein Rad fehlte, drei große Weinfässer, eine rostige Sense, Rechen mit nur noch wenigen Zinken, ein Haufen Lumpen, aber keine Tür. Jos tastete die Bretterwand ab. Nichts. Rebecca brannte ein neues Hölzchen an, doch obwohl sie jede Handbreit der Wände abklopften, konnten sie die Tür nicht finden, hinter der die beiden Männer verschwunden waren. Ein drittes Hölzchen verwandelte sich in Asche.

»Halt«, rief Rebecca. »So kommen wir nicht weiter. Lass uns überlegen.«

Ganz still standen sie nebeneinander und ließen die Blicke schweifen. Ein Karren, drei Fässer, Werkzeug und Lumpen. Sie sahen sich an.

»Die Weinfässer!«, sagten sie gleichzeitig.

Jos und Rebecca eilten zu den mannshohen Fässern hinüber. Das rechte hatte keinen Deckel und war voller Staub und Spinnweben und auch an dem mittleren konnten sie nichts Verdächtiges entdecken. Jos stürzte sich auf das linke Fass. Fieberhaft tasteten seine Finger den ovalen Deckel ab.

»Ich brauche Licht!«, zischte er aufgeregt.

Rebecca entzündete einen dickeren Span und trat näher.

»Da sieh«, flüsterte Jos rau. »Scharniere!«

Rebecca fuhr mit dem Finger über das obere Scharnier.

»Und es ist frisch geölt«, sagte sie. Nun klang auch ihre Stimme erregt.

Jos versuchte den Deckel aufzuziehen, doch er saß fest.

»Es muss irgendeinen verborgenen Mechanismus geben«, wisperte er heiser. »Ich habe so etwas schon einmal bei dem Brückenschmied Bopfinger gesehen, als er das Schloss für eine große Truhe baute, die dem Junker Keck gehörte.«

Sie tasteten den Deckel ab, die eisernen Bänder und die Dauben, doch sie fanden nichts, womit sie die geheime Tür öffnen konnten.

»Vielleicht kann man sie nur von innen öffnen«, vermutete Jos enttäuscht, als Rebecca gerade den Korken aus dem Spundloch zog. Sie schob den Zeigefinger in das Loch. Es gab ein metallisches Klicken und plötzlich sprang der Fassdeckel einen Spaltbreit auf. Jos und Rebecca sahen sich an. Die Anspannung spiegelte sich in ihren Gesichtern.

»Wagen wir es?«, fragte Jos leise. Seine Stimme zitterte vor Aufregung. Rebecca nickte.

»Also dann los!«

Er bückte sich und kletterte in das Fass, dicht gefolgt von Rebecca. Es hatte keine Rückwand. An ihrer Stelle gähnte ein schwarzes Loch. Der Kienspan in Rebeccas Hand erleuchtete einen schmalen Gang, der durch die

Scheunenwand direkt in den Hügel hineinführte. Der Weg ging einige Schritte leicht bergab, dann kamen sie an eine Treppe, die in die Tiefe führte. Jos zählte zwölf schmale Stufen, dann verlief der Gang wieder geradeaus. Der Boden war feucht und roch nach Erde. Wasser tropfte von der Decke herab.

Plötzlich machte der Gang eine scharfe Biegung und stieg nun wieder bergan. Der Kienspan war fast heruntergebrannt. Vorsorglich zündete Rebecca einen zweiten an und reichte ihn Jos. Beide hatten, seit sie das Gewölbe betreten hatten, kein Wort gesprochen. Wieder machte der Gang eine Biegung und dann wichen die Wände zurück und gaben eine Höhlung frei. An den felsigen Wänden waren Fässer und Kisten aufgestapelt. Neugierig hob Jos einen Deckel und leuchtete hinein, doch die Kiste war leer. Auch die anderen Kisten und Fässer schienen leer zu sein.

»Sie sind sehr sauber«, murmelte Rebecca. »Sehr lange stehen sie noch nicht hier.«

Auf der anderen Seite der Höhlung führte der Gang weiter, doch schon nach wenigen Schritten verwehrte ihnen eine Tür den Weg. Jos drehte an dem Eisenring und zog die Tür langsam auf. Dahinter war es dunkel. Einige Augenblicke lauschten die beiden mit angehaltenem Atem, nichts rührte sich. Sie betraten einen Gewölbekeller mit Weinfässern. War ihr Weg zu Ende? Rasch schritten sie die Wände entlang, doch sie konnten keine Tür entdecken.

»Sie ist bestimmt wieder in einem der Fässer verborgen«, flüsterte Jos. Rebecca nickte. Sie begannen bei dem Fass gegenüber der Tür und arbeiteten sich dann langsam nach beiden Seiten, sie konnten jedoch keinen Durchgang entdecken.

»Es muss doch weitergehen«, sagte Jos verzweifelt. »Die
Männer können sich nicht in Luft aufgelöst haben!«
»Vermutlich nicht. Und sie haben sich auch sicher nicht
in Ratten verwandelt.«
Das Mädchen zeigte auf die beiden fetten Nager mit ih-
ren nackten Schwänzen, die über den Boden huschten
und dann unter einem hervorstehenden Stein verschwanden. Rebecca eilte zu der Mauer hinüber, kniete
nieder und tastete die Steine ab.
»Ich spüre einen Luftzug«, flüsterte sie aufgeregt und
winkte Jos heran. »Die Tür muss irgendwo hier sein.
Komm, hilf mir suchen!«
Ihre Finger huschten über die Steine und tasteten in
Spalten und Ritzen. Sie waren schon nahe daran, aufzugeben, als Rebecca einen leisen Schrei ausstieß. Ihre
Hand verschwand in einer Spalte, die sich nach innen
weitete. Die Finger legten sich um einen kühlen Eisen-
knauf. Erst vorsichtig, dann immer stärker zog sie. Es
gab ein schabendes Geräusch, doch weiter geschah
nichts.
»Lass mich mal!« Jos drückte ihr den brennenden Kienspan in die Hand und griff in das Loch. Seine Muskeln
spannten sich unter seinem Hemd. Wieder erklang das
schabende Geräusch. Er drückte den Knauf erst nach
links und dann nach rechts. Endlich schwang ein Stück
der Mauer zur Seite und gab eine schmale Öffnung frei.
Zitternd vor Anspannung schritten Rebecca und Jos
durch die geheime Tür. Auch der nächste Raum hatte
Wände aus behauenen Steinen. Die Decke jedoch war
aus dunklen Eichenbalken und wurde von mächtigen
Säulen abgestützt. Es stand allerlei Gerümpel herum:
kaputte Hocker, ein Tisch mit gebrochenem Bein, leere
Säcke und Kisten, alte, angeschimmelte Körbe. In der

Mitte der rechten Wand war eine mit Eisenbändern belegte Holztür. Vorsichtig versuchte Jos sie zu öffnen, doch sie war verschlossen. Jos lag ein Fluch auf den Lippen, den er nur mühsam unterdrückte.

»Jetzt sind wir so weit gekommen und nun das!«, raunte er ärgerlich.

»Meinst du, wir sind in einem Keller des Klosters?«, fragte Rebecca.

»Entweder unter dem Kloster selbst oder einem der Nebengebäude«, antwortete er und nickte.

Rebecca fingerte in ihrem Beutel und zog dann einen langen Metallnagel hervor.

»Was ist das?«, raunte Jos, der Schlimmes ahnte.

»Ein Nagel, vom alten Galgen am Steinbruch über dem Heimbachtörle. Seine magischen Kräfte haben mir schon oft geholfen.« Rebecca kniete nieder, kniff ein Auge zu und schob den Nagel in das Türschloss. Jos stand hinter ihr und konnte nicht genau sehen, was sie machte, doch plötzlich hörte er ein scharfes Klicken und die Tür sprang auf. Mit einem triumphierenden Blick verstaute Rebecca den Galgennagel wieder in ihrem Beutel. Dann schob sie die Tür ein Stück auf und lugte in den fast völlig dunklen Gang hinein.

»Ich sehe mal nach, wo wir gelandet sind«, wisperte sie und drückte Jos den Kienspan in die Hand. »Bleib hier und pass auf, dass uns niemand den Rückweg verwehrt.«

Jos wollte protestieren, da war sie schon davongeschlichen. Er dachte, eine Ewigkeit müsse vergangen sein, als sie endlich wieder auftauchte, in den Keller huschte und die Tür hinter sich zuschob.

»Und? Was hast du herausgefunden?«, fragte er aufgeregt.

»Wir sind tatsächlich direkt unter dem Kloster herausgekommen. Über uns ist eine Kammer, in der ein Mann mit einem verbundenen Kopf ruht, und nach einem Gang und einer Biegung in die andere Richtung kommt eine große Küche.«

Jos nickte. »So hat er also die Kinder von hier weggebracht, ohne dass ihn jemand sehen konnte. Sara hatte Unrecht. Ich bin nicht eingeschlafen!«, fügte er triumphierend hinzu. »Da wird sie große Augen machen, wenn ich ihr von dem Geheimgang berichte!«

Plötzlich hörten sie Stimmen. Noch klangen sie gedämpft, doch es waren eindeutig zwei Männerstimmen, die sich die Treppe herunter näherten.

Die beiden sahen sich einen Atemzug lang entsetzt an, dann lief Rebecca auf die geheime Tür zu.

»Schnell raus hier!«

Jos folgte ihr. Er zog die steinerne Tür hinter sich zu und eilte dem Mädchen nach, das bereits den Gang erreicht hatte. Rebecca zerriss sich den Unterrock an einem vorstehenden Balken, Jos schürfte sich den Arm an einem Felsblock auf, doch sie liefen mit eingezogenen Köpfen weiter, bis sie das Fass in der Scheune erreichten. Jos schob den Deckel hinter sich zu, Rebecca löschte den Kienspan. Dann krabbelten sie über den Heuberg und kauerten sich atemlos hinter einer hölzernen Stütze zusammen.

Sie hatten kaum Zeit, wieder zu Atem zu kommen, da erklang schon das leise Geräusch, das beim Öffnen des Fassdeckels entstand. Ein Lichtschein huschte über die morschen Scheunenwände.

»Haltet die Augen offen«, sagte der Unbekannte mit grimmiger Stimme. »Noch haben wir unsere Gulden nicht im Sack. Wenn irgendetwas zu früh herauskommt oder gar die Richter Wind davon bekommen, dann war alles umsonst.« Die Männer blieben am Tor stehen.

»Kümmert Ihr Euch um die Kinder, ich werde dafür sorgen, dass uns hier niemand in die Quere kommt«, fuhr der Fremde aus dem Kloster fort.

»Ihr könnt Euch auf mich verlassen«, sagte Bruder Contzlin mürrisch.

»Wo werdet Ihr als Nächstes hinziehen?«, fragte der andere. Der Johanniter lachte rau. »Rauf in die Rothenburger Lande. Dort oben fegt gerade ein Gewittersturm durch die Weiler und Städte. Da wundert's keinen, wenn ein paar Kinder verloren gehen. Wie ich höre, leisten beide Kriegsparteien ganze Arbeit.«

»Gut, aber denkt daran: keine Bürgerskinder oder gar Sprösslinge eines Junkers!«

Diese Stimme! Angestrengt suchte Jos in seinem Gedächtnis, doch das passende Gesicht wollte sich nicht einstellen.

Noch ein paar gemurmelte Abschiedsworte, dann drehte sich die schwarze Gestalt um, eilte zum Fass zurück und verschwand.

»Für wie einfältig haltet Ihr mich?«, schimpfte der Johanniter ihm hinterher. »Ihr kommt Euch wohl sehr klug vor, doch wir werden sehen, wer am Ende bei diesem Spiel die Gulden einsackt und wer als Belohnung ein ruhiges Grab erntet.«

Er schlug sich die Kapuze über den Kopf und trat in den Regen hinaus. Die Tür fiel mit einem Krachen hinter ihm zu.

KAPITEL 13

Eine Weile noch wagten Jos und Rebecca nicht sich zu rühren. Sie lauschten in die Dunkelheit. Nur das Heulen des Windes und das Prasseln des Regens waren zu hören. Dann spürte Jos Rebeccas Hand auf seinem Arm. Wieder zuckte er zusammen, doch dieses Mal vor Schmerz.

»Was ist das?«, fragte das Mädchen, als sie die warme, klebrige Flüssigkeit unter ihren Fingern spürte. »Jos, du bist ja verletzt!«

»Nicht so schlimm«, nuschelte er.

»Ich werde es mir mal ansehen.«

Ohne auf Jos' Proteste zu achten, mühte sich Rebecca einen Funken zu schlagen, um den Kienspan wieder zu entzünden. Endlich flackerte ein Lichtpunkt auf und die Flamme fraß sich in das angekohlte Holz. Rebecca drückte Jos die Fackel in die unverletzte Hand.

»Halte mal.«

Sie blickte kurz auf den blutdurchtränkten Ärmel, dann rollte sie ihn vorsichtig hoch. Kurz über dem Handgelenk hatte sich irgendetwas Scharfes, Spitzes ins Fleisch gebohrt und dann einen langen, tiefen Schnitt hinterlassen.

»Nicht so schlimm«, hauchte Jos und wollte den Arm zurückziehen, doch das Mädchen hielt ihn fest.

»Ja und nein«, sagte sie und betrachtete die Ränder der Wunde. »Wenn die Wunde ungestört bleibt, dann ist es nicht schlimm und wird bald heilen, wenn sie jedoch zu schwären und zu faulen beginnt, dann verlierst du den Arm und vielleicht auch dein Leben.«

Jos stieß ein verzerrtes Lachen aus. »Das ist ja sehr beruhigend.«

»Halt still und rede nicht so viel«, wies sie ihn zurecht.

Beleidigt klappte Jos den Mund zu, während Rebecca in ihrem Bündel kramte. Sie holte ein paar Blätter heraus und schob sie in den Mund. Während sie darauf herumkaute, riss sie einen Streifen von ihrem Unterrock und legte ihn in ihren Schoß. Dann spuckte sie die zerkauten Kräuter in ihre Handfläche.

»Du sollst dich nicht bewegen, habe ich gesagt!«, herrschte sie Jos an, der entsetzt zurückgewichen war. Sie packte seine Finger und zog den verletzten Arm wieder her. Flink strich sie die grüne Paste auf die blutende Wunde und band dann den Leinenstreifen fest darum.

»Fertig!«, sagte sie stolz. »Du wirst keine Beschwerden mit deiner Wunde haben«, versicherte sie ihm freudig, doch Jos hatte die Augen zusammengekniffen, sein Gesicht war zu einer Grimasse verzerrt. Nicht dass ihn die Wunde so sehr schmerzte. Im Gegenteil, er spürte sie fast gar nicht. Nein, es war eine andere Qual, die ihn heiß durchzuckte.

Nun war es geschehen! Er hatte weder auf Sara noch auf seine Mutter hören wollen, die ihn oft genug gewarnt hatten. Das Leben, das er bisher geführt hatte, war zu Ende. Er hatte seine Ehre und seine Ehrlichkeit verloren — für immer. Nun würde er als Ausgestoßener sein Dasein fristen, von der Gemeinschaft der Menschen gemieden. Leise stöhnte er auf.

Rebecca zog ihre Hand zurück.

»Jos«, sagte sie leise, »fürchte dich nicht. Es wird niemand erfahren. Du bist kein anderer als der, der du noch vor wenigen Augenblicken warst, nur weil ich deine Wunde versorgt habe.«

Langsam öffnete er die Augen. »Selbst wenn ich alle um mich herum belüge und betrüge, mich selbst kann ich nicht täuschen und es wird mir immer vor Augen stehen: Ich habe meine Ehrlichkeit verloren!«

»Wann?«, fragte sie mit rauer Stimme.

Jos sah sie verständnislos an.

»Sage mir, wann genau du deine Ehre eingebüßt hast. Als du mich bemerkt hast und an mich dachtest? Als du mir das erste Mal in die Augen sahst? Als du meine Hand berührtest oder als ich deine Wunde verband, damit sie nicht fault?«

Bei ihren letzten Worten schloss Jos schaudernd die Augen.

»Was glaubst du, wann das Weib des Stättmeisters ihre Ehre verlor oder die reiche Büschlerin oder der Schultheiß? Als sie im Schutz der Dunkelheit zu meinem Vater kamen und sich Amulette und Heiltränke geben ließen? Als der Seybold sich den Arm einrichten ließ oder der junge Junker Keck sein Bein? Glaubst du, ihre Kräuter habe ich nicht berührt? Glaubst du, Vater trug Handschuhe, als er die Wunden versorgte?«

»Nein, das nicht«, sagte Jos gequält und wich Rebeccas Blick aus. »Aber das ist etwas anderes. Unsere Körpersäfte haben sich vermischt. Wie kann ich da noch behaupten, ich hätte Ehre?«

Rebecca stieß einen gereizten Laut aus, doch ihre Stimme klang sanft.

»Ich möchte, dass du über meine Worte nachdenkst. Warum wirst du durch die Berührung eines Henkers oder einem Mitglied seiner Familie unehrlich, aber der Finger eines hingerichteten Mörders schützt dich vor dem Bösen? Warum muss der Henker immer Handschuhe tragen, wenn er etwas berührt, das ein ehrlicher Mensch danach anfassen möchte, bekommt aber die Häute verendeter Tiere, die er abgezogen hat, von den Gerbern geradezu aus den Händen gerissen? Warum gehen die Bürger dem Nachrichter am Tag aus dem Weg und lassen sich bei Nacht ihre Wunden von ihm pflegen?«

»Weil, weil ...«, Jos verstummte. »Ich kann es dir nicht sagen«, rief er nach einer Weile. »Es ist einfach schon immer so gewesen.«

»Du solltest nicht härter mit dir sein, als es der Herrgott ist. Warte ab und gräme dich nicht. Wenn es dem Herrn nicht gefällt, dann wird er dich dafür strafen«, sagte Rebecca.

Jos runzelte die Stirn und schwieg. Der Kienspan brannte herab und verlosch. Erschöpft legte er sich ins Heu und schob den gesunden Arm unter seinen Kopf.

»Es ist alles so verwirrend«, flüsterte er in die Dunkelheit. »Manches Mal weiß ich nicht, was richtig und was falsch, was gut und was böse ist.«

Rebecca kringelte sich im Heu zusammen. »Ich auch nicht, Jos, ich auch nicht«, sagte sie und schloss die Augen.

Die ganze Nacht regnete und stürmte es und ab und zu hörten sie in der Ferne den Donner rollen. Sie lagen im Heu, so weit voneinander entfernt, dass sie sich nicht versehentlich berührten. Beide schliefen nur unruhig. Immer wieder schreckten sie hoch, und als das erste Grau des Morgens durch die Ritzen drang, erhoben sie sich steif. Schweigend traten sie den Heimweg an, über aufgeweichte Wiesen und morastige Waldwege, bis sie das Weilertor erreichten.

* * *

»Wo bist du gewesen?«, hörte Rebecca die Stimme des Vaters hinter sich. Sie klang ganz ruhig, aber das Mädchen ließ sich davon nicht täuschen. Sie ließ das Messer sinken und schob die Zwiebelstücke in eine Schüssel.
»Ich habe Kräuter gesammelt. Hat Michel es Euch nicht gesagt?«
»Doch, das hat er, als ich gestern Nachmittag nach Hause kam, aber wo hast du die Nacht zugebracht?«
»Ich bin dieses Mal weit bis nach Gnadental gewandert«, berichtete Rebecca, ohne von ihrem Gemüse aufzusehen. »Beim Bach, der am Kloster vorbeifließt, wächst besonders guter Frauenmantel. Ich wollte mich vor dem Dunkelwerden auf den Heimweg machen, doch da ist der Gewittersturm hereingebrochen, so als wäre es Zeit für das Jüngste Gericht. Regen und Hagel gingen nieder und die Blitze zuckten.«
»Ja, und?«
»Ich habe mich in eine Scheune geflüchtet, um das Ende des Gewitters abzuwarten, doch es dauerte an, bis die Nacht hereinbrach. Aber sobald es hell wurde, haben wir uns auf den Heimweg gemacht.«
Sie hätte sich auf die Zunge beißen mögen. Zu spät, das Wort war ihr entschlüpft und die Hoffnung, er möge es überhört haben, währte nicht lange.
»Wir? Willst du mir das nicht näher erklären?« Seine Stimme war nun klirrend kalt.
»Ja, das war so, ich war auf dem Weg nach Gnadental ...«

»Sieh mir in die Augen, wenn du mit mir sprichst, und wage nicht mich anzulügen«, herrschte der Henker seine Tochter an. Ihre Lider flatterten, doch dann trafen sich ihre Blicke.

»Ich habe Jos Zeuner, den Siedersknecht aus der Langen Gasse, getroffen«, sagte sie mit klarer Stimme. »Er hatte im Kloster zu tun und so wollten wir auch den Rückweg gemeinsam gehen. Schließlich weiß man in diesen Zeiten nie, was für Gesindel sich in den Wäldern herumtreibt«, fügte sie ein wenig trotzig hinzu. Ihr Vater knurrte nur grimmig.

»Weiter gibt es nichts zu berichten. Wir wurden vom Gewitter überrascht und flüchteten zu einer Scheune. In der Zwischenzeit wurde es dunkel und so blieben wir bis zum Tagesanbruch.«

Äußerlich wirkte der Vater immer noch ruhig, nur seine Augen blitzten. Er hob die Hand und schlug Rebecca hart ins Gesicht. Das Messer fiel zu Boden. Mit zitternden Händen beugte sich das Mädchen herab, um es aufzuheben.

»Warum trittst du die Ehre unserer Familie mit Füßen?«, fragte er bitter. »Du verbringst die Nacht mit einem Mann im Heu und wagst es dann noch, mir trotzig zu kommen.«

»Weil es nichts zu bedeuten hat«, rief Rebecca nun aufgebracht. »Es ist nichts geschehen. Nichts! Nichts! Nichts!«, schrie sie hasserfüllt. »Ihr glaubt doch nicht etwa, ein anständiger Knecht würde die Tochter des Nachrichters anrühren!« Tränen rannen ihr über das Gesicht.

Der Vater sah sie erstaunt an. »Es scheint so, als würdest du das bedauern?«

Rebecca warf das Messer auf den Tisch. Sie wollte davonlaufen, aber der Vater griff nach ihrem Arm und hielt sie fest. »Rebecca, sieh mich an. Ich glaube dir, wenn du mir versicherst, dass du nichts Unehrenhaftes getan hast, doch du musst mir versprechen, dass du so etwas nicht noch einmal tun wirst.« Seine Stimme wurde wieder hart. »Denn sonst wirst du spüren, dass ich zu strafen weiß!«

Das Mädchen hielt seinem Blick stand. »Ja, das weiß ich«, sagte sie leise, wand sich aus seinem Griff und lief die Treppe hinunter in den Garten. Sie spürte die Blicke ihres Vaters in ihrem Rücken.

* * *

Eine Heugabel in der Hand, schlenderte Sara zu einer alten Scheune an der südlichen Begrenzungsmauer des Klosterweilers. Das Dach hing schon bedenklich durch und war an einigen Stellen so beschädigt, dass bei Regen ständig Wasser ins Stroh tropfte. Nun endlich sollte die Scheune abgerissen und eine neue gebaut werden. Doch bevor die Männer damit anfangen konnten, sollten die Mägde Heu und Stroh in die Scheune hinter der Schmiede schaffen.

»Geh schon mal vor«, sagte Ruth, eine dralle Magd mit roten Wangen. »Ich muss noch die Kellertreppe wischen.«

Also schulterte Sara die Heugabel und ging zur Scheune hinüber. Es war merkwürdig ruhig im Weiler. Viele der Mägde und Knechte waren auf den Feldern, der Schuhmacher nach Hall unterwegs, um feines Leder zu besorgen, und der Bäcker lag mit Bauchgrimmen in seinem Bett und schwitzte. Die Kinder halfen auf den Feldern, die Nonnen waren um diese Zeit im Kapitelsaal und die Laienschwestern im Garten beschäftigt.

Sara häufte Stroh auf ihre Gabel und warf es in einen alten Handkarren. Sie summte ein fröhliches Lied vor sich hin. Eigentlich war sie ganz froh, dass Ruth noch nicht da war. Sara konnte die kleine, dicke Magd nicht leiden. Sie war nicht nur unheimlich neugierig, wenn es um die Schwächen und kleinen Geheimnisse der anderen ging, sie breitete diese dann auch gerne vor den Leuten aus, die das ganz bestimmt nichts anging.

Der Wagen war voll. Sara spannte sich vor die Deichsel und zog ihn aus der Scheune. Hinter ihr knackte es. Erschreckt drehte sich Sara um, doch es war niemand zu sehen. Sie nahm die Deichsel wieder in die Hand, zog den Karren zur Schmiede hinüber und leerte ihn dort in der Scheune. Dann machte sie sich auf den Rückweg, um den Wagen wieder zu füllen.

Sara hing ihren Gedanken nach, während sie die spitzen Zinken in das Stroh tauchte und ein Bündel nach dem anderen in hohem Bogen in den Wagen warf. Wieder knackte es merkwürdig. Sie ließ die Heugabel sinken. Vorsichtig machte sie einige Schritte in die Richtung, aus der das Geräusch gekommen war, doch sie konnte nichts entdecken. Noch einmal knirschte es und Saras Blick erfasste den morschen Holzbalken, der die Tenne und das Dach in der Mitte abstützte.

»Heilige Jungfrau«, hauchte sie und wurde blass. Zögernd wankte sie rückwärts, ohne den Holzpfeiler aus den Augen zu lassen. Langsam neigte er sich nach vorn, direkt auf Sara zu. Das Mädchen machte zwei Schritte rückwärts in Richtung Scheunentür, stolperte und fiel neben dem Wagen auf den Rücken.

»Nein!«, kreischte sie und schlug sich die Hände vors Gesicht, doch ihr Schrei ging in dem ohrenbetäubenden Prasseln von berstendem Holz unter. Die Stütze kippte und riss Tenne und Dach mit sich. Einen Augenblick standen die Wände noch schwankend da, dann stürzten auch sie mit Donnergetöse in sich zusammen. Eine unheimlich große Staubwolke stieg empor. Wenige Augenblicke später war es wieder still; totenstill.

* * *

Als Erster erreichte Bruder Sebastian die Unglücksstelle. Einen Atemzug lang ließ er seinen Blick über den Berg aus geborstenem Holz, Mörtel und Stroh wandern, dann zog er hastig ein paar Bretter weg.
»Sara? Sara!«
Alles blieb ruhig.
Ein Brett noch in den Händen, blieb der Laienbruder stehen. Da erklang ein Stöhnen und dann ein Schluchzen, das in Husten überging.
»Sara!«
In Windeseile begann Sebastian die Bretter wegzuräumen. Staub und Schutt stoben nach beiden Seiten weg. Er konnte eine Höhlung ausmachen. Der schwere Mittelbalken lag über dem halb eingedrückten Karren. Darüber hatten sich die Bretter des Dachbodens und der Wände wie ein Zelt aufgeschichtet. Sebastian rieb sich die Augen, die vom Staub brannten. Bewegte sich dort etwas? Wieder drang ein Stöhnen an sein Ohr. Mit Feuereifer zerrte er zwei weitere Bretter hervor, um den Zugang zu erweitern.
»Halt, halt!«, fiel ihm der Schmied in den Arm. »Nicht so hastig, sonst gerät alles ins Rutschen und erdrückt sie vollends.«
»Aber ...«, widersprach Sebastian, doch Bruder Hartmann schob ihn einfach weg.

Einen Augenblick lang starrten sich die Männer feindselig an, dann gab Sebastian nach. Bedacht räumte der Schmied die Trümmer beiseite oder schob Bretter hinein, um andere abzustützen. Ruth kam mit glühenden Wangen über den Hof gerannt und stellte sich neben Bruder Sebastian.

»Sicher ist Sara jetzt flach wie ein Eierkuchen«, sagte sie ungerührt und stemmte die Hände in die Hüften.

»Nein«, sagte Sebastian bestimmt. »Sie lebt!«

Nun kam auch die Bursnerin mit wehendem Schleier angelaufen, um zu sehen, was passiert war. Ihr Gesicht, das sonst meist Arger oder Unwillen zeigte, war dieses Mal voller Besorgnis.

»Wie konnte das geschehen?«, wollte sie wissen.

Endlich war Bruder Hartmann mit seinem Werk zufrieden und kroch nun in die Trümmer. Inzwischen hatten sich auch die Mägde und Laienschwestern aus dem Garten eingefunden und beobachteten mit angehaltenem Atem, wie der Schmied unter den Resten der Scheune verschwand.

»Ganz ruhig«, brummte er. »Ich hole dich da raus.«

Sara stöhnte und hustete. Der Staub brannte in Hals und Augen. Sie lag auf dem Rücken, doch sie konnte sich nicht bewegen. Etwas drückte sie zu Boden. Ihr linker Arm sandte stechende Wellen des Schmerzes aus. Plötzlich fühlte sie eine Hand, die über ihr Gesicht glitt und dann an ihrem Körper entlangtastete.

»Was tut dir weh?«, fragte Bruder Hartmann und zerriss ihr Hemd, das unter einem schweren Balken eingeklemmt war.

»Der linke Arm und mein Fuß, und mein Kopf dröhnt so sehr«, stöhnte Sara.

»Kannst du mit den Zehen wackeln?«, fragte er.

»Ich weiß nicht«, jammerte sie.

»Dann versuche es!«, befahl ihr der Schmied streng.

»Ja, ich denke schon«, wimmerte Sara.

Sie stöhnte auf, als der Schmied seinen eisenharten Arm unter ihrer Achsel durchschob und um ihre Brust legte. Seine Muskeln spannten sich an. Er stöhnte, doch es gelang ihm nicht, Sara herauszuziehen.

»Mein Fuß«, schrie sie. »Mein Fuß ist eingeklemmt.«

Der Schmied ließ sie los. »Lass mich mal sehen.«

Er zerquetschte ihr fast den Brustkorb, als er halb über sie hinwegkroch, um zu sehen, was sie festhielt.

»Pass auf. Ich versuche das Brett kurz anzuheben. Dann ziehst du den Fuß darunter hervor, klar?«

»Ich versuche es«, schluchzte das Mädchen.

»Lass dich nicht so hängen«, herrschte sie Bruder Hartmann an. »Ich zähle bis drei und du ziehst dann den Fuß heraus!«

Er rutschte noch ein Stück weiter, holte ein paar Mal tief Luft und stemmte seine riesigen Hände gegen das Brett. Dann begann er zu zählen. Bei drei quollen die Muskeln hervor, er stieß ein Stöhnen aus. Das Holz ächzte und knirschte. Plötzlich verschwand der schmerzhafte Druck von ihrem Knöchel. Sara biss die Zähne zusammen und zog das Bein an den Körper. Kaum einen Augenblick später ließ der Schmied das Brett mit einem Keuchen wieder herunterkrachen. Schwer atmend kroch er zurück und umfasste wieder Saras Brust. Stück für Stück robbte er rückwärts und zog das Mädchen in seinen Armen mit sich.

Die plötzliche Helligkeit ließ Sara blinzeln. Sie hörte viele Stimmen um sich herum. Gesichter schoben sich neugierig über sie. Sie wollte sich aufrichten, doch der Schmied drückte sie auf den Boden zurück.

»Lass erst einmal sehen, was von dir noch heil ist«, sagte er mit besorgter Stimme, zog behutsam ihren Strumpf aus und betastete den Knöchel.

»Alles noch dran«, stellte er erleichtert fest und nahm sich dann den aus zahlreichen Rissen blutenden Arm vor. »Steht auf, Bruder«, sagte eine hohe Stimme in scharfem Ton. »Es ist nicht nötig, dass Ihr die Magd unzüchtig befingert und sie vor den Augen der Männer hier entblößt!«

Der Schmied erhob sich und sah die kleine, schrumplige Nonne wütend an.

»Es wird Euch sicher freuen, zu hören, dass ihr Bein nicht gebrochen ist und auch die Wunden nicht besonders tief sind, Schwester Ester.«

Die Siechenmeisterin beugte sich herab und zog Saras zerrissenen Rock züchtig bis über die Knöchel herab.

»Soll ich sie ins Hospital hinübertragen?«, bot der Schmied an, doch Schwester Ester lehnte ab.

»Wenn ihr Bein nicht gebrochen ist, kann sie selbst hinübergehen. Ruth und Gertrude werden sie stützen.«

Der Schmied und die Nonne starrten sich hasserfüllt an. Ruth und Gertrude halfen der Verletzten aufzustehen. Die Kleider zerrissen, das Haar unordentlich unter der Haube hervorquellend, voller Staub und Blut, legte Sara ihre Arme um die Magd und die Laienschwester. Mit schmerzverzerrtem Gesicht humpelte sie zum Klostertor hinüber, durch die Halle und den Gang entlang zum Siechenspital. Dort gab es drei Kammern. Eine für leidende Männer, eine für erkrankte Mägde und Laienschwestern und eine, in der die Nonnen gepflegt wurden. In der ersten Kammer lag ein Knecht mit einer schweren Kopfwunde, in der hinteren zwei Novizinnen mit fiebrigem Husten. Die Kammer der Mägde war leer.

Auf Anweisung der Siechenmeisterin eilte eine der Laienschwestern davon, um zwei Linnen zu holen. Das erste breitete sie auf der schmalen Matratze aus, mit dem zweiten deckte sie Sara zu, nachdem sich die Verletzte mühsam mit Ruths Hilfe aus ihren zerrissenen Kleidern geschält hatte. Mit einem Seufzer sank Sara auf das Lager und schloss die Augen. Noch immer dröhnte es in ihrem Kopf.

»Sieh zu, ob du das Hemd und den Rock nähen kannst«, hörte sie die schrille Stimme der Siechenmeisterin. »Und wasch die Sachen!«, befahl sie. »Und nun alle raus! — Nein, nicht du, Irmgard«, herrschte sie die Laienschwester an. »Du kannst sie waschen und ihre Wunden säubern. Ich sehe sie mir nachher an.«

Die Laienschwester knickste und ging davon, um eine Waschschüssel zu holen. Es dauerte eine Weile, dann hörte Sara Schritte und das Linnen wurde weggezogen. Ein nasser, warmer Lappen fuhr ihr über das Gesicht.

»Kannst du dich aufsetzen?«, fragte Schwester Irmgard freundlich.

Sara stemmte sich hoch und öffnete die Augen. Alles drehte sich um sie herum und plötzlich wurde ihr übel. Ihr Magen krampfte sich zusammen und sie erbrach sich in die Waschschüssel. Noch immer lächelte die Laienschwester freundlich, als sie Sara den Mund abwischte, sie wieder zudeckte und dann hinausging, um frisches Wasser zu holen. In Saras Kopf hämmerte der Schmerz. Dennoch ließ sie sich willig hin und her wenden und dann zu einer Schale heißer Suppe überreden. Die Siechenmeisterin kam kurz und untersuchte die Wunden, dann befahl sie Irmgard Sara zu verbinden.

Endlich verschwanden die Hände, die sie drückten und hoben und ihrem Kopf immer neue Wellen der Qual bereiteten. Es wurde dunkel und Sara fiel in einen unruhigen Dämmerschlaf. Einmal schreckte sie hoch und riss die Augen auf, doch der stechende Schmerz in ihrem Kopf warf sie wieder auf ihr Lager zurück. Es war ihr, als stünde ein großer Mann mit einem dunklen Umhang vor ihrem Bett. Er streckte die Arme nach ihr aus. Das kann nicht sein, sagte eine vernünftige Stimme in ihr. Wie soll ein Mann in die Krankenkammer der Mägde gelangen?

Es ist der Tod, der seine Hand nach dir ausstreckt, raunte ihr eine andere Stimme zu. Spürst du nicht seine eisige Kälte? Hörst du nicht seinen keuchenden Atem?

Sara versuchte die Schwärze um sich herum zu vertreiben. Unruhig warf sie sich von einer Seite auf die andere. »Jos!«, schrie sie. »Hilf mir!«

Dann fuhr sie hoch und riss die Augen auf. Eine Hand wischte ihr mit einem kühlen Lappen über die Stirn.

»Schsch, ganz ruhig«, sagte Schwester Irmgard, die beim Schein einer Lampe an ihrem Bett saß. »Du hast nur geträumt!«

Sara sank zurück. Sie fühlte die beruhigende Hand auf ihrer Stirn und schlief ein. Erst als die Nonnen in die Kirche eilten, um die Sonne zu begrüßen, verließ die Schwester Saras Lager.

Zwei Tage blieb Sara in der Krankenkammer, dann schickte die Siechenmeisterin die junge Magd wieder zur Arbeit — obwohl Saras Arm noch recht steif war, sie das Bein hinkend nachzog und ihr Kopf noch immer dröhnend hämmerte. Wenigstens hatte die Bursnerin ein Einsehen und übertrug die Wäsche einer anderen Magd. Dafür musste Sara vom frühen Morgen bis zum Einbruch der Nacht die Gemüsebeete rechen und Unkraut zupfen.

KAPITEL 14

Am Donnerstag stand Rebecca plötzlich im Hof des kleinen Häuschens der Zeuners. Jos, der gerade Feuerholz hackte, ließ vor Schreck beinahe die Axt fallen, als er ihre Stimme hinter sich vernahm.

»Ich habe ihn gesehen!«, verkündete Rebecca aufgeregt.

Jos ließ die Axt sinken und sah sich schnell im Hof um. Zum Glück war niemand zu sehen. Er nahm ein neues Stück Holz und ließ die Schneide herabzischen.

»Wen hast du gesehen?«

»Weder den Papst noch den Kaiser«, antwortete Rebecca verächtlich. »Den Johanniter natürlich. Er führte zwei Jungen und drei Mädchen über die Brücke und schritt dann zum Weilertor.«

Jos schlug noch einmal zu. Zwei Holzscheite fielen zu Boden. Er hob den Blick und sah Rebecca an.

»Was ist denn mit dir passiert?«, fragte er entsetzt und trat näher, den Blick auf ihre geschwollene, bläulich verfärbte Wange gerichtet. Er hob die Hand und näherte sie ihrem misshandelten Gesicht, doch bevor es zu einer Berührung kommen konnte, zuckte er zurück und verschränkte die Hände auf dem Rücken.

»Ach, es ist nichts«, wehrte Rebecca ab und neigte den Kopf, sodass ihr langes schwarzes Haar ins Gesicht fiel und die Wange verbarg.

»Dein Vater?«, fragte Jos zögernd.

Sie nickte widerstrebend. »Das war schon richtig«, verteidigte sie seine Reaktion. »Schließlich kann er es nicht einfach so hinnehmen, dass seine Tochter die Nacht über wegbleibt.«

Jos wollte etwas erwidern, doch er schluckte es herunter. Sie hatte Recht. Welcher Vater hätte anders reagiert? Und dennoch kam es ihm seltsam vor, dass der Henker, wie jeder andere Bürger auch, die Unschuld und Ehre seiner Tochter zu schützen suchte.

Rebecca schien die Erinnerung an die unangenehme Unterhaltung mit ihrem Vater abzuschütteln. Bestimmt sagte sie: »Beeile dich! Hast du nicht gehört: Er ist wieder mit Kindern nach Gnadental unterwegs. Dieses Mal wird er uns nicht entkommen!«

Jos sah sie verdattert an. »Ja, aber was sollen wir tun? Ich muss morgen eine Weinfuhre für den Blinzig begleiten und du wirst kaum deinen Vater wieder erzürnen wollen.«

Rebecca verschränkte die Arme vor der Brust. »Dann geht es dir morgen eben so schlecht, dass du nicht für den Sieder arbeiten kannst«, sagte sie ungeduldig. »Lass dir etwas einfallen. Ich jedenfalls werde gehen. Wenn du nicht willst, dann auch ohne dich. Vater ist zu einer Hinrichtung nach Ilshofen gereist. Er wird erst am Sonntag zurück sein und Michel wird mich nicht verraten.«

Jos schüttelte ungläubig den Kopf. »Du würdest alleine gehen und den unheimlichen Mönch verfolgen?«

»Ja«, sagte Rebecca knapp.

Jos hatte sich schon die Worte zurechtgelegt, mit denen er sie davon überzeugen wollte, dass er morgen unmöglich von seiner Arbeit fernbleiben konnte — doch dann verwarf er sie wieder. »Warum tust du das?«, fragte er neugierig. »Liegt dir Anna so am Herzen?«

Rebecca hob die Hände. »Ja und nein. Ja, sie tut mir Leid mit ihrer vergeblichen Hoffnung, ihre Brüder würden sie holen, und nein, das ist es nicht mehr alleine. Je tiefer wir in diese Sache eintauchen, desto mehr habe ich das Gefühl, etwas Ungeheuerliches geht da draußen vor sich. Ich will es wissen und ich will dem ein Ende setzen!«

Jos schwieg verblüfft. Langsam legte er die Axt auf den Boden und schichtete die Scheite in einen Korb.

»Warte hier. Ich werde dich begleiten.«

Kurz darauf wanderten die beiden durch das Heimbachtörchen. Dieses Mal waren sie besser für ihr Abenteuer gerüstet. Jos hatte eine Lampe und Öl dabei, Proviant, einen langen Wanderstab und einen warmen Umhang. Sein Messer und ein Stück Seil vervollständigten seine Ausrüstung. Auch Rebecca trug einen prall gefüllten Beutel über der Schulter.

»Wie geht es Anna?«, fragte Jos, als sie Heimbach durchquerten.

»Die sichtbaren Wunden heilen«, sagte Rebecca. »Aber die Wunden ihrer Seele müssen tief sein. Sie hat noch immer kein Wort gesprochen.«

Es dämmerte bereits, als sie den Waldrand bei Rinnen erreichten. Jos und Rebecca warteten oben an der Hangkante, bis es dunkel war. Ein schwacher Sternenglanz wies ihnen den Weg und schon bald tauchte die Scheune als schwarzer Schatten vor ihnen auf. Sie lauschten angestrengt, bevor sie die Tür öffneten und hineinschlüpften.

Wie erwartet war die Scheune leer. Bruder Contzlin musste die Kinder durch den Gang ins Kloster gebracht haben. Nun hatten sie nur noch abzuwarten, wann er sie denselben Weg wieder herausbrachte, um die Wanderung zum Bestimmungsort der Bettelkinder fortzusetzen.

Die beiden gruben eine Kuhle ins Heu und richteten sich ein bequemes Lager, sodass sie nicht leicht entdeckt werden konnten. Draußen war es jetzt ganz still. Der einzige Laut, der zu hören war, war der Ruf einer jagenden Eule.

»Rebecca«, wisperte Jos nach einer Weile. »Glaubst du es wirklich?«

»Was?«, fragte sie.

»Dass ich immer noch ein ehrlicher Mensch bin.«

»Aber ja!«

Jos schwieg. Seine Gedanken wirbelten im Kreis und Schweißperlen standen auf seiner Stirn. Obwohl es so dunkel war, kam es ihm vor, als könne er Rebeccas Gesicht ganz deutlich vor sich sehen. Die Haut an seinen Fingerspitzen prickelte, sein Magen machte seltsame Bewegungen. Eine unheimliche Macht zog und schob ihn und füllte ihn aus, bis nichts mehr in ihm Platz hatte, als der Wunsch, sie zu berühren.

»Rebecca?«, flüsterte er heiser.

»Ja?«

Seine Finger tasteten über ihren Handrücken und dann ihren Arm hinauf. Sie wanderten am Rand ihres Hemdes entlang, glitten über die straffe, warme Haut ihres Halses und dann tiefer, bis der Ansatz ihrer Brust sich unter ihnen erhob. Jos hielt inne. Heiße Wellen der Erregung pulsierten durch seinen Körper. Sein Mund war staubtrocken. Einige Augenblicke schwebten seine Fingerspitzen über ihrer bebenden Haut, dann bewegte sich das Mädchen plötzlich. Das Heu knisterte, als sie sich ihm zuwandte. Seine Finger huschten über ihre Schultern und blieben dann auf ihrem Rücken liegen.

Erst zögernd, dann immer fester legte er seine Arme um sie. Er fühlte den biegsamen Rücken unter dem Kleid und ihre Brüste heiß an sein Hemd gedrückt.

»Ich habe das noch nie gemacht«, flüsterte Jos heiser. »Ich meine, noch nie habe ich ein Mädchen so berührt.« Er spürte ihren Atem im Gesicht und ihre Wärme. Er roch ihren Körper, der nun ganz dicht an den seinen gepresst war. Wieder raschelte das Heu und dann fühlte er ihre samtweichen Lippen auf den seinen. Eine Weile hielten sie ganz still, so als wären sie beide überrascht, doch dann verstärkte sich der Druck der Hände und Arme. Rebeccas Lippen öffneten sich leicht und Jos schmeckte in entzückter Verwunderung die süße Feuchte. Die quälenden Gedanken lösten sich in nichts auf. Es gab für sie einfach keinen Raum mehr in ihm, zu sehr war er von diesen neuen, wunderbaren Gefühlen erfüllt. Sein Atem wurde schneller, als er seine Zungenspitze zwischen ihre Zähne schob und dann ganz zart auf ihre Lippe biss. Seine Finger wühlten in ihrem offenen Haar, doch plötzlich schreckte Rebecca zurück und legte Jos ihre Hand auf den Mund. Jos wollte gerade protestieren, da hörte auch er das Geräusch. Der Wind trug die leisen Stimmen der Nonnen zu ihnen herüber. Es musste also um die zweite Stunde herum sein, doch das war es nicht, was Rebecca aufgeschreckt hatte. Da war noch ein anderes Geräusch: Schritte und Stimmen tief unter der Erde!

Rasch rollte sich Rebecca zur Seite und kauerte sich dann in der Kuhle zusammen. Die Geheimtür in dem alten Fass seufzte, das Licht einer Lampe huschte durch die Scheune, gedämpfte Kinderstimmen flüsterten in der Nacht.

»Schsch, seid ruhig«, zischte der Johanniter scharf. »Folgt

mir und trödelt nicht herum. Wir haben noch einen weiten Weg vor uns.«

Das Flüstern erstarb. Wie stumme Schatten eilten die Kinder durch die Scheune und schlüpften durch die Tür. Mit einem Knarren fiel sie zu und dann war es wieder finster und still.

* * *

Jos und Rebecca warteten noch einige Atemzüge, dann kletterten sie über den Heuberg und huschten zur Tür. Vorsichtig, damit sie nicht quietschte, schob Jos sie auf und zwängte sich durch den Spalt. Rebecca folgte ihm. Langsam ließ er die Tür zurückgleiten, dann sah er sich um.

»Da«, wisperte Rebecca. »Sie gehen nach Süden.«

Der Johanniter hatte die Lampe gelöscht und nun wanderte er mit den Kindern im Sternenlicht das sich weitende Tal der Bibers entlang. Jos und Rebecca folgten in einigem Abstand. Sie mussten aufpassen, dass sie die kleine Gruppe nicht verloren, doch zu nahe durften sie auch nicht herankommen, denn schließlich wollten sie nicht riskieren entdeckt zu werden.

Die Nacht war kühl und sternenklar. Ein leichter Wind von Westen strich durch die Baumwipfel. Nach einer Stunde erreichten sie den Weiler Michelfeld. Bruder Contzlin schritt einen weiten Bogen um die schlafenden Gehöfte, dennoch schlug ein Hund an, beruhigte sich aber gleich wieder, als er merkte, dass die Fremden nicht näher kamen. Als die strohgedeckten Häuser und Ställe hinter ihnen lagen, drehte der Mönch wieder nach Süden und wandte sich dann immer weiter nach Osten.

»Wo will er nur hin?«, flüsterte Jos, der vor Anspannung ganz nervös war.

»Sei ruhig und warte ab, dann wird er uns führen«, wisperte Rebecca zurück.

Eine weitere Stunde verging. Wieder tauchten Häuser auf und verschwanden in der Nacht.

»Hast du eine Ahnung, wo wir sind?«, brach Jos abermals das Schweigen.

Rebecca zuckte die Schultern und sah zum Sternenhimmel empor. »Hm, nach Süden und dann nach Osten. Vielleicht Rieden?«

Die schattenhafte Gruppe vor ihnen erreichte eine alte Scheune. Dort ließ der Johanniter Rast machen. Die Kinder setzten sich ins Gras und lehnten sich an die morsche Bretterwand. Vorsichtig schlichen Jos und Rebecca näher.

Plötzlich hob Rebecca die Hand und deutete aufgeregt nach vorn, doch auch Jos hatte die hoch gewachsene, schlanke Gestalt entdeckt, die nun auf den Johanniter zutrat. Sie setzten sich etwas abseits auf einen Baumstamm und begannen sich in leisem Ton zu unterhalten.

»Ich wüsste zu gern, was sie da besprechen«, raunte Jos und rutschte unruhig hin und her. »Warte hier, ich schleiche mich näher an sie heran, damit ich verstehe, was sie sagen.«

»Nicht, Jos. Bleib hier!«, beschwor ihn Rebecca, aber da war er auch schon verschwunden und ihr blieb nichts anderes übrig, als zu warten und zu hoffen, dass alles gut ging.

Jos kroch auf allen vieren durch das Gras. Er suchte die Deckung einiger verwilderter Rosenbüsche und umrundete die Scheune in einem weiten Bogen. Fast geräuschlos huschte er weiter. Der Mond hatte sich hinter einer Wolke verborgen. Endlich erreichte Jos den letzten Busch und kauerte sich dahinter. Von hier hörte er zwar die Stimmen der beiden Männer, konnte aber noch immer ihre Worte nicht verstehen.

Sollte er es wagen, noch näher heranzukriechen? Er zögerte einen Moment, doch dann ließ er sich wieder auf alle viere sinken und kroch Stück für Stück näher.

»Zwei sind geflohen, doch unsere Hunde haben sie schnell wieder eingefangen. Sie waren so dumm auf dieser Seite des Kochers zu bleiben.«

Der Mönch machte eine zornige Handbewegung. »Das darf nicht wieder passieren! Nicht solange die Verträge noch nicht unterzeichnet sind. Kaum vorstellbar, was geschehen würde, wenn die Kinder einen der Weiler oder gar die Stadt erreicht hätten!«

Der Mond kam wieder hinter den Wolken hervor. Jos presste sich ins Gras und rührte sich nicht. Ja, er wagte kaum zu atmen. Plötzlich kitzelte ein Grashalm in seiner Nase. Jos zuckte zusammen. Er spürte den überwältigenden Drang zu niesen. Hastig presste er sich die Hand vor Mund und Nase, doch da war es schon zu spät. Seine Hand verwandelte das Niesen zwar in ein dumpfes Grunzen, dennoch erstarben die Stimmen der Männer sofort.

»Was war das?«, sagte der Dünne und sprang auf. Auch der Mönch erhob sich und griff an seinen Gürtel. Jos sah seine lange Klinge im Mondlicht blitzen.

Oh, Gott, hatten sie ihn entdeckt? Nein, sie sahen sich suchend um und versuchten die Nacht mit ihren Augen zu durchdringen.

»Ein Tier«, sagte der Fremde und ließ sich wieder auf den Holzstamm sinken.

»Vielleicht«, meinte der Mönch und machte einen Schritt auf Jos zu. »Vielleicht aber auch nicht.«

Heilige Jungfrau, steh mir bei, ich flehe dich an, dachte Jos und starrte zu dem kräftigen Mann hoch, der kaum fünf Schritte weit wegstand und sich aufmerksam umsah. Da trafen sich ihre Blicke und Jos war es, als spüre er die Klinge in seiner Brust. Mit einem unterdrückten Schrei sprang er auf und lief los. Egal, wohin, nur weg, so schnell seine Beine ihn tragen konnten. Der Mönch reagierte sofort. Die Klinge gezückt, rannte er hinter Jos her. Er hatte lange, kräftige Beine, und ehe es sich Jos versah, schloss sich ein eisenharter Griff um seinen Arm und riss ihn zurück. Das Messer blitzte. Der Schmerz in seinem Rücken durchfuhr Jos wie ein Feuerstrahl. Er schrie auf und versuchte sich loszureißen. Da brach der Tumult los. Ein schwerer Gegenstand schlug dröhnend gegen die Scheunenwand, die Kinder schrien auf, doch eine Mädchenstimme übertönte sie noch.

»Hierher, Männer!«, schrie Rebecca und noch ein Holzscheit schlug gegen die Wand. »Wir haben sie, hierher! Schlagt sie nieder! Lasst sie nicht entkommen!«

Für einen Moment zögerte der Mönch. Jos nutzte die Chance. Mit einem Ruck riss er sich los und lief weiter. Wieder erklang Rebeccas Stimme. Der zweite Mann eilte auf sie zu. Nun war es auch für das Mädchen Zeit, die Flucht zu ergreifen. Sie raffte ihre Röcke und lief den Weg zurück, den sie gekommen waren.

Bruder Contzlin sah zur Scheune hinüber, dann dem Flüchtenden hinterher. Zu spät nahm er die Verfolgung wieder auf. Jos rannte über eine Wiese und verschwand im düsteren Wald.

* * *

Kaum knarrten die großen Flügel des Lullentors an diesem Morgen, drängte sich Jos schon in die Stadt hinein. Beunruhigt eilte er zum Haus des Henkers, dort war alles still. Zögernd ging er in den Garten und zum Ziegenstall, doch er konnte keine Spur von Rebecca entdecken. Er warf einen Blick in den Stall und den Holzschuppen, doch auch Anna war nicht da. Als Jos sich umdrehte, stand plötzlich ein blonder Knabe vor ihm und musterte ihn neugierig.

»Was suchst du hier?«, fragte er mehr neugierig als abweisend.

»Ist Rebecca da?«, stotterte Jos.

»Nein«, sagte der Knabe.

»Ich meine, hast du sie heute Morgen schon gesehen?«, drängte Jos.

»Ich wüsste nicht, was es dich angeht«, gab Michel zurück.

»Ich möchte nur wissen, ob es ihr gut geht und sie gesund ist«, bat Jos verzweifelt.

Der Sohn des Henkers sah den Besucher misstrauisch an. »Nein, ich habe sie heute noch nicht gesehen«, antwortete er dann, »doch ich würde dir nicht raten, das meinem Vater gegenüber zu erwähnen.«

Jos versicherte dem Jungen, dass ihm nichts ferner läge. Der Nachrichter war der letzte Mensch, den er zu sprechen wünschte. Ihn interessierte nur, was mit Rebecca geschehen war.

Besorgt schlich er von dannen. Ihm war heute gar nicht nach Arbeit, doch er konnte es sich nicht leisten, keine Münzen mit nach Hause zu bringen oder den Sieder gar so zu verärgern, dass er ihn hinauswarf. Deshalb eilte er zu Hans Blinzig, um seine Aufträge für heute entgegenzunehmen.

»Ach, gibt es dich auch noch!«, begrüßte ihn der Sieder ärgerlich. »Du kommst spät! Der Fuhrmann ist schon weg!«

»Verzeiht, es geht mir gar nicht wohl«, stotterte Jos mit hochrotem Gesicht. »Ich hatte heute Nacht grimmige Schmerzen im Leib und konnte mich kaum vom heimlichen Gemach entfernen«, log er.

»Wirst am Abend einen über den Durst getrunken haben«, grunzte der Sieder, doch da er sich schon nicht mehr ganz so wütend anhörte, senkte Jos nur den Blick und murmelte noch eine Entschuldigung.

»Also, Bursche, hör her. Du kannst die Salzschilpen von letzter Woche aufladen und fünf Fässer mit weichem Salz füllen. Dann kommst du wieder her und ...«

Jos nickte, konnte sich jedoch kaum auf die Worte des Sieders konzentrieren. Was war mit Rebecca geschehen? Hatten die Männer sie gefangen genommen? Hatten sie ihr gar etwas angetan?

Jos schwitzte und keuchte, als er die schweren Salzplatten zum Karren trug. Die Wunde in seinem Rücken brannte wie Feuer. Immer wieder riss sie auf und gelbliche Flecken breiteten sich auf Jos' Hemd aus. Er biss die Zähne zusammen und arbeitete wie ein Wilder, dennoch ließ sich seine Angst, die sich zu Panik weitete, nicht verdrängen. Endlich hatte er seine Pflichten erledigt. Er griff nach seinem Bündel und rannte die steilen Gassen zur Henkersbrücke hinunter. Er betete, Rebecca möge unversehrt auf der Brücke sitzen, doch es war Michel, der mit finsterer Miene den Holzzoll einkassierte. Jos drängte sich durch die Menschen und Karren und rannte weiter durch die Weitervorstadt, bis er außer Atem das Haus des Henkers erreichte. Der Schnitt in seinem Rücken schmerzte nun unerträglich. Er schritt

216

weiter zum Garten und blieb dann schwer atmend stehen.

»Sieh an, wer kommt denn da zu Besuch?«, sagte Rebecca lässig und reichte Anna, die neben ihr im Gras saß, einen Apfel.

Tränen der Erleichterung standen in Jos' Augen. »Du bist da«, stieß er hervor.

Rebecca lächelte ihn an. »Aber ja, wo sollte ich denn sonst sein?«

Jos wankte heran und ließ sich neben den beiden Mädchen ins Gras fallen. »Der Heiligen Jungfrau sei Dank«, seufzte er.

»Du wirst doch nicht etwa eine Kerze zu meiner Rettung gestiftet haben?«, neckte ihn das Mädchen und sah ihm in die Augen. Er erwiderte ihren Blick.

»Ich hätte es getan, wenn der Sieder mir nur einen Moment Ruhe gegönnt hätte.«

Eine Weile schwiegen sie und sahen sich nur an, dann schickte Rebecca Anna zum Schlafen in den Stall. Das Mädchen erhob sich und ging.

»Wie bist du ihnen entkommen?«, drängte Jos mit gesenkter Stimme.

»Ich kann schnell laufen«, antwortete Rebecca leichthin, »doch der dünne Kerl war auch nicht schlecht zu Fuß. Er hat mich eingeholt und bekam mein Haar zu fassen.«

Jos sog scharf die Luft ein. »Und dann?«

»Ich habe mich gewehrt, ihn gebissen und ihm einen kräftigen Tritt zwischen die Beine verpasst«, antwortete Rebecca, als wäre das ein Kinderspiel. »Dann hat er mich losgelassen und ich bin weitergerannt.«

»Der Jungfrau Maria sei Dank«, stieß Jos hervor und ließ sich ins Gras sinken. Er zuckte zusammen, als seine Wunde wieder aufriss.

»Was hast du?«, fragte Rebecca.

»Nicht so schlimm. Der Johanniter hat mich mit seinem Messer am Rücken gestreift. Es kann nicht tief sein.«

Rebecca sprang auf. »Komm herein, ich sehe es mir an.«

»Es ist doch nur ein Kratzer«, wehrte Jos ab und beäugte schaudernd die offene Hintertür des Nachrichterhauses.

»Nun stell dich nicht so an«, schimpfte Rebecca. »Es wird dich niemand sehen. Vater und Nickel sind in Ilshofen und Michel muss noch mindestens eine Stunde auf der Brücke sitzen.«

Widerstrebend ließ sich Jos von dem Mädchen ins Haus führen. Sie stieg vor ihm die Treppe hoch und öffnete dann die Stubentür. Neugierig trat Jos ein. Hier drin war es stickig warm. Der Boden aus gehobelten Bohlen war sauber gescheuert, die Platte des riesigen Tischs glänzte im Abendlicht. An der Wand gegenüber und links der Tür verlief eine Eckbank, rechts von ihm war der mächtige Kachelofen, der durchaus auch das Haus eines Junkers hätte schmücken können. Vor dem Tisch standen zwei Hocker und ein bequem gepolsterter Scherenstuhl.

»Zieh dein Hemd aus«, befahl ihm das Mädchen, das misstrauisch die gelblichen Flecken auf dem Stoff musterte. »Nun zier dich nicht so!«

Errötend begann Jos sein Hemd aufzuschnüren und legte sich dann, wie Rebecca befahl, bäuchlings auf die Bank. Das Mädchen entzündete den Docht einer Lampe und besah sich aufmerksam die Wunde, die das Messer unter Jos' rechten Rippenbögen hinterlassen hatte. Sie war nicht tief, wie Jos es gesagt hatte, doch die gelbliche Absonderung an den Wundrändern gefiel dem Mädchen gar nicht.

»Rühr dich nicht von der Stelle«, sagte sie streng und eilte hinaus.

Es kam Jos wie eine Ewigkeit vor. Er hörte sie draußen rumoren, während er mit nacktem Oberkörper in des Henkers Stube lag.

»Herr im Himmel«, betete er. »Mach, dass niemand hereinkommt, ich flehe dich an.« Er lauschte angestrengt, ob nicht ein Schritt oder ein Klappen der Tür die verfrühte Rückkehr des Nachrichters ankündigte. Endlich kam Rebecca zurück. Fast wäre ihm ein Schrei entschlüpft, als sie seine Wunde mit einer heißen, brennenden Flüssigkeit auswusch. Dann strich sie etwas Glitschiges darauf, wies ihn an sich auf einen Hocker zu setzen und wickelte einen sauberen Leinenstreifen um seine Brust.

»Danke«, presste er hervor. »Was bin ich dir schuldig?«

»Nichts«, sagte sie gekränkt. »Behalte deine Heller.«

Hastig zog sich Jos sein fleckiges Hemd wieder über.

»Gott vergelte es dir. Ich gehe dann wohl lieber.«

Rebecca hielt ihm die Tür auf. Sie begleitete ihn die Treppe hinunter und blieb dann im Eingang stehen.

»Ich wünsche dir eine gesegnete Nacht«, sagte Jos. Rebecca schwieg. Sie sah ihm nach, wie er in der Dunkelheit verschwand. Eine Träne trat in ihr Auge, lief über ihre Wange und tropfte ins Gras.

KAPITEL 15

Am Sonntag machte sich Jos auf Sara in Gnadental zu besuchen, um von der Entdeckung des Geheimgangs zu berichten. Dieses Mal machte er um das Haus des Henkers einen großen Bogen, bevor er die Stadt verließ. Nicht nur dass Meister Geschydlin und sein Knecht aus Ilshofen zurückgekehrt waren. Jos wusste nicht so recht, wie er nach jener Nacht im Stall Rebecca begegnen sollte, vor allem, da er Sara besuchen würde. Was, wenn Rebecca wieder mitkommen wollte? Da ging er den Schwierigkeiten lieber aus dem Weg und verließ die Stadt heimlich durch das Heimbachtörle.

Es war ein kühler, windiger Apriltag. Graue Wolkentürme eilten über den Himmel und nur ab und zu blinzelte die Sonne hervor. Jos hatte seinen dicken, wollenen Kittel über sein Hemd gezogen und den Umhang über die Schulter geworfen. Hoffentlich würde es nicht regnen. Er schritt weit aus, über die saftig grünen Wiesen, vorbei an bestellten Feldern und den Brachflächen, auf denen Ziegen oder Kühe weideten. Schon vor dem Mittagsläuten erreichte er das Kloster.

Jos fand Sara mit den anderen Mägden und Knechten in der großen Scheune. Ein Spielmann, der auf seiner Reise heute hier genächtigt hatte, hatte seine Fiedel hervorgezogen und spielte eine lustige Weise auf. Einige Paare drehten sich im Kreis, die anderen klatschten fröhlich oder summten die Melodie mit. Zwei Krüge mit würzigem Met kreisten in der Runde. Sara winkte Jos, als sie ihn im offenen Scheunentor entdeckte, und so setzte er sich zu den Feiernden. Eine Weile lauschten sie der Musik und sahen den Tanzenden zu, doch dann kam Schwester Gertrude und setzte dem Ganzen ein Ende.

»Der Lärm ist bis in den Kapitelsaal zu hören«, schimpfte sie, obwohl das zweifellos eine gemeine Übertreibung war. »Schwester Rahel hat mich geschickt. Ihr solltet den Sonntag lieber dazu nutzen, den Herrn zu loben und zur Heiligen Jungfrau zu beten«, richtete sie die Worte der Bursnerin aus. Die Fiedel verstummte. Mägde und Knechte murrten.

»Wir waren heute schon in der Messe«, brummte der Schuhmacher.

»Reicht doch, wenn die Schwestern fünfmal am Tag beten«, stimmte ihm die Magd Agnes zu.

Schwester Gertrude warf ihr einen warnenden Blick zu.

»Rede nicht so von den guten Schwestern, die ihr Leben der Heiligen Jungfrau gewidmet haben.«

»Ja, ja«, murrte Agnes, doch so, dass die Laienschwester es nicht hören konnte. »Sie beten, das stimmt, aber die schwere Arbeit, um das Kloster zu ernähren und zu erhalten, lassen sie uns tun.«

Jos verließ die Scheune. Sara humpelte hinter ihm her.

»Was ist dir denn zugestoßen?«, fragte der junge Mann besorgt.

Sara zog eine Grimasse und erzählte dann die Geschichte der zusammengebrochenen Scheune. Jos erbleichte.

»Und wieder bist du nur knapp dem Tod entronnen!«, keuchte er und griff nach ihrer Hand. »Ist auch wirklich alles in Ordnung?«

»Na ja, mein Kopf brummt noch ganz ordentlich«, gab Sara zu, »und auch der Knöchel und mein Arm brauchen wohl noch ein paar Tage.«

Sie setzten sich im Windschatten auf die Bank hinter dem Backhaus. Fürsorglich legte Jos seinen Umhang um ihre Schulter.

»Und, wie ist es dir ergangen?«, fragte Sara und kuschelte sich an seine Seite.

Jos schüttelte langsam den Kopf. »Ich weiß gar nicht, wo ich anfangen soll«, murmelte er mit einer Verzweiflung in der Stimme, die Sara ein Lachen entlockte.

»Was hast du Schlimmes angestellt, dass du dich scheust es mir zu erzählen?«

Flammende Röte schoss Jos ins Gesicht und er wandte sich ab, damit Sara es nicht sehen konnte. Er winkte dem Schmied zu, der mit einem Pferd am Zügel vorbeiging.

»Ich habe gar nicht geschlafen, als der Mann die Kinder wegbrachte«, sprudelte er plötzlich hervor. »Es gibt einen geheimen Gang, der aus dem Kloster führt, und ich bin dem Johanniter Donnerstagnacht gefolgt, als er die Kinder wegbrachte.«

Sara drückte vor Aufregung seinen Arm. »Wie hast du das alles nur herausgefunden? Sag schnell!« Ihre Wangen glühten. »Wo hat er sie hingebracht und wie hast du von dem Gang erfahren? Das war wirklich heldenhaft von dir!«

Wieder wechselte Jos die Gesichtsfarbe, dieses Mal jedoch vor Stolz. Er rückte noch ein Stück näher zu Sara und begann eifrig mit gesenkter Stimme zu erzählen. Er beschrieb den Gang hinter dem Weinfass, der unter den Klostermauern hindurchführte. Dann berichtete er, wie er in der Scheune auf der Lauer gelegen hatte, bis der

Mönch mit den Kindern durch den Gang das Kloster verließ und sich mitten in tiefster Nacht nach Süden aufmachte.

Sara hielt vor Spannung die Luft an. »Wie konntest du ihnen so ungesehen folgen?«

»Da kam mir die Dunkelheit der Nacht zu Hilfe«, berichtete Jos. »Sie passierten Michelfeld, folgten der Bibers noch eine Weile und wandten sich dann nach Osten. Hinter Rieden legten sie eine Pause ein. Da tauchte plötzlich noch ein Mann auf. Er saß mit dem Johanniter ein Stück weit entfernt. Sie unterhielten sich, aber ich konnte nichts hören. Ich war zu weit weg. Also bückte ich mich ins Gras und kroch leise näher.«

Sara riss die Augen auf.

»Endlich konnte ich ihre Worte verstehen. Ich lag flach im Gras, als ein Halm mir direkt in die Nase fuhr. Ich unterdrückte das Niesen, doch anscheinend nicht gut genug. Der Mönch sprang auf und zog ein Messer.«

Sara stieß ein Stöhnen aus.

»Als er mich entdeckte, sprang ich auf, um zu fliehen, doch er war schneller und griff nach meinem Arm. Ich konnte dem Stoß des Messers ausweichen, die Spitze schlitzte mir dennoch den Rücken auf.«

Jos lüpfte vorsichtig sein Hemd ein Stück. Sara musste einen Schrei unterdrücken. Sie umklammerte Jos' Hände.

»Oh, nein, wie dumm von dir! Wie konntest du nur so leichtsinnig sein! Auch nach dir hat der Tod seine Knochenhand ausgestreckt«, keuchte sie, dann jedoch fiel ihr etwas ein.

»Ja, aber wie konntest du ihm entkommen?«

»Rebecca schrie und machte einen Riesenlärm, sodass die Männer einen Augenblick verwirrt waren und dachten, wir wären noch viel mehr. Dieser Moment genügte mir, um mich loszureißen und im Wald zu entkommen.«

»Rebecca?«, fragte Sara und die Besorgnis war plötzlich aus ihrer Stimme verschwunden. »Sagtest du Rebecca?«

»Ähm, ja«, stotterte Jos verlegen.

»Was hatte denn Rebecca dort zu suchen?«

»Wir haben den Johanniter gemeinsam verfolgt«, sagte Jos leise.

»Willst du damit sagen, sie ist wieder mit dir nach Gnadental gekommen, hat stundenlang mit dir zusammen in der Scheune gewartet und ist dann mit dir nachts durch die Gegend gewandert?«, fragte Sara in gefährlich ruhigem Ton.

»Äh, ja«, gab Jos zu. »Sie hat den Johanniter in Hall entdeckt, als er mit den Kindern aus dem Norden kam.«

»Dann war sie vielleicht auch dabei, als du vor dem Gewitter in der Scheune Zuflucht suchen musstest und den Gang entdeckt hast?« Saras Stimme wurde zunehmend schärfer. »Und hat sie dann auch zufällig die Nacht mit dir im Heu verbracht?«

»Ja, nein, schon, aber nicht, wie du denkst«, stammelte Jos unter ihrem anklagenden Blick.

Sara ließ seine Hände los. »Nicht, wie ich denke? Wie denn dann? Erzähle mir, wie man zwei Nächte ganz harmlos mit der Tochter des Henkers verbringen kann, ohne sich für sein Leben zu beschmutzen?« Sie rückte ein Stück von ihm weg.

»Es ist wirklich nichts geschehen — nichts von Bedeutung, meine ich ...«, hauchte Jos und senkte beschämt den Blick. Sara rutschte noch ein Stück weg und betrachtete ihren Freund voller Ekel.

»Ich habe es geahnt! Dieses Stück Straßenschmutz! Sie hat dich mit ihrem Blick verhext und ...« Sie sah Jos mit zusammengekniffenen Augen an. »Und du, du hattest nichts Besseres zu tun, als deinen Verstand von dir zu werfen und in die Arme dieser Schlange zu sinken — dich ihrem verderbten Atem hinzugeben, dem Gift ihrer Küsse!«

Jos hob abwehrend die Hände.

»Sara, nein, hör auf. So war es nicht.«

»Ach nein?«, höhnte sie bitter. »Dann schwöre mir, dass du sie nicht in deinen Armen gehalten hast. Schwöre mir, dass deine Lippen sich nicht an ihr beschmutzt haben!«

Die Abscheu in ihrer Stimme stach ihm tief ins Herz. Er fühlte flammende Wut, doch auch brennende Schuld. Voller Scham senkte er den Blick.

»Das kann ich nicht«, flüsterte er gequält.

Sara sprang auf und trat zwei Schritte zurück. Sie sah Jos ungläubig an und schüttelte langsam den Kopf. Bis zu diesem Augenblick hatte sie wohl gehofft, sie würde sich irren, doch nun war kein Zweifel mehr möglich.

»Verschwinde von hier!«, keuchte sie. »Du hast deine Ehre für immer verloren. Du bist nun nicht mehr besser als ein Kloakenreiniger oder Henkersknecht. Scher dich fort und geselle dich zu deinesgleichen und wage es nicht mehr, dich mir zu nähern! Du bist es nicht einmal wert, deinen Blick auf mich zu richten!« Tränen schossen in ihre Augen. Jos hatte die Hände erhoben, als könne er die bitteren Worte dadurch abwehren.

»Sara, bitte rede nicht so«, flehte er, aber das Mädchen straffte stolz die Schultern und wischte mit einer raschen Handbewegung die Tränen von ihrer Wange.

»Geh, Jos«, sagte sie leise, doch ihre Stimme zitterte. »Ich habe dir mein Herz geschenkt und wäre dir ein Leben lang eine gute Frau gewesen, du hast jedoch nicht nur deine Ehre gering geachtet, du hast auch mich mit Füßen getreten.« Er wollte etwas erwidern, doch sie schnitt ihm das Wort ab. »Du brauchst keine Angst zu haben, ich werde es niemandem sagen, aber nun befreie mich von deinem Anblick und wage es nicht wieder, dich hier blicken zu lassen.«

Jos erhob sich und trat einen Schritt auf sie zu. »Sara ...«

»Geh nach Hall zu deiner unehrlichen Gespielin«, schluchzte Sara, wirbelte auf dem Absatz herum und eilte davon, so schnell ihr weher Knöchel es zuließ.

Jos stand da und sah ihr mit tränenverschwommenem Blick nach, doch er folgte ihr nicht. Plötzlich legte sich eine schwere Hand auf seine Schulter. Jos zuckte zusammen und fuhr herum.

»Bruder Hartmann«, stotterte er und wischte sich verstohlen mit dem Ärmel über die Augen.

»Lass sie eine Weile in Ruhe«, sagte der Schmied und klopfte dem jungen Mann aufmunternd auf die Schulter. »Wenn ihr Zorn verraucht ist, dann sieht die Welt wieder ganz anders aus und sie wird froh sein, wenn du ihr die vorschnellen Worte verzeihst.«

»Woher wisst Ihr ...? Ich meine, habt Ihr gehört, was sie gesagt hat?«, stieß Jos entsetzt hervor.

Der Laienbruder schüttelte das ergraute Haupt. »Nein, ich habe die Worte eures Streits nicht verfolgt, doch ich konnte sehen, dass eure Harmonie ein plötzliches Ende fand und sie unter Tränen davonlief.«

»Es war so, ich wollte gar nicht ...«, begann Jos verlegen, aber der Schmied legte ihm seinen schwieligen Zeigefinger auf den Mund.

»Du musst mir nichts erklären. Wenn du nichts Unrechtes getan hast, dann ist Gott auf deiner Seite und der Friede zwischen euch wird zurückkehren.«

»Und was ist, wenn ich etwas Unrechtes getan habe?«, hauchte Jos und sah Bruder Hartmann aus großen Augen an.

»Dann gehe hin, beichte und bereue und Gott wird dir verzeihen.«

Jos nickte. »Ja, vielleicht, aber wird auch Sara mir verzeihen?«

»Ich denke schon. Warte es nur ab«, sagte der Schmied und schmunzelte. »Es wird kaum eine Woche vergehen, dann sehnt sie sich schon wieder nach ihrem Freund.«

Trotz der aufmunternden Worte des Laienbruders verließ Jos mit hängendem Kopf den Klosterweiler und machte sich bedrückt auf den Rückweg nach Hall. Er stieg den Hang nach Rinnen hinauf und wanderte dann durch den Wald. Sein Zorn, der erst nur ein winziger Funke war, begann zu schwellen und dann in hellen Flammen aufzulodern. Die Wut verdrängte seine Scham.

Wie konnte sie nur so mit ihm reden? Wie konnte sie ihn mit solcher Abscheu behandeln, so als wäre er gar kein Mensch mehr? Er hatte sein Leben riskiert, um Annas Brüder zu finden, und nun wurde es ihm so gedankt? Jos ballte die Fäuste.

»Ich bin nicht unehrlich!«, schrie er die schweigenden Bäume an. »Und wenn ich Rebecca hundertmal küsse, ich habe Ehre und werde meinen Blick nicht senken und das Haupt nicht beugen«, rief er in den Wind.

»Du hast kein Recht, mich so zu behandeln. Wenn du nichts mehr mit mir zu tun haben willst, bitte, dann werde ich dir meine Freundschaft nicht aufdrängen.« Er ballte die Fäuste und schlug auf die raue Rinde einer alten Tanne ein, bis seine Knöchel bluteten. Erschöpft ließ er schließlich die Arme sinken. Er fühlte sich plötzlich so leer. Ihre Worte hallten in seinem Kopf wider.

»Ich habe dir mein Herz geschenkt und wäre dir ein Leben lang eine gute Frau gewesen.«

Was hatte er nur getan? Doch dann kamen ihm wieder ihre schrecklichen Vorwürfe in den Sinn und erneut kochte der Zorn in ihm hoch.

So wechselten Wut und Niedergeschlagenheit miteinander ab, bis Jos nach Hause kam und von seinen Schwestern belagert wurde, die ihn drängten eine zerbrochene Puppe zu reparieren.

* * *

Sara lief in den Klostergarten und sank weinend hinter einem Holzstapel auf den Boden. Sie verbarg das Gesicht in ihrem Rock und schluchzte leise.

»Was ist denn mit dir los?«

Bruder Sebastian ließ sich neben sie auf den Boden sinken und streckte seine langen Beine von sich.

Sara schniefte und schnäuzte sich in ihren Ärmel. »Ach lasst mich doch in Ruhe«, fauchte sie und blitzte den Laienbruder böse an. Sebastian lachte.

»Oh, wie schnell kann sich eine Frau von einem klagenden Lämmlein in einen gereizten Wolf verwandeln. Ich müsste jetzt erst darüber nachdenken, welche Stimmung ich vorziehe.« Er runzelte angestrengt die Stirn.

Sara schwankte zwischen Zorn und Trauer, Enttäuschung und Abscheu, doch plötzlich lauerte auch ein Lachen tief innen, als sie Sebastians lebhaftes Mienenspiel vor sich sah.

»Ich glaube, ich mag beide nicht«, sagte der Laienbruder, so als erstaune ihn die Erkenntnis. »Ich mag es am liebsten, wenn deine Augen strahlen und sich Grübchen in deinen Wangen zeigen.«

»Da könnt Ihr lange warten«, sagte Sara abweisend und verschränkte die Arme vor der Brust.

»Die Fähigkeit, zu schmollen, scheint allen Weibern von Geburt an eigen zu sein«, bemerkte er ungerührt. »Ich hatte reichlich Gelegenheit, sie bei den Mägden zu studieren — und übrigens auch bei den Schwestern.«

Diese Worte entlockten Sara ungewollt ein Lachen, doch sie biss sich gleich auf die Lippen. Sie wollte sich ihrer Wut und ihrer Trauer alleine stellen. Schließlich hatte sie gerade ihren einzigen Freund verloren. Sie hatte mit ihren Worten die Möglichkeit, das Leben vielleicht eines Tages an seiner Seite zu verbringen, zerstört. — Nein, er hatte mit seinem unverzeihlichen Verhalten seine und ihre Zukunft in Trümmer gelegt!

»Sara, willst du es mir nicht erzählen? Oder soll ich eine der Schwestern holen, dass du ihr dein Herz ausschüttest?«

Die junge Magd schüttelte heftig den Kopf und erhob sich dann steif.

»Nein, ist nicht so schlimm. Ich habe mich nur ein wenig gezankt.« Sie versuchte sich an einem Lächeln. Eigentlich würde es Jos ganz recht geschehen, wenn sie die Schmach jedem auf die Nase binden würde, doch sie würde nicht so tief sinken ihre Ehre zu verraten, nein, sie würde über sein Verhalten schweigen und ihn, trotz seiner großen Schuld, nicht dem Gespött der Menschen aussetzen.

»Suchst du immer noch nach den Kindern aus Hall?«, fragte Sebastian, als er neben Sara auf die Klosterpforte zuging.

»Nein«, brummte Sara unwillig. »Es geht mich nichts an und es ist mir auch egal, wohin die Bettelkinder gegangen sind.«

Sebastian nickte nachdenklich und blieb dann an der Pforte stehen, denn zum inneren Bereich des Klosters hatten die Laienbrüder und Knechte keinen Zutritt. Sara spürte noch seinen Blick im Rücken, als sie in der Eingangshalle verschwand.

* * *

Für Jos stand wieder eine schwere Arbeitswoche auf dem Haal an, daher blieb ihm wenig Zeit zum Grübeln. Und doch konnte er abends, trotz der bleiernen Erschöpfung, keinen Schlaf finden. Saras Worte verfolgten ihn Tag und Nacht. Seine Gefühle wandelten sich schneller als das Aprilwetter und schwankten zwischen Wut auf Sara und Wut auf sich selbst, tiefster Scham über sein Verhalten und überheblichem Stolz. Und dennoch vermisste er Sara und die Vorfreude auf seinen nächsten Besuch, die ihm die Arbeit so oft erleichtert hatte. Wenn er nur die letzten Wochen ungeschehen machen könnte! — Doch wollte er das überhaupt? Wenn er an Rebecca und die Nacht in der Scheune dachte, ging sein Atem schneller. Was für Gefühle konnte ein Kuss auslösen! Wie wäre es dann erst, weiterzugehen, ein Mädchen ganz nackt in den Armen zu halten? Schnell verscheuchte er die Gedanken und eilte in den Regen hinaus, um Feuerholz zu holen.

Warum hatte er Sara nie in seine Arme genommen und geküsst?, fragte er sich. Wie lange sehnte er sich schon danach, doch nie hatte er sich getraut ihr näher zu kommen. Nun war es zu spät. Nun würde er nie erfahren, wie sich ihr Atem anfühlte.

Jos schob die Scheite ins Feuer und rannte dann wieder hinaus. Er arbeitete wie besessen. Sein Haar klebte am

Kopf, seine Kleider waren durchweicht, sein Atem ging keuchend, dennoch hielt er nicht für einen Moment inne. Er aß nicht und trank nicht, bis die Nacht hereinbrach und der Schmerz in seinem Körper den Schmerz seiner Seele betäubte.

Ach Stefan, wenn du wenigstens noch hier wärst, dachte er, als er die letzte Schaufel feuchtes Salz in ein Fass schüttete. Aber auch hier habe ich versagt. Ich bin deinem Mörder keinen Schritt näher gekommen. Er griff nach seinem Umhang, verabschiedete sich höflich von dem Sieder und trat hinaus in den Regen. Die Kapuze weit ins Gesicht gezogen, stapfte er zwischen den Haalhäusern und Holzstapeln hindurch. Plötzlich tauchte eine Gestalt aus dem Nichts auf und griff nach seinem Arm.

»Komm schnell!«, drängte eine gepresste Stimme.

Jos zuckte zusammen. »Rebecca! Was tust du hier?«

»Auf dich warten, was sonst?«, erwiderte sie ungeduldig.

»Rebecca, hör zu, ich muss dir was erklären«, fing er an, während er zurückwich.

»Halt den Mund!«, fuhr ihn das Mädchen rüde an. »Es geht nicht um dich oder mich. Vor kaum einer Stunde hat jemand versucht Anna zu töten!«

Jos verschlug es die Sprache. »Wie? Aber warum? Ich meine, was ist geschehen?«

Rebecca packte wieder seinen Ärmel und zog ihn mit sich. Verwirrt ließ Jos es geschehen und eilte mit ihr über den nächtlichen Haal.

»Ein Mann hat sie in unserer Scheune angegriffen«, erzählte Rebecca leise. »Er hat versucht sie zu erstechen. Nenn es Zufall oder Gottes Fügung, dass ich in diesem Moment noch einmal nach den Ziegen sehen wollte.«

»Und dann?«, flüsterte Jos.

»Ich habe ihm die Mistgabel in den Arm gestochen und da hat er das Messer fallen gelassen.«

Jos stöhnte. »Er hätte dich töten können!«

Rebecca stieß einen rauen Laut aus. »Ja, das hätte er zweifelsohne getan, wenn Vater und Nickel nicht in der Nähe gewesen wären und ich nicht so laut geschrien hätte. Aber so hat er es dann doch vorgezogen, das Weite zu suchen.«

Jos bezahlte dem Wächter zwei Heller, damit er das Türchen öffnete, und folgte Rebecca über die Henkersbrücke.

»Hast du ihn erkannt?«, keuchte Jos, dem die Seite vom schnellen Gehen schmerzte.

»Ja und nein. Seine Stimme ist uns wohl bekannt, doch wir kennen immer noch nicht sein Gesicht.«

Jos blieb stehen. »Du meinst, es war derselbe, der die Männer im Turm töten wollte? Derselbe, der mit dem Johanniter in der Scheune war?«

Rebecca nickte und zog ihn weiter bis zum Haus des Henkers. Jos zögerte nur kurz, dann folgte er ihr die Treppe hoch in die Stube.

Anna lag auf einer Matratze auf dem Boden. Um ihren Kopf war ein inzwischen blutgetränkter Leinenstreifen gewickelt und auch ihre Schulter war bandagiert.

»Das Messer ging zweimal fehl«, sagte Rebecca und kniete sich zu Anna auf den Boden, um den Verband zu wechseln. »Die Wunden sind nicht tief, doch wir müssen dafür sorgen, dass sie nicht eitern.«

Sie sagte wir, aber was konnte Jos schon für das schmächtige Mädchen tun? Verlegen die Hände auf dem Rücken verschränkt, stand er in der Stube des Henkers und sah Rebecca zu, wie sie mit geschickten Händen den Verband wechselte. Plötzlich näherten sich Schritte, und bevor Jos auch nur einen Fluchtgedanken fassen konnte, stand der Henker in der Stube. Sein Blick huschte über Jos und richtete sich dann auf seine Tochter.

»Sie kann hier nicht bleiben«, sagte er ruhig, doch in einem Tonfall, der keine Widerrede duldete. »Nickel soll sie vors Gelbinger Tor zu den Siechen bringen. Die werden sich um sie kümmern.«

»Nein!«, begehrte Rebecca auf und ihre Augen funkelten. »Wenn er vor dem Versuch nicht zurückschreckt, sie in unserem Stall zu ermorden, warum sollte er sie im Siechenhospital in Ruhe lassen?«

Der Henker zuckte die Schultern. »Ich kann mir nicht vorstellen, warum überhaupt jemand versuchen sollte so ein armseliges Geschöpf zu töten.«

Rebecca nickte. »Ja, das ist die wirklich spannende Frage. Ich denke, er hat zwar erfahren, dass sein Versuch, sie zu ertränken, fehlschlug und dass sie bei uns Zuflucht gefunden hat, doch er wusste sicher nicht, dass Anna beschlossen hat nicht mehr zu sprechen.«

Von unten rief Nickel nach dem Meister. Der Henker wiederholte noch einmal: »Hier im Haus kann sie jedenfalls nicht bleiben«, dann drehte er sich auf dem Absatz herum und polterte die Treppe hinunter.

Jos, der vor Spannung die Luft angehalten hatte, ließ sie geräuschvoll entweichen.

»Puh, aber was meinst du damit: Er habe bereits versucht sie zu ertränken?«

Rebecca wischte dem Mädchen mit einem essiggetränkten Tuch das Gesicht ab.

»Ich finde, das liegt klar auf der Hand. Hast du dich nicht auch gewundert, wie es dazu kam, dass sie zwischen den Stämmen ins Wasser fiel, und woher die Wunde an ihrem Kopf stammte?«

»Ja, schon«, antwortete Jos, dem es noch immer nicht in den Kopf ging, dass jemand Anna ermorden wollte.

»Sie hat irgendetwas gehört oder gesehen, das ihrem Mörder nicht passt«, beantwortete Rebecca seine stumme Frage.

»Oder sie hat mit ihrer Suche nach den Brüdern zu viel Staub aufgewirbelt«, meinte Jos besorgt. Sein Gesicht wurde plötzlich bleich. »Aber dann ist nicht nur Anna im Weg. Dann bin auch ich eine Gefahr für ihn — und du auch!«

Rebecca schüttelte den Kopf, dass die schwarzen Flechten flogen. »Mich kann er damit nicht bange machen. Er wird es nicht wagen, sich an der Tochter des Henkers zu vergreifen«, sagte sie stolz.

Jos war sich da nicht so sicher. Grübelnd trat er an den Tisch und ließ den Blick über ein Messer mit blutverschmierter Klinge wandern, das dort auf der sauber geputzten Tischplatte lag. Es kam ihm seltsam vertraut vor. Er fuhr mit dem Zeigefinger über den Griff aus Hirschhorn. Seine Finger umschlossen die glatte Mitte und er hob das Messer ins Licht. Der Lampenschein huschte über das fein eingeritzte Zeichen. Jos stieß einen Schrei aus und warf das Messer wieder auf den Tisch. Rebecca eilte an seine Seite.

»Was ist los? Hast du dich geschnitten?«

Jos war nun kalkweiß im Gesicht. »Es ist ... es ist Stefans Messer! An dem Tag, bevor er ermordet wurde, hatte er es noch bei sich.«

Rebecca wog das Messer in der Hand. »Bist du sicher?«

»Ja!«

Das Mädchen pfiff durch die Zähne. »Damit wird unsere Ahnung zur Gewissheit. Es ist viel mehr an der Sache dran, als wir bisher geglaubt haben. Wir haben nicht nur einen seltsamen Mönch und Kinder, die spurlos verschwinden, wir haben auch einen toten Junker und einen ermordeten Flößer, die in diese Sache verwickelt sind.«

Jos' Finger glitten zitternd über den Messergriff.

»Ja, das gibt der Sache noch einmal ein ganz neues Gesicht. Ich werde am Sonnabend nach Gnadental gehen. Sara muss mir einfach zuhören!« Seine Stimme klang hart und entschlossen. Rebecca sah ihn fragend an.

»Wir ... wir haben uns gestritten«, gab Jos widerstrebend zu und wich ihrem Blick aus.

»Wegen mir?«

Jos antwortete nicht, doch Rebecca wusste Bescheid.

»Aber was machen wir nun mit Anna?«, fragte Jos nach einer Weile und deutete auf die schmächtige Gestalt, die das Gespräch aus tief liegenden Augen verfolgte. »Zu uns kann ich sie nicht mitnehmen.«

Rebecca schwieg einen Augenblick.

»Ich bringe sie morgen nach Gelbingen. Dort wohnt am Hang oben ein alter Einsiedler. Ich habe mich schon oft mit ihm unterhalten. Er kann mit Tieren sprechen und dem Wind befehlen. Ich denke, er wird sie nicht abweisen.«

»Und wie willst du sie dorthin bringen?«

»Nickel muss mir helfen!«

Und so packte Rebecca das verletzte Mädchen am nächsten Morgen in eine Decke und trug sie mit Nickels Hilfe in den Hof hinunter. Sie sah sich rasch um, konnte aber niemand in der Nähe entdecken. Rebecca bettete Anna, so bequem es ging, zwischen die Werkzeuge auf die stinkende Holzpritsche und legte dann ein altes Linnen über sie. Der Wächter am Tor würde sich hüten den Karren des Henkers zu durchsuchen, der höchstwahrscheinlich nach Gelbingen unterwegs war, um ein paar verendete Kühe zu häuten und die Kadaver abzutransportieren.

KAPITEL 16

Am Montag war Sara noch ganz mit ihren wirren Gefühlen beschäftigt, doch bereits am Dienstag kamen ihr die Kinder wieder in den Sinn. Jetzt würde sie nie erfahren, was mit Annas Brüdern geschehen war. Erst wischte sie den Gedanken mit einer Handbewegung fort, während sie jedoch Wäsche in der heißen Lauge rubbelte und dann die langen Leinentücher mit Ruths Hilfe auswrang, drängte er sich immer wieder in ihren Kopf.

Was konnte sie tun? Sie musste behutsam vorgehen, damit Schwester Anna Maria keinen Wind davon bekam. Wen sollte sie fragen? Bruder Sebastian wusste nichts, das war klar. Aber konnte sie es wagen, sich einer der Schwestern anzuvertrauen?

Sara schleppte den Wäschekorb zum Kloster zurück. Da kam Vater Ignatius auf sie zu. Die Magd grüßte und senkte demütig das Haupt. Der Priester nickte mit dem Kopf und schritt hinüber zur Kirche. Würde Vater Ignatius heute die Beichte abnehmen? Sara blieb stehen. Warum nicht gleich den Stier bei den Hörnern packen? Wenn sie ihn während der Beichte nach den Kindern fragte, dann wäre es ihm verboten, das Gespräch weiterzuerzählen.

In der Kirche war es düster und kühl. Sara konnte Vater Ignatius' Gesicht hinter dem Gitter erahnen. Während sie die üblichen Floskeln sprach, grübelte Sara drüber nach, wie sie es anstellen sollte, dass der Pater sie nicht ausfragte, sondern ihr etwas verriet.

»Ich mache mir solche Sorgen«, begann sie und erzählte dann von Anna.

»Das Leben des Kindes liegt in Gottes Hand«, sagte der Pfarrer salbungsvoll. »Schon unser Herr Jesus Christ sagte: ›Was sorget ihr euch, seht die Vögel im Himmel, sie säen nicht und ernten nicht und der Vater im Himmel ernährt sie doch.‹«

»Ja, schon«, widersprach Sara, »dennoch kann Gott nichts dagegen haben, dass man ihr hilft ihre Brüder wieder zu finden? Wisst Ihr vielleicht, wohin sie sich wenden soll? Oh bitte, Vater Ignatius, es wäre sicher eine gute Tat, die Geschwister wieder zueinander zu führen!«

Auf der anderen Seite blieb es still, dann erklang die strenge Stimme des Pfarrers. »Die Wege des Herrn sind unergründlich, doch es ist nicht an uns, über sie zu richten. Deine Aufgabe ist es, mit all deiner Kraft den Schwestern zu dienen und nicht deine Gedanken mit Dingen zu befassen, die dich nichts angehen. Du wirst auf den Knien fünf Rosenkränze beten und dann diese Kinder vergessen. Dann wird Gott dir deine Sünden vergeben. Du kannst jetzt gehen.«

Ein Brett auf der anderen Seite des Beichtstuhls knarrte, dann entfernten sich leise Schritte. Sara erhob sich und strich sich den Rock glatt. Zornig kniff sie die Augen zusammen. Fünf Rosenkränze dafür, dass sie sich um das Schicksal der Kinder sorgte! Sicher wusste der Pfarrer etwas, doch nun war die Chance vertan, es von ihm zu erfahren. Sara griff nach dem Wäschekorb, den sie beim Kirchenportal abgestellt hatte, und brachte ihn in die Küche, wo über langen Stangen am Feuer die Wäsche getrocknet wurde.

An diesem Abend brachte Sara das Thema noch einige Male mit vorsichtigen Andeutungen zur Sprache, aber sie erntete immer nur unwissendes oder gleichgültiges Kopfschütteln. Irgendjemand musste doch Bescheid wissen! In der Nacht fand sie erst spät Schlaf und so schlich sie erschöpft und mit Ringen unter den Augen im Morgengrauen zur Frühsuppe.

»Sara!«, ließ die scharfe Stimme der Laienschwester Gertrude sie zusammenzucken. »Du bürstest heute die Treppe zum Weinkeller hinunter.«

»Aber das ist doch Ruths Arbeit«, stellte Sara verwundert fest. Sie jätete viel lieber in der frischen Luft das Unkraut als auf den Knien die steinernen Stufen in den tiefen Keller zu schrubben.

»Willst du dich beschweren?«, fauchte Schwester Gertrude. »Ich verteile hier die Arbeit, so wie es die verehrte Bursnerin des Klosters möchte.«

Sara schüttelte stumm den Kopf, senkte den Blick und schob den letzten Löffel dünne Milchsuppe in den Mund. Sie wischte sich das Kinn an ihrem Ärmel ab und schob ihren Löffel wieder in die Gürteltasche. Dann folgte sie den anderen Mägden und Laienschwestern hinaus.

Sara holte zwei Eimer Wasser vom Brunnen und trug sie in die Küche. Hier duftete es ungewöhnlich köstlich nach gebratenem Fleisch, nach Schinken und geröstetem Speck.

»Ist heute ein besonderer Feiertag, den ich vergessen habe?«, fragte Sara die alte Kastnerin.

Schwester Brigitta, die die Küchenmägde beaufsichtigte, schüttelte den Kopf. »Es ist eine Anweisung der verehrten Mutter Oberin. Sie wird wohl hohen Besuch erwarten.«

Sara lief das Wasser im Munde zusammen. Seufzend machte sie sich auf den Weg zur Kellertreppe.

»Ach Sara, läufst du kurz in den Keller und holst mir noch einen Krug roten Moselwein vom hinteren Fass?«, bat Schwester Brigitta. Sara stellte die Eimer ab und griff nach dem Krug und einem Binsenlicht.

»Gern, Schwester.« Sie schürzte den Rock ein wenig und eilte dann die steinernen Stufen hinunter. Plötzlich durchfuhr ein heißer Schmerz ihr Schienbein. Es war ihr, als würde ihr Fuß an der Treppe festgehalten. Sara stieß einen Schrei aus und warf die Arme in die Luft. Der Krug fiel polternd die Stufen hinunter und zerbrach, die Lampe folgte. Einen Augenblick ruderte das Mädchen noch mit den Armen und versuchte das Gleichgewicht wieder zu finden, doch dann fiel sie kopfüber die steile Treppe hinunter. Sie merkte noch, wie sie sich zusammenrollte und ihren Kopf zu schützen suchte. Sie spürte die Schläge der scharfen Steinkanten auf dem Rücken und der Schulter, dann einen harten Aufprall. Dann wurde alles finster.

* * *

Die Mägde in der Küche fuhren hoch und auch Bruder Sebastian, der gerade Mehl und Salz in die Küche getragen hatte, rannte zur offenen Kellertür. Was war das gewesen? Selbst Schwester Brigitta stemmte sich von ihrem Sitz hoch und humpelte zur Treppe hinüber. Unten war alles dunkel und still.

»Sara, ist dir etwas passiert?«, rief die alte Schwester und rang die Hände. »Sie wird sich doch nicht das Genick gebrochen haben.«

Die Mägde drängten sich aufgeregt um die Türöffnung, doch Bruder Sebastian überlegte nicht lange. Er riss einen Kienspan aus dem Halter und eilte die Treppe hinunter.

»Luzia, Ingrid, schnell! Nehmt eine Lampe und seht nach, was passiert ist.« Schwester Brigitta scheuchte die Mägde auf. Da trat der Bäcker Wolfram Hunlin mit einer Kiste noch warmer Brote in die Küche.

»Was ist denn hier los?«

Jammernd schickte die alte Nonne den vierschrötigen Mann den Mägden nach. Am Fuß der langen, gewundenen Kellertreppe fand Hunlin die reglose Magd mit geschlossenen Augen am Boden liegen. Die beiden anderen Frauen steckten aufgeregt die Köpfe zusammen. Bruder Sebastian kniete neben der Bewusstlosen. Rundherum lagen Scherben des Kruges und der Lampe auf dem Boden verstreut.

»Lebt sie noch?«, fragte Bäcker Hunlin besorgt.

Sebastian sah auf. »Ja, sie atmet. Wir müssen sie zur Siechenmeisterin bringen.«

Der Bäcker warf einen kurzen Blick auf das aufgeschnittene Schienbein, das der hochgerutschte Rock entblößte, und bückte sich dann, um Sara aufzuheben.

»Lasst nur, Meister Hunlin«, begann Bruder Sebastian, doch der Bäcker hielt Sara schon in den Armen und trug sie die Treppe hinauf. Die beiden Mägde folgten ihm leise tuschelnd.

Bruder Sebastian stand unten an der Treppe, die Hände in die Hüften gestützt, und wartete, bis die anderen in der Küche verschwunden waren. Dann nahm er den Kienspan zur Hand und leuchtete sorgfältig die Treppe ab. Er hatte die Hälfte der Stufen schon überwunden, als er innehielt und sich hinabbückte.

* * *

Es war schon nach Mittag, als Sara endlich erwachte. Die Siechenmeisterin saß an ihrem Lager und legte kühlende Tücher auf ihre Stirn. Ihr rechtes Schienbein brannte wie Feuer und auch sonst fühlten sich ihre Glieder wie zerschlagen an.

»Du hast Glück gehabt, dass du dir nicht das Genick gebrochen hast«, sagte die Schwester und schüttelte missbilligend den Kopf. »Du solltest besser darauf achten, wohin du deine Füße setzt!«

Sara schwieg. Langsam kam die Erinnerung zurück. Sie war die Kellertreppe hinuntergelaufen, um Wein zu holen, und dann war sie gefallen, doch nicht weil sie nicht auf ihren Schritt geachtet hatte! Nachdenklich betrachtete Sara den Verband an ihrem Bein. Sollte das ein Versehen sein? Nein! Wem hatte der Anschlag gegolten? Der alten Kastnerin? Das konnte sie sich nicht vorstellen. Aber wem dann?

Mit einem Ruck setzte sich Sara auf, ohne auf ihren dröhnenden Kopf zu achten. Was, wenn es die getroffen hätte, die es treffen sollte? Was, wenn jemand versuchte sie aus dem Weg zu räumen? Sara stöhnte. Der Balken! Die Scheune! Waren das die ersten Versuche gewesen, sie zu töten?

Das Mädchen schloss die Augen und dachte angestrengt nach. Wer konnte so weit gehen, dass er versuchen würde eine Magd des Klosters zu ermorden? Bruder Contzlin, der ehemalige Johanniter. Nach dem, was Jos erzählt hatte, würde eine tote Magd ihm keine Gewissensbisse bereiten. Doch der war nicht hier. Es musste noch jemand anderes im Kloster geben. Der Mann, der mit dem Johanniter gesprochen hatte. Der Mann, der in Hall die Gefangenen im Turm getötet hatte!

Sara zermarterte sich den Kopf, aber ihr fiel beim besten Willen niemand ein, der dafür in Frage käme. Ob eine der Schwestern oder Mägde ihre Hand mit im Spiel hatte? Bestimmt die Bursnerin, dachte Sara. Doch würde sie jemand ermorden?

Sara sank erschöpft auf ihr Lager zurück. Schwester Irmgard brachte dicke Suppe und einen Kräutermet. Später versorgte sie die Wunde am Schienbein. Sara sah auf die glatte Schnittwunde hinunter und biss die Zähne zusammen, als die Laienschwester sie wieder verband.

Der Tag neigte sich dem Ende zu. Es wurde ruhig im Kloster. Die Stimmen und Schritte verklangen. Sara wurde schläfrig und kuschelte sich in ihr Kissen, doch plötzlich durchzuckte sie ein Gedanke. Wieder hellwach setzte sie sich auf.

Wenn der Unbekannte dreimal versucht hatte sie zu töten, dann würde er vor einem vierten Mal nicht zurückschrecken! Sie musste ihn mit ihren Fragen aufgescheucht haben. Sara schlug die Hände vor den Mund. Alles sprach dafür, dass sie gestern mit einem Mörder gesprochen hatte. Aber mit wem? Wieder und wieder ließ sie die Knechte und Laienbrüder vor ihrem geistigen Auge passieren, aber das brachte sie keinen Schritt weiter.

Er wird es wieder versuchen!, dachte sie und ihre Nackenhaare stellten sich auf. Waren draußen auf dem Gang Schritte zu hören? Die Gelegenheit war günstig. Niemand war in der Nähe, um sie zu schützen.

Ich muss fliehen, dachte sie hektisch. Doch wohin, mitten in der Nacht? Wer würde ihr Zuflucht gewähren? Jos' geliebtes Gesicht tauchte vor ihr auf. Vorbei! Er würde ihr nicht wieder aus der Klemme helfen. Nicht nach den schlimmen Worten, die sie ihm ins Gesicht geschleudert hatte. Und auch ihren Eltern konnte sie diese Bürde nicht aufladen. Sie waren auf das Wohlwollen des Klosters angewiesen.

Die Erkenntnis griff mit eisigen Händen nach ihr und legte sich wie ein schwerer Felsbrocken auf ihre Brust, der ihr den Atem abschnürte: Sie war allein. Völlig allein. Heiße Tränen rannen über Saras Gesicht und tropften auf ihr Bettlaken. Was sollte sie nur tun?

Wieder war es ihr, als hörte sie Schritte. Spielte ihre Phantasie ihr einen Streich? Nein, jetzt hörte sie deutlich eine gedämpfte Männerstimme. Mit einem Satz war Sara aus dem Bett und tastete sich zur Tür. Ihr Bein schmerzte und brannte, doch sie achtete nicht darauf. Jetzt konnte sie auch eine Frauenstimme hören. Vorsichtig schob Sara die Tür einen Spalt auf. Ein Lichtschein näherte sich. Ein Mann mit einem weiten Umhang, den Hut tief ins Gesicht gezogen, und eine Frau in den Gewändern der Schwestern schritten an der Krankenkammer vorbei.

»Ihr werdet erwartet«, hörte Sara die leise Stimme der Schwester. »Es ist alles vorbereitet.«

Die Schritte entfernten sich, der Lichtschein verblasste. Sara überlegte nicht lange. Sie schob sich durch den Türspalt und tastete sich an der Wand entlang. Eine Tür schlug zu. Wohin waren sie verschwunden? Sara spähte in den Kreuzgang. Ja, dort war der Schein der Lampe. In einigem Abstand folgte Sara den beiden. Hier war sie noch nie gewesen. Der Kreuzgang gehörte zum innersten Bereich des Klosters und durfte nur von den Nonnen und ihrem Beichtvater betreten werden.

Wohin gingen der Mann und die Schwester? Wollten sie in die Kirche? Wieder klappte quietschend eine Tür. Sara fluchte leise. Die Hand an die Klinke gelegt, wartete sie einige Atemzüge lang, ehe sie die Tür ganz langsam so weit aufzog, dass sie gerade hindurchschlüpfen konnte. Die Angeln knarrten zwar ein wenig, doch so leise, dass sie hoffen konnte unbemerkt geblieben zu sein.

Waren sie die Treppe hinaufgestiegen? Sara presste ihr Ohr an die Türen im unteren Stock. Alles wirkte still und verlassen. Sie sah sich um. War dort oben nicht die Empore der Nonnen? Ihr Bein schmerzte, doch sie achtete nicht darauf. Leise stieg sie die Treppe hoch. Unter einer Tür leuchtete ein warmer Schein. Sara biss sich vor Aufregung auf die Lippe und näherte dann ihr Ohr dem mit prächtigen Schnitzereien verzierten Holz.

Drei Stimmen konnte sie unterscheiden. Der Mann war unzweifelhaft Bruder Contzlin gewesen und auch die jüngere Frauenstimme kam ihr bekannt vor. Welche der Schwestern konnte es sein? Die Bursnerin war es nicht. Dann hörte sie eine zweite Frau. Eine dunkle Stimme, die sicher einer älteren Nonne gehörte.

* * *

Während Sara an der Tür lauschte, näherte sich wieder eine männliche Gestalt der nun verlassenen Krankenkammer. Sie lauschte an der Tür und schob sie dann lautlos auf. Ohne irgendwo anzustoßen, durchquerte der Mann den finsteren Raum, bis er vor Saras Bett stand. Er beugte sich langsam herab, in der einen Hand ein zu einem Knäuel verknotetes Stück Stoff, die andere Hand tastend vorgestreckt, doch er griff ins Leere. Hastig huschten die Hände noch einmal über die Bettstatt: Sie war verlassen. Der Mann brannte ein Binsenlicht an und leuchtete die Kammer ab, doch sie war leer. Er fluchte

245

lästerlich, als er die Krankenkammer verließ und den Gang entlangschritt.

* * *

Sara presste das Ohr noch dichter an das Holz. Aus dem Rauschen der Stimmen tauchten Wörter auf und dann immer längere Satzfetzen. Drinnen knarrte der Boden. Die Stimme des Johanniters wurde noch klarer. Jedes Wort drang nun an Saras Ohr. Aber das konnte nicht wahr sein! Sie musste sich verhört haben! Ein Teil in ihr drängte sie zu fliehen, doch ihre Beine rührten sich nicht vom Fleck und ihr Ohr saugte die ungeheuerlichen Worte geradezu auf, die dort drinnen gesprochen wurden. Dort, wo die Nonnen sonst ihre klaren Stimmen erhoben, um Gott und die Heilige Jungfrau zu preisen.

Eine Tür quietschte. Sara fuhr zusammen. Da kam jemand die Treppe herauf! Die kleine Flamme eines Binsenlichts, von einer Hand beschirmt, huschte über die Wände. Hektisch blickte Sara sich um. Da den Gang entlang! Sie drückte sich in eine Wandnische, hörte die Tür klappen und das Licht erlosch. Schwer atmend blieb sie noch eine Weile stehen, dann trieb sie die Neugier zurück. Wer war der Neuankömmling? Vielleicht konnte sie die Stimme erkennen. Wieder presste sie das Ohr an die Tür, doch noch sprachen der Johanniter und dann die dunkle Frauenstimme.

Es war zu finster, als dass sie die Bewegung hätte sehen können. Vielleicht hatte sie sie gespürt, denn der Schreck durchfuhr sie wie ein Blitz. Sara wirbelte herum. Ein Flämmchen flackerte auf. Das Mädchen starrte auf den Mann, der aus dem Nichts aufgetaucht war und nun plötzlich vor ihr stand. In Todesangst huschte ihr Blick zu dem schwach beleuchteten Antlitz hinauf. Dann entspannten sich ihre Züge.

»Habt Ihr mich erschreckt«, seufzte sie erleichtert, als sie den Mann erkannte.

»Was machst du hier?«, fragte er leise.

Da brach es aus ihr heraus und sie erzählte alles, was sie gehört und gesehen hatte.

* * *

»Das sieht aber böse aus!«, rief Schwester Irmgard, als sie den schmierigen Verband um den Arm des Mannes gelöst hatte. Er zuckte zusammen, als sie mit den Fingerkuppen auf einen der rot geschwollenen Wundränder drückte.

»Was habt Ihr denn da gemacht? Das sieht ja aus, als habe Euch jemand eine Mistgabel in den Arm gerammt.«

Der Mann gab keine Antwort, sondern grunzte nur unwillig. Die junge Laienschwester schüttelte noch immer den Kopf.

»Soll ich die Siechenmeisterin holen?«, fragte sie. »Sie hat viel mehr Erfahrung in der Behandlung böser Wunden.«

»Schwester, es ist spät«, knurrte er, »würdet Ihr nun bitte die Wunden säubern und mit Euren Kräutern behandeln, damit sie heilen?«

»Aber ja, aber ja«, beschwichtigte ihn Schwester Irmgard. »Bleibt hier, ich hole alles Notwendige.« Eilig wuselte sie davon.

Der Mann schritt in der leeren Krankenkammer auf und ab und spähte immer wieder durch die Tür, ob nicht etwa die Siechenmeisterin oder eine ihrer Mägde zu dieser Zeit durch das Kloster geisterte. Endlich kam Schwester Irmgard zurück. Sie wusch die Wunden mit warmem Essigwasser aus und bestrich sie dann mit einer übel riechenden Paste. Flink wickelte sie saubere Leinenstreifen um den muskulösen Arm und zog dann den Ärmel des grauen Kittels wieder herunter.

»Fertig!« Sie reichte dem Mann einen kleinen Stoffbeutel. »Das solltet Ihr in warmem Wein auflösen. Es wird das Fieber dämpfen.«

Sie lächelte den Mann an, doch der sah nur finster drein. Die junge Laienschwester schob sein unhöfliches Betragen auf die Schmerzen.

»Kommt morgen wieder, dann sehe ich nach Euren Wunden.«

»Morgen werde ich nicht da sein«, erwiderte er knapp.

»Dann seht zu, dass Ihr den Arm sauber und trocken haltet, und kommt wieder, sobald es Euch möglich ist.«

»Ja, Schwester Irmgard.«

Er presste noch einen gemurmelten Dank hervor und eilte dann mit langen Schritten hinaus. Kopfschüttelnd räumte die Laienschwester das Verbandszeug und die Wasserschüssel weg und begab sich dann hinauf in die Dachkammer, wo die Mägde und anderen Laienschwestern bereits schliefen.

* * *

Mit klopfendem Herzen machte sich Jos am Sonntag nach der Messe nach Gnadental auf. Mal rannte er fast die steilen Waldhänge hinauf, dann wieder setzte er nur zaghaft einen Fuß vor den anderen, um den Moment des Wiedersehens hinauszuzögern. Wie würde sie reagieren? Würde sie ihn überhaupt anhören? War ihr

Ekel vor ihm so übermächtig, dass es keinen Weg mehr für sie beide gab? War die Freundschaft unwiederbringlich verloren? Würde sie ihn gar vor den anderen demütigen, weil er es wagte, trotz ihres Verbots den Klosterweiler wieder zu betreten?

Das Herz wog schwer in seiner Brust und so manches Mal wäre er am liebsten umgekehrt und davongelaufen — aber dennoch setzte er Schritt für Schritt seinen Weg fort. Jos öffnete das Gatter der Heg und betrat den Klosterweiler. Nichts schien sich geändert zu haben und doch lag seit einer Woche Jos' Welt in Scherben.

Einige Augenblicke blieb er am Tor stehen und beobachtete die Mägde und Knechte, die in der Sonne saßen oder herumschlenderten und die freien Stunden genossen. Sara konnte er nirgends entdecken. Er fragte ein junges Mädchen, das von der Kirche her auf das Tor zuging, doch sie schüttelte nur den Kopf. Jos schritt auf die Schmiede zu und sah in die Scheune. Dann umrundete er die Gebäude des Klosterhofs, doch Sara war nicht unter den Mägden, die sich dort unter einem Baum versammelt hatten. Ob sie im Garten war? Jos eilte hinüber zu den sorgsam gepflegten Beeten voller Heilkräuter und Gemüse, aber auch hier war Sara nicht.

Sollte er die Portnerin fragen? Er zögerte. Ihr abweisendes Verhalten war ihm noch gut in Erinnerung und vielleicht könnte es Sara schaden, wenn er nach ihr fragte. Unsicher sah er auf das schwere, eisenbeschlagene Tor, das den Zutritt zum Kloster verwehrte, als plötzlich ein lautes Klacken erklang und der Flügel zurückschwang. Die Portnerin trat mit zusammengekniffenen Augen in den Sonnenschein. Ihr Blick blieb sofort an Jos hängen. »Was stehst du da so herum, Bursche?«, fragte sie mürrisch.

»Verzeiht, Schwester«, stotterte Jos. »Ich bin auf der Suche nach der Magd Sara.«

»Hier gibt es keine Magd, die Sara heißt«, sagte die Portnerin abweisend und legte die Hand auf den schweren Türknauf.

Rasch trat Jos zwei Schritte näher. »Entschuldigt, dass ich Euch widerspreche, doch ich habe erst letzte Woche mit ihr gesprochen. Sie arbeitet meist im Waschhaus. Sara Stricker ist ihr Name.«

Die Lippen der Portnerin waren nur noch ein dünner Strich. »Mag sein, jetzt arbeitet auf jeden Fall keine Sara mehr für das Kloster.«

Die Tür fiel krachend ins Schloss. Einige Augenblicke lang war Jos unfähig sich zu bewegen. Wie konnte das sein? Die Schwester musste sich irren. Er beschloss den Schmied zu fragen, doch der war nicht da. Mit seinem Wagen war er am Freitag gen Westen gefahren. Jos fragte eine kleine, dralle Magd.

»Sara? Die habe ich schon ein paar Tage nicht mehr gesehen. Nein, ich glaube, sie ist weg. Ihre Bettstatt ist leer geräumt. Ich glaube nicht, dass sie wiederkommt.«

»Ja, aber wo ist sie denn hin?«, rief Jos verwirrt.

Die Magd zuckte die Schultern. »Das kann ich dir nicht sagen. Vielleicht weiß Luzia mehr. Sie hat öfters mit Sara zusammen im Garten gearbeitet.«

Jos machte sich auf die Suche nach Luzia, einer nicht mehr ganz jungen Magd mit einem freundlichen Gesicht, hellgrauen Augen und kurzen, dicken Beinen. Sie stemmte die Hände in die Hüften und sah Jos prüfend von oben bis unten an.

»Manche sagen, sie sei mitten in der Nacht mit einem Mann weggelaufen, andere behaupten, sie sei in Schimpf und Schande davongejagt worden, weil sie versucht habe einen goldenen Kelch aus der Kirche zu stehlen. Wieder andere sagen, sie sei nach ihrem Sturz von der Treppe in der Krankenkammer gestorben und noch in derselben Nacht beerdigt worden.«

Jos wurde es heiß und kalt. »Gestorben? Sturz von der Treppe?«, ächzte er.

Die Magd nickte. »Ja, sie ist die Treppe zum Keller hinuntergestürzt. Als ich sie da liegen sah, dachte ich erst, sie habe sich das Genick gebrochen, doch Meister Hunlin sagt, sie hat noch gelebt, als er sie in die Krankenkammer brachte.« Die Magd überlegte. »Es könnte schon sein, dass sie in der Nacht gestorben ist, aber warum hätte man sie so schnell vergraben sollen? Sie hatte weder das Sommerfieber noch den schwarzen Tod.«

»Irgendjemand muss es doch wissen«, rief Jos mit einem Flehen in der Stimme.

Luzia überlegte und nickte dann. »Ja, die Siechenmeisterin oder Schwester Irmgard, die die Kranken pflegt.« Die Magd deutete zum Backhaus hinüber. »Die Laienschwester, die dort drüben mit der Bäckersfrau spricht.«

Jos trat unruhig von einem Fuß auf den anderen, während er darauf wartete, dass die Bäckerin sich von Schwester Irmgard verabschiedete und ins Haus trat. Schnell eilte er auf die Laienschwester zu.

»Verzeiht, dass ich Euch anspreche, aber ich bin auf der Suche nach Sara und habe Gerüchte gehört, die mich mit Entsetzen erfüllen. Sie ist doch nicht etwa gestorben?« Mit weit aufgerissenen Augen starrte er die kleine schmächtige Schwester an.

»Du bist Jos, nicht? Der Schmied hat von dir erzählt.« Sie machte eine kurze Pause, in der Jos' Herzschlag zu einem Trommelwirbel anschwoll.

»Falls sie gestorben ist, dann weiß ich nichts davon.«

»Aber sie ist die Treppe hinuntergestürzt!«

»Ja, das stimmt. Sie hatte einen tiefen Schnitt am Schienbein und hatte sich außerdem noch einmal den Kopf bös gestoßen, ich denke jedoch nicht, dass sie sonst Schaden davongetragen hat. Als ich ihr am Dienstagabend Suppe brachte und das Bein frisch verband, war sie wach — und dann am Morgen fand ich ihr Lager leer. Seitdem habe ich sie nicht mehr gesehen.«

Jos schüttelte den Kopf. »Das verstehe ich nicht. Was kann nur passiert sein?«

Irmgard hob die Schultern. »Ich weiß es nicht, doch die Geschichte mit dem gestohlenen Kelch kommt mir sehr unwahrscheinlich vor. Wer hätte sie denn mitten in der Nacht davonjagen sollen?«

»Dann ist sie davongelaufen«, ächzte Jos.

»Vielleicht«, sagte die Laienschwester zögernd, »aber die Tore waren verschlossen. Wie hätte sie das Kloster verlassen können?«

Jos antwortete nicht. Ihm fiel sehr wohl ein Weg ein, den Sara genommen haben könnte. Aber warum sollte sie das tun?

»Manche sagen, sie wäre mit Bruder Sebastian davongelaufen. Immerhin hat sie schon einmal in seiner Begleitung das Kloster verlassen und man hat ein paar Mal gesehen, wie die beiden sich unterhielten.«

Jos fühlte einen schmerzenden Stich in der Brust. Der stattliche Laienbruder kam ihm plötzlich gar nicht mehr so sympathisch vor.

»Ist der Bruder seit dieser Nacht etwa auch verschwunden?«, fragte er mit gereiztem Unterton.

Schwester Irmgard schüttelte den Kopf. »Nein, das nicht. Er ist drüben im Stall. Eine der Kühe kann jeden Moment mit dem Kalben beginnen.«

Jos bedankte sich und stürmte zum Stall hinüber. Unter der offenen Tür blieb er einen Moment stehen und musterte den Laienbruder feindselig, der breitbeinig dastand und den aufgetriebenen Leib der Kuh abtastete.

»Wo ist Sara?«, stieß Jos hervor.

Bruder Sebastian musterte ihn erstaunt, dann sagte er: »Ich weiß es nicht.«

»Man sagt, sie habe mit Euch das Kloster verlassen«, rief Jos, doch der Laienbruder schüttelte den Kopf.

»Es wird viel geredet, weil ich Sara zu den Höfen im Norden mitgenommen habe, aber wie du siehst, bin ich hier und Sara ist weiterhin verschwunden.«

Jos seufzte und ließ sich in das trockene Stroh sinken. »Ich verstehe das nicht. Warum sollte sie mitten in der Nacht aus dem Kloster weglaufen?«

Bruder Sebastian wiegte den Kopf hin und her. »Sie schien mir nach deinem letzten Besuch hier — sagen wir — sehr bedrückt und unglücklich zu sein.«

Jos sprang auf die Beine. »Hat sie mit Euch darüber gesprochen?«

»Nein, ich kenne den Grund nicht, aber du kannst dir die Frage vielleicht selbst beantworten, ob dieser Streit etwas mit ihrem Verschwinden zu tun haben könnte.«

Jos wollte etwas erwidern, doch in diesem Moment brüllte die Kuh unter dem Schmerz einer Wehe auf und Bruder Sebastian wandte sich dem Tier zu. Mit hängendem Kopf verließ Jos den Stall. Schweren Schrittes ging er über den Hof und dann auf das Tor zu.

Wo in aller Welt war sie hingegangen und warum hatte sie das Kloster so plötzlich verlassen? Konnte es mit ihrem Streit zusammenhängen? Doch warum war sie dann erst ein paar Tage später verschwunden?

Vielleicht ist sie zu ihren Eltern zurückgegangen?, fiel es ihm plötzlich ein und sein Herz fühlte sich an, als wäre ein Felsbrocken heruntergenommen worden. Ja, das war eine Möglichkeit.

Mit neuem Mut schritt er aus und folgte dem Biberstal hinauf bis Winterrain. Es war schon spät am Nachmittag, als er den Hof des Bauern Stricker erreichte. Jos hoffte, Sara säße nun mit ihren Geschwistern im Hof oder hälfe der Mutter in der Küche, doch er wurde enttäuscht. Die Bäuerin sah ihn nur verwundert an. Nein, sie habe Sara nicht mehr gesehen, seit sie mit ihrer Arbeit im Kloster begonnen hatte. Was denn geschehen sei, dass er sie hier suchte?

Jos knetete verlegen die Hände. Er wollte Sara nicht in noch größere Schwierigkeiten bringen. Das sei wohl nur ein Missverständnis, redete er sich heraus. Da müsse er eine der Klostermägde falsch verstanden haben.

»Es ist alles in Ordnung«, brachte er noch heraus. »Ihr müsst den Bauern nicht damit beunruhigen.«

Fluchtartig verließ Jos den Hof, ohne weiter auf die erstaunten Blicke von Saras Mutter einzugehen.

KAPITEL 17

Es dämmerte bereits, als Jos die Gehöfte von Rinnen hinter sich ließ. Er musste sich beeilen, um vor dem Schließen der Tore die Stadt zu erreichen. Nach Einbruch der Dunkelheit durch das Brückentor von der Oberstadt in die Vorstadt zu gelangen war durch ein Hellerstück stets möglich, doch die äußeren Tore wurden nachts nicht so leicht für einen verspäteten Heimkehrer geöffnet und Jos verspürte nicht die geringste Lust auf ein kaltes Nachtlager im Wald.

Unter den dichten Bäumen war es schon fast dunkel, doch er war den Weg nun schon so oft gegangen, dass er sich mühelos zurechtfand. Plötzlich hielt Jos inne. Er hörte Stimmen. Lauschend blieb er stehen. Es waren die Stimmen mehrerer Männer, die es offensichtlich nicht für nötig hielten, ihre Worte zu dämpfen. Jos überlegte. Sollte er den Pfad verlassen und im Gebüsch Zuflucht suchen, bis sie vorbeigezogen waren? Wer konnte schon sagen, was für ein Gesindel sich zu dieser Stunde im Wald herumtrieb? Andererseits würde er dann noch mehr Zeit verlieren.

Die rauen Stimmen kamen näher. Nun konnte er die scharfen Spitzen von Hellebarden zwischen den Stämmen aufblitzen sehen. Jos verließ den schmalen Pfad und eilte auf ein dichtes Gebüsch zu. Er duckte sich gerade dahinter, als die ersten bärtigen Gestalten in Sicht kamen. Jos zählte über zwei Dutzend. Manche waren mit Spießen und Hellebarden bewaffnet, andere hatten Schwerter an ihrer Seite und trugen Kettenhemden über dem Wams. Auf dem Rücken trugen sie dicke Beutel. Eine bauchige Kürbisflasche machte die Runde. Zwei jüngere Burschen stimmten ein Lied an und die anderen fielen mit tiefen Stimmen ein. Manche klangen, als hätten sie schon mehr Wein getrunken, als gut für sie war. Nun bemerkte Jos auch ihren schwankenden Schritt.

Was für ein Glück, dass ich den Pfad verlassen habe, dachte Jos gerade, als eine schwere Hand auf seine Schulter niederfiel.

»Was haben wir denn hier?«, grölte eine Stimme und der Griff an seiner Schulter verstärkte sich. Jos versuchte sich loszureißen, doch der Mann hatte Bärenkräfte.

»Seht mal her, was ich gefunden habe!«, rief er und schleifte Jos hinter sich her auf den Pfad zurück. »Ein dürres Bürschchen kroch da im Busch herum.«

Plötzlich war Jos von wilden, nicht gerade freundlichen Gesichtern umgeben. Einer der Männer zog sein Messer.

»Ja, dann können wir schon ein wenig das Bauchaufschlitzen und das Halsabschneiden üben«, sagte ein gedrungener Kerl, dessen fetter Bauch über seinen Gürtel quoll.

»Ja, macht ihn stumm!«, rief ein anderer. »Er ist sicher ein Spion des Markgrafen.«

»Nein«, piepste Jos, doch sein Protest ging in dem Stimmengewirr unter.

»Genau, ein anständiger Bursche treibt sich um diese Zeit nicht hier draußen in den Wäldern herum!«

Andere brummten zustimmend, doch plötzlich erhob sich eine kräftige Bassstimme und brachte die anderen zum Schweigen. Ein Hüne von einem Mann in Ketten-

hemd und Beinschienen, das Schwert an der Seite, trat
heran. Er entzündete ein wenig Zunder und brachte dann
einen Kienspan zum Brennen. Gefährlich nahe hielt er
Jos das Feuer vors Gesicht. Ängstlich versuchte Jos zurückzuweichen, doch der Bär in seinem Rücken hielt
ihn fest. Es kehrte Ruhe ein. Nur das Knistern der Flamme und das Rauschen der Wipfel waren noch zu hören.
»Sieht mir nach 'nem anständigen Burschen aus«, brummte der Hüne nach einer Weile, zog die Fackel zurück
und reichte sie einem kleinen Mann mit rotem Haar
und Bart, der neben ihm stand.
»Wer bist du und was hast du hier zu suchen?«
Der Bär, der ihn in eine gebückte Stellung gedrückt hatte,
lockerte seinen Griff, sodass Jos sich erheben konnte.
»Jodokus Andreas Zeuner ist mein Taufname. Ich bin
Knecht des Sieders Blinzig auf dem Haal und wohne in
St. Katharina jenseits des Kochers in Hall«, antwortete
Jos schnell.
»Und warum treibst du dich hier im Wald herum?«,
fragte der Hüne streng.
»Ich war in Gnadental und habe mich auf dem Rück-
weg verspätet.«
»Soso.«
»Das kann ja jeder sagen«, rief einer.
»Er ist ein Spion«, maulte ein anderer. »Schneiden wir
ihm die Kehle durch.«
Doch der Riese, der offensichtlich der Anführer der
Horde war, hob die Hand und die Stimmen verstumm-
ten. »Ich glaube dir deine Geschichte«, sagte er. Jos at-
mete hörbar auf. »Deshalb lassen wir dich am Leben.«
»Kann ich dann gehen?«, fragte Jos leise und versuchte
dem immer noch auf seiner Schulter lastenden Griff zu
entkommen.

»Nein!«

Jos starrte den Anführer erschreckt an.

»Du wirst uns begleiten. Wir sind sowieso zu wenige. Ein paar sind in den Wäldern verschwunden.«

»Aber ... aber ... warum? Was wollt Ihr mit mir machen? Wo geht Ihr hin?«

Die Männer lachten.

»So viele Fragen«, sagte der Hüne grinsend.

»Du kannst deiner Stadt einen Dienst erweisen und mit uns gegen den verfluchten Markgrafen kämpfen. Wir ziehen nach Kirchberg, und so Gott will, erreichen wir es rechtzeitig zur großen Schlacht.«

»Schlacht? Kämpfen? Aber ich kann nicht kämpfen!«, rief Jos entsetzt.

»Jeder kann kämpfen, wenn es um sein eigenes Fell geht«, widersprach der Anführer. »Du wirst schon sehen, wie teuer du deine Haut verkaufen willst, wenn die Markgräfler Hunde mit Schwertern und Spießen auf dich eindringen, um dir die Seele aus dem Leib zu schneiden.«

Jos wurde es übel. »Ich habe nicht einmal eine Waffe«, begehrte er noch einmal auf, denn das kleine Messer an seinem Gürtel konnte man ja nicht dazu zählen.

»Alles zu seiner Zeit«, brummte der Hüne. »Doch nun bindet ihn, damit er uns in den dunklen Wäldern nicht entwischt!«

Das ließ sich der schwarzhaarige Bär hinter Jos nicht zweimal sagen. Grobe Hände zerrten an den Armen des jungen Knechts. Ein Seil schlang sich fest um seine Handgelenke, dass der Knoten schmerzhaft ins Fleisch schnitt. Das andere Seilende behielt der schwarzhaarige Bär in seiner Faust und so blieb Jos nichts anderes übrig, als hinter den Männern her durch den nächtlichen Wald zu trotten.

Langsam beruhigte sich Jos' panisch klopfendes Herz und er versuchte möglichst viel der Unterhaltungen um ihn herum zu verstehen. Der lange, dünne Mann mit dem mausgrauen Haar, der ein paar Schritte vor ihm ging, war anscheinend ein Bauer aus Sanzenbach, den sie zum Kriegsdienst eingezogen hatten, weil er keinen Knecht mehr hatte, den er dem Kontingent stellen konnte. Drei der Männer waren offensichtlich aus Hall. Jos hörte, wie sie darüber stritten, ob der »Hirsch« in der Gelbinger Gasse oder der »Wilde Mann« in St. Katharina das bessere Wirtshaus sei. Ein anderer Bursche, der mit seinem mädchenhaften Gesicht noch jünger als Jos wirkte, brüstete sich damit, bei der letzten Schlacht fünf Raubritterknechte aufgespießt und dabei selbst nur ein Ohr eingebüßt zu haben.

»Was macht Ihr, wenn Ihr nicht für den Städtebund in die Schlacht zieht?«, wagte Jos seinen Bewacher zu fragen, nachdem er mehr als eine Stunde schweigend hinter ihm hergestolpert war.

Der Mann musterte ihn grimmig unter seinen buschigen Augenbrauen, dann sagte er: »Ich war mal Schmied. Das ist aber schon zehn Jahre her.«

»Warum? Was ist passiert?«, bohrte Jos weiter.

Der Schwarzhaarige betrachtete ihn, als wolle er ihn lieber verprügeln als ihm eine Antwort geben, doch dann begann er.

»Ich hatte eine Schmiede in Weinsberg, ein Weib und drei Kinder. Wir führten ein gutes Leben, bis vor zehn Jahren der Bebenburger vor Weinsberg zog. Wir wehrten uns erbittert, aber wir konnten seinen Mannen nicht standhalten. Er hat die Stadt eingenommen und an den Kurpfälzer verkauft. Meine Schmiede, das Haus und die Scheune waren nur noch ein Haufen Asche, mein

Weib und meine beiden Töchter musste ich auf den Kirchhof tragen.« Seine Augen blitzten. »Ich habe Rache geschworen und war im gleichen Herbst mit dabei, als dem Uracher, dem Feind des Bundes, das Städtchen Mundelsheim niedergebrannt wurde. Und doch bringt die Rache mir weder Weib noch Kinder, weder die Schmiede noch mein Vieh zurück. Mein Sohn, den du dort drüben siehst, und mein Arm mit dem Schwert ist alles, was mir geblieben ist.«

Jos sah zu dem jungen Mann hinüber, der dasselbe buschig dichte Haar und denselben grimmigen Gesichtsausdruck wie der Vater hatte.

»Wir standen Rothenburg bei, als es bedroht wurde, wir haben Ingolstadt gestürmt und die Reichsstädter aus dem Schloss des Wilhelm von Elm befreit, die dort gefangen gehalten wurden. Nachdem das Schloss in Rauch und Flammen aufgegangen war, ging es zu Balthasar von Geiers Feste nach Gibelstadt. Die Gefangenen schleppten wir nach Rothenburg. Den Junkern hat man den Kopf abgeschlagen, die Niederen am Galgen aufgeknüpft.«

So erzählte er weiter, während Jos neben ihm her über den unebenen Waldboden stolperte. Plötzlich ging es steil bergab und dann ließen sie den Wald hinter sich. Sternenlicht glänzte über bestellten Feldern und der Hauptmann befahl die Fackeln zu löschen. Die Männer schwiegen, als sie sich einem Weiler näherten, nur die Waffen klirrten in der Nacht. Jos wurde müde. Die Füße taten ihm weh. Es musste weit nach Mitternacht sein, als der Anführer endlich anhielt und die Männer rasten ließ.

Die Beutel wurden aufgeschnürt, Brot und Käse ausgepackt. Flaschen wanderten von Hand zu Hand.

»Ich heiße Götz«, sagte der Schmied und drückte Jos einen Trinkschlauch in die Hand. Der Anführer gab Jos einen Kanten Brot und Dörrfleisch. Götz überließ ihm ein Stück streng riechenden Käse. Manche der Männer wickelten sich in ihre Mäntel und betteten die müden Häupter auf ihr Bündel, andere saßen zusammen und unterhielten sich leise. Jos lehnte sich an einen Baumstamm und schloss die Augen. Während er der Geschichte lauschte, die einer der Männer berichtete, versank er langsam in unruhige Träume, aus denen er grob im ersten Morgengrauen wieder geweckt wurde.

* * *

»Wir müssen vorsichtig sein!«, mahnte Degenhart, der Anführer, als sie sich einige Stunden später bei Geislingen der Kocherfurt näherten. »Wir wissen nicht, wie weit die Markgräfler Bande schon vorgedrungen ist. Es sind immerhin schon zwei Tage vergangen, seit der Bote uns erreichte. Also haltet die Augen offen und bleibt beisammen!«
Er trat zu Jos und zog sein Messer. Mit einem sauberen Schnitt trennte er seine Fesseln auf.
»Hier, nimm!«
Er drückte Jos einen Spieß mit hölzernem Schaft und eiserner Spitze in die Hand und dann noch ein unförmiges, schweres Messer, dessen Schneide einige Scharten aufwies. Manche der Männer legten nun eisenbeschlagene Lederpanzer an oder setzten sich metallverzierte Kappen auf. Jos wog den schweren Spieß in seiner Hand. Wie sollte er sich damit verteidigen? Wie konnte er damit einen Feind durchbohren? Seufzend stolperte er hinter Götz her und folgte den Männern den steilen

Hang hinunter. Am Ufer unten zogen sie Schuhe und Beinlinge aus, rafften die Hemden und Kittel und wateten dann durch das eiskalte, braun schäumende Kocherwasser.

Sie näherten sich den Höfen von Wolpertshausen. Als die Knechte den Haufen entdeckten, schlugen sie Alarm. Die Mägde rafften ihre Röcke, die Kinder rannten schreiend auf die Kirche zu, während die Männer mit Mistgabeln bewaffnet den Rückzug sicherten. Sie schafften es noch, einige Kühe und Schweine in die Kirche zu treiben, ehe Degenhart und seine Männer den Haller Weiler erreichten. Schließlich stand den Horden nicht ins Gesicht geschrieben, für welche Seite sie kämpften. Die Nachrichten, die aus dem Rothenburger Land kamen, waren mehr als beunruhigend. Sengend und brennend zog der Markgraf Albrecht mit seinen Männern immer weiter nach Süden, doch auch die Städtischen waren nicht zimperlich.

Blaufelden, Wittenweiler, Ziegelbach, Oberndorf und Rot am See waren unter ihren Händen verwüstet worden. Man erzählte sich, in Gerabronn und Michelbach hätten sie besonders schlimm gehaust. Doch selbst wenn sie keine kriegerischen Absichten gegen einen Weiler hegten, die leeren Bäuche vieler hundert Kämpfer mussten täglich gefüllt werden — wenn nicht vom Feind, dann im eigenen Land. Und so trieben sie die Bauern auf beiden Seiten in Hunger und Armut. Heute jedoch war der Anführer nicht auf Proviant aus. Sie mussten schnell weiter. Vielleicht war der Kampf um Kirchberg noch nicht verloren.

Als sie sich Ilshofen näherten, kam ihnen ein staubbedeckter Reiter entgegen. Er stürzte auf sie zu und sprang dann vom Pferd, ehe das Tier zum Halten kam. Jos sah, dass sein Ärmel aufgeschlitzt war und das Blut den schmutzverkrusteten Arm entlanglief.

»Seid Ihr Degenhart?«, keuchte er.

Der Anführer nickte.

Der Blick des Boten wanderte über den verwegenen Haufen. »Er hat mehr Männer erwartet«, sagte er, noch immer außer Atem.

»Wer?«

»Unser Hauptmann Hans Bueb.«

»Mehr kann ich ihm nicht bringen«, knurrte Degenhart und spuckte auf den Boden. »Habe einige Männer in Michelbach verloren. Wie steht es in Kirchberg?«

Der Bote schüttelte den Kopf. »Kirchberg ist gefallen. Mit unstillbarem Durst nach Blut zieht der Markgraf in dieser Stunde nach Ilshofen weiter.«

»Dann los, Männer!«, rief Degenhart und zog sein Schwert. »Auf nach Ilshofen! Vielleicht können wir das Schicksal wenden!«

Der Bote schwang sich wieder auf sein schwitzendes Ross. »Ich werde dem Hauptmann berichten, dass Ihr kommt.« Er musste dem Pferd zweimal die Hacken in die Flanken stoßen, ehe es widerwillig in einen leichten Galopp verfiel.

»Kommt, Männer!«, rief der Anführer und begann zu laufen. Mit seinen langen, kräftigen Beinen griff er weit aus, sodass die meisten bald erschöpft zurückfielen. Widerwillig verlangsamte er seinen Schritt. Schon tauchten die Mauern des Städtchens auf. Einige Reiter jagten von Norden her auf die Stadt zu. Den riesigen Haufen jedoch, der sich von Kirchberg her näherte, konnten Degenharts Männer nicht sehen. Bald aber schon wurden sie von den Rufen und Schreien erreicht, die von der anderen Seite der Stadt zu kommen schienen.

Degenhart rannte auf das geschlossene Tor zu. Hier draußen waren sie dem Feind ungeschützt aufgeliefert und der kleine Haufen eine leichte Beute. Zum Glück erkannte einer der Wachen auf der Brustwehr den Hallischen Anführer und ließ rasch das Tor einen Spalt öffnen. Die Männer schlüpften in die Stadt und schon schlossen sich die Riegel wieder. Schwere Balken verrammelten das Tor.

»Wo ist der Hauptmann Bueb?«, rief Degenhart.

»Auf der anderen Seite. Von Norden und Ostern her berennen sie die Mauern!«

Den Spieß fest umklammert, folgte Jos den Männern über den Marktplatz hinweg und dann zur nördlichen Stadtmauer. Sein Blick huschte über den nur dünn besetzten Wehrgang und die feste graue Mauer. Sie würde standhalten, redete er sich beruhigend ein, die Markgräfler würden sicher wieder abziehen und dann würde er die erste Gelegenheit nutzen, um sich davonzumachen.

Widerstrebend folgte Jos Götz zum Wehrgang hoch. Das Geschrei der Angreifenden war ohrenbetäubend, doch mit raschen Handbewegungen verteilte Degenhart die Männer an der Mauer. Jos sah, wie einer der Bogenschützen Pfeil für Pfeil in den angreifenden Haufen verschoss. Weiter drüben surrte eine Armbrust. Jos musste sich ducken. Die Markgräfler schossen zurück. Ein Mann, barfuß und in einem zerrissenen Kittel, ließ seinen Bogen fallen, schrie auf und taumelte zurück. Der gefiederte Schaft eines Pfeils ragte aus seiner Brust. »Die Mauern werden standhalten«, sagte sich Jos immer wieder und drückte sich mit dem Rücken in eine Mauernische, den Spieß in den zitternden Händen.

Die Mauern hielten, denn die angreifenden Truppen

machten gar keinen Versuch, die mächtigen Quader zu durchbrechen oder die eisenbeschlagenen Tore mit dem Rammbock zu durchstoßen. Während ihre Bogenschützen die Männer an der Nord- und Ostmauer beschäftigten, umrundete ein Teil der Angreifer die Stadt. Plötzlich kamen sie von allen Seiten. Sie trugen lange, leichte Leitern, lehnten sie an die Mauer und stürmten hinauf. Mit Hellebarden und Schwertern stießen die Städtischen die Angreifer zurück und warfen die Leitern wieder um, doch für eine zurückgestoßene kamen drei neue und bald schon waren die ersten Feinde in der Stadt. Heftige Zweikämpfe entbrannten auf der Brustwehr. Götz schlug einen gut gerüsteten Edlen nieder und nahm es dann mit zwei Schwertkämpfern gleichzeitig auf. Jos stand noch immer in der Nische, die Augen weit aufgerissen, den Schaft des Spießes umklammert, doch niemand interessierte sich für ihn. Nun wurde auch unten vor den Toren gekämpft und plötzlich brandete der Schrei durch die Stadt: Die Tore sind offen!

Männer, Frauen und Kinder rannten in Todesangst zum befestigten Kirchhof und suchten in ihrem Gotteshaus Schutz.

»Männer!«, brüllte nun auch Degenhart. »Rückzug! Zum Kirchhof! Rückzug!«

Jos' Beine gehorchten ihm nicht. Der beißende Qualm brennender Häuser stieg ihm in die Nase, das ängstliche Schreien der Bürger und das wilde Gebrüll der Angreifer betäubten ihn. Eine kräftige Hand packte ihn beim Ärmel.

»Los, Bürschchen, in die Kirche!«

Götz zerrte Jos bis zur Treppe. Vor ihnen hastete Götz' Sohn über den Kirchhof. Jos rannte los, das nur noch einen Spaltbreit geöffnete schwere Kirchenportal vor Augen. Er schlüpfte in die kühle Dämmerung des Gotteshauses, in dem sich die Ilshofer Bürger und Hallischen Kämpfer drängten. Mit einem lauten Knall rastete der Querbalken hinter der Tür ein. Nur noch gedämpft drangen die Stimmen der Angreifer zu ihnen, die im Siegesrausch die Häuser plünderten und dann in Brand setzten. Wehe denen, die sich nicht in die Kirche hatten retten können!

Plötzlich verstummten die lauten Stimmen. Nur noch das Brausen des Feuers war zu hören, dessen Flammen sich in den Kirchenfenstern spiegelten. Schritte kamen näher. Unzählige Paar Stiefel überquerten den Kirchhof.

»Macht auf!«, rief eine laute Stimme. »Öffnet die Tür! Es nützt euch ja doch nichts und ich rate euch nicht meinen Zorn noch weiter anzustacheln.«

Die Menschen in der Kirche schwiegen. Keiner rührte sich.

»Nun gut, ihr habt es nicht anders gewollt!«

Er sagte etwas zu seinen Männern, das Jos nicht verstand, doch der Sinn der Worte war ihm rasch klar. Die Schläge von Äxten hallten wie Donnerschläge durch das Kirchenschiff. Holz splitterte. Durch einen Spalt schimmerte Tageslicht herein. Nach einem weiteren Schlag konnte Jos mehrere Paar Beine sehen. Manche mit metallischen Beinschienen, andere in ledernen Beinlingen.

Wieder hörte er die Stimme des Mannes, der sie aufgefordert hatte sich zu ergeben. Die Schläge verklangen. Hände rüttelten an der Tür, doch sie hielt noch immer stand. Jos sah ein paar glänzend rote Beinlinge vor dem Spalt auftauchen.

»Macht die Tür auf!«, forderte sie die Stimme noch einmal auf.

»Nein!«, brüllte der Hauptmann Bueb und die anderen Männer fielen mit ein. Jos wusste nachher nicht zu sagen, ob es der Teufel oder Gott der Herr war, der seine Hand geführt hatte, doch plötzlich hob er den Spieß und stieß ihn durch den Spalt in der Kirchentür, direkt in den roten Beinling. Ein vielstimmiger Schrei erhob sich auf dem Kirchhof draußen, und die Menschen in der Kirche konnten den Ruf hören, der sich wie eine Welle unter den Angreifern verbreitete: »Markgraf Albrecht ist verletzt!«

Jos ließ den Spieß fallen, dass er mit einem Scheppern zu Boden fiel. Die Äxte setzten ihre Arbeit fort, dieses Mal mit noch größerem Eifer. Kaum eine halbe Stunde später fiel das Kirchenportal. Eine lähmende Stille breitete sich aus, als die Menschen in der Kirche den riesigen Haufen des Markgrafen sahen. Die meisten leisteten keinen Widerstand. Es war sinnlos! Sie ließen ihre Waffen fallen und ergaben sich in ihr Schicksal.

Ein vierschrötiger Kämpfer in einer verbeulten Rüstung hob den blutbefleckten Spieß auf, den Jos fallen gelassen hatte.

»Wer hat diesen Spieß geführt und das Blut unseres edlen Markgrafen vergossen?«, brüllte er und ließ seinen Blick über die Bürger von Ilshofen und die Hallischen Kämpfer wandern, die eng zusammengedrängt in einer Ecke des Kirchhofes standen. Keiner rührte sich.

»Ich werde euch alle abschlachten lassen und ich fange mit den Kindern an, wenn sich der Elende nicht meldet!«

Er trat einen Schritt vor und griff ein kleines Mädchen mit braunen Zöpfen am Arm. Ohne den Aufschrei der

Mutter zu beachten, zerrte er das Kind auf den Platz hinaus und zog seinen langen Dolch aus der Scheide. Die Klinge blitzte in der Nachmittagssonne. Das Mädchen weinte leise.

Jos' Knie zitterten, sein Mund war trocken und sein Magen sandte Wellen der Übelkeit aus, doch irgendwie schaffte er es, sich einen Weg durch die Menge zu bahnen und vorzutreten.

»Ich, Herr, ich war es«, sagte er leise mit bebender Stimme.

Der Ritter ließ das Mädchen los und kam auf Jos zu. »Dann wirst du diese frevelhafte Tat nun mit deinem Blut sühnen.«

Jos' Blick saugte sich an der makellosen Klinge fest. Nun war es also zu Ende mit ihm. Würden seine Mutter und Geschwister je erfahren, dass er in Ilshofen unter dem Dolch eines Ritters sein Ende gefunden hatte? Was würde Rebecca denken, dass er so einfach verschwand? Und Sara? Würde sie es überhaupt interessieren, wenn sie es erführe, oder würde sie denken, nun habe er seine gerechte Strafe erhalten?

»Gerolt, haltet ein!«, erhob sich da die Stimme des Markgrafen. Den Oberschenkel dick verbunden, kam er herangehinkt.

»Lass ihn mich ansehen, den Burschen, der sich so ritterlich gegen seine Feinde gewehrt hat.«

Er legte seine Hand unter Jos' Kinn und sah ihm in die Augen. Jos spürte das weiche Leder des Handschuhs an seinem Gesicht und den strengen Blick aus den wasserblauen Augen.

»Ein junger Bursche, fast noch ein Knabe«, sagte der Markgraf leise. »Du sollst die Möglichkeit bekommen, noch zum Mann zu werden. Dieses Bürger-und-Bauern-

Pack soll doch nicht sagen können, ich hätte meine ritterliche Gesinnung verloren!«

Er ließ Jos los und hinkte zu seinem Pferd. Der Ritter Gerolt sah ihm finster nach. Zwei seiner Männer mussten dem Markgrafen helfen in den Sattel zu kommen, dann aber saß er mit geradem Rücken da, so als fühle er keinen Schmerz.

»Bringt die Gefangenen vor die Stadt. Wir brechen morgen nach Crailsheim auf.«

Er wendete sein Pferd mit einem leichten Schenkeldruck.

In der Nähe stürzte ein ausgebranntes Haus zusammen. Das Pferd scheute, doch der Markgraf hatte es schnell wieder im Griff. Seine Ritter folgten ihm.

Grob schoben und stießen die einfachen Kämpfer des Siegers die Gefangenen aus der brennenden Stadt hinaus.

KAPITEL 18

Rebecca beobachtete nun schon seit Stunden das Haus der Familie Zeuner, doch von Jos fehlte jede Spur. Nach dem Abendläuten waren Jos' Schwestern aufgeregt schnatternd im Haus verschwunden. Sie wirkten bedrückt, aber auch seltsam erregt. Nun kehrte Ruhe ein. Der Lampenschein hinter den mit Pergament bespannten Fenstern erlosch. Langsam trottete Rebecca die Lange Gasse entlang.

Wo war Jos? Sie wusste, dass er nach der Sonntagsmesse zum Kloster aufgebrochen war und dass er sie nicht dabeihaben wollte, um in Ruhe mit Sara sprechen zu können. Nun gut, er war am Abend nicht zurückgekehrt. Sicher hatte er sich verspätet und die Tore waren bereits geschlossen, als er die Stadt erreicht hatte. Den ganzen Abend hatte sie überlegt, ob sie sich durch das Henkerstürlein in der Stadtmauer schleichen sollte, um Jos zu suchen und ihn heimlich in die Stadt zu lassen, der Vater war jedoch den ganzen Abend in ihrer Nähe gewesen.

Der kleine Durchbruch in der Mauer, gleich neben dem Henkershaus, durfte nur vom Nachrichter benutzt werden, wenn es seine Arbeit notwendig machte. Meister Geschydlin bewahrte den großen Schlüssel stets sorgfältig auf, doch Rebecca wusste, wo sie ihn suchen musste. Dennoch traute sie sich nicht den Schlüssel unter den Augen des Vaters zu entwenden. In diesem Fall war er sehr streng und hätte sie für diesen Verstoß gegen seine Anordnung heftig bestraft. So blieb der Schlüssel, wo er hingehörte, und Jos musste die Nacht draußen verbringen.

Im Morgengrauen, als die Tore geöffnet wurden, war Rebecca zum Weilertor hinübergeeilt. Außer ein paar verschlafenen Bauern verlangte niemand Einlass. Rebecca wartete eine Weile, dann lief sie zum Heimbachtörle, doch auch hier war Jos nicht durchgekommen. Den ganzen Vormittag saß Rebecca auf der Brücke, um den Holzzoll einzuziehen, aber sie konnte Jos nirgends entdecken. Kaum löste ihr Bruder sie ab, ging sie zum Haalhaus des Sieders Blinzig. Sie wagte nicht das Haus zu betreten oder einen der Feurer oder Knechte anzusprechen. So schlenderte sie langsam ein paar Mal um das Haalhaus herum und lauschte, was drinnen gesprochen wurde. Schon bald stand fest, dass Jos heute nicht bei der Arbeit erschienen war, und der Sieder war wegen des unentschuldigten Fehlens mächtig böse.

So hatte Rebecca tief in Gedanken zu Hause ihre Pflichten erfüllt und sich dann zu Jos' Elternhaus aufgemacht. Sie beobachtete, wie Jos' Mutter mit der Wäsche vom Waschhaus kam und, den Korb unter dem Arm, aufgeregt mit der Nachbarin sprach. Sie sah Jos' Bruder eilig das Haus verlassen und nach einer Stunde zurückkehren. Dann kamen die Mädchen und verschwanden im Haus. Der Nachtwächter drehte bereits seine Runden, doch noch immer fehlte von Jos jede Spur. Besorgt machte sich Rebecca auf den Heimweg.

* * *

Sara fühlte den dumpfen Schmerz in ihrem Kopf und das heiße Brennen ihres Beines. Langsam öffnete sie die

Augen, doch das konnte die tiefe Schwärze um sie herum nicht vertreiben. Sie hob die Hand bis dicht vor die Augen, konnte aber nicht einmal einen Schatten erahnen. Was war passiert? Nur mühsam gelang es ihr, die zähen Nebel in ihrem Kopf zu vertreiben und die Erinnerung zurückzuholen. Sie war eine Treppe hinuntergestürzt — nein, das war vorher gewesen. Sie konnte sich an Schwester Irmgard erinnern, die ihr das schmerzende Bein verband. Sara runzelte die Stirn. Sie sah sich im Bett der Krankenkammer liegen und hörte die Stimmen zweier Menschen vor der Tür. Richtig! Sie war der Schwester und dem Johanniter bis zur Nonnenempore gefolgt. Die Worte, die sie durch die Tür erlauscht hatte, kamen ihr wieder in den Sinn und jagten ihr eisige Schauder über den Rücken. Und dann? Ja, dann war noch jemand gekommen, jemand, den sie kannte und dem sie ihr Herz ausgeschüttet hatte. Was für ein großer Fehler! Doch nun kam die Einsicht zu spät.

Saras Hand tastete über die dünne, modrige Matratze und dann über kalten, feuchten Stein. Das Mädchen hob den Kopf und lauschte. Irgendwo tropfte Wasser. Ganz in der Nähe knisterte und rauschte es, so als drehe sich ein Schlafender auf einer Matratze. Dann hörte sie zwei Stimmen, ängstlich wispernde helle Stimmen.

Es durchfuhr Sara wie ein Blitz. Plötzlich wusste sie, wo sie sich befand. Er hatte sie mitgenommen. Den weiten Weg nach Süden geschafft, wo sie nun das Schicksal der heimatlosen Kinder teilen musste. Ihr Kopf sank auf das harte Lager zurück.

Ach Jos, dachte sie, das ist das Ende. Wirst du es je erfahren? Wirst du dann mein Schicksal beweinen oder denken, das ist es, was sie verdient hat, denn Christus spricht, was du dem Geringsten angetan, das hast du mir angetan. Ich war eifersüchtig und ungerecht, doch Worte lassen sich nicht zurücknehmen und nun werde ich keine Gelegenheit mehr haben, dich um Verzeihung zu bitten. Mit einem Bein bin ich schon in der Hölle und jeder weiß: Wenn der Teufel einmal seine Hand nach einer Seele ausgestreckt hat, dann gibt es kein Entrinnen.

* * *

Auf den von derben Schuhen und Pferdehufen niedergetrampelten Feldern brannten unzählige Feuer. Die Nacht war kühl und sternenklar. Eine dünne Mondsichel hing schief über den Baumwipfeln im Osten.

Die Beute gehört den Siegern und die ließen sich schmecken, was sie in Küchen und Kellern zusammengerafft hatten. Sie hatten Schweine und Hühner aus ihren Verschlägen getrieben, und etliche von ihnen brutzelten nun über den lodernden Flammen. Immer wieder tönte das Krachen einer Axt über das nächtliche Feld, wenn das nächste Weinfass aufgeschlagen wurde, um die durstigen Kehlen zu erfrischen. Ein Mann stimmte ein Lied an. Andere Stimmen fielen grölend mit ein. Im Westen sackten die letzten brennenden Häuser der Stadt in sich zusammen und bald leuchtete nur noch ein Hügel tiefroter Glut durch die Nacht. Wo am Morgen eine lebendige Stadt gestanden hatte, war nur Asche und Staub zurückgeblieben.

Etwas abseits lagen die Gefangenen mit gefesselten Armen und Beinen in kleinen Grüppchen zusammen auf der morastigen Erde. Die Männer des Markgrafen hatten einen weiten Ring aus Fackeln um sie gezogen. Jos hob ein wenig den Kopf und zählte vier Wächter, die langsam ihre Runden um die Gefangenen drehten. Jos lag mit drei Männern am äußeren Rand, doch das Licht der beiden Fackeln, die ihm am nächsten steckten, erreichte ihn nur schwach. Jos versuchte in den Gesichtern der Männer zu lesen, die neben ihm lagen. Es waren Götz und sein Sohn Christian. Götz lag unbeweglich da und starrte in den Nachthimmel hinauf. Langsam drehte Jos den Kopf auf die andere Seite und sah in die hellen Augen von Degenhart.

»Tja, Junge, so kann's gehen«, sagte er leise. Bedauern schwang in seiner Stimme.

»Was werden sie mit uns tun?«, wisperte Jos.

»Nach Crailsheim schleppen, das hast du doch gehört. Viele ihrer Leibeigenen sind bei den Kämpfen umgekommen. Sie brauchen Leute, die beim Aufbau helfen und die niedergebrannten Felder wieder bestellen.«

Jos versuchte sich in eine bequemere Lage zu drehen. Die Kälte des feuchten Bodens drang ihm durch Kittel und Hemd bis in die Knochen. Die Fesseln schnürten das Blut zu seinen Händen und Füßen ab. Außerdem drückte etwas Hartes unter seiner Hüfte.

»Sie werden kommen und uns befreien«, raunte Degenhart nach einer Weile.

»Wer?«, flüsterte Jos zurück.

»Die Rothenburger und Augsburger, die Ulmer und Memminger Mannen. Sie werden den Fall von Kirchberg und Ilshofen rächen. Inzwischen haben sich über siebzig Städte dem Bündnis angeschlossen und sie vereinen weit mehr als eintausend Geharnischte unter ihren Fahnen. Wie ein Sturm werden sie übers Land fegen und den Markgrafen und seine Raubritter vernichten.«

Jos schwieg. Wie lange konnte es dauern, bis die große Streitmacht kam? Wie viele der Gefangenen würden dann noch leben? Wie leicht wurden die einfachen Menschen zwischen den mächtigen Streitern zerrieben! Wieder rückte er ein Stück zur Seite, doch der unangenehme Druck unter seiner Hüfte blieb. Plötzlich riss er überrascht die Augen auf! Konnte das sein? Hatten die beiden Kämpfer, die ihn gebunden hatten, nur das lange Messer genommen, das Degenhart ihm gegeben hatte? Jos tastete mit den Fingern nach dem Gürtel unter dem groben Kittel. Ja, das war die Lederhülle, in der das kleine Messer steckte, das er nur im Bett abzulegen pflegte. Langsam zog er seinen groben Kittel höher, bis seine Finger das Ledertäschchen erreichten. Es war nicht einfach, mit auf den Rücken gefesselten Händen das Messer herauszuziehen, doch schließlich schaffte es Jos. Eine Weile blieb er ganz still liegen, um seinen Atem zu beruhigen. Der bärige Kämpfer an seiner Seite beobachtete ihn gespannt, sagte aber kein Wort.

Es war schon schwierig gewesen, das Messer aus dem Gürtel zu ziehen, doch noch komplizierter gestaltete es sich, die Fesseln zu durchtrennen. Immer wieder schnitt Jos in Haut und Fleisch, statt in Hanf, doch er biss die Zähne zusammen und machte verbissen weiter. Da! Einer der Stricke gab nach. Jos zog seine Hände ein Stück auseinander und endlich gelang es ihm, die Fesseln abzustreifen.

Götz' Augen schimmerten in der Dunkelheit. Gebannt starrte er Jos an, der nun langsam die Beine anzog, um auch die Stricke um seine Knöchel durchzuschneiden.

»Achtung!«, raunte der Kämpfer plötzlich. »Lieg still!«

Jos erstarrte. Zwei Männer näherten sich. Sie stiegen achtlos über die Gefangenen hinweg und traten hier oder dort einem der am Boden Liegenden in die Seite. Jos wehte der Geruch von Wein in die Nase, und als sie auf die Fackeln zustrebten, sah er, dass einer der beiden Mühe hatte, gerade zu gehen. Sie traten ins Licht der Flammen, wechselten ein paar Worte mit den beiden Wächtern auf ihrer Seite und nahmen dann deren Plätze ein. Die anderen beiden verschwanden rasch, um ihren Anteil an Wein und Schweinebraten einzufordern.

Jos blieb noch eine ganze Weile regungslos liegen, ehe er wagte die Beine wieder anzuziehen und die Fesseln vollends zu lösen. Endlich fielen die Stricke zu Boden. Er war frei!

Jos hob den Kopf ein Stück und ließ den Blick suchend schweifen. Die Wächter standen ein ganzes Stück entfernt. Der eine stützte sich müde auf seine Hellebarde, der andere hockte im Gras. Ganz langsam rutschte der junge Mann zu Götz hinüber, der ihm bereits seine Hände entgegenstreckte. Nur wenige Augenblicke später fielen die Fesseln ab. Der bärige Kämpfer winkelte die Beine ab und dann war auch er befreit. Götz deutete auf Degenhart. Er selbst rollte sich zu seinem Sohn, um dessen Knoten zu lösen. Jos robbte langsam zu dem Hünen hinüber.

Nun waren sie ihre Fesseln los, doch wie sollten sie dem übermächtigen Feind entkommen? Degenhart deutete auf die beiden Wächter und dann auf eine der Fackeln ein Stück südlich von ihnen. Der eine Wächter schien eingenickt, der zweite schlurfte mit gesenktem Blick auf und ab. Jos betrachtete die Fackel, auf die Degenhart gedeutet hatte. Sie brannte schwächer als die anderen. Würde sie erlöschen? Gebannt beobachtet Jos die immer kleiner werdende Flamme, die schließlich zu einem roten Glimmen zusammenschrumpfte. Eine kräftige Hand drückte sein Handgelenk. Der Augenblick war da! Langsam, mehr kriechend als krabbelnd, robbten

276

die vier Männer auf die erloschene Fackel zu. In Jos'
Kopf rauschte es. Wenn nur der Wächter nicht hochsah,
wenn nur der zweite nicht erwachte, wenn nur keine
Ablösung kam, wenn sie nur kein verräterisches Geräusch verursachten! Er erwartete jeden Augenblick eine laute Stimme zu hören, die die Flüchtenden zurück-
rief. Wehe ihnen, wenn sie dann in die Hände der be-
trunkenen Meute fielen!

Jos spürte den kalten Morast unter Knien und Händen.
Das Einzige, was er erkennen konnte, waren Degenharts ausgetretene Schuhsohlen vor ihm. Hinter sich
hörte er Christians Atem.

Er kroch immer weiter. Die Zeit dehnte sich zur Ewigkeit. Wie weit waren sie gekommen? Jos wagte nicht innezuhalten und einen Blick zurückzuwerfen. Plötzlich
stockten die Füße vor ihm. Jos hörte Wasser plätschern.
Degenhart erhob sich auf die Knie und warf einen
schnellen Blick zurück zum Lager.

»Ich glaube nicht, dass sie uns jetzt noch sehen können«, raunte er Jos zu. »Beeilen wir uns, dass wir den
Wald erreichen.«

Er erhob sich schwankend, sprang über den schmalen
Bachlauf und eilte dann mit ausgreifenden Schritten auf
den schwarz vor ihnen aufragenden Wald zu. Ein paar
Mal strauchelte Jos und wäre beinahe gestürzt, doch
Götz fing ihn auf. Noch immer hatte er kaum Gefühl in
Händen und Füßen. Erst langsam kehrte es schmerzhaft
wie tausend Ameisenbisse wieder zurück.

Sie liefen und liefen. Endlich ragten zu beiden Seiten
Stämme in den nachtschwarzen Himmel und noch immer waren vom Lager her keine Rufe oder Schreie zu
hören. Sie waren entkommen!

Einen Augenblick blieben die vier Gestalten stehen

und sahen zurück, wo in der Ferne die Flammenpunkte tanzten. Stumm klopften sie sich auf die Schultern, dann winkte sie Degenhart weiter. Jos überkam eine bleierne Müdigkeit und es fiel ihm schwer, die Augen offen zu halten. Auch Christian stolperte nun immer öfter, doch Degenhart schritt, ohne innezuhalten, weiter durch den nächtlichen Wald. Manches Mal überquerten sie Lichtungen, dann gingen sie über frisch-grüne Felder oder passierten schlafende Gehöfte. Als der Morgen graute, erhob sich am Horizont vor ihnen eine Stadtmauer.

»Wo sind wir?«, fragte Jos und kniff die müden Augen zusammen.

»Das ist Vellberg«, sagte Degenhart. »Meine Schwester hat dort einen Bäckermeister geheiratet. Sie werden uns zu essen geben und ein Lager bereiten.«

Essen und ein Bett! Das klang wie süße Musik in Jos' Ohren und noch einmal setzten sich seine erschöpften Beine in Bewegung. Nur durch einen nebeligen Schleier nahm er die geöffneten Tore mit den Wächtern wahr, die unratbedeckten, morastigen Gassen und die nach Schweiß und Zwiebeln stinkenden Menschen um sich herum. Er tappte hinter Götz her bis zu einem schmalen, strohgedeckten Haus. Kaum noch schaffte er es, die Füße anzuheben, um die gewundene Stiege hinaufzusteigen.

Die Wärme der Stube hüllte ihn ein. Er ließ sich von einer drallen Frau mit rotem Gesicht auf die Eckbank schieben. Sie wechselte einige Worte mit Degenhart, dann eilte sie davon. Jos wäre fast mit dem Kopf auf der Tischplatte eingeschlafen, doch ein herrlicher Duft belebte seine Sinne. Die Frau kam zurück und brachte einen Korb mit frischem Brot, fleischgefüllte Pasteten,

Gewürzkuchen und Schinken, süßes Pflaumenmus und Griebenschmalz. Dazu stellte sie einen Krug heißen Wein und einen mit fettiger Milch auf den Tisch.

»Greift zu!«, forderte sie die schmutzigen und erschöpften Besucher auf. Die ließen sich nicht zweimal bitten. Warm duftendes Brot in der einen Hand, ein mächtiges Stück Schinken in der anderen, fühlte sich Jos schon wieder viel besser. Er trank zwei Becher Milch und einen mit Wein.

Als die Hausherrin sah, dass es den Gästen schmeckte, ging sie wieder davon, um ein paar Säcke mit Stroh zu füllen und den Männern in der Dachkammer ein Lager zu richten. Bald lag Jos unter einem sauberen Linnen auf frischem Stroh und reckte seine schmerzenden Glieder. Nicht einmal Degenharts dröhnendes Schnarchen konnte seinen Schlaf stören.

Jos schlief tief und traumlos, während die Bürger in Vellberg ihr Tagewerk verrichteten. Es wurde Abend und dann Nacht, doch noch immer rührte sich der junge Mann nicht. Degenhart und Götz erhoben sich von ihrem Lager und zogen sich mit dem Bäcker in die Stube zurück, um sich zu beraten.

Es graute bereits der Morgen des nächsten Tages, als Jos sich endlich von seiner Bettstatt erhob und die Leiter zur Stube hinunterstieg. Dort traf er nicht nur auf die Bäckerin und ihre Kinder, auch Götz und Christian saßen auf der Bank und ließen sich ihre Milchsuppe schmecken.

»Na, du hast ja einen gesunden Schlaf!«, begrüßte ihn Degenharts Schwester und schob ihm einen Hocker an den Tisch. »Und ich nehme an, dein Appetit steht dem in nichts nach.« Sie zwinkerte fröhlich und füllte ihm eine Schale mit Milchsuppe.

»Wo ist Degenhart?«, fragte Jos mit vollem Mund.

»Der ist schon weg«, antwortete Götz und grinste den jungen Mann an. »Auf so eine Schlafmütze wie dich konnte er nicht warten.«

Jos lief rot an und wollte sich verteidigen, doch Götz wehrte ab.

»Er ist gleich am Abend aufgebrochen, um sich auf die Suche nach den Truppen des Städtebunds zu machen. Und dann wird er wohl mit ihnen nach Crailsheim marschieren.«

»Und Ihr?«, fragte Jos und schob sich ein großes Stück Brot in den Mund.

»Wir werden ihm noch heute nachreisen. Er ist übrigens nicht gegangen, ohne dich herzlich zu grüßen und dir Dank für unsere Rettung zu sagen. Dem schließen Christian und ich uns gerne an.« Verlegen sah Jos zu Boden, doch seine Wangen glühten vor Stolz.

»Hier.« Götz schob ein längliches Paket über den Tisch. »Das hat er für dich dagelassen. Zur Erinnerung an deine erste Schlacht.«

Jos knotete die Schnur auf und wickelte dann den grauen Stofflappen auseinander, bis ein stattliches Messer in seinen Händen lag. Die Klinge war etwa einen Fuß lang. Die scharfe, glatte Schneide schimmerte bläulich. Der kunstvoll gearbeitete Griff war oben mit winzigen Schnitzereien verziert.

»Aber das ist doch viel zu wertvoll für mich«, stotterte Jos.

»Nimm es!«, befahl Götz streng und sein Ton duldete keine Widerworte. »Wirst du uns begleiten?«, fragte er dann und kippte einen Becher Gewürzwein herunter.

Jos schüttelte den Kopf. »Ich muss zu meiner Familie. Wer soll sie ernähren, wenn ich nicht da bin? Und dann gibt es noch etwas anderes, das ich erledigen muss«, sagte er leise. Ganz deutlich stand ihm Saras Bild vor Augen. Götz und Christian erhoben sich.

»Dann lebe wohl und Gottes Segen mit dir«, sagte Götz herzlich und umarmte Jos, dass dessen Rippen knackten.

Christian klopfte Jos auf die Schulter. »Schade, dass du nicht mitkommen willst. Vielleicht wäre aus dir doch noch ein Kämpfer geworden«, sagte er und grinste. Jos wusste, wie tapfer auch Christian sich gegen die Markgräfler Eindringlinge gewehrt hatte — trug er doch nun einen Verband am Kopf und am rechten Oberarm.

Jos schüttelte den Kopf und lächelte zurück. »Nein, ich glaube nicht. Das Salzsieden geht mir besser von der Hand.«

Als die beiden sich verabschiedet hatten und in den engen Gassen der Stadt verschwunden waren, hatte es Jos plötzlich auch eilig, den Heimweg anzutreten. Obwohl er kaum eine Tageswanderung vor sich hatte, ließ es sich die Bäckerin nicht nehmen, ihm ein Bündel mit Proviant zu schnüren. Jos bedankte sich artig und machte sich dann auf den Weg zurück nach Hall.

* * *

Am Nachmittag erreichte Jos ohne weitere Zwischenfälle das Langenfelder Tor. Er eilte sofort zum Haal, um Meister Blinzig sein Fehlen zu erklären. Der Sieder starrte ihn erst finster und dann ungläubig an, doch Jos versicherte ihm immer wieder, dass jedes Wort davon wahr sei. Endlich nickte der Sieder.

»Geh nach Hause«, sagte er barsch.

Jos starrte ihn entsetzt an. »Aber Meister, ich bitte Euch«, stotterte er.

Da huschte ein Lächeln über Hans Blinzigs bärtiges Gesicht.

»Deine Mutter ist bestimmt in Sorge, wo du abgeblieben bist. Aber morgen bist du pünktlich bei Sonnenaufgang an den Pfannen, sonst setzt es ein paar Backpfeifen, wie du sie noch nie bekommen hast!«, knurrte er.

Die Erleichterung stand Jos ins Gesicht geschrieben. Für einen Moment hatte er tatsächlich geglaubt, der Sieder hätte ihn hinausgeworfen. Schüchtern lächelte er den Meister an.

»Pack dich fort!«, schnaubte dieser, doch in seinen Augen stand ein Lächeln.

Jos verbeugte sich, murmelte einen Dank und schon war er aus dem Sudhaus. Im Laufschritt rannte er auf die steinerne Brücke zu und dann nach Hause.

Seine Mutter vergoss ein paar Tränen, die Schwestern ein ganzes Meer und sein Bruder sah mit glänzenden Augen zu ihm hoch und forderte ihn immer wieder auf die Geschichte seiner Heldentat noch einmal und noch einmal zu erzählen. Endlich, es dämmerte bereits, konnte er ihn abschütteln. Jos verließ das Haus und ging zur Weilervorstadt. Plötzlich kam er sich albern vor. Warum sollte ihn Rebecca wegen zwei Tagen schon vermisst haben? Gut, er hatte vorgehabt am Sonntagabend wieder zurückzukommen, aber was kümmerte sie es? Nur ihm schien in diesen beiden Tagen eine Ewigkeit vergangen zu sein, doch hier in Hall war alles seinen gewohnten Lauf gegangen. Sein Schritt verlangsamte sich. Er konnte sie fragen, wie es um Anna stand, und sicher würde sie auch wissen wollen, dass Sara verschwunden war. Das waren gute Gründe, sie aufzusuchen, sagte er sich, obwohl er tief in sich wusste, dass der eigentliche Grund seine Sehnsucht nach ihr war.

»Jos!«, rief Rebecca, als sie ihn sah, und eilte ihm entgegen. »Wo in aller Welt bist du gewesen?«, sagte sie mit einer Mischung aus Erleichterung und Vorwurf in der Stimme.

»Das ist eine lange Geschichte«, seufzte Jos und starrte sie an, als habe er etwas wieder gefunden, das er verloren glaubte.

»Dann wirst du dir die Zeit nehmen müssen, mir alles der Reihe nach zu erzählen!«, forderte Rebecca streng, packte ihn am Arm und zog ihn in die Scheune hinüber, denn der Abend war kühl und es wehte ein frischer Wind. Rebecca setzte sich ins Heu. »Erzähle!«

Jos ließ sich an ihrer Seite nieder und begann von seinem Abenteuer zu berichten. Rebecca lehnte sich an ihn und lauschte seiner Geschichte, ohne ihn auch nur einmal zu unterbrechen. Dann sprach Jos von Sara.

»Ich habe nachgedacht und kann es nicht glauben, dass sie einfach so aus dem Kloster weggelaufen ist. Wohin kann sie denn gehen? Und dass sie mit irgendeinem Mann mitgegangen ist, den sie nicht kannte ...« Jos schüttelte den Kopf. »Nein, das passt nicht zu ihr. Wenn sie jedoch nicht freiwillig weggegangen ist, dann ist sie dazu gezwungen worden. Die Frage ist daher: Was kann passiert sein, dass sie Sara heimlich bei Nacht aus dem Kloster fortgeschafft haben?«

Rebecca schwieg.

»Ich kann mir nur denken, dass sie dem Geheimnis der verschwundenen Kinder auf eigene Faust nachgegangen und der Lösung zu nahe gekommen ist.«

»Du weißt, was das bedeuten kann?«, sagte Rebecca leise.

»Ja«, sagte Jos mit fester Stimme. »Wir wissen inzwischen nur zu genau, dass diese Männer kein Gewissen plagt und dass sie, ohne zu zögern, zu Mördern werden.«

Rebecca rückte noch ein Stückchen näher an Jos heran. Er legte den Arm um ihre Schulter und streichelte ihren Rücken.

»Doch was sie ihr auch angetan haben, ich muss es wissen«, fuhr er fort und seine Stimme klang fest. »Vielleicht können wir sie noch retten, und wenn nicht ...« Er schwieg einige Augenblicke. Nur sein schwerer Atem war zu hören. »Wenn nicht, dann werde ich dafür sorgen, dass diese Mörder ihre Strafe bekommen, und wenn ich selbst die Klinge gegen sie erheben muss. Ich werde Stefan und Sara rächen!«

»Rebecca!«

Das war die Stimme des Henkers. Die beiden erstarrten. Rebecca legte den Finger auf die Lippen.

»Keinen Laut!«, wisperte sie und sprang auf.

»Ja, Vater, ich komme«, rief sie, raffte die Röcke und eilte hinaus.

»Was tust du in dieser Zeit in der Scheune?«, fragte der Vater erstaunt.

»Oh, ich wollte noch etwas Heu für die Ziegen holen«, sagte sie und sah den Vater aus großen Augen an.

»Aber das war heute Michels Aufgabe«, erwiderte Meister Geschydlin und runzelte ärgerlich die Stirn. »Hat er schon wieder vergessen das Vieh zu versorgen?«

»Nein, nein«, beeilte sich Rebecca den Bruder zu verteidigen. »Ich dachte nur, ich hole es schon einmal für morgen und ...« Unter dem fragenden Blick des Vaters verstummte sie.

»Du verhältst dich in letzter Zeit sehr merkwürdig«, murmelte er und ließ den Blick über seine Tochter schweifen. Als habe er es bis dahin nicht bemerkt, seufzte er: »Mögen die Heiligen mir beistehen, meine kleine Rebecca ist zum Weib geworden.«

Zum Glück verfolgte er die Sache nicht weiter und es war zu düster, als dass er die leichte Röte in ihren Wangen bemerkt hätte. Er zeigte auf seinen Becher und sagte: »Ich werde zur ›Glocke‹ rübergehen. Es schwirren wilde Gerüchte durch die Stadt. Ilshofen soll an den Markgrafen gefallen sein. Ich will hören, was gesprochen wird.«

Obwohl Rebecca genau wusste, was in Ilshofen vor sich gegangen war, nickte sie nur. Sie wartete, bis der Vater außer Sicht war, dann schlüpfte sie wieder in die Scheune und zog die Tür hinter sich zu.

Jos war nun aufgestanden, um sich von Rebecca zu verabschieden.

»Vielleicht ist sie ja doch freiwillig gegangen. Sie hat gemerkt, dass es gefährlich wird, und ist geflohen«, gab das Mädchen zu bedenken und streichelte Jos' Hand.

»Ja, vielleicht«, seufzte er.

»Ich werde das überprüfen«, sagte Rebecca und drückte ihm einen Kuss auf die Lippen.

»Was hast du vor?«, fragte Jos erstaunt.

»Wart's ab. Morgen Abend erfährst du mehr.«

Sie wollte davoneilen, doch er hielt sie fest. »Tu bitte nichts Unüberlegtes. Ich will dich nicht auch noch verlieren.«

»Keine Angst«, sagte sie weich. »Du wirst mich verlassen, nicht ich dich.«

Mit diesen Worten entschwand sie in der Dunkelheit und ließ Jos mit seinen verwirrten Gefühlen zurück.

KAPITEL 19

Den nächsten Tag grübelte Jos immer wieder darüber nach, was Rebecca vorhaben könnte. Hoffentlich tat sie nichts Leichtsinniges. Als er am Abend mit seiner Arbeit fertig war, ging er in die Weilervorstadt hinüber. Jos schlich dreimal am Garten des Henkers vorbei, doch Rebecca war nicht da. Oben, hinter den mit dünnen Häuten bespannten Fenstern der Stube, brannte Licht, aber er wagte nicht an die Tür zu klopfen. Sicher saß Rebecca mit Vater, Bruder und dem Henkersknecht beim Nachtmahl und der Gedanke, den Nachrichter dabei zu stören, bereitete Jos ein unangenehmes Grimmen im Magen. Schließlich gab er es auf und trottete nach Hause. In Gedanken versunken löffelte er seine Kohlsuppe und reagierte kaum auf die Späße seines Bruders oder die drängenden Fragen der Schwestern. Seine Mutter beobachtete ihn besorgt, doch Jos beachtete es nicht. Kaum hatte er den Löffel in die leere Tonschale gelegt, stand er auch schon auf und eilte zur Tür. »Du gehst noch einmal weg?«, wunderte sich die Mutter.

»Ja, ich muss«, stotterte Jos und brach dann ab. Die Augen der Mutter und Geschwister waren auf ihn gerichtet. So murmelte er nur: »Ich komme bald zurück«, und rannte dann die Treppe hinunter.

Er war kaum aus der Tür getreten, da griff ihn jemand am Arm.

»Sara ist nicht freiwillig weggegangen!«, stieß Rebecca hervor.

Jos zog sie in eine dunkle Ecke des Hofes.

»Wie kannst du dir da so sicher sein?«

Rebecca drückte ihm ein Bündel in die Hand.

»Hier, das sind ihre Sachen. Ich habe der Nonne am Tor gesagt, Saras Mutter würde mich schicken die restlichen Sachen abzuholen, und da hat sie mir das Bündel mitgegeben. Ich habe es mir angesehen. Wenn Sara nicht außergewöhnlich viele Hemden und Kleider besaß, dann kann sie kaum etwas am Leib gehabt haben, als sie verschwand. Zumindest hat sie Schuhe und Umhang zurückgelassen und ohne die wäre sie wohl kaum aus dem Kloster geflohen!«

Jos krampfte sich das Herz zusammen. »Dann haben sie sie ermordet, wie sie es mit Stefan und dem Junker gemacht haben und mit den Männern im Turm«, flüsterte er. »Ermordet und ohne einen Segen verscharrt.«

Rebecca legte den Arm um ihn.

»Das ist eine Möglichkeit«, sagte sie sanft. »Doch es gibt noch eine andere. Sie haben Sara gezwungen mitzukommen und wir werden sie zusammen mit den Kindern finden. Verzage nicht. Noch besteht Hoffnung, und wenn sie noch am Leben ist, dann werden wir sie auch finden!«

Jos straffte den Rücken. »Ja«, sagte er fest. »Am Sonnabend werde ich mich auf die Lauer legen, bis dieser Satan kommt und mich zu seinem Versteck führt.« Er reckte die Faust in die Luft. »Und wenn ich mich eine Woche lang in dieser Scheune verbergen muss, dieses Mal lasse ich mich nicht abschütteln.«

»Wir«, verbesserte Rebecca. »Ich werde mit dir kommen. Du kannst dir deine Worte sparen. Ich lasse mich nicht abschütteln.«

»Und dein Vater?«, fragte Jos nur.

Rebecca machte eine wegwerfende Handbewegung. »Der reist am Freitag nach Würzburg, um den Nachrichter dort zu besuchen. Eine Woche lang wird er sicher unterwegs sein.«

Jos überlegte noch einen Augenblick, dann nickte er.

»Gut, wir treffen uns am Freitag nach Sonnenuntergang vor dem Weilertor. Nimm dir einen dicken Umhang und einen Beutel Proviant mit, damit wir so lange ausharren können, bis der Schurke auftaucht.«

Rebecca hauchte ihm einen Kuss auf die Wange. »Ich werde da sein«, flüsterte sie und verschwand dann in der Nacht.

* * *

Die Stunden bis zum Freitag krochen langsamer als eine Schnecke dahin. Jos konnte am Tag kaum mehr an etwas anderes denken und auch in der Nacht lag er viele Stunden lang wach und dachte an die bevorstehende Jagd. Würde er Sara lebend finden oder konnte er nur noch ihren Tod rächen? Würde es ihnen überhaupt gelingen, den Johanniter und seine Spießgesellen zu überlisten, oder würden sie wie die Kinder und Sara in ihre skrupellosen Hände fallen? Wie oft konnte er den Tod noch versuchen und dann seinen Knochenhänden wieder entfliehen?

Endlich war der Freitag da und die letzte Salzpfanne leer geschaufelt. Jos winkte den Feurern und Siedersknechten zu und lief dann nach Hause. Sein Bündel lag schon gepackt in seiner Kammer. Rasch verabschiedete er sich von der Mutter und eilte dann zum Weilertor. Gerade als die rötlichen Strahlen auf den Baumwipfeln am Galgenberg erloschen, trat er durch das Tor. Rebecca war schon da. Auch ihr stand die Anspannung ins Gesicht geschrieben. Sie begrüßten sich nur knapp und wanderten schweigend die Gottwollshäuser Steige hinauf und dann auf den düsteren Wald zu. Jos lauschte aufmerksam in die Nacht. Schließlich wollte er nicht wieder einer umherstreifenden Bande oder gar irgendwelchen Strauchdieben in die Arme laufen. Bald war es so dunkel, dass sie nur noch langsam vorankamen, doch endlich lag der Wald hinter ihnen. Im Sternenlicht passierten sie Rinnen und stiegen den Abhang zu dem friedlich schlafenden Kloster hinunter. Bevor sie die Scheune vor den Klostermauern betraten, lauschten sie angestrengt. Es war nichts zu hören. Müde richteten sie sich ein Lager im Heu.

»Schlaf jetzt«, sagte Jos und tastete nach Rebeccas Hand. »Ich werde wachen. Später kannst du dann Acht geben.«

Das Mädchen rollte sich wie ein kleines Tier zusammen. Bald waren nur noch ihre regelmäßigen Atemzüge zu hören und ab und zu das Rascheln einer Maus, die über den heubedeckten Boden tippelte. Es war ein merkwürdiges Gefühl, Rebeccas Schlaf zu bewachen. Es drängte Jos, sie zu streicheln, doch er fürchtete sie aufzuwecken. Nein, sie würden ihre Kräfte noch benötigen. Und so lag er wach neben ihr, den Kopf in die Hand gestützt, bis das Grau des Morgens durch die Ritzen schimmerte. Sanft strich er Rebecca über das Haar. Sofort war sie hellwach, richtete sich auf und sah Jos mit fragenden Augen an.

»Noch nichts«, sagte er bedauernd und schüttelte den Kopf.

Das Mädchen entspannte sich. Gemeinsam aßen sie Brot und Käse und tranken sauren Wein aus einem alten ledernen Schlauch. Dann legte sich Jos ins Heu und war auch schon eingeschlafen.

Rebecca verbarg sich im Schutz eines dichten Haselbusches und beobachtete das Kloster. Kurz nach Mittag gesellte sich Jos zu ihr. Ab und zu öffnete sich das Tor, um jemanden ein- oder auszulassen. Als Erste sahen sie drei ältere Pilger mit ihren breiten Hüten und den langen Stäben das Kloster betreten. Dann kam der Schmied auf dem Kutschbock eines kleinen Karrens heraus. Eine Stunde später öffnete sich das Tor wieder und Bruder Sebastian lenkte einen Wagen gen Süden. Als die Sonne sank, kehrten die Mägde und Knechte von den Feldern zurück. Die Glocke klang über Wald und Wiesen und rief zur Abendmesse. Allmählich wurde es dunkel und Rebecca und Jos zogen sich wieder in die Scheune zurück. »Du kannst jetzt schlafen«, sagte Jos und wischte ihren Protest mit einer Handbewegung fort. »Ich werde dich wecken, wenn die Schwestern drüben das erste Stundengebet singen.«

Wieder war sie hellwach, kaum hatte Jos sie berührt.

»Und?«, wisperte sie erregt.

Jos schüttelte den Kopf. »Nicht einmal eine Maus hat sich geregt.«

Doch kaum hatte er die Worte ausgesprochen, packte er Rebecca hart am Handgelenk. Nun hörte auch das Mädchen leise Schritte im hohen Gras. Ein Lichtschimmer huschte an den Ritzen der Scheunenwand entlang. Dann öffnete sich knarrend die Tür. Ohne auch nur einmal innezuhalten, schritt die große Gestalt auf das Fass zu und verschwand. Eine ganze Weile wagten die beiden kaum zu atmen. Würde er zurückkommen und ihnen den Weg zu seinem Versteck zeigen? Jos und Rebecca zitterten vor Aufregung, doch ihre Geduld wurde auf eine harte Probe gestellt. Fast zwei Stunden vergingen, endlich verkündete ein leises Scharren die Rückkehr des Mannes. Ehe er die Scheune verließ, löschte er den Kienspan. Dann fiel die Tür klappend hinter ihm zu.

Rebeccas Nägel krallten sich in Jos' Arm. Langsam zählte er die Atemzüge. Als er bei zehn angekommen war, warf er sein Bündel über den Rücken und kletterte über den Heuberg auf die Tür zu. Rebecca folgte ihm. Sie drückten sich durch einen Spalt ins Freie und sahen sich um. Die dunkle Gestalt war gegen den zögerlich heller werdenden Nachthimmel gut zu erkennen. Der Mann wandte sich nach Süden. Jos und Rebecca folgten ihm in sicherem Abstand nach.

»Meinst du, es ist der Johanniter?«, wisperte Rebecca nach einer Weile.

»Könnte schon sein«, raunte Jos zurück. »Auf jeden Fall scheint er denselben Weg zu nehmen, den Bruder Contzlin mit den Kindern gegangen ist.«

Sie folgten der Bibers an Michelfeld und Bibersfeld vorbei. Als sie Rieden hinter sich gelassen hatten, wandte sich der Mann nach Osten auf Uttenhofen zu. Inzwischen hing das bleiche Grau des Morgens über den taubedeckten Wiesen und es wurde immer schwieriger, den Mann im Auge zu behalten und dennoch nicht zu riskieren entdeckt zu werden.

Der Fremde schritt eilig dahin, ohne auch nur einmal zu rasten. Er folgte zielstrebig seinem Weg und drehte sich auch nicht um, bis sie Uttenhofen hinter sich gelassen hatten und den steilen Hang ins Kochertal hinunterstiegen. Auf der Aue unten angekommen, blieb er plötzlich stehen und wandte sich um. Gerade noch rechtzeitig warfen sich Rebecca und Jos hinter einen dichten Busch.

Da stand der Johanniter unter dem sich rosa färbenden Himmel und ließ misstrauisch den Blick schweifen. Zwei-, dreimal wanderte sein Blick über den Hang, den sie herabgekommen waren, dann über die saftige Auenwiese bis über den Kocher hinüber und den gegenüberliegenden Abhang hinauf, den die Schenken von Limpurg ihr Eigen nannten.

Wo will er nur hin?, fragte sich Jos. Er kannte die Gegend von seinen Ausflügen mit Stefan. Hier unten gab es nichts, das es aufzusuchen lohnte. Vielleicht wollte er den Kocher überqueren und über Hirschfelden nach Michelbach hinaufsteigen, doch der Mann machte keine Anstalten, sich dem schäumenden Wasser zu nähern. Stattdessen wandte er sich nach Norden, strebte einem dichten Gebüsch zu und verschwand.

Jos und Rebecca mussten eine Weile warten, ehe sie die Lichtung gefahrlos überqueren konnten. Sie huschten auf die Büsche zu. »Sieh nur die Spuren«, flüsterte Rebecca und deutete auf eine schlammige Stelle, in der sich die Abdrücke kleiner Füße eingegraben hatten.

Sie schlüpften zwischen den Büschen hindurch. Rebecca deutete auf die abgeknickten Zweige zu beiden Seiten, die bereits zu welken begannen. Offensichtlich waren hier in letzter Zeit mehr Menschen unterwegs gewesen, als man vermuten sollte. Dicht hinter Jos folgte Rebecca dem kaum erkennbaren Pfad ins Dickicht. Plötzlich ließen sie das Gestrüpp hinter sich und standen auf einer kleinen Lichtung, die im Westen von einer grauen Felswand begrenzt wurde. Mindestens fünfzehn Schritte hoch ragte der Fels senkrecht in den Himmel. Über seine Kante hing dichtes Gestrüpp herab, dahinter konnte Jos Baumwipfel erkennen.

Jos und Rebecca arbeiteten sich am Rand der Lichtung

durch dichtes Strauchwerk auf die Felswand zu. Sie fanden einen einfachen Schuppen, der recht neu aussah. Ein kurzer Blick ins Innere enthüllte jedoch nur einen Stapel leerer Kisten und Fässer. Dann erreichten sie die Felsen. Hier ging es nicht weiter. Die Wand war, wie an vielen Stellen des Kochertals, viel zu steil, um sie zu erklimmen. Jos ließ seinen Blick über den Boden schweifen, doch es gab keine frischen Fußspuren. Wieder umrundeten sie die Lichtung, bis sie an der anderen Seite die graue Wand erreichten, doch auch hier ging es nicht weiter. Die beiden sahen sich fragend an.

Wohin in aller Welt war der Johanniter verschwunden? Er konnte sich doch nicht in Luft aufgelöst haben? Es sei denn, hier waren dunkle Mächte im Spiel, an die Jos gar nicht denken wollte.

»Was jetzt?«, flüsterte er Rebecca zu.

Das Mädchen reagierte nicht. Es starrte auf eine dunkle Linie im Gras, die geradewegs auf ein Gebüsch am Fuß der Felswand zuführte. »Sieh dir das Gras an«, wisperte sie nach einer Weile. »So sieht es aus, wenn es immer wieder niedergetreten wird.«

»Aber ...«, begann Jos und verstummte. Er konnte Stimmen hören. Sie klangen merkwürdig dumpf und schienen von sehr weit weg zu kommen. Er drehte den Kopf, um die Richtung zu bestimmen, aus der sie kamen, doch dann war es wieder still.

Rebecca deutete auf die Felsen. »Es hat sich angehört ...«

Da schlug sich Jos mit der Hand auf die Stirn. »Eine Lampe und ein Seil!«, keuchte er.

Rebecca sah ihn verständnislos an.

»Stefan hat stets eine Lampe und ein Seil mitgenommen, wenn er über Nacht wegblieb«, erklärte Jos und nun nickte auch Rebecca.

»Eine Höhle!«, sagten sie fast gleichzeitig. Plötzlich hörten sie wieder Geräusche. Das schnelle Trappeln kleiner Füße, dann eine wütende Männerstimme. Das Gebüsch an der Felswand rauschte und ein etwa elfjähriger Knabe brach durch das Blätterwerk. Hastig sah er sich um. Dann rannte er auf die Sträucher zu, hinter denen sich Jos und Rebecca verbargen. Sie konnten den gehetzten Ausdruck in seinem mageren Gesicht sehen. Wieder erklang die wütende Stimme, dieses Mal lauter, und dann brach ein Mann durch das Gebüsch, das offenbar den Höhleneingang verbarg. Mit langen Schritten rannte der Mann dem flüchtenden Knaben nach. Nur wenige Augenblicke später hatte er den Jungen eingeholt. Er griff nach dessen Arm und riss ihn zurück. Der Knabe strauchelte und fiel auf die Knie, doch der Mann griff ihn am Genick und riss ihn hoch.

»Bürschchen, das hast du dir so gedacht!«, fauchte er den Jungen an und schlug ihn mit der freien Hand hart ins Gesicht, während die andere das Kind noch immer am Genick gepackt hielt. Der Junge schrie, schlug und trat um sich, doch er konnte gegen den kräftigen Mann nichts ausrichten. Der schüttelte ihn nur wie ein junges Kaninchen und zerrte ihn dann zum Höhleneingang zurück.

»Das wirst du büßen!«, drohte der Mann. »Du wirst zwei Tage lang hungern und wehe, deine Körbe werden nicht voll! Dann wirst du meinen Ledergürtel spüren.«

Das war das Letzte, was sie hören konnten. Die Stimmen verklangen. Jos und Rebecca starrten sich an.

»Der große Unbekannte«, hauchte Rebecca.

»Der freundliche Bruder Sebastian«, ächzte Jos und schüttelte fassungslos den Kopf. Wie hatte er sich verändert! Das sonst so harmlose Antlitz wirkte nun hart und grausam.

Eine Weile schwiegen sie. Endlich flüsterte Rebecca: »Was machen wir jetzt? Sollen wir nach Hall zurückgehen und unsere Entdeckung berichten?«

Jos machte ein grimmiges Gesicht. »Nein! Ich will wissen, was da drinnen vor sich geht!«

Rebecca nickte. »Ja, das sind wir den Toten schuldig. Doch wie sollen wir unbemerkt hinein- und vor allem wieder herauskommen? Da drinnen sieht man sicher nicht einmal die Hand vor Augen und jedes Licht würde uns schon von weitem sichtbar machen.«

»Ja, du hast Recht«, seufzte Jos. »Darüber grübele ich schon die ganze Zeit nach, doch mir ist die rechte Lösung noch nicht eingefallen.«

Sie schwiegen lange, dachten nach und beobachteten den Höhleneingang. Die Sonne stieg über sie hinweg. Langsam kroch der Schatten an der Felswand herab und dann über die Lichtung und das Buschwerk. Ein Mann näherte sich durch die Büsche, schritt auf den Eingang zu und verschwand. Kurz darauf kam er zusammen mit dem Johanniter wieder heraus. »Hast du die Maultiere?«, fragte Bruder Contzlin barsch.

»Ja, Herr, sie warten am Fuß des Abhangs. Ich wollte sie nicht durch die Büsche zerren.«

Der ehemalige Mönch nickte. »Gut. Dann hilf unseren Knechten die Fässer zu den Tieren zu tragen. Sie werden dich zum Kloster begleiten. Ihr brecht erst auf, wenn es dunkel ist. Und keine Fackeln, hörst du!«

Der Mann nickte. »Ja, Herr, ich habe verstanden.«

Nun traten vier weitere Männer in schäbigen Kitteln und schmutzigen Beinlingen auf die Lichtung. Jeder von ihnen trug ein kleines Fass in den Armen. Sie folgten dem Maultiertreiber durch das Dickicht und kamen schon bald wieder ohne Fässer zurück. Noch dreimal gingen sie hin und her und trugen die offensichtlich schweren Fässer zu den wartenden Lasttieren. Inzwischen sank die Dämmerung herab und die Männer machten sich mit den beladenen Tieren auf den Weg.

Jos und Rebecca warteten noch immer in ihrem Busch verborgen auf eine günstige Gelegenheit, die Höhle zu betreten. Eine Weile rührte sich nichts, doch dann waren wieder Stimmen zu hören. Bruder Sebastian und der Johanniter traten auf die Lichtung.

»Ich könnte eine ganze Sau herunterschlingen«, sagte Bruder Contzlin.

Sebastian nickte. »Ja, etwas zwischen den Zähnen wäre nicht schlecht. Lasst uns nach Uttenhofen hinaufgehen.«

Der Johanniter zögerte. »Wollt Ihr alles hier so unbewacht zurücklassen? Die Knechte werden vor morgen früh nicht zurück sein.«

Der Laienbruder zuckte mit den Schultern. »Was soll schon geschehen? Die Kinder sind sicher verwahrt und diesen Bengel habe ich ordentlich verschnürt. Der wird es sich überlegen, noch einmal wegzulaufen.«

»Und die Magd?«, fragte Bruder Contzlin.

»Das kleine Biest!«, schimpfte Sebastian hasserfüllt und hob seinen verbundenen Arm hoch. »Wollte die Kinder gegen uns aufhetzen, doch das ist ihr ein für alle Mal vergangen.« Er lachte gehässig. »Mit der werden wir keinen Ärger mehr haben. Es hat sich ausgeschnüffelt!«

Jos' Finger umklammerten Rebeccas Handgelenk, dass sie fast vor Schmerz aufschrie. Was hatte dieser Teufel Sara angetan? Oder sprach er von einer anderen Magd?

»Na dann«, murmelte der Johanniter und verschwand zwischen den Büschen. Sebastian folgte ihm.

* * *

Jos und Rebecca lauschten in die Nacht, bis die Schritte der Männer und das Rascheln der Äste und Zweige verklangen. Dann huschten sie über die Lichtung und schoben sich zwischen der Felswand und dem ausladenden Busch hindurch, neben dem die Männer immer wieder aufgetaucht und verschwunden waren. Ihre Herzen schlugen schneller vor Anspannung. Was würde sie erwarten?

Plötzlich lag der Höhleneingang vor ihnen: eine spaltenartige schwarze Öffnung im Fels, die Jos bis zu den Schultern reichte. Für ihn und Rebecca war es keine Schwierigkeit, hineinzuschlüpfen, doch der Johanniter musste wahrscheinlich den Bauch einziehen, um ins Innere zu gelangen.

Jos und Rebecca hielten sich an den Händen und starrten in die undurchdringliche Finsternis.

»Wagen wir es?«, flüsterte Jos heiser.

Rebecca nickte. Sie ließ Jos' Hand los, kniete nieder und entzündete ihr Binsenlicht. Sie holten noch einmal tief Luft, dann schlüpften sie durch den Spalt in das Innere des Berghanges. Nur spärlich erhellte die kleine Flamme den sich rasch weitenden Gang. Jos kniete nieder und untersuchte den feuchten Boden. Es sah aus, als sei er von Menschenhand geglättet worden. Auch die Wände schienen an manchen engen Stellen erweitert worden zu sein. Langsam gingen die beiden weiter. Obwohl sie sich bemühten leise aufzutreten, hallte ihr Schritt durch den Gang, der sich in beiden Richtungen im Dunkeln verlor. Ab und zu zweigten schmale Spalten und niedrige Tunnel ab, doch Jos und Rebecca folgten der breiten Höhle, die sich mal nach rechts, mal nach links wand, aber stets weiter hinab in die Tiefe des Berges führte. Plötzlich blieb Jos stehen und bückte sich nach einem Stein, der seltsam im Schein der Lampe glitzerte. Seine glatten Flächen fühlten sich klebrig an. Jos hielt ihn näher an das Binsenlicht, dessen Flammenschein sich in den wasserklaren Flächen brach.

»Was ist das?«, fragte Rebecca erstaunt.

Jos leckte seinen klebrigen Finger ab. »Salz!«, antwortete er überrascht.

Er ließ den Stein in seinen Beutel gleiten. Vorsichtig setzten die beiden ihren Weg fort. Nach einer Weile weitete sich der Gang zu einem Saal. Gegenüber führte der Weg weiter, doch Jos blieb an einer schmalen Spalte stehen, die nahe der rechten Wand im Boden klaffte und steil abfallend in die Tiefe führte. An beiden Seiten waren Seile befestigt. An der Wand standen einige hölzerne Eimer mit je zwei Riemen, sodass man sie sich wie einen Ranzen auf den Rücken schnüren konnte. Daneben lehnten Picken mit kurzen Stielen, Schaufeln und einige leere Fässer. Jos wollte die Fässer gerade genauer untersuchen, als ein unterdrücktes Stöhnen ihn herumfahren ließ. Auch Rebecca hatte es gehört und eilte nun, mit der Lampe in der Hand, auf eine niedrige Nische in der Wand gegenüber zu.

»Herr im Himmel«, stieß sie entsetzt aus, als sie in dem schmutzig verschnürten Bündel am Boden den Jungen erkannte, dessen Fluchtversuch am Morgen gescheitert war. Jos eilte heran, ließ sich auf die Knie nieder und zerschnitt mit seinem neuen Messer die Fesseln des Knaben. Sofort rappelte er sich auf und sprang auf die Füße. Seine braunen Augen wirkten wie große schwarze Löcher, in deren Mitte sich die tanzende Flamme spiegelte. Die Hände abwehrend nach vorn gestreckt, wich er ängstlich zurück, bis er mit dem Rücken an die Felswand stieß.

»Du brauchst keine Angst zu haben«, sagte Rebecca sanft. »Wir wollen dir und den anderen helfen.«

Noch immer starrte der Junge sie in einer Mischung aus Panik und wildem Zorn an, so als habe er die Worte nicht verstanden.

»Wir werden euch befreien«, fügte Jos hinzu. Endlich entspannte sich seine Miene, der magere Kinderkörper wurde schlaff und sank zu einem kleinen schmutzigen Häufchen zusammen. Tränen rannen über das misshandelte Gesicht.

»Alles wird wieder gut«, flüsterte Rebecca und streichelte das schmutzig braune Haar.

»Es ist alles meine Schuld«, wimmerte der Junge. »Und nun ist der Kaspar tot.«

»War er dein Freund?«, fragte das Mädchen mitfühlend.

»Mein kleiner Bruder«, sagte der Junge und schnäuzte sich in den zerrissenen Ärmel seines kurzen Kittels.

»Was ist passiert?«, fragte Jos.

»Er war schon zu müde, doch die Männer haben ihn noch einmal in die Spalte hinuntergeschickt. Sie haben nicht auf mich gehört und dann ist er abgestürzt. Er konnte sich nicht mehr halten und ist bis ganz hinuntergefallen. Er war sofort tot. Ich konnte nichts tun!«

»Aber das war doch nicht deine Schuld«, widersprach Rebecca und streichelte ihm über den Rücken. »Diese Teufel in Männergestalt tragen die Schuld.«

Der Junge sah sie aus seinen tief liegenden Augen an. »Ich habe Kaspar getötet«, sagte er noch einmal. »Ich habe die Spalte entdeckt und ihn gedrängt mit mir hinunterzusteigen und ich habe den Junker hierher geführt.«

Jos und Rebecca tauschten einen schnellen Blick.

»Und der Junker hat dann die Männer geholt. Sie haben immer mehr Kinder hergebracht, damit sie in die schmale Spalte hinunterklettern und ihnen das herauf-holen, was sie so begehrten.«

Jos holte den Stein aus seinem Bündel. »Das ist es, was die Männer so begehren: Salz. Feste Steine aus Salz. Was für ein Fund!« Stefans Worte fielen ihm wieder ein: »Ein Sturm wird über Hall hinwegfegen und alles durcheinander wirbeln.« Und mit einem Mal verstand er.

Wenn die Männer in der Lage waren, Steine aus Salz aus der Tiefe des Berges zu holen, dann war der Stadt mit einem Mal die Grundlage ihres Reichtums entzo-gen. Aber wie wollten sie ihren Schatz nutzen? Das Land hier gehörte dem Kloster. Jos stutzte. Und das Kloster wollte seine Siedensanteile der Stadt verkaufen! Irgend-jemand wusste im Kloster von den finsteren Dingen, die sich hier unter der Erde zutrugen. Doch wer?

»Wie heißt du?«, fragte Rebecca.

»Bernhard«, sagte der Junge tonlos.

»Bernhard«, wiederholte die Henkerstochter. »Kannst du uns sagen, wo die anderen Kinder sind?«

Der Junge deutete mit seinem mageren Finger zu dem Gang, der noch tiefer in die Höhle führte. »Dahinten sind sie eingesperrt.«

»Kannst du uns hinführen?«

Bernhard schnäuzte sich noch einmal in seinen Ärmel, machte dann aber ein trotzig entschlossenes Gesicht und stapfte vor ihnen her über den felsigen Boden. Of-fensichtlich war ihm seine kurze Schwäche peinlich und er schien bestrebt seinen Rettern zu zeigen, dass er nor-malerweise keine Heulsuse war.

Jos und Rebecca folgten ihm. Wieder machte der Gang eine Biegung und verzweigte sich dann. Bei dem linken Teil der Höhle sank die Decke schnell herab, sodass man sich höchstens noch kriechend fortbewegen konnte, der rechte Gang jedoch war mit dicken Eichenbohlen und einer eisernen Tür verschlossen. Jos eilte zu dem mächtigen Schloss und rüttelte daran.

»Rebecca, gib mir die Lampe«, drängte er und besah sich das Schloss.

Sie hörten leise Stimmen hinter der Balkenwand. Ein Mädchen weinte.

»Könnt ihr uns hören?«, rief Rebecca und schlug mit der flachen Hand auf das Eisen. »Wir sind gekommen, um euch zu befreien.«

Nun summte es hinter der Tür wie in einem Bienenkorb.

»Wer seid ihr?«, rief ein Junge.

»Beeilt euch!«, schrie ein zweiter.

»Bleibt ruhig«, mahnte Jos. »Wir müssen erst einen Weg finden, das Schloss zu zerstören.«

Er zog sein Messer hervor, doch er musste schnell einsehen, dass er damit nicht weiterkam. Auch Rebeccas Galgennagel versagte an diesem Schloss.

»Und wenn wir mit Spitzhacken durch die Wände eindringen«, knurrte Jos, »wir holen die Kinder da raus!«

Rebecca schlug noch einmal mit der Hand gegen die Tür. »Sind Will und Jörg unter euch? Hinke-Annas Brüder?«

Die beiden Jungen drängten sich zur Tür. »Ja, wir sind hier. Wie geht es Anna?«

Dies war sicher nicht der Ort und die Zeit, von den versuchten Mordanschlägen auf Anna zu berichten, daher antwortete Rebecca nur: »Sie ist an einem sicheren Ort und wartet auf euch.«

Nun hob Jos die Stimme. »Sara? Sara, bist du da drinnen?«

Schweigen kehrte ein. Dann antwortete ein Mädchen.

»Wenn du die Magd aus Gnadental meinst, die ist nicht mehr hier. Man hat sie weggebracht, weil sie uns gesagt hat, wir sollen uns gegen die Männer wehren. Bruder Sebastian war sehr, sehr zornig.«

»Wohin? Wohin hat man sie gebracht?«, rief Jos und sein Magen fühlte sich an wie ein Stück Eis.

»Das wissen wir nicht.«

Jos griff nach Rebeccas Arm. »Los, wir müssen zurück in die große Halle und Werkzeuge holen. So bekommen wir die Tür nie auf. Und dann suchen wir Sara, bis wir sie gefunden haben«, fügte er grimmig hinzu.

Rebecca wollte etwas erwidern, doch Jos stapfte schon mit Bernhard davon. Rebecca selbst hatte jedes Gefühl für die Zeit verloren. Taumelnd folgte sie den beiden Jungen. Wie lange waren sie schon hier unten? Würden der Johanniter und Bruder Sebastian bald zurückkommen? Plötzlich hielt sie inne. Was war das für ein Geräusch gewesen? Sie lauschte.

»Jos, Bernhard, seid leise!«, rief sie.

Die beiden blieben stehen. Wieder war es ihr, als höre sie ein leises Rascheln. Aufmerksam ging sie um einen großen Felsblock herum und blieb dann wie angewurzelt vor einer Nische stehen. Rebecca öffnete den Mund, doch erst beim dritten Versuch brachte sie einen Ton heraus. »Jos«, krächzte sie, ohne die Augen von dem grausigen Anblick zu lösen.

Wie sie so dastand, erinnerte sie Rebecca an eine der leidenden Christusfiguren, die in den Kirchen an hölzernen Kruzifixen hingen oder auf zahlreichen Gemälden dargestellt waren. Das junge Mädchen war nur mit einem zerrissenen Hemd bekleidet, dessen Saum über einer hässlichen Schnittwunde im Schienbein endete. Sie stand aufrecht an der Wand, die Arme weit ausgebreitet und an zwei Eisenringe gefesselt, sodass ihre Füße kaum noch den Boden berührten. Der Kopf mit dem wirren, langen Blondhaar hing leblos nach vorn. Das Hemd war schmutzig und an vielen Stellen mit Blut beschmiert. Rebecca und Bernhard standen nur da und starrten die geschundene Gestalt an.

»Sara!«, schluchzte Jos und stürzte zu dem reglosen Körper an der Wand. Er hob sein Messer und durchtrennte mit zwei flinken Schnitten die Seile, die sie an die Ringe fesselten. Die schlaffe Gestalt kippte einfach nach vorn in Jos' Arme und riss ihn mit sich zu Boden.

»Heilige Jungfrau, bitte nicht!«, rief er und drückte sie an sich. »Sara, wach auf, du musst leben!«

Rebecca sank auf die Knie und nahm einen der schlaff herabbaumelnden Arme. Floss das Blut noch durch die Adern? Sie tastete nach dem wund gescheuerten Handgelenk. Kaum fühlbar zitterte der Puls unter ihren Fingern.

»Jos, sie lebt!«, stieß Rebecca hervor.

Jos strich Sara das Haar aus dem Gesicht und küsste zärtlich die bleichen Lippen.

Rebecca sah ihn schweigend an. »Wir müssen fort«, sagte sie schließlich rau. »Die Männer können jeden Augenblick zurückkehren.«

»Aber die anderen Kinder?«, begehrte Bernhard auf.

»Wir müssen Hilfe holen«, sagte Rebecca bestimmt und half Jos beim Aufstehen. Sara eng an sich gepresst, wankte er hinter Rebecca her auf die große Halle zu. Bernhard folgte ihnen, doch dann blieb Rebecca unvermittelt stehen. Jos prallte fast auf sie.

»Was ist?«, zischte er wütend. Die schlaffe Gestalt zog ihn fast zu Boden. Rebecca blies das Licht aus.

»Sie kommen!«, wisperte sie gehetzt.

Jos ließ Sara zu Boden sinken und lehnte sie vorsichtig gegen die Wand. Er griff nach Bernhards Hand und zog den Jungen zu sich herab.

»Du bleibst bei ihr. Rühr dich nicht von der Stelle!«

Jos hob einen schweren Stein auf und tastete sich dann ein Stück die Wand entlang. Er spürte Rebecca neben sich. Mit angehaltenem Atem lauschten sie den sich nähernden Schritten. Dann huschte ein Lichtschimmer um die Ecke und nur wenige Augenblicke später trat ein Mann mit einem brennenden Kienspan in der Hand in die große Felsenhalle.

KAPITEL 20

Mit schwerem Schritt näherte sich der Laienbruder Sebastian. Er trat in die sich weitende Höhle und folgte dann der linken Wand. Da fiel sein Blick auf die zerschnittenen Stricke auf dem Boden. Bruder Sebastian stutzte und bückte sich. Ein abgeschnittenes Ende des Seils in den Händen, erhob er sich langsam. Sein Blick tastete den Lichtkreis ab, den seine Fackel um ihn her verbreitete. Vorsichtig legte er den Kienspan auf eine Steinplatte, sodass er nicht erlosch, und zog sich dann ein Stück in die Nische zurück.

Was macht er da nur?, dachte Jos und sein Körper verkrampfte sich vor Anspannung.

Nach einer Weile erschien der Laienbruder wieder im Licht und griff nach der Fackel. Er hielt kleine, auf die Schnelle gebundene Stoffballen in den Händen, die er nun entzündete. Offensichtlich waren sie in Öl getränkt, denn sie brannten wie Zunder, als er sie nun einen nach dem anderen in verschiedene Richtungen warf. Wie kleine Feuerbälle flogen sie in hohem Bogen durch die Luft, schlugen irgendwo auf dem Boden auf, rollten noch ein Stück und blieben dann liegen. Zwei erloschen durch den Aufprall, doch die anderen loderten hell auf und die Flammen beleuchteten nach und nach die weite Halle.

Langsam trat Sebastian auf den Gang zu, an dessen Eingang Jos und Rebecca sich eng aneinander drückten.

Wieder schwirrte ein brennender Ballen durch die Luft und die beiden wichen stolpernd zurück, um nicht in seinen Lichtschein zu geraten.

Sebastian fuhr herum und zog sein langes Messer. Er starrte in den finsteren Gang. Langsam kam er näher. Plötzlich hob er die Fackel und schleuderte sie weit in den Tunnel hinein. Nur ein paar Schritte vor Bernhard und der bewusstlosen Sara schlug sie auf den Boden, rollte noch ein Stück und blieb dann liegen. Die Flammen stoben zischend auf und huschten über den Knaben und die junge Frau.

Jos ließ den Stein in seiner Hand fallen, zog sein Messer aus der Scheide und rannte auf Sebastian zu, doch der wich ihm geschickt aus. Die Oberkörper vorgebeugt, umkreisten sich die Männer langsam und ließen den Gegner dabei keinen Moment aus den Augen.

Da stieß Sebastian zu, aber Jos sprang zur Seite, wirbelte herum und erwischte den Laienbruder am Unterarm. Sein Ärmel färbte sich rot. Wieder drang Sebastian auf den jungen Knecht ein und traf ihn, als er sich wegdrehen wollte, an der Schulter. Jos beachtete die Wunde gar nicht und stieß noch einmal zu. Sebastian lachte.

»Bürschchen, was für aufregende letzte Minuten in deinem Leben«, spottete er, während sie sich wieder umkreisten. »Der liebe Jos, von dem die schwatzhafte Sara mir so viel berichtet hat.«

Jos antwortete nicht. Sollte Sebastian nur reden. Er konzentrierte sich voll auf seine Chancen, seinen Gegner zu treffen.

»Ich werde dich aufschlitzen«, sagte der Laienbruder mit einem Lachen. »Und dann kannst du neben deiner Sara sterben, diesem neugierigen Biest.«

Jos antwortete immer noch nicht.

»Dann wirst du auch deinen lieben Freund Stefan wieder sehen«, spottete der Mann mit hässlich verzerrtem Gesicht. »Was glaubst du, was für ein schönes Gefühl es war, seinen Kopf mit meinem Schuh unter Wasser zu drücken, bis er mit der Zappelei endlich aufhörte.«

Jos stieß einen Schrei aus und sprang nach vorn, aber Sebastian hatte ihn erwartet. Seine Klinge blitzte, glitt an Jos' Rippen ab und traf nur das Fleisch an seiner Seite. Jos schrie auf, doch es gelang ihm, zurückzuweichen, ehe der Laienbruder ein zweites Mal zustoßen konnte.

Verflucht, er war ihm geradewegs in die Falle gelaufen! Er durfte sich nicht mehr provozieren lassen.

»Und, habt Ihr die Äbtissin auch an der Wand aufgehängt, damit sie Euren finsteren Plänen zustimmt, oder weiß sie gar nichts von Eurem widerlichen Treiben?«, sagte Jos, ohne den Blick von der gefährlich scharfen Klinge zu wenden.

Sebastian lachte. »Es gibt nichts, was die liebe Mutter nicht weiß! Wenigstens sie behandelt mich, wie es meiner Herkunft gebührt, und spricht nicht mit mir, als sei ich nur ein Bauerntölpel, wie du einer bist! Sie vertraut mir. Als der Junker, dumm wie er war, mit seinem Fund zu ihr gelaufen kam, haben wir den Plan zusammen ausgearbeitet!«

Jos ging vorsichtig ein paar Schritte zurück, Sebastian folgte ihm.

»Ihr habt die Mörder des Junkers gedungen und sie dann selbst aus dem Weg geräumt, weil der Henker Euer Spielchen nicht mitmachen wollte.«

»Schlaues Kerlchen«, knurrte Sebastian. »Schließlich müssen wir alles geheim halten, bis wir mit einem großen Streich die ach so stolze Stadt Hall aus dem Salzhandel herausdrängen können.«

»Und da kamen Euch die Bettelkinder, die niemand vermisst, als stumme Sklaven gerade recht«, fauchte Jos.

»Ja, denn nur die Kinder sind schmal genug, in die Spalte hinabzusteigen.«

»Ihr hattet Pech, nicht alle Kinder blieben unvermisst.« Der Laienbruder schnaubte. »Dieses verfluchte Balg! Hätte ich es nur gleich erledigt!«

Jos machte ein paar kleine Schritte zur Seite.

»Ja, das war wirklich Pech«, sagte er sarkastisch und stieß dann mit einer schnellen Bewegung zu. Bruder Sebastian war jedoch auf der Hut. Er wich aus und versetzte Jos mit der linken Faust einen Stoß, dass er zurücktaumelte. Sein Fuß stieß an einen Stein, er wankte und fiel dann rückwärts zu Boden. Das Messer entglitt seiner Faust. Sebastian lachte. Er hob den Arm zum tödlichen Stoß.

Die Gestalt tauchte plötzlich aus dem Nichts auf. In den Augenwinkeln erhaschte Jos eine Faust mit einem Stein, doch da sauste sie auch schon auf Sebastians Arm nieder. Es knirschte, so als würden Knochen brechen. Sebastian stieß einen Schrei aus, der schaurig von den Wänden zurückgeworfen wurde. Er wirbelte herum und erwischte mit seiner Linken Rebecca am Hals. Sie schlug und trat um sich, doch nun hatte sich auch Jos wieder aufgerappelt. Er sprang auf den Laienbruder zu und rammte ihm mit aller Macht seinen Kopf in den Magen.

Sebastian ließ Rebecca los und wankte mit einem Stöhnen zwei Schritte zurück. Er wollte sich wieder aufrichten, um sich auf Jos zu stürzen, aber sein Tritt ging ins Leere. Er warf die Arme in die Luft, kippte nach hinten und verschwand. Sie hörten seine Schreie und immer wieder den Aufprall seines Körpers, wenn er auf einem

Felsvorsprung aufschlug. Und dann war es wieder still. Nacheinander verloschen die kleinen Stoffballen, bis nur noch die Fackel brannte, die neben Bernhard und Sara auf dem Boden lag.

»Bist du in Ordnung?«, keuchte Rebecca nach einer Weile und rieb sich den Hals.

»Ja, nichts von Bedeutung«, stöhnte Jos und humpelte auf den Lichtschein zu. »Und du?«

»Mir geht es gut, doch lass uns schnell verschwinden, bevor der Johanniter zurückkommt.«

Jos nickte nur und bückte sich, um Sara aufzuheben. Da öffnete sie die Augen. Erst war ihr Blick verschleiert, dann jedoch klärte er sich und sie erkannten den Freund.

»Jos«, hauchte sie. »Verzeih mir. Lass mich nicht mit dem Zorn in deinen Augen sterben«, flüsterte sie mit flehender Stimme. Langsam hob sie den Arm und legte ihn um Jos' Hals. Es kostete sie sichtlich große Mühe, sich überhaupt zu bewegen. Jos zog sie an sich und presste sie an seine Brust.

»Sara, bleib bei mir. Mit wem soll ich denn mein Leben verbringen, wenn du nicht mehr bist?«

Ein Hauch von einem Lächeln huschte über ihre Lippen. Jos beugte sich herab und küsste sie zärtlich.

»Kommt jetzt!«, drängte Rebecca und dirigierte Bernhard und Jos mit seiner Last dem Höhlenausgang entgegen.

Sie erreichten die Lichtung ohne weitere Zwischenfälle. Der Mond stand hoch am Himmel und verbreitete sein sanftes Licht. Rebecca löschte die Fackel.

»Kommt mit!«, sagte sie und schritt auf das Ufer zu. »Wir folgen dem Kocher bis zur Stadt. So werden wir uns nicht verlaufen.«

Rasch lief sie voran. Hinter ihr folgte der schweigende

Junge und dann Jos, mühsam stapfend mit seiner schweren Last in den Armen.

Sie waren etwa eine Stunde gegangen, da sank Jos schwer atmend auf die Knie und ließ Sara zu Boden gleiten. Tränen der Verzweiflung und der Erschöpfung traten in seine Augen.

»Ich muss es schaffen, ich muss«, stieß er wild zwischen den Zähnen hervor, doch Rebecca legte ihm sanft den Arm um die Schulter.

»Vor Sonnenaufgang werden die Stadttore ohnehin nicht geöffnet. Lass uns hier den Rest der Nacht verbringen. Wenn wir uns im Gestrüpp verbergen, wird uns niemand entdecken. Auch kann ich dann nach Saras und deinen Wunden sehen. Sei doch vernünftig, Jos!«

Widerstrebend gab der junge Mann nach. Im Schutz eines dichten Gebüschs am Ufer des Kochers verbrachten sie, eng aneinander geschmiegt, den Rest der Nacht, bis der Himmel sich rötete.

* * *

Jos erhob sich steifbeinig.

»Ich komme wieder, so schnell ich kann«, versprach er und musterte besorgt Saras weißes Gesicht.

Rebecca griff nach seiner Hand. »Du solltest Sara und mich beim Stättmeister nicht erwähnen!«, sagte sie eindringlich.

»Aber warum?«, fragte Jos.

»Für mich und für euch ist es besser, wenn niemand erfährt, dass wir zusammen waren«, erwiderte sie bitter.

Jos nickte.

»Aber Sara?«

»Ich glaube, du tust ihr keinen Gefallen, wenn du ihren Leidensweg vor dem Rat ausbreitest«, sagte Rebecca bestimmt. »Nimm lieber Bernhard mit, dass er deine Aussage bestätigt.«

Jos nickte, drückte ihr noch einmal dankbar die Hand, strich Sara über die Wange und machte sich dann nach Hall auf. Bernhard folgte ihm schweigend. Sie schritten durch das taufeuchte Gras und schon bald erreichten sie den Weiler Tullau. Jos beschleunigte seinen Schritt, sodass Bernhard ihm kaum folgen konnte, doch der Junge beklagte sich nicht.

Kurz nach Sonnenaufgang passierten sie das Lullentor. Ein Fuhrwerk nahm sie durch die Furt mit auf den Unterwöhrd. Jos eilte auf die Zugbrücke über den Mühlgraben zu, passierte das Tor und lief dann am Sulmeisterhaus vorbei. Er überquerte die Haalgasse und rannte dann die Stufen zum Rathaus hoch. Ein Ratsknecht brachte ihn in die Stube des Stadtschreibers.

»Ich muss unbedingt den Stättmeister sprechen!«, verlangte Jos mit fester Stimme.

Conrad Baumann betrachtete den Knecht in seinem blutverschmierten Gewand und den schmutzigen, mageren Knaben an seiner Seite.

»Worum handelt es sich?«, fragte er, zog ein leeres Pergament hervor und tauchte die Feder ins Tintenfass.

»Das werde ich nur dem Stättmeister berichten«, sagte Jos stur. Der Schreiber sah ihn ungnädig an.

»Wenn du mir nicht sagst, worum es sich handelt, dann werde ich die Knechte rufen, damit sie dich vor die Tür setzen. Wie stellst du dir das vor, Bursche? Meinst du, jeder abgerissene Bettler kann ins Rathaus kommen und den Stättmeister sehen?«

»Mein Name ist Jodokus Andreas Zeuner, ich bin Siedensknecht bei Hans Blinzig und das Haus meiner Familie steht in St. Kathrin an der alten Landstraße«, sagte Jos stolz und straffte den Rücken. Er würde sich nicht abweisen lassen.

Die Feder kratzte über das Pergament.

»Und worum geht es?«, fragte der Schreiber noch einmal und ließ die Federspitze einige Zoll über dem Blatt schweben.

»Eine für die Stadt wichtige Angelegenheit«, antwortete Jos.

Conrad Baumann schüttelte den Kopf. »So geht das nicht. Ich werde jetzt die Knechte rufen, damit sie dich hinausbegleiten.«

»Nein!«, rief Jos zornig. »Sagt dem Stättmeister, es geht um den Tod des Junkers von Morstein und um viel Geld für die Stadt!«

Der Schreiber musterte Jos misstrauisch. Dann erhob er sich langsam. »Du wartest hier. Der Stättmeister ist noch nicht hier. Ich werde unseren Schultheiß fragen, ob er bereit ist dich zu empfangen.« Er schlurfte zur Tür und fügte dann noch mit einer Miene des Abscheus hinzu: »Dich und diesen Jungen.«

Sie mussten ziemlich lange warten. Unruhig schritt Jos auf und ab. Warum dauerte das denn so lange? Er musste doch zurück, musste Sara und Rebecca helfen. Endlich öffnete sich die Tür und der Ratsknecht winkte ihnen, ihm zu folgen.

Nervös ging Jos hinter ihm her in eine spärlich eingerichtete Stube. Der Schultheiß saß hinter einem mit Schnitzereien versehenen Eichentisch, der Schreiber hatte an der Seite Platz genommen. Hans Schwab deutete auf zwei Schemel und wartete, bis Jos und Bernhard sich gesetzt hatten.

»Nun, was ist das für eine seltsame Geschichte, die den Junker von Morstein betrifft und viel Geld für die Stadt bedeutet?«, fragte er und zog die Augenbrauen hoch.

Jos sah den Schultheiß stumm an. Wo sollte er beginnen? Bei den Spuren an Stefans Handgelenken? Bei dem Tod des Junkers? Bei Annas verschwundenen Brüdern? Er zögerte noch immer, dann griff er in seinen Beutel, holte den Salzstein heraus und legte ihn dem Schultheiß auf den Tisch.

»Was wäre, wenn jemand ganz in der Nähe tief im Berg Unmengen von Salzfelsen gefunden hätte? Was wäre, wenn er versuchte das Salz heimlich abzubauen und es dann in Basel, Speyer und Straßburg billiger als das eingedampfte Haller Salz zu verkaufen?«

Hans Schwab sprang von seinem Scherenstuhl auf und starrte Jos an. »Willst du uns erpressen oder versuchst du dich an einem üblen Scherz?«, polterte er.

Jos schüttelte müde den Kopf. »Nein, ich versuche Euch nur davon zu überzeugen, dass der Stättmeister mich anhören muss und dass es höchste Zeit ist, zu handeln.«

Der Schultheiß griff nach dem Salzbrocken, um ihn zu untersuchen.

»Lasst sofort den Junker Keck holen«, befahl er dem Schreiber. Der klappte den Mund zu einem Protestwort auf, doch dann schluckte er es ungesagt hinunter und ging hinaus.

Wieder mussten Jos und Bernhard warten, aber endlich hörten sie Schritte im Gang. Der Schreiber hatte nicht nur den Stättmeister Keck holen lassen, sondern auch die Richter Geyer, Schletz, von Rossdorf und von Rinderbach, die zusammen mit dem Stättmeister den Fünferrat bildeten. Man begab sich in den großen Sitzungssaal, und als endlich Ruhe eingekehrt war, forderte der Junker Keck Jos auf die ganze Geschichte zu berichten.

Aufmerksam hörten die Richter ihn an. Nur ab und zu unterbrach ein erstaunter Ausruf seinen Bericht. Jos erzählte von dem Junker und dem plötzlichen Tod seiner Mörder, von den Spuren an Stefans Leiche und von dem Johanniter, der die Kinder aus Hall fortgebracht hatte. Dann berichtete er von dem geheimen Gang zum Kloster und von der nächtlichen Verfolgung, bis er die Höhle, in der die Kinder gefangen gehalten wurden, entdeckt hatte. Ein paar Mal stockte er und suchte nach den geeigneten Worten, schließlich hatte Rebecca ihm eingeschärft die Mädchen nicht mit in die Sache hineinzuziehen. Zum Schluss ergänzte Bernhard die Geschichte mit seinen Erlebnissen.

Als die beiden geendet hatten, brach ein Tumult los. Die Richter waren aufgesprungen, gestikulierten und redeten wild durcheinander, bis der Stättmeister mit der Faust auf den Tisch schlug.

»Ruhe!«, brüllte er. Die anderen verstummten.

»Jos und Bernhard, ihr wartet draußen, während wir beraten, was nun zu tun ist.«

»Aber Ihr müsst die Stadtwachen rufen und die Kinder befreien«, rief Jos. »Sie sind in Gefahr! Wenn die anderen Männer zurückkehren — wer weiß, was sie den Kindern antun!«

»Alles zu seiner Zeit«, winkte der Stättmeister ab und rief den Ratsknecht, damit er die beiden hinausbrachte. Wieder schritt Jos nervös hin und her. Wie lange mussten sie noch warten, bis die Richter endlich etwas unternahmen? Er konnte das Stimmengewirr hören, das immer wieder an- und abschwoll. Ab und zu erhob sich die eine oder andere Stimme darüber. Jos trat näher zur Tür, um die Worte zu verstehen.

»Bernhard«, keuchte Jos und schüttelte ungläubig den Kopf. »Sie wollen die Kinder wegbringen, weit weg über die Grenzen des Haller Gebiets hinaus, damit das Geheimnis gewahrt bleibt. Niemand soll erfahren, dass es unter dem Berg festes Salz gibt.«

Schritte näherten sich und so war Jos gezwungen seinen Horchposten aufzugeben. Der Schreiber kam heraus und stieg die Treppe hinunter. Kurz darauf kehrte er mit zwei Bütteln zurück. Die Tür des Sitzungssaals schloss sich hinter den Männern. Jos überlegte gerade, ob er wieder lauschen sollte, da öffnete sich die Tür noch einmal und die beiden Büttel traten auf ihn zu.

»Jodokus Andreas Zeuner?«

Jos nickte.

»Auf Befehl des Stättmeisters und des Geheimen Rats von Hall sollen wir dich und den Knaben Bernhard Hofmann in den Turm bringen.«

»Bitte?« Jos glaubte sich verhört zu haben. »Aber das kann nur ein Scherz sein! Warum sollte man uns in den Turm werfen?«

Doch die Büttel verzogen keine Miene. Der eine löste Jos' Messer von seinem Gürtel und steckte es ein, der andere ergriff den Arm des jungen Mannes.

»Ich will den Stättmeister sprechen«, schrie Jos und wollte sich losreißen, aber die Männer hielten ihn mit eisenhartem Griff fest.

»Wo ist der Knabe Bernhard?«, fragten sie.

Jos sah sich um. »Ich weiß es nicht. Gerade war er noch da.«

Doch Bernhard blieb verschwunden. Das war wenigstens ein kleiner Trost, denn sosehr sich Jos auch beschwerte, die Büttel schleiften ihn unnachgiebig zum Sulferturm, schoben ihn in eine steinerne Zelle und verriegelten die Tür hinter ihm. Jos ließ sich auf die alte Strohmatratze sinken und barg das Gesicht in den Händen. Das durfte nicht wahr sein! Er musste träumen! In seinem Kopf summte und brummte es und es dauerte eine ganze Weile, bis er endlich in der Lage war, ruhig nachzudenken.

Die Richter hatten beschlossen die Existenz der Salzhöhle geheim zu halten. Deshalb wollten sie die Kinder in weit entfernte Städte bringen lassen. Doch um sicherzustellen, dass das Geheimnis gewahrt wurde, mussten alle, die davon wussten, zum Schweigen gebracht werden. Jos ahnte, dass das Leben der Knechte, die er vor der Höhle gesehen hatte, verwirkt war, wenn sie in die Hände des Haller Stadtrats fielen. Ein schneller Tod ohne Verhör und ohne Fragen, auf die es unbequeme Antworten geben könnte. Aber was hatten sie mit ihm vor? Jos' Magen krampfte sich zusammen. Ein Versprechen aus seinem Mund würde ihnen offensichtlich nicht genügen.

Und die beiden Mädchen? Wie gut, dass er sie nicht erwähnt hatte. Rebecca musste etwas geahnt haben! Dankbar dachte Jos an sie, doch dann quälte ihn wieder die Sorge. Wo waren Sara und Rebecca? Was war mit ihnen geschehen? Lebte Sara noch oder war sie trotz Rebeccas kundiger Hände an ihren Verletzungen gestorben? Unruhig und voller böser Vorahnungen schritt Jos in seiner Zelle auf und ab, bis ihm die Beine schmerzten.

* * *

Draußen wurde es schon dunkel, als Jos Schritte vernahm. Der Riegel knirschte, die Tür öffnete sich und ein hübscher blonder Knabe stellte eine Schüssel mit Suppe und einen kleinen Krug auf den Boden. Jos sprang von seinem Lager auf und eilte auf den Jungen zu, der schnell zur Tür zurückwich.

»Michel«, rief er, blieb stehen und hob beschwichtigend die Handflächen. »Michel, warte! Wo ist Rebecca?« Der Sohn des Henkers sah Jos misstrauisch an und ging dann schweigend zur Tür.

»Bitte«, flehte Jos, »sag mir wenigstens, ob du sie heute schon gesehen hast. Geht es ihr gut? Ist sie unverletzt?« Es kam ihm vor, als habe er diese Worte in gleicher Besorgnis schon einmal gesprochen.

Wieder warf der Junge Jos einen wachsamen Blick zu. »Das geht dich gar nichts an«, sagte er, schlüpfte hinaus und warf die Tür hinter sich zu. Krachend rastete der Riegel ein. Jos aß gierig die dicke Suppe und trank den sauren Wein, dann legte er sich auf das von Linnen bedeckte Stroh. Lange warf er sich auf seinem Lager hin und her, bis er endlich in einen unruhigen Schlaf fiel.

Früh am Morgen knackte der Riegel. Noch immer erschöpft hob Jos den Kopf, doch dann war er hellwach und sprang auf die Beine. Mit Tränen in den Augen schloss er Rebecca in die Arme und zog sie an seine Brust. Geistesgegenwärtig gab das Mädchen der Tür mit dem Fuß einen Stoß, dass sie ins Schloss fiel. Es wäre sicher nicht von Vorteil, wenn die Wächter Zeuge dieser Szene würden.

»Du bist unverletzt!«, stieß Jos erleichtert aus, als er sie endlich wieder losließ. »Was ist mit Sara?«

»Sei unbesorgt, sie ist in Sicherheit«, beruhigte ihn Rebecca und nahm neben ihm auf seinem Lager Platz.

»Wir haben den ganzen Vormittag in unserem Versteck gewartet, als Bernhard auftauchte und uns vom Verlauf der Sitzung berichtete.«

Jos nickte. »Schlauer kleiner Bursche.«

»Ich fürchtete, dass wir lange auf dich warten müssten, daher schickte ich Bernhard in die Stadt zurück, um einen kräftigen Mann zu holen, der Sara nach Hall tragen konnte.«

»Du hast doch nicht etwa ...«, platzte Jos heraus, verstummte dann aber und lief rot an.

»Nein, weder der Henker noch sein Knecht haben Sara berührt. Euer Nachbar, der junge Frey, hat sie geholt.«

Jos sah sie aus großen Augen an. »Wo ist sie?«

»In der Kammer deiner Mutter. Am Tag sieht der Bader nach dem Rechten und nachts besuche ich sie und versorge ihre Wunden.«

Jos hustete und schnappte nach Luft. »Rebecca, aber wie schaffst du es, heimlich ...?« Er brach ab.

»Deine Mutter weiß Bescheid«, erklärte sie, doch statt sich zu beruhigen wirkte Jos noch fassungsloser. »Sie ist eine sehr kluge Frau mit wachem Verstand, der so leicht nichts entgeht«, sagte das Mädchen. »Klug und verschwiegen! Sie ist bereit Sara bei sich zu behalten, so lange sie bleiben will.«

Es war ein merkwürdiges, aber auch sehr beruhigendes Gefühl, Sara in der Obhut seiner Mutter und der Pflege von Rebecca zu wissen. Schweigend saßen sie da. »Weißt du, was draußen bei der Höhle geschehen ist?«, fragte Jos nach einer Weile leise.

Rebecca schüttelte den Kopf. »Bernhard wollte uns Nachricht bringen, wenn sich etwas tut. Ich weiß nur, dass gestern zwei der Richter mit fünf Geharnischten zu Pferd die Stadt durch das Lullentor verlassen haben.«

»Hoffentlich ist es ihnen gelungen, die Kinder zu befreien«, murmelte Jos, doch plötzlich fiel ihm sein eigenes ungewisses Schicksal wieder ein. »Rebecca«, sagte
er mit rauer Stimme. »Was werden sie mit mir machen?
Wird dein Vater mir den Kopf mit dem Schwert von
den Schultern schlagen oder heimlich den Becher mit
Gift reichen?«

Rebecca schüttelte den Kopf. »Das werde ich nicht zulassen!«, sagte sie bestimmt und lehnte ihre Wange an
seine Schulter. Jos vergrub sein Gesicht in ihrem duftenden schwarzen Haar. Er hatte Angst, aber er wollte
es ihr nicht zeigen. Was für Möglichkeiten hatte sie
schon, in den Lauf seines Schicksals einzugreifen, wenn
der Rat der Stadt es anders beschloss?

KAPITEL 21

Die Lichtung vor der Höhle lag friedlich und verlassen im Sonnenlicht. Es war spät am Nachmittag. Im Schutz eines dichten Busches kauerte Bernhard und ließ den Blick umherwandern. Wo war der Johanniter? Waren die Knechte aus dem Kloster zurück? Sollte er es wagen, in die Höhle vorzudringen? Doch er hatte weder Lampe noch Fackel bei sich.

Plötzlich hob der Knabe den Kopf. Huftritte näherten sich und dann konnte er gedämpfte Männerstimmen ausmachen. Kamen die Knechte des Klosters zurück? Bernhard spähte durch die Zweige. Fünf Geharnischte in glänzenden Kettenpanzern brachen durch die Büsche, gefolgt von zweien der Richter, die er heute Morgen im Ratssaal gesehen hatte. Auch sie hatten die edlen Wämse und Röcke abgelegt und durch Kettenhemden und Lederbeinlinge ersetzt. Einer der Richter, ein Junker von Rossdorf, gab leise Befehle. Die Männer entzündeten Fackeln und zogen die Schwerter aus der Scheide. Zwei der Geharnischten gingen voran, dann folgten die beiden Richter und zum Schluss gingen wieder drei der Haller Kämpfer. Bernhard sah sie einen nach dem anderen in der Höhle verschwinden. Sollte er ihnen folgen? Ohne weiter darüber nachzudenken, huschte der Junge über die Lichtung und schlich dann hinter dem Lichtkreis her. Die Männer folgten dem Hauptgang bis zur großen Halle. Schaudernd warfen die Richter einen

Blick in die steil abfallende Spalte, in der Sebastian den Tod gefunden hatte. Auf der anderen Seite fanden sie die Reste von Bernhards Fesseln. Sie strebten auf die hintere Öffnung der Halle zu, als sich plötzlich eine Hand voll düsterer Gestalten aus den Schatten löste und mit langen Messern oder eisernen Spießen auf die Haller eindrang.

Die Waffen schlugen klirrend aufeinander, doch die Geharnischten hatten ihr Handwerk gelernt. Schon bald lagen zwei der Knechte tot am Boden. Ein weiterer fiel unter einem schweren Schwertstreich.

»Lasst die Waffen fallen!«, donnerte der Junker von Rossdorf, aber die Männer der Äbtissin von Gnadental ahnten, dass sie so oder so der Tod erwartete. Mit dem Rücken an die Wand gedrängt, wehrten sie sich, bis ihre Kräfte nachließen und die Haller Kämpfer mit ihren Schwertern auf sie eindrangen. Gebrochene Spieße fielen klirrend zu Boden. Der Kampf war zu Ende. Eine unheimliche Stille breitete sich in der Höhle aus.

»Lasst uns weitergehen«, sagte der Junker fest und schüttelte die Beklemmung ab, die alle erfasst hatte. »Die Kinder müssen hier irgendwo eingesperrt sein.«

Bald erreichten sie den Verschlag, doch das Schloss war offen und der Riegel zurückgeschoben.

»Sie sind weg«, sagte der Junker überrascht und wollte die Tür aufstoßen, doch nach nur wenigen Zoll stießen sie an ein Hindernis. War sie von innen verbarrikadiert?

»Wer ist da?«, erklang eine helle Stimme aus dem Verschlag.

»Ich bin Betz von Rossdorf, Richter und Ratsherr zu Hall«, antwortete der Junker. »Meine Männer sind auf der Suche nach den Kindern, die hier widerrechtlich gefangen gehalten werden.«

Einen Augenblick herrschte Stille, doch dann hub ein vielstimmiger Jubel an. Eilig wurden Steine und Bretter weggeräumt, dann schwang die Tür auf und eine Welle schmutziger, abgemagerter Kinder ergoss sich in den Felsengang.

Der Junker trat in das Felsenverlies. Das Licht seiner Fackel huschte über die rohen Wände hinunter zu zwei Dutzend Strohsäcken, einem alten Fass mit Wasser und ein paar leeren Tonschalen. Kalt und feucht war es hier und es stank nach dem Kot in der Ecke, der nur ungenügend mit Steinen bedeckt war. Der Fackelschein huschte über den Boden und erhellte dann eine zusammengekrümmte Gestalt. Der Junker stieß einen unterdrückten Schrei aus und rief Michel Schletz zu sich.

»Mein Gott!«, sagte der nur leise, als er sich zu dem Toten auf dem Boden hinabbückte. Vorsichtig drehte er ihn auf den Rücken.

Betz von Rossdorf hob zwei faustgroße Steine auf, die an einer Seite dunkel verfärbt waren.

»Sieh dir das an«, ächzte er.

Den Trubel in der großen Höhle machte sich Bernhard zu Nutze, um bis an die nun offen stehende Tür heranzuschleichen. Er warf einen Blick in den Raum, der wochenlang sein und der anderen Kinder Gefängnis gewesen war.

Bernhard sah die Rücken der beiden Richter, die sich zu der Gestalt am Boden herabgebeugt hatten. Dann erhob sich der Junker von Rossdorf und Bernhard konnte einen Blick auf das Gesicht des Toten erhaschen. Die zahlreichen Wunden an Kopf und Gliedern hatten ihn entstellt, doch es bestand kein Zweifel: Der Teufel hatte den Johanniter geholt! Die unzähligen mit Steinen bewaffneten Kinderfäuste waren Gottes Werkzeug gewesen. Die Geknechteten hatten also auf Sara gehört und sich zur Wehr gesetzt.

Lautlos zog sich Bernhard wieder zurück. Er wartete, bis die Junker und die Geharnischten mit den anderen Kindern aus der Höhle kamen, und folgte ihnen dann den Abhang hinauf, bis sie den Weiler Uttenhofen erreichten. Er bemerkte, dass sich zwei der Jungen ein wenig zurückfallen ließen und dann, als keiner der Männer hinsah, blitzschnell im Gebüsch verschwanden. Die anderen Kinder jedoch folgten ihren Befreiern.

Drei Karren standen neben der Scheune des ersten Hofes. Bernhard sah, wie der Junker von Rossdorf die Kinder heranwinkte und dann zu ihnen sprach. Die Kinder nickten. Nun begann einer der Geharnischten Kleiderbündel an die Jungen und Mädchen zu verteilen und dann zählte der Richter ein paar Münzen in jede der eifrig vorgestreckten Hände. Der Wind trug einige Worte des Richters zu Bernhard hinüber.

»... auf den Wagen ist genug Proviant für eure Reise und für die ersten Tage in eurer neuen Heimat. Ihr werdet lange unterwegs sein und das Haller Land in eurem Leben nicht mehr betreten, doch die Heilige Jungfrau möge euch beistehen und euer zukünftiges Leben in bessere Bahnen lenken.«

Die Kinder begannen sich auf die Wagen zu verteilen, dann knallte eine Peitsche und der erste Karren ruckelte nach Norden davon. Der zweite machte sich über Michelfeld und Mainhardt nach Westen auf und der letzte steuerte auf den Karrenweg zu, der am Kocher entlang in Richtung Aalen führte.

»Nun, willst du dir nicht deine Batzen und ein neues Gewand abholen?«, erklang plötzlich eine Stimme hinter Bernhard. Der Junge wirbelte herum.

Will und Jörg grinsten ihm frech ins Gesicht. Auch Bernhards Lippen teilten sich und entblößten seine Zahnlücken.

»Die hätte ich schon gern, doch auf den Platz im Karren verzichte ich. Ich lasse mich nicht einfach abtransportieren!«

Jörg und Will nickten. »Ja, und ohne Anna gehen wir nirgends mehr hin. Ich hoffe nur, wir finden sie bald.«

Bernhard, der von Jos die ganze Geschichte gehört hatte, machte ein ernstes Gesicht.

»Ich weiß, wer euch zeigen kann, wo sie zu finden ist, doch wie gut es ihr inzwischen geht, das kann ich euch nicht sagen.«

Während sie den Abhang hinunterschlenderten, erzählte Bernhard von den Mordanschlägen auf Anna und dass sie seitdem kein Wort mehr gesprochen habe. Die beiden Brüder zogen finstere Gesichter.

»Ihn hätten wir zu Tode prügeln sollen, diesen elenden Bastard!«, fauchte Jörg.

Bernhard nickte. »Er hat seine Strafe bekommen. Er ist in die Spalte gestürzt, in die er uns hunderte Male hinuntergejagt hat. Wer weiß, vielleicht hat er noch gelebt, als er in einer Engstelle stecken blieb, und hatte noch Zeit, über seine Sünden nachzudenken, bevor der Teufel ihm seine Seele aus dem Leib riss.«

Die Jungen erreichten die Kocheraue, auf der noch immer die Pferde der Geharnischten angebunden waren. Auch die edlen Rösser der beiden Junker und zwei voll beladene Packpferde grasten ein Stück weiter.

»Mal sehen, ob wir nicht doch noch zu unserer Entschädigung kommen«, meinte Will und öffnete eines der zugeschnürten Bündel. Jörg und Bernhard sahen ihm zu. »Was ist das denn?«, rief er erstaunt.

Die Pferde trugen Behälter mit einem merkwürdig schwarzen Pulver.

»So was habe ich mal im Zeughaus gesehen«, sagte Bernhard langsam. »Pack es lieber wieder ein.«

Stimmen näherten sich. Die Jungen rannten auf die Büsche zu und verschwanden im dichten Grün. Die Richter und die Geharnischten kamen zurück.

»Ladet die Kisten ab und bringt sie in den Gang«, befahl der Junker von Rossdorf.

»Wird es funktionieren?«, fragte Michel Schletz besorgt. »Wir haben noch nie so große Mengen gleichzeitig gezündet.«

Betz von Rossdorf zuckte die Schultern. »Ich denke schon, dass es ausreicht. Außerdem ist es alles, was wir im Zeughaus haben. Es muss einfach klappen!«

Die Männer legten ihre Kettenpanzer ab und schulterten je eine Kiste mit dem schwarzen Pulver. Bernhard und die anderen beiden Jungen sahen, wie sie mit ihrer Fracht die Lichtung überquerten und in der Höhle verschwanden. Bald darauf kamen sie wieder heraus und holten die zweite Ladung. Der Junker schritt hinter ihnen her, um zu prüfen, ob sie seine Anweisungen ausgeführt hatten. Er blieb eine ganze Weile verschwunden, doch dann tauchte er wieder auf der Lichtung auf.

»Bringt euch schon einmal in Sicherheit. Ich werde die Pulverspur am Eingang anbrennen. Und haltet die Pferde gut fest!«

Er zog seine Zunderbüchse und den Feuerstein hervor, schlug einen Funken und entzündete dann einen dürren Zweig. Die Geharnischten eilten durch die Büsche davon. Der Junker wartete noch einige Augenblicke, dann bückte er sich und näherte den brennenden Span der Spur aus schwarzem Pulver, die am Höhleneingang endete. Ein Flämmchen zischte auf und raste rauchend und zischend in die Höhle. So schnell er konnte, rannte der Junker über die Lichtung und brach dann durch die Büsche. Kaum war er verschwunden, stürzten die Jungen aus ihrem Versteck und liefen in die andere Richtung davon.

»Was glaubst du, wird passieren?«, keuchte Jörg, der mit den beiden anderen kaum Schritt halten konnte.

Wie zur Antwort grollte es plötzlich im Berg. Die Jungen warfen sich auf den Boden. Ein ohrenbetäubendes Krachen erfüllte die Luft, die Erde unter ihnen bebte. Hinter ihnen knackte und prasselte es, riesige Felsblöcke lösten sich aus der Wand und fielen auf die Lichtung herab, wo sie mit Getöse zerbarsten. Eine graue Staubwolke erhob sich in den Himmel. Noch einmal erzitterte der Grund, dann war es plötzlich totenstill. Selbst die Vögel schwiegen. Staub und kleine Kalksplitter rieselten auf die Jungen herab.

Bernhard rappelte sich als Erster auf und schüttelte sich das nun graue Haar. »Das ist also das Ende der Höhle mit seinem weißen Schatz.«

Bernhard führte Jörg und Will zu Rebecca und sogleich machten sie sich nach Gelbingen auf, um den Einsiedler aufzusuchen. Den beiden Brüdern konnte es gar nicht schnell genug gehen. Immer wieder trieben sie Rebecca zur Eile an. Sie erreichten den Weiler und stiegen rechter Hand den bewaldeten Hang hinauf. Rebecca führte die Jungen über den Kamm und dann in eine Senke hinunter zu einer Lichtung. Dort, unter einer mächtigen Eiche, stand die kleine Hütte des Einsiedlers und davor saß Anna im Gras und putzte Wurzeln.

»Anna!«

Das Messer entfiel ihren Händen. Die Schüssel kippte

326

um und die Wurzelstücke rollten ins Gras. Das Mädchen stemmte sich hoch und stieß einen Schrei aus. Schon waren ihre Brüder bei ihr, umarmten sie und drückten sie an sich.

»Ach, Kleines, was hat dir dieser Teufel angetan?«, grollte Will, als er die noch nicht völlig verheilten Wunden sah. Anna liefen Tränen über das Gesicht.

»Lasst mich nie mehr alleine«, flüsterte sie. Es waren die ersten Worte, die sie seit mehr als vier Wochen sprach.

* * *

Jos lag auf dem Rücken und starrte an die Decke. Die Zeit plätscherte träge dahin. Einmal am Tag kam Rebecca und brachte ihm Essen, doch sonst lag er hier alleine und grübelte. Wie konnten die Richter ihm das nur antun?, grollte er. Er hatte die Stadt vor dem Ruin bewahrt und wurde nun von ihnen wie ein Verbrecher behandelt! Drei Tage musste er warten, bis er ein Ziel für seine angestaute Wut bekam.

Am Abend, kurz nachdem Rebecca ihn verlassen hatte, knackte noch einmal der Riegel und die Tür öffnete sich, um den Stättmeister einzulassen. Jos sprang von seinem Lager auf, verschränkte die Arme vor der Brust und sah Conrat Keck finster an.

»Was wollt Ihr? Seid Ihr gekommen, um mir mein Todesurteil zu verkünden?«

Der Stättmeister hob erstaunt eine Augenbraue. Er drückte Jos auf den dreibeinigen Schemel, der an der Wand stand, und lächelte ihn dann an.

»Setz dich, Junge«, sagte er in freundlichem Ton, doch Jos' Miene blieb abweisend.

Conrat Keck sah ihn einige Augenblicke an, dann begann er in der Turmzelle auf und ab zu gehen.

»Ich kann deinen Groll ja verstehen. Du rettest die Stadt aus einer drohenden Gefahr und dann sperren sie dich in den Turm.«

Er warf einen kurzen Blick auf Jos, dessen Miene um keine Spur freundlicher geworden war.

»Doch du musst auch uns verstehen«, fuhr der Stättmeister fort. »Unser Anliegen muss es sein, den Wohlstand der Stadt zu wahren, und deshalb darf von dieser unangenehmen Sache absolut nichts durchsickern.«

Den Wohlstand der Stadt und vor allem euren eigenen!, dachte Jos grimmig, der wusste, dass die meisten Ratsherren Siedensrechte an der Salzquelle besaßen.

»Nun ist die größte Gefahr gebannt: Die Höhle wurde gesprengt und wir können wieder aufatmen. Die Kinder haben wir zu weit entfernten Städten bringen und sie schwören lassen, dass sie nie mehr nach Hall zurückkehren. Heute Morgen dann ist der Fünferrat zusammengekommen, um über dein Schicksal zu beraten.« Wieder sah er Jos prüfend an, der finster zurückstarrte.

»Du bist nicht auf den Kopf gefallen, daher wirst du verstehen, dass wir dir unmöglich gestatten können in Hall zu bleiben«, sagte der Stättmeister.

Jos stieß einen Schrei aus und sprang vom Stuhl.

»Das könnt Ihr nicht tun!«, rief er entsetzt. »Ich habe nichts Unrechtes getan!«

Conrat Keck drückte ihn wieder auf den Hocker hinunter.

»Nein, hast du nicht, doch es wurde dein Schicksal, Dinge zu erfahren, die du nicht wissen solltest.«

Jos wollte die Ungerechtigkeit, die ihm widerfuhr, herausschreien. Wenn er nicht nach den verschwundenen

Kindern geforscht hätte, dann säße die Stadt nun mit ihrer wertlos gewordenen Salzquelle da!

»Halte uns nicht für undankbar!«, fuhr der Stättmeister fort. »Wir werden dich nicht mittellos in die Fremde jagen. Die Stadt wird dir genügend Mittel für deine Reise und für einen neuen Anfang geben. Auch wirst du ein Empfehlungsschreiben für einen Handwerksmeister in der Tasche tragen. Überlege dir, was du gerne lernen möchtest. Du wirst es gut haben, und wenn es dir dort nicht mehr gefällt, dann kannst du weiterwandern. Du musst nur in der Urfehde schwören, dass du das Haller Land nie wieder betrittst.«

»Ich werde keine Urfehde schwören, denn ich habe kein Verbrechen begangen«, rief Jos trotzig. »Ihr könnt nicht verlangen, dass ich meine Familie hier mittellos zurücklasse. Sollen sie in Zukunft bettelnd durch die Gassen ziehen?«

»Nein«, beschwichtigte ihn der Junker. »Für deine Familie wird gesorgt. Wir werden deiner Mutter aus einer Stiftung jährlich ein bescheidenes Einkommen zur Verfügung stellen, deine Schwestern erhalten eine Mitgift und dein Bruder kann beim Beckhans am Lullentor aushelfen, bis er alt genug ist dort als Lehrjunge anzufangen.«

»Ich werde nicht aus Hall weggehen!«, sagte Jos störrisch. Der oberste Ratsherr legte ihm die Hand auf die Schulter.

»Überlege es dir. Du hast so viel Zeit, wie du brauchst. Kann ich sonst noch etwas für dich tun? Bekommst du genug zu essen?«

Jos presste die Lippen aufeinander und sah den Junker hasserfüllt an. Conrat Keck zuckte mit den Schultern und wandte sich zur Tür.

»Lass mir eine Nachricht schicken, wenn du dich ent-
schieden hast auf meinen Vorschlag einzugehen.«
Die Tür schloss sich und Jos blieb alleine in dem düsteren, kargen Gefängnisraum zurück.

KAPITEL 22

Eine Woche saß Jos im Sulferturm. Rebecca kam jeden Abend, brachte ihm sein Essen und setzte sich zu ihm, um alles zu berichten, was in der Stadt vor sich ging. An einem schönen Maiabend wirkte sie seltsam bedrückt.

»Was ist los?«, fragte Jos und schob eine kross gebackene Speckscheibe in den Mund.

»Ich werde fortgehen«, sagte Rebecca leise.

Jos schreckte hoch und sah sie aus weit aufgerissenen Augen an. »Wie meinst du das?«, fragte er, denn er war sich sicher, dass die Worte nicht das bedeuten konnten, was er zunächst verstanden hatte.

»Ich werde Hall verlassen müssen — für immer«, hauchte das Mädchen.

»Ja ... aber«, stotterte Jos und wurde blass.

»Vater hat einen geeigneten Gatten für mich gefunden«, sprach Rebecca weiter. In Jos' Kopf rauschte es. Ihre Stimme schien aus weiter Ferne zu kommen. »Er ist der Sohn des Scharfrichters in Würzburg. Sein Vater ist alt und wird bald aufhören müssen und dann bekommt er die Stelle. Sie wird gut bezahlt.«

»Kennst du ihn?«, hörte sich Jos fragen.

»Ich habe ihn einmal gesehen. Er war sehr freundlich, doch ich war ja noch ein Kind.« Sie lachte unsicher. »Aber Vater sagt, er kann kaum mehr als fünfzehn Jahre älter sein und ich könne mich glücklich schätzen.«

331

»Wirst du gehen?«, fragte Jos tonlos.

Rebecca sah ihn mit großen Augen an. »Was soll ich sonst tun, Jos Zeuner? Wie soll mein Leben denn aussehen? Dich Jahr um Jahr abends im Turm besuchen, nur weil du zu störrisch bist noch einmal neu anzufangen, weil du anscheinend entschlossen bist dein Leben nutzlos wegzuwerfen?«

Der Zorn in ihrer Stimme erschreckte ihn. »Was soll ich denn deiner Meinung nach tun?«

Doch sie ging nicht auf seine Frage ein. »Ich habe geglaubt, du bist zum Mann geworden und nimmst dein Leben in die Hand. Stattdessen verkriechst du dich hier und versteckst dich vor der Herausforderung.«

»Das ist nicht wahr!«, rief Jos erbost. »Ich finde es nur ungerecht, dass die dort im Rathaus einfach so bestimmen, wie ich mein Leben führen soll. Ich bin kein Leibeigener!«

»Und dennoch gibt es Zwänge, denen du dich beugen musst. Mag es nun ungerecht sein oder nicht. Deine Stärke zeigt sich darin, das zu ändern, was du ändern kannst, das Unvermeidliche aber anzunehmen und das Beste daraus zu machen!«

Eine Weile starrten sie sich zornig an, dann zog Jos Rebecca in seine Arme.

»Was soll ich nur ohne dich machen?«, seufzte er. »Erst wurde mir Sara genommen und nun verlässt du mich.«

Das Mädchen befreite sich aus seiner Umklammerung. »Wer hat dir Sara genommen? Sie lebt und ist gesund. Frag sie doch, ob sie mit dir kommen will, wenn du sie dir an deiner Seite wünschst!«

Jos schreckte zurück. »Das kann ich nicht! Wie sollte ich mich erdreisten sie zu bitten meine Verbannung zu teilen — nach dem, was ich ihr alles angetan habe?«

Rebecca verdrehte die Augen. »Ach Jos, du bist schon ein schwerer Fall!« Sie erhob sich und strich ihren Rock glatt.

»Ich wünsche dir Gottes Segen und dass dein Kopf endlich klar wird die wichtigen Dinge zu erkennen«, sagte sie. »Ich werde nicht wiederkommen. — Hast du mal darüber nachgedacht, bei was für einem Meister du gerne lernen würdest?«

»Schmied«, sagte Jos leise. »Ich würde gerne Schmied werden.«

Rebecca legte ihre Arme um seinen Nacken und küsste ihn zärtlich auf den Mund.

»Unsere Lebenswege liegen in Gottes Hand und Er stellt uns dorthin, wo Er uns haben will. Wie können wir uns erdreisten den großen Sinn verstehen zu wollen? Ich wünsche dir, dass du deinen Weg erkennst und sagen kannst: ›Es ist gut so!‹«

Sie wandte sich ab und eilte zur Tür. Auch Jos' Augen wurden feucht, als er stumm auf die geschlossene Tür starrte. Die ganze Nacht saß er so da und grübelte, doch als der Morgen graute, pochte er an die Tür und bat den Wächter den Stättmeister zu holen.

* * *

Es war ein warmer, sonniger Maitag, als Jos von Mutter und Geschwistern Abschied nahm. Die Wachen begleiteten ihn bis zum Gelbinger Tor. Er hatte Urfehde geschworen, das Haller Land nicht mehr zu betreten, und nun wollten sie sichergehen, dass er die Stadt auf schnellstem Wege verließ.

Angetan mit einem neuen Mantel, einen prall gefüllten Ranzen auf dem Rücken, trat Jos durch das Tor in die grelle Sonne. In der Tasche trug er klimpernde Batzen und ein Empfehlungsschreiben an einen Würzburger Hufschmied.

Vor dem Tor warteten seine Mutter und die Geschwister auf ihn. Die Mädchen schluchzten unaufhörlich und auch die Mutter hatte Tränen in den Augen, als sie ihn umarmte und ihm Gottes Segen wünschte. Jos' Bruder Martin wirkte verstört.

»Du musst nun auf Mutter und die Mädchen aufpassen«, sagte Jos eindringlich und legte den Arm um seine Schulter. Der Knabe nickte ernst.

»Wenn ich einen Schreiber finde, dann lasse ich euch eine Nachricht zukommen«, versprach Jos und ließ sich von der Mutter küssen. »Ich werde Schmied und kann dann den Junkern die edlen Pferde beschlagen«, sagte er stolz und löste sich behutsam aus der Umklammerung.

Einen Moment stand er noch da und ließ den Blick über das Tor und die hinein- und herausströmenden Menschen schweifen, dann sagte er leise: »Richte Sara meine allerherzlichsten Grüße aus. Es war nicht mein Wunsch, dass es so zu Ende geht.«

Die Mutter öffnete den Mund, doch dann schloss sie ihn wieder und nickte nur.

»Es wird Zeit«, sagte Jos unsicher und strich den Schwestern noch einmal über das Haar. Dann wandte er sich um und ging die von Karrenspuren ausgefahrene Straße entlang, die ihn in Richtung Norden führte.

Er hatte den Friedhof mit dem Siechenhospital hinter sich gelassen, als sich ein Stück weiter eine groß gewachsene, schlanke Gestalt aus dem Gebüsch löste und langsam auf ihn zuschritt.

»Sara«, rief Jos und lief ihr mit ausgestreckten Armen

entgegen. Er ergriff ihre Hände. »Du bist wieder gesund!«

»Ja«, sagte sie ernst. »Dank Rebeccas Hilfe.« Ein schiefes Lächeln huschte über ihre Lippen. »Nun bin auch ich unehrlich, eine Ausgestoßene, aber deine Mutter wird Stillschweigen bewahren.«

»Ja, du kannst bei ihr bleiben, solange du es willst. Vielleicht wird der Stättmeister dir eine Arbeit besorgen. Mutter soll bei ihm vorsprechen und sagen ...«

Sara legte ihm die Hand auf die Lippen und er verstummte. »Das wird nicht nötig sein.«

»Ich freue mich, dass du gekommen bist, um mir Lebewohl zu sagen«, fuhr er fort, ohne auf ihre Worte zu achten. Traurigkeit schwang in seiner Stimme.

»Du willst mich also verlassen«, stellte sie tonlos fest.

»Nein! Ich würde nichts lieber tun, als mein Leben an deiner Seite zu verbringen, aber sie lassen mir keine andere Wahl! Der Stättmeister hat mich gezwungen Hall für immer zu verlassen!«, rief er erbost.

Sara nickte. »Ja, das weiß ich.«

Plötzlich fiel ihm auf, dass sie trotz der Wärme einen langen Umhang trug und dass ein pralles Bündel am Wegesrand stand.

Verwirrung huschte über seine Züge. Er öffnete den Mund und schloss ihn wieder, dann brach es aus ihm heraus:

»Du willst mit mir in die Verbannung gehen? Sara, hast du dir das gut überlegt? Ich darf nicht zurückkommen!«

Sie trat noch ein Stück näher an ihn heran.

»Die einzige Frage, die mich interessiert, ist: Möchtest du, dass ich mit dir komme?«

Für einen Augenblick rührte sich Jos nicht, doch dann breitete sich ein Strahlen auf seinem Gesicht aus und er zog Sara an sich.

»Oh, ja! Nichts wäre mir lieber auf der Welt.«

Erst zart und vorsichtig und dann immer stürmischer küsste er ihren Mund und ihr schien es nicht im Mindesten unangenehm. So standen sie eng umschlungen mitten auf der Landstraße, bis ein hoch beladenes Fuhrwerk herangerollt kam und der Fuhrknecht sie mit Peitschenknall und wüsten Flüchen aufforderte die Straße freizumachen.

Errötend ließen sie voneinander ab, griffen nach ihren Bündeln und machten sich nach Würzburg auf.

* * *

Benigna von Bachstein saß in ihrem prächtigen Gemach in einem weich gepolsterten Lehnstuhl und starrte in die Flammen. Obwohl der Mai längst Einzug gehalten hatte, brannte im Kamin ein helles Feuer. Auf ihrem Tisch stand ein Krug mit teurem Moselwein und ein Teller mit in Honig und Wein eingelegten Früchten. Es klopfte. Die Äbtissin runzelte unwillig die Stirn. Hatte sie nicht angewiesen, dass sie nicht gestört werden wollte? Sie musste in Ruhe nachdenken. Wie sollte es mit ihr und dem Kloster weitergehen, nachdem sich ihre hohen Pläne buchstäblich in Staub aufgelöst hatten? Die Stadt weigerte sich ihr die Siedensrechte zurückzugeben und die Ländereien warfen nicht genug ab, um das Kloster groß und mächtig werden zu lassen. Ihr Traum war zerstört, zu Asche zerfallen. Sie ballte die magere, faltige Hand zur Faust. Wieder klopfte es.

»Wer ist da?«, rief sie ärgerlich, doch statt einer Antwort pochte es noch einmal kräftig gegen die Tür. Obwohl sie den Besucher nicht hereinbat, schwang die Tür auf und ließ einen ihr unbekannten Mann ein. Er war groß und schlank, sein schwarzes Haar von grauen Strähnen durchzogen. Die durchdringenden Augen waren braun, Kinn und Wangen mit dunklen Bartstoppeln bedeckt — aber es war nicht das Aussehen des Mannes, das die Äbtissin entsetzt die Augen weiten ließ. Es waren der rote Umhang und die roten Handschuhe, die ihr verrieten, wen sie vor sich hatte.

»Was wollt Ihr?«, fragte sie barsch, doch ihre Stimme zitterte. »Wie könnt Ihr Euch erdreisten in diese heilige Stätte einzudringen?«

»Heilig?«, wiederholte Meister Geschydlin gleichmütig und deutete auf das hölzerne Kruzifix an der Wand. »Das ist das einzig Heilige, das ich hier in diesem Raum entdecken kann.«

»Was wollt Ihr?«, herrschte sie ihn noch einmal an.

»Meine Aufgabe erfüllen und Gerechtigkeit ausüben«, sagte der Henker ruhig.

Die alte Nonne ächzte. »Wollt Ihr Euch an Gottes Stelle setzen?«, fragte sie.

Meister Geschydlin schüttelte den Kopf. »Nein, ich tue nur meine Pflicht und führe aus, was die Richter des Rats der Freien Reichsstadt Hall beschlossen haben.«

»Die Stadt kann nicht über mich richten«, rief die Ordensfrau. »Ich stehe unter kanonischem Recht und bin nur meinem Orden und dem Papst Rechenschaft schuldig. Selbst der Kaiser darf nicht Hand an mich legen.«

»Ja, so sagt man«, sagte der Henker und zog seine roten Handschuhe aus.

»Was habt Ihr vor?«, kreischte sie, als er nach ihrem Becher griff. »Wollt Ihr mich meucheln? Gottes Zorn wird sich dieses Frevels wegen auf Euer Haupt entladen!«

Der Henker nahm einen großen Schluck und schnalzte

dann genüsslich mit der Zunge. »Ihr trinkt ein gutes Tröpfchen, Mutter Oberin, das muss ich schon sagen.«

»Verschwindet jetzt«, rief sie mit schriller Stimme. »Ich werde sonst die Schwestern zu meiner Hilfe herbeirufen.«

Meister Geschydlin hob die Augenbrauen. »Oh, Ihr wollt, dass Eure Schäfchen Eure Schande bezeugen?« Er trank noch einen Schluck und schenkte dann den Becher wieder voll. Dann hielt er der Äbtissin das edle Gefäß entgegen.

»Nehmt und trinkt.«

»Nein!«, schrie sie und drehte den Kopf weg. Schweiß trat auf ihre Stirn. Panik spiegelte sich in ihren Augen. »Das könnt Ihr nicht tun«, presste sie hervor.

»Doch, das kann ich«, erwiderte der Nachrichter ruhig. »Als Strafe für Eure Taten, für Raffgier und Unbarmherzigkeit, für Anstiftung zum Mord und Betrug und nicht zuletzt für das Einsperren und Quälen von zwei Dutzend Kindern nehme ich Euch Eure Ehre. Ihr sollt eine Ausgestoßene sein, unehrlich und verabscheut wie die Abdecker und Kloakenreiniger, gemieden, wie ich es bin.«

Seine kräftige Hand griff ihr ins Genick und drehte ihren Kopf zu sich her. Dann presste er den Rand des Bechers, der noch von seinem Mund feucht glänzte, an ihre Lippen. Sie schluckte und hustete. Der rote Traubensaft rann ihr aus den Mundwinkeln und tropfte auf die weiße Kutte. Als die Äbtissin wieder zu Atem gekommen war, stemmte sie sich aus ihrem Sessel hoch und funkelte den Henker wütend an.

»Ihr habt Euch getäuscht, wenn Ihr glaubt, dass ich nun weinerlich zusammenbreche. Niemand weiß es und so kann Eure infame Tat mir nicht schaden! Ich bereue nichts! Für ein großes Ziel müssen Opfer gebracht werden. Nun gut, die Chance ist vertan, doch ich werde einen anderen Weg finden, das Kloster zu Macht und Reichtum zu führen.« Ihre Augen glitzerten irr.

»Ihr wolltet sagen, *Euch* zu Macht und Reichtum zu führen. Ich frage mich, ob der Herr im Himmel einst mit Euch zufrieden sein wird, wenn Ihr vor Seiner Pforte steht. Ihr müsst Eurem Beichtvater all Eure Sünden gestehen, bevor er Euch die Absolution erteilen kann. Vergesst ja nicht zu erwähnen, dass ihr den Becher des Henkers geteilt habt.«

Die faltigen Wangen wurden um eine Spur blasser. »Der Vaterabt wird mir die Absolution nicht verweigern«, sagte sie, doch die feste Zuversicht war aus ihrer Stimme gewichen.

»Glaubt Ihr?«, fragte der Henker. »Es kann ja sein, dass er eine skrupellose, machtgierige Mörderin in ihrem Amt belässt, doch eine Ehrlose, eine Unehrliche?«

Die Äbtissin knickte zusammen und fiel auf ihren Stuhl zurück.

»Ihr könnt mich nicht zwingen es in der Beichte zu verraten!«

»Nein, aber ich weiß, dass der edle Abt aus Schöntal hier bald eine Messe lesen wird und sicher auch bereit ist ein paar seiner schwarzen Schäfchen die Beichte abzunehmen. Ich jedenfalls werde nicht vergessen es in meiner Beichte zu erwähnen. — Ich vermute, er wird Euch nicht des Klosters verweisen. Er wird eine Nachfolgerin bestimmen und Ihr dürft dann als einfache Schwester Euer Leben hier zu Ende fristen und Tag für Tag auf Euren Knien um Vergebung flehen.«

Der Henker zog ein kleines Fläschchen aus seinem Wams und stellte es auf den Tisch.

»Es ist Eure Entscheidung, Schwester«, sagte er.

Er griff nach seinen Handschuhen und wandte sich ab, doch dann hielt er inne und drehte sich noch einmal um. Er sah in die harten, starrsinnigen Augen der Äbtissin.

»Vielleicht interessiert es Euch, dass einer Eurer Laienbrüder — Sebastian hieß er — eingeklemmt in einer finsteren Felsspalte einen qualvollen Tod fand.«

Ihre Augen weiteten sich vor Schreck, ihr Mund öffnete sich zu einem gequälten Schrei.

»Ihr lügt! Das kann nicht sein! Sebastian ist entkommen. Er wird zu mir zurückkehren. Ich weiß es.« Ein Schluchzen ließ ihre Brust beben.

»Nein, ich lüge nicht«, sagte der Henker leise. »Ihr habt nicht nur Eure Seele der Machtgier geopfert, Ihr habt auch Euren Sohn getötet!«

Sie fragte nicht, wie er von diesem wohlgehüteten Geheimnis erfahren haben konnte. Benigna von Bachstein barg das Gesicht in ihren Händen.

»Und Bruder Contzlin?«, wimmerte sie nach einer Weile.

»Auch er leistet dem Teufel bereits Gesellschaft«, antwortete Meister Geschydlin hart. »Die Kinder haben ihren Peiniger erschlagen.«

Ohne sie noch eines Blickes zu würdigen, schritt der Henker hinaus. Die Tür fiel hinter ihm ins Schloss.

Reglos saß die Äbtissin in ihrem Sessel und starrte in die Flammen, doch sie sah weder das Feuer noch ihre prächtig eingerichtete Stube. Sie sah Bruder Contzlin, wie er vor mehr als dreißig Jahren nachts in ihre Kammer kam, und sie sah den Knaben in ihrem Arm, den sie weggeben musste, um einen Skandal zu vermeiden. Auch ihre adelige Familie wollte mit dem Bastard der Nonne nichts zu tun haben und so verbrachte er die ersten Jahre seines Lebens bei einer Pächterfamilie. Als sie endlich die Macht dazu hatte, ließ sie ihren Sohn als Laienbruder ins Kloster bringen, doch nun, da er erfuhr, wer seine Mutter war, konnte er sich mit seinem Leben als Knecht nicht mehr abfinden. Macht und Reichtum — hatte sie das alles nicht für ihren Sohn gemacht? Und nun war er tot. Ein bitteres Lächeln huschte über ihre bleichen Lippen. Sie hatte den Zeitpunkt, Vater und Sohn voneinander zu erzählen, immer wieder hinausgeschoben. Nun würde keiner mehr den anderen in die Arme schließen.

Schweigend starrte die Äbtissin vor sich hin. Ein anderes Bild erschien nun vor ihrem geistigen Auge. Sie sah sich auf den Knien liegen und einen dunklen Steinkorridor schrubben, sie sah sich frierend unter einer dünnen Decke in einem schmalen Bett im Dormitorium liegen, sie spürte das Mitleid und die Verachtung in den Augen ihrer Mitschwestern. Und dann hörte sie den Todesschrei ihres Sohnes, als er qualvoll in den Tiefen der Höhle verendete.

Wie in Trance griff die Äbtissin nach dem Fläschchen, zog den Korken heraus und schüttete die schwarze Flüssigkeit in den Rest des Weines. Dann trank sie den Becher in einem Zug leer.

Drei Tage später wurde Benigna von Bachstein mit allen Ehren zu Grabe getragen und Barbara von Stetten zur neuen Äbtissin des Klosters Gnadental gewählt.

EPILOG

Es kehrte wieder Ruhe ein an den grauen Kalkstein-
felsen am Kocher und das Salz, das in den Tiefen
schlummerte, geriet in Vergessenheit. Mehr als 350 Jahre ruhte der Berg in seinem Dämmerschlaf. Efeu wand
sich die zerklüfteten Felsen hinab. Vögel nisteten in ihren Nischen und auf ihren Vorsprüngen.
Doch im Frühling 1822 schreckte ein Trupp Männer in
blauen Arbeitshosen und mit schwerem Gerät auf den
Pferdekarren die Natur aus ihrem friedlichen Schlaf.
Der Direktor der königlichen Saline Hall, Johann Wilhelm Thon, schritt mit wichtiger Miene und einem seltsamen Gerät in den Händen am Fuß der Felswand auf
und ab. Die Männer warteten gespannt. Endlich verkündete der Direktor: »Hier werden wir die Bohrung ab-
teufen!«
Nun begann rege Betriebsamkeit. Die schweren Bohr-
meißel wurden abgeladen, das eiserne Gestänge und
mancherlei anderes Werkzeug.
Es war eine schwere Arbeit. Immer wieder brach das
Gestänge, der Meißel verklemmte sich oder so viele
Steine brachen aus den Wänden und fielen in das Bohr-
loch, dass sie erst mühsam ausgeräumt werden mussten,
bevor die Bohrmannschaft weitermachen konnte. Tag
und Nacht herrschte nun Lärm und rege Betriebsamkeit auf der vorher so friedlichen Lichtung am Kocher.
Im August stieß die Bohrmannschaft auf das ersehnte

Salz. In 95 Meter Tiefe durchbohrten sie ein sechs Meter mächtiges Steinsalzlager. Der Jubel war unbeschreiblich. Sogar der König ließ es sich nicht nehmen, den sensationellen Fund vor Ort persönlich in Augenschein zu nehmen. Die Güte der Probestücke begeisterte ihn.
»Hier sollt ihr die Erde mit einem Schacht aufschließen«, sagte der König gewichtig, »und den Salzstein in großer Menge ans Tageslicht bringen.«
Zu Ehren des württembergischen Monarchen wurde das Bergwerk Wilhelmsglück getauft. Wie der König gesagt hatte, wurde hier das Salz nicht nur herausgelöst und wieder verdampft, es wurde nun auch als festes Gestein abgebaut und verkauft. So wurde Wilhelmsglück zum ersten Salzbergwerk Mitteleuropas und es besiegelte endgültig das Ende der Solquelle in Hall.

GLOSSAR

Äbtissin Oberste Nonne im Frauenkloster. Sie untersteht
dem Vaterabt des dem Frauenkloster zugeteilten Män-
nerklosters.

Angstloch Loch im Gewölbescheitel der Verliesdecke,
einziger Zugang zu der unteren Gefängniszelle in den
Stadttürmen.

Bader Unehrlicher Beruf, Inhaber einer Badestube. Der
Bader vermietete die Badewannen, war aber meist
auch noch Barbier und Chirurg.

Beinlinge Lange Strümpfe, Vorgänger der Hosen.

Binsenlicht Kleine Lampe.

Bruech Unterhose.

Bursnerin Wirtschafterin im Kloster, verwaltet die Gel-
der.

Complet Stundengebet der Zisterzienserinnen, im Sommer um 19.30 Uhr, im Winter um 16 Uhr.

Gastmeisterin Nonne, die für Gäste im Kloster verantwortlich ist.

Haal Haal oder auch Hall bedeutet Salz. Den Platz in
Schwäbisch Hall, an dem die Salzquelle zu Tage
kommt und in einen Brunnen gefasst wurde, nennt
man Haal. Um die Quelle herum entstanden die Sudhäuser, in denen das Salzwasser eingedampft wurde.

Heg Durch Graben und Dornenhecke geschützte Grenze des Haller Gebiets.

Hegreiter Wachen, die an der Heg unerlaubte Grenz-

überschreitungen oder Schmuggel verhindern sollten.

Heimliches Gemach Toilette.

Hellebarde Etwa zwei Meter lange Hieb- und Stichwaffe
mit einer Stoßklinge, einem Beil und einem Haken.

Holzzoll In Hall wurde auf diverse Güter Zoll erhoben.
Beispielsweise auf Bau- und Brennholz, das in die
Stadt gebracht wurde. Es war die Aufgabe des Henkers und seiner Familie, diese Gebühr für den Stadt-
rat einzukassieren.

Junker Die Adeligen nannten sich ab dem späten Mittelalter Junker oder Edelmann.

Kaltliegen Zeit im Winter, in der kein Salz gesotten wird.

Kastenmeisterin/Kastnerin Nonne, die für die Vorratshal-
tung zuständig ist.

Kebse Geliebte oder Nebenfrau. Im Mittelalter war es
bei den Adeligen durchaus üblich, dass sich die Männer eine Nebenfrau hielten.

Kienspan Billige, stark rußende Fackel aus Werg, Harz
und Kiefernholz.

Klausur Von der Welt abgeschiedene Lebensweise. Das
Leben in strenger Klausur ist eine der Grundregeln
des Zisterzienserordens.

Kommende Niederlassung der Johanniter.

Laienbrüder Auch Konversen genannt. In Frauenklöstern
hatten die Laienbrüder oft verantwortungsvollere Po-
sitionen als in Männerklöstern, da sie für die Nonnen
Verwaltungsaufgaben übernahmen, die diese nicht
ausführen konnten oder durften. Sie kamen meist aus
dem Bauernstand, durften nicht heiraten und mussten der Äbtissin ein Gelübde ablegen.

Laienschwestern Auch Konversen genannt. Sie kamen
meist aus Bauernfamilien, verrichteten wie Mägde

die schwere Arbeit und mussten — nach einem Probe-
jahr — der Äbtissin ein Gelübde ablegen. Sie lebten
allerdings immer von den Nonnen getrennt und
konnten kein Klosteramt bekleiden.

Laudes Stundengebet der Zisterzienserinnen, im Sommer um drei Uhr, im Winter um sieben Uhr.

Matutin Stundengebet der Zisterzienserinnen, im Sommer um zwei Uhr, im Winter um drei Uhr.

Nachrichter Henker.

Nesteln Bänder, mit denen Kleidungsstücke aneinander
befestigt werden. Beispielsweise die Beinlinge an der
Bruech.

None Stundengebet der Zisterzienserinnen um 14 Uhr.

Peinliche Befragung Folter.

Portnerin Nonne, die Lieferungen und Besuche regelt
und für die Vergabe von Almosen zuständig ist.

Prim Stundengebet der Zisterzienserinnen, im Sommer
um vier Uhr, im Winter um acht Uhr.

Priorin Vertreterin der Äbtissin, zweithöchste Nonne im
Kloster.

Ratsherren Angesehene, meist auch reiche Männer der
Bürgerschaft oder des Stadtadels, die in das Stadtpar-
lament gewählt wurden.

Rock Bezeichnung für verschiedene Formen des mittelalterlichen männlichen und weiblichen Obergewan-
des. Später Übergang zu Jackett und Mantel.

Salzsieder Handwerker, der salziges Wasser aus der Solquelle eindampft, bis das Salz übrig bleibt. In Hall
wurden die Salzsiederfamilien, die die Salzrechte zur
Pacht hatten, durch den Handel mit Salz und Wein
sehr reich. Die Pachtrechte wurden in den Familien
weitervererbt.

Schenk Dieser Titel stammt aus dem frühen Mittelalter,

als Truchsess, Kämmerer und Mundschenk die höchsten Beamten des Kaisers waren. Der Schenk durfte dem Kaiser den Wein reichen. Der Titel Schenk wurde dann in dieser Adelsfamilie weitervererbt. Im Jahr 1450 wurde zwar der Titel Schenk bei der Adelsfamilie vom Limpurg noch weitervererbt, doch sie gehörte schon lange nicht mehr dem bedeutenden Hochadel an.

Schilpen Feste Salzplatten von ca. 30 Pfund.

Schultheiß Im Mittelalter vom Kaiser eingesetzter höchster Stadtbeamter. Später wird der Stättmeister zur mächtigsten Person der Stadt. Der Schultheiß ist dann nur noch mit der niederen Gerichtsbarkeit betraut. Seine Helfer, die Büttel, hatten für Ordnung auf den Straßen und für die Einhaltung der Vorschriften zu sorgen.

Scriptorium Schreibstube im Kloster.

Sext Stundengebet der Zisterzienserinnen, im Sommer um 10.40 Uhr, im Winter um 11.20 Uhr.

Siechenmeisterin Nonne, die für die Krankenpflege im Kloster verantwortlich ist.

Sieden Siedensrecht, Anteil an der Saline. Insgesamt gab es 111 solcher Siedensrechte oder Salzpfannen. Die Eigentumsrechte lagen zu dieser Zeit nicht mehr beim König, sondern in den Händen der Stadtadeligen, der Stadt selbst oder von Klöstern.

Skapulier Überwurf über Kopf und Schultern bei der Mönchs- oder Nonnentracht.

Solequelle Quelle mit Salzwasser, in Schwäbisch Hall tritt in der Kocheraue salzhaltiges Wasser aus.

Stättmeister Oberster Ratsherr, Bürgermeister. Er durfte nur ein Jahr im Amt sein; daher wechselten der Stättmeister und der Vorjahresstättmeister oft über längere Zeitabschnitte im Jahresrhythmus ihre Ämter.

Sudhaus Holzhaus auf dem Haalplatz in Hall, in dem das Salz eingedampft wurde.

Surcot Mittelalterliches Obergewand des gehobenen Bürgertums und des Adels. Das kleidartige Bekleidungsstück war bodenlang und ärmellos. Charakteristisch waren tiefe Armausschnitte, die bis zur Hüfte reichten und das Untergewand sehen ließen.

Unehrlich Bestimmte mittelalterliche Berufe oder Tätigkeiten machten unehrlich oder unrein. Die Menschen wurden von den Bürgern gemieden und konnten meist keine vollständigen Bürgerrechte erlangen. Der Umgang mit ihnen konnte selbst unehrlich machen. Zu den unehrlichen Berufen gehörten vor allem der Henker, Abdecker, Kloakenreiniger, Gassenkehrer und Schäfer, zum Teil aber auch der Barbier, Bader und Nachtwächter.

Urfehde Nach jedem Gerichtsverfahren mussten die Verurteilten schwören das Urteil anzuerkennen und sich an keinem Beteiligten zu rächen. Der Bruch des Eides wurde sehr hart bestraft.

Vesper Stundengebet der Zisterzienserinnen, im Sommer um 18 Uhr, im Winter um 15.30 Uhr.

Weiler Kleine Ortschaft.

Zehnt Zehnprozentige Steuer oder Abgabe, die der Kirche zustand. Es gab beispielsweise den großen Zehnt auf Getreide oder Großvieh oder den kleinen Zehnt auf Geflügel oder Gemüse.

Dichtung und Wahrheit

Wie in allen meinen Romanen sind meine Hauptfiguren erfunden. Jos, Sara und Rebecca gab es nicht. Dennoch habe ich viel über die Lebensweise von Mägden und Knechten in dieser Zeit recherchiert, über die Arbeit mit den Flößern und Salzsiedern auf dem Haal und die Lebensbedingungen auf einer Burg oder im Kloster. Und natürlich über die Orte selbst! Zwar ist die Limpurg nur noch eine Ruine und auch von Kloster Gnadental stehen nur noch die Kirche, das Haus der Äbtissin und ein Teil des Kreuzganges, aber in (Schwäbisch) Hall kann man alle Orte und Plätze noch bewundern und durch die engen, mittelalterlichen Gassen schlendern.

Viele der Nebenfiguren sind historische Persönlichkeiten: die Schenkenfamilie auf Burg Limpurg mit der Schenkin Susanna von Tierstein, die für ihre Wohltätigkeit fast als Heilige verehrt wurde, oder der »wilde Jörg«, ihr Sohn, der nicht nur dem Junker von Bachenstein in Tullau das Haus angezündet hat.

Benigna von Bachstein, die zu dieser Zeit Äbtissin im Kloster Gnadental war, hat sich natürlich keiner so üblen Verbrechen schuldig gemacht, aber dennoch stand in ihrem Kloster nicht alles zum Besten. Es sind noch mehrere Briefe vom Vaterabt im Kloster Schöntal erhalten, in denen er die Missstände im Kloster anprangert und Besserung verlangt.

Der Städtekrieg mit dem Kampf um Kirchberg ist historisch überliefert. Natürlich war es nicht Jos, der Markgraf Albrecht den Spieß in den Oberschenkel gestoßen hat.

Das Leben der Henkersfamilien war hart. Sie galten als unrein und mussten getrennt von der Gesellschaft leben. Auch wenn es Rebecca so nicht gab, muss das Leben einer Henkerstochter tatsächlich ganz ähnlich ausgesehen haben. Ich habe mich bei meinen Recherchen zu diesem Thema an die Forschungsergebnisse des Historikers Andreas Deutsch gehalten, der alle Quellen über die Henkersfamilien von Hall zusammengetragen hat.

Das Steinsalzlager im Berg wurde übrigens so entdeckt, wie es im Epilog beschrieben wird. Erst 1822 wurde in der Umgebung von Hall zum ersten Mal Steinsalz gefördert. Meine Krimigeschichte basiert auf einem Gedankenspiel: Was wäre geschehen, wenn die Menschen schon 1450 an dieses Salz herangekommen wären? Eine solche Entdeckung hätte das gesamte Macht- und Wirtschaftsgefüge der mittelalterlichen Reichsstadt Hall aus dem Gleichgewicht gebracht!

Als Geologin weiß ich natürlich, dass sich Steinsalz in so einer Höhle nicht lange halten kann. Das Grundwasser hätte es sehr schnell aufgelöst und weggeschwemmt. Daher bin ich auf den Trick mit dem Erdbeben verfallen, das die Erdspalte zu Beginn der Geschichte erst aufreißen lässt. Denn in einer Chronik wird in dieser Zeit tatsächlich von einem nächtlichen Erdbeben berichtet.

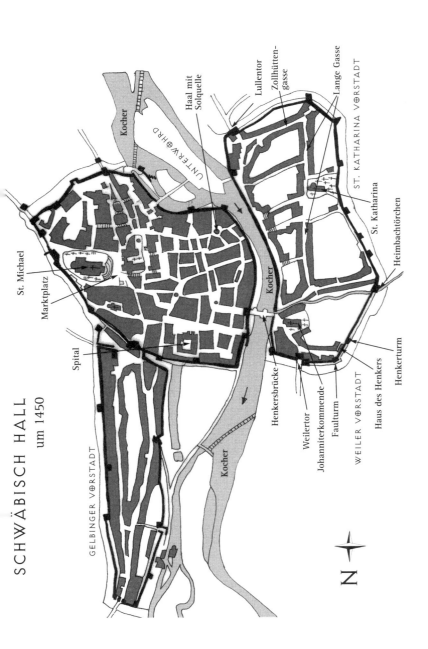

Ulrike Schweikert
Die Maske der Verräter

480 Seiten   ISBN 978-3-570-12967-8

Würzburg im Jahr 1453: Zu später Stunde preschen drei maskierte Reiter in höchster Eile in die Schmiede von Meister Buchner. Ein Mordanschlag wird geplant. Der Lehrling Jos gerät in eine lebensgefährliche Verschwörung, als er zufällig die Unterredung der drei belauscht. Doch wem gilt der Anschlag? Und was haben der unheimliche Henker der Stadt und seine schöne junge Frau Rebecca mit den Morden zu tun?

www.cbj-verlag.de